KB239562

決潰
결괴

KEKKAI 1
by HIRANO Keiichiro

히라노 게이치로 장편소설
이영미 옮김

1

문학동네

차례

의념

1

'……왜일까?'

하카타행 신칸센 고다마 호는 신新시모노세키 역에서 뒤 열차 노조미 호를 먼저 통과시키기 위해 대기하고 있었다.

사와노 료스케는 서로 마주보고 있는 4인석 창가 쪽에 진행방향을 등지고 앉아 있었다. 정면에는 만 세 살이 된 아들 료타가 옆에 앉은 아내 요시에의 무릎을 베고 잠들어 있다.

새콤달콤한 도시락 냄새가 짙게 감도는 차 안은 오본 휴가 귀성객으로 북적거렸다. 여기저기서 아이들이 떠드는 소리가 들리고, 그들을 나무라는 어른들의 목소리도 들러온다. 사람들은 일행과 대수롭지 않은 잡담을 나누거나 고향집의 가족에게 휴대전화로 나지막하게 도착 시각을 알리거나 한다.

료스케는 그런 주위 풍경에 아직 단단한 꽃봉오리 같은 감개를 느끼며 초점이 흐려지도록 눈의 힘을 뺐다. 나는 여기 한 사람의 아버지로 존재한다. ─그래, 아버지다. 아내와 아이를 데리고 부모님이 기다리는 고향집으로 귀성하는 중이다. 어느새 그런 나이가 된 것이다. ……

마침 그런 생각이 든 때였다. 통로를 지나가는 낯선 승객이 좌석에 앉은 사람의 얼굴을 힐끗 바라보듯이, 조금 전 그 말이 그의 뇌리를 스친 것은.

거의 반사적으로 스스로를 되돌아본 료스케는 곧바로 그 말에 다시 시선을 던지고는 보이지 않을 때까지 그 뒷모습을 좇았다. 틀림없이 한순간 눈이 마주친 것 같았다. 그러나 그 일별에는 전혀 짚이는 바가 없었다. 그런 의념이 어디서 왔는지, 왜 자기를 찾아왔는지도 알 수 없었다. 그러나 한층 기묘한 것은 그저 기분 탓이리라 넘기지 못하고 뭔가를 들켜버린 양 동요하고 말았다는 것이다.

말은 이미 사라졌지만 일별의 기억은 그의 내부에 남았다. 그 안을 불안스럽게 들여다보면, 엿보인 자신이 옴짝달싹 못하고 그곳에 그대로 머물러 있을 것만 같았다.

지루한 기다림에 지친 열차 승객들 사이에서 저 멀리 신칸센의 접근을 살피려는 기척이 일기 시작했다. 오감五感에는 아직 아무것도 와 닿지 않았다. 그런데 다음 순간 별안간 차체가 기우뚱

할 정도의 충격이 밀려들어 매서운 붓질 한 번으로 차창을 온통 새하얗게 칠하더니, 착실하게 차체를 원래대로 되돌리고 여운도 없이 사라졌다. 몇 초라고 헤아리기보다 눈 깜짝할 사이라는 관용구가 딱 들어맞는 느낌이었다.

발차 신호음이 느긋하게 울리고 문이 닫혔다. 이윽고 플랫폼의 풍경이 승객들의 시야에서 조금씩 뒤로 밀려나더니 순식간에 가속도가 붙으며 현기증을 일으키고, 역의 전체 모습이 허망하게 지나가버렸다. 차창은 아주 잠깐 밝아졌다가 간몬 터널로 돌입하면서 느닷없이 빛을 잃고 대신 그 자리에 승객들의 모습을 일제히 비추었다.

"그렇게 기대하더니, 기다리는 사이에 지쳐버렸네."

요시에가 료타의 이마를 콕 찌르고는 반쯤은 료스케에게 말하듯 속삭였다.

집에서 제일 가까운 우베신카와 역에서 일반철도로 아사까지 가서 다시 한 시간 남짓 고다마 호를 타고 고쿠라까지 가는, 여정이라고 할 것도 없는 이동이었다. 그런데 우베 역에서 탈 예정이었던 산요혼센에서 인사사고가 일어나는 바람에 한 시간 반이나 복구를 기다리는 신세가 되었다. 자살인지 뭔지 알 수는 없지만, 삼복더위에 플랫폼에 서 있느라 찌증이 치민 승객들은 "죽는 건 자기 마음이지만 하필 이럴 때 뛰어들고 난리야"라며 불평을 쏟아놓았다.

고다마 호와 노조미 호를 구별하지 못하는 료타는 유아 잡지에서 '신칸센' 노조미 호 그림을 보고 들떠 어젯밤에 좀처럼 잠도 못 이룰 정도였지만, 역시나 그 때문에 피곤했는지 열차에 오르자마자 엄마 무릎에서 칭얼거리다가 불과 오 분도 안 되어 깊이 잠들어버렸다.

검은색 카고바지 너머로 머리칼에 감싸인 조그만 머리의 열기가 단단한 무게와 함께 전해졌다. 요시에는 햇볕에 그을린 팔꿈치 안쪽에 살짝 올라온 아토피성 피부염 자국을 이따금 무의식적으로 긁적이며 료타의 얼굴을 내려다보았다.

"이제 다 왔네. 자, 료타, 걸을 수 있겠니?"

요시에가 고개를 들자 료스케의 눈빛은 안으로 미끄러져들어갈 뻔한 순간을 가까스로 되돌리듯 그녀 위에 번디디며 머물렀다. 그는 눈동자 속에 일어난 그 미세한 변화를 들키지 않으려고 눈을 두세 번 빠르게 깜박인 뒤, 그 틈에 잠든 료타의 얼굴 쪽으로 슬며시 시선을 피하며 나지막이 말했다.

"도착해서 깨워도 돼."

만 세 살이 되어 키도 딱 90센티미터 정도로 꽤 많이 컸지만, 눈을 감은 모습에서는 아직도 어딘지 모르게 초음파검사에서 본 자궁 속 태아 같은 명상적인 온순함이 감돌았다. 깨어 있는 료타와 놀아주는 것도 즐겁지만 잠든 모습을 바라보는 것도 좋았다. 그것은 아버지가 되기 전에는 상상조차 못 했던 기쁨이었다. 료스케는 신비로움이나 숭고함이라는 관념에 별로 관심이 없었지만, 고요히 잠든 료타를 보면 일종의 겸허함을 느끼곤 했다. 어른의 잠든 얼굴은 내면에서 뭔가가 일어나고 있다는 느낌을 이토록 강렬하게 발할 수 없다는 생각이 들었다. ─그렇다, 뭔가가 일어나고 있다. 그것도 미래를 향해 밝은 뭔가가 착실하게 일어나고 있다. 그런 느낌이었다.

료타의 조그맣게 부푼 동그란 뺨은 갓 여물기 시작한 흰 복숭아처럼 선명한 분홍빛을 띠고 있었다. 거기에는 아직 그 어떤 복잡한 감정의 그늘도 새겨진 흔적이 없고, 작은 힘이라도 가하면 언제까지고 사라지지 않을 상처가 남을 것 같았다.

료스케는 오늘 아침 거울 앞에서 본 자신의 얼굴을 떠올렸다. 욕실 바닥에는 어젯밤 목욕 후 마르지 않은 차디찬 물기가 여전히 남아 있었고, 그것이 평소보다 훨씬 불쾌하게 다가왔다. 환기구에서는 굵직하고 혈기왕성한 매미 울음소리가 들려왔다. 그는 그 울림에서 아직도 중고등학교 시절의 야구부 여름방학 연습을 떠올렸다.

고향에서 사립대학을 졸업한 료스케는 우베에 본사를 둔 화학약품회사에 취직했다. 첫 근무지는 오사카의 연구소였다. 그후 이 년간 지바 공장의 품질관리부에 속해 있다가, 올해 4월부터 본사 영업부로 이동했다.

료스케는 자신이 살이 빠졌다는 것을 알아차렸다. 별로 부지런히 체중계에 올라가보는 편이 아니고 4월 건강진단에서도 지난해와 몸무게가 달라지지 않아 자각하지 못했는데, 볼록한 전기면도기 헤드가 움푹 팬 뺨을 제대로 훑지 못하는 게 느껴져 도중에 몇 번이나 반대편 손으로 광대뼈 아래 살집이 꺼진 부분을 어루만졌다.

천장의 형광등 불빛이 오히려 터널 안을 밤으로 착각하게 만들었다. 문 위 전광판에 프로야구 경기 결과를 알리는 문구가 오른쪽에서 왼쪽으로 흘러갔다.

이윽고 고쿠라 역 도착을 알리는 안내방송이 나왔다. 그 소리에 맞춘 듯 터널이 끝나면서 열차 안은 순식간에 한여름 오후의 햇살로 가득찼고, 승객들은 그 밝은 빛 속으로 빨려들어갔다.

"자, 료타, 그만 일어나자!"

요시에가 료타의 어깨를 가볍게 두드려 깨웠다. 료타는 싫은지 몸을 뒤척이며 도망치듯 요시에의 가랑이를 파고들었다.

"어머, 얘 좀 봐. 어디다 얼굴을 묻어? 얼른 일어나!"

요시에가 무심코 웃음을 터뜨리며 말했다.

"료타, 안 일어나면 놔두고 가버린다."

료스케는 신발을 집어 료타에게 신겨주고는 곧바로 일어서서 요시에 앞을 지나 통로로 나갔다. 선반 위 여행가방은 앞뒤 승객의 짐에 짓눌려 있었다. 그는 팔을 뻗어 가방 두 개와 선물이 든 봉지를 꺼내 둘에게 닿지 않도록 조심하며 빈 좌석에 내려놓왔다.

"아, 일어났네. 잘 잤니, 료타? 잠은 다 깼나요?"

'……왜일까?'

요시에의 목소리를 들으며 짐을 챙기던 료스케에게 또다시 그 말이 귓엣말처럼 다가왔다. 그러나 아까와 달리 이번에는 반쯤 스스로 의식하며 중얼거린 것 같았다.

그는 어두운 표정으로 고개를 들었다. 그리고 갑자기 이유 없이 불안해져서 내릴 손님들로 북적이는 통로 끝에 시선을 던졌다. 출구가 멀게만 느껴졌다. 둘을 데리고 무사히 나갈 수 있을까? 아니면. 뒤돌아보며 어느 쪽이 가까운지 확인하려는 순간, 그는 료타를 옆에 안은 채 자신을 물끄러미 지켜보고 있던 요시에의 시선과 예상치 못한 실수처럼 맞닥뜨리고 말았다.

"……응?"

그는 요시에가 묻기 전에 일부러 먼저 말하고는 입을 굳게 다물고, 양쪽 눈썹을 치켜세우며 이마를 살며시 찌푸렸다.

"아니야. ……"

요시에는 순간적으로 그렇게 대꾸하며 뒷말을 미소 속에 애매하게 녹였다. 그리고 료타의 손을 잡으며 재촉했다.

"얼른, 이제 내릴 거야."

료스케는 몸을 앞으로 수그리며 짐 손잡이를 양손에 잡았다. 속도를 늦추는 차량의 반대방향으로 다리를 벋디디며 균형을 잡아보려 했지만, 손에 든 짐이 생각보다 무거워서 살짝 비틀거리다 결국 버티지 못하고 옆에 있던 다른 가족 동반 승객에게 어깨를 부딪히고 말았다.

2

플랫폼에 내려서자 열기가 기다렸다는 듯이 맞아주며 무람없는 애완견처럼 집요하게 엉겨붙는 바람에 가족 셋 다 입을 다물었다.

"아, 덥다. ……"

에어컨 바람에 몸이 차가워져 있던 요시에도 무심코 료스케에게 얼굴을 찡그려 보였다.

개찰구를 지나 북쪽 출구로 나가 에스컬레이터를 타고 1층으로 내려가자, 아사에서 통화할 때 말한 대로 가즈코가 은색 비츠를 끌고 마중 나와 있었다.

"아, 어머님!"

요시에가 먼저 알아보고 손을 흔들자, 시동을 켜둔 채 차에서 내려 주위를 두리번거리던 가즈코도 "어머" 하며 뛰어오를 기세로 손짓했다. 양손에 짐을 들고 있던 료스케는 허리 언저리까지 가볍게 팔을 들어올리며 미소를 건넸다.

요시에가 료타의 손을 휙휙 두 번 끌어당기며 물었다.

"저기 봐, 할머니 오셨네. 인사 잘할 수 있지?"

료타는 선잠이 깨어 기분이 안 좋은지 엄마 손에 매달리며 대답도 없이 눈을 비볐다.

"뭐하니. 똑바로 걸어."

그렇게 말하자 점점 더 칭얼대며 몸을 비비꼬았다.

"아이참, 꼭 도키와 공원의 원숭이 같네. 할머니가 웃으시겠다."

짐을 들고 앞서 걸어가던 료스케는 걸음을 멈추고 돌아서서 두 사람의 모습을 지켜보았다. 그리고 조금 더 걸어 차 앞까지 가서는 기다리고 있던 어머니에게 인사를 건넸다.

"저희 왔어요. 마중 나와주셔서 고마워요."

"어서 와라. 전철 시간이 지연돼서 힘들었지? 피곤하겠구나."

"응, 조금. 차로 오면 간단했을 텐데."

"신칸센 사고라며?"

"아니, 그 앞의 산요혼센이었어요."

트렁크에 차례대로 짐을 넣은 료스케는 숨을 크게 몰아쉬며 옛날부터 변함없는 검은 테 안경을 벗고, 이마에서 솟아나 눈으로 흘러들려는 땀방울을 저릿한 팔로 훔쳐냈다.

하늘은 노악露惡적일 만큼 활짝 개어 구름 한 점 없었다.

트렁크를 닫을 때 스친 차체의 열기가 왠지 새것처럼 느껴졌다. 세차한 지 얼마 안 되었는지 차체는 빛을 강하게 반사시켰고, 살갗에 달라붙는 것 같은 감촉이 손바닥에 남았다.

"료타, 인사해야지?"

료타는 할머니를 힐끗 보고 금세 고개를 숙여버렸다. 료스케가 보기에는 내키지 않는다기보다는 쑥스러워하는 반응에 가까웠다.

"……안녕하세요."

"네에, 안녕하세요. 내가 누군지 알겠니?"

가즈코가 생긋 웃으며 허리를 굽히고 손자에게 얼굴을 가까이 가져갔다.

"응? 잊어버렸어?"

"얼른, 료타. 누구지?"

요시에가 또다시 료타의 손을 가볍게 잡아당겼다.

"……할머니?"

료타가 시큰둥하게 고개를 들었다. 그런데도 가즈코는 한없이 즐거워했다.

"그렇지! 용케 기억하는구나."

그렇게 말하며 머리를 쓰다듬자, 이번에는 그 손길을 피하듯 몸을 꼬았다.

"……죄송해요. 자다가 깨서 기분이 별로예요."

요시에가 미안한 듯이 사과했다.

"아니다, 아직 졸려서 그런 거지 뭐. 집에 가서 다시 한숨 재우면 돼."

자동차 뒷좌석에는 료타를 위해 새로 장만한 유아용 카시트가
달려 있었다.

"어머나, 카시트까지! 너무 죄송해요. ……나중에 돈 드릴 거
지, 여보."

요시에가 송구스러워하며, 옆으로 다가온 남편에게 뒷말을 넘
겼다.

"응. 돈 드릴게요, 어머니."

료스케는 요시에와 료타를 뒷좌석에 앉히고 조수석 쪽으로 향
하면서, 운전석으로 돌아가는 어머니에게 차체 너머로 말을 건
넸다.

"됐어. 별소릴 다 하네!"

가즈코가 얼굴을 찡그리더니 으쌰 하는 소리와 함께 운전석에
앉으며 차문을 닫았다.

"아, 시원하다."

그러고는 뒤따라 조수석에 앉은 료스케에게 안전벨트를 매주
며 농담하듯 말했다.

"이젠 아들 둘한테 돈 들어갈 일도 없으니, 손자한테라도 이
할미가 가끔 돈을 쓰게 해줘야지."

때마침 문이 전부 닫혀 방금 전까지 들려오던 실외 엘리베이
터의 주의 안내방송까지 차단된 참이라, 그 말은 에어컨 소리만

들리는 차 안에서 좋든 싫든 귀청을 찢을 듯이 두드러졌다. 요시에는 그것을 모자지간의 대화로 여기고 슬며시 유아용 카시트의 안전벨트를 확인하는 척했다.

"응, ……고마워요."

료스케는 살짝 미소지으며 고개를 끄덕이고, 차를 출발시키는 어머니의 옆얼굴을 몇 초 동안 바라보았다.

빌딩 그림자가 널찍하게 펼쳐진 역 앞에는 어머니처럼 가족을 마중 나온 듯한 자동차가 여러 대 눈에 띄었다. 혼잡한 교차로를 빠져나와 도로로 접어들자 조금 마음이 놓인 듯 가즈코가 다시 입을 열었다.

"그나저나 저거 설치하기가 만만치 않더라. 이래도 안 되고 저래도 안 돼서, 한 시간은 족히 걸렸을 거야. ……"

"정말 만만치 않죠."

요시에가 뒤에서 맞장구를 쳤다.

"혼자 하셨어요?"

"그래, 혼자 했단다."

"아버지가 안 도와줬어요?"

료스케는 요시에와 둘이 있을 때는 거의 표준어에 가까운 말씨를 쓰는지라 귀성 때마다 사투리가 툭툭 튀어나오는 것에 살짝 저항감이 있었지만, 지금은 무심코 눈을 휘둥그레 뜨며 물었다.

"그래, 혼자 했다니까. 어머나? 그나저나 지금 이 길이 맞나?

가만있자, ……아, 맞구나. ……그런데 무슨 얘기 했더라?"

"카시트."

"아, 그래, 그래. 아버지가 하나도 안 도와줘서 혼자 했어. ……더위를 좀 먹은 것 같더라고. 오늘도 같이 마중 나가지 않겠느냐고 물었는데, 열이 있는 모양이라서."

"열요? 괜찮아요?"

"괜찮아. 아버지도 이젠 늙었나보다. ……"

가즈코가 그렇게 말하더니 아래 눈꺼풀에 힘을 주며 앞유리창 얼룩이 거슬린다는 듯 세정액을 뿌리고 와이퍼를 작동시켰다. 료스케는 하얗게 거품이 인 액체가 유리창 가장자리에 흘러내리는 모습을 가만히 지켜보았다.

"아, 맞다, 맞다, ……"

고쿠라 성 옆의 신호에서 정지하자 가즈코가 천천히 왼손을 뻗어 CD를 틀었다.

— 맛있는 불고기 가게는 어디에 있나요? 엔을 원으로 바꾸고 싶은데요. ……

"어머, 소리가 좀 크네."

스피커에서 갑자기 흘러나온 소리에 놀란 료타의 눈이 휘둥그레졌다. 때마침 그 얼굴을 룸미러 끝자락으로 본 가즈코가 음량을 살짝 줄였다.

— 지하철역은 어디에 있나요? / 이대로 곧장 가서 은행 앞에서 왼쪽

으로 꺾으세요.

"뭐예요? 한국어?"

"그래, 한국어야. 이대로 곧장 가서 은행 앞에서…… 왼쪽으로 꺾으세요."

가즈코는 료스케가 놀라는 모습이 재미있는지 자신만만하게 따라 했다. 유창하다고 하긴 어렵지만 이미 여러 번 읊조려본 것 같았다.

"얼마 전부터 아버지랑 같이 배우러 다녀."

"아버지도? 아버지는 또 왜?"

"응? 으음, 실은, ……아버지도 일을 그만둬서 오랜만에 시간이 생겼잖니. 치매 예방도 할 겸, 제철소의 요시카와 씨 부부가 권해서 다니기 시작했어."

"그래요? ……그런데 왜 하필 한국어야?"

"한국어를 권했으니까 그렇지. 올해는 뭐냐, 월드컵도 있어서 학원에 젊은 애들이 꽤 많아. 그건 그렇고, 우린 이제 틀렸더라. 젊은 애들하고 실력이 느는 속도가 전혀 달라."

가즈코의 얘기에 그때까지 입을 다물고 있던 요시에가 "어머나" 하며 몸을 앞으로 내밀었다.

"재미있겠네요. 저도 애한테 손이 좀 덜 가게 되면 뭘 좀 배워볼까 싶어요. 계약직으로만 일하니까 보람이 없어요."

"그럼, 배우면 좋지. 아이 키우는 동안은 아무래도 좀 힘들겠지만. ……"

가즈코는 그렇게 말하고 입을 다물었다가 다시 귀로 파고든 예문을 놓치지 않겠다는 듯 따라 하기 시작했다.

료스케의 얼굴에는 채 형태를 갖추기도 전에 허물어져버린 미소가 남았다.

'……어머니가 어쩐 일이지?'

그는 어머니의 그런 변덕이 잘 이해되지 않았다. 어머니는 지금껏 단 한 번도 한국에 간 적이 없고, 누구에게 한국에 관해 얘기하는 걸 보인 적도 없었다. 더군다나 어학에 흥미가 있을 줄은 꿈에도 몰랐다.

그런 의문이, 친숙한 어머니의 목소리가 자신이 전혀 모르는 말들을 쏟아낸다는 위화감과 얽혀들면서 왠지 언짢게 다가왔다.

요시에와 어머니가 한국어 학원에서의 일화로 웃음꽃을 피우는 사이, 료스케는 일단 CD의 음량을 슬며시 줄였다가 알아채지 못하게 살짝 껐다. 요시에는 섬세한 그 두 번의 손길을 놓치지 않았다. 그녀는 시어머니 얘기에 맞장구를 치는 한편, 속으로는 조금 전 약간 당돌하게 대화에 끼어들었을 때 느꼈던 것을 다시 한번 떠올렸다. 혼인신고 때 확인한 본적에는 분명히 그런 내용이 없었지만, 그녀는 순간적으로 혹시 료스케가 재일한구인이 아닐까라는 생각을 했다.

도바타 우회도로 입구에서 길을 헤매는 바람에 요시에와 나누던 대화가 끊겼다. 그로부터 십 분도 더 지나서야 가즈코가 간신히 알아차리고 말했다.

"어? CD가 꺼졌네."

"응, ……아까 끝났어."

료스케가 앞을 바라보며 대답했다.

"그래? ……"

그녀는 핸들을 주의하며 다시 손을 뻗어 CD를 틀려고 했다. 그러나 료타가 뒤에서 입을 벌리고 잠든 모습을 보고 단념했다.

"그냥 두자."

막 기울기 시작한 석양은 아직 얕았지만 그 빛깔이 뜻밖에 짙어서, 보닛에 반사된 빛이 앞유리창 밑에서 둥그렇게 솟아올라 눈이 부셨다. 정면에서 그 빛을 계속 받던 두 사람의 뺨 언저리에 피로가 앙금처럼 조금씩 쌓여갔다.

재회의 흥분은 여기까지 오는 동안 맞닥뜨린 뜻밖의 소모 때문에 상당히 깎여나간 듯했다. 가족 모두가 차 안까지 끌고 온 피로에는 만만치 않은 무게감이 있었다. 료스케나 요시에는 그것을 어쩔 수 없는 일로 받아들이면서도, 괜한 고생을 시켰다 싶어 료타에게 미안했다.

원래는 자동차로 올 수 있을 만한 거리였다. 그러나 나중에 지바 이나게에 있는 처갓집에 들렀다가 내친김에 디즈니랜드에도 갈 예정이라 열차를 이용하기로 한 것이다. 그러나 어차피 도쿄에서 우베 공항으로 돌아갈 거라면 일단 후쿠오카 공항으로 와서 거기서 차를 운전해도 되지 않았을까? 왜 미처 그런 생각을 못 했을까? 주차 문제 때문이었나? 어느 쪽을 비난할 수도 없지만, 두 사람 다 그다지 잘 짰다고 할 수 없는 이번 계획을 조금은 원망스럽게 여기고 있었다.

요시에는 어느새 차 안을 점령해버린 침묵을 알아채고, 그것을 움직여도 좋을지 어떨지 확인하려 손가락으로 살짝 건드리듯이 나지막이 콧소리를 냈다. 그렇게 미리 절차를 밟고 안심한 뒤에 입을 열었다.

"료타, 잠자리가 편한지 꽤 깊이 잠들었네요."

존댓말이니 시어머니에게 한 말임을 금방 알 수 있었다. 이어서 료스케에게도 말을 건넸다.

"이렇게 자면 밤에 또 안 잘지도 모르겠다."

"다행이네. 종류가 워낙 많아서 어떤 걸 살지 망설였는데."

가즈코가 기쁜 듯이 말하더니 뒷말을 덧붙였다.

"너희도 아이 하나쯤 더 낳을지 모르고 다카시도 조만간 결혼할 테니, 앞으로도 여러 번 써먹을 기회가 있겠지. 사길 잘했어."

료스케는 '형은, ……결혼 안 하지 않을까?'라고 말하려다 그만두고 '형은 인제 온대요?'라고만 물었다.

"내일 온단다. 점심때쯤. 오늘까지 일하는 모양이야."

"그래요? 여름방학인데. 국회도서관은 여름방학이 더 바쁜가?"

"글쎄, 사서들은 그렇겠지. 하지만 다카시는 조사원이니 꼭 그렇진 않을 텐데. ……"

가즈코가 또다시 살짝 눈이 부신 듯 눈썹을 찡그리고는 가리개의 각도를 미세하게 조정했다. 료스케는 고개를 끄덕이며 그 그림자가 어머니의 얼굴 위에서 미끄러져내리듯 아래로 뻗어가는 모습을 지켜보았다.

3

집에 도착하자 가즈코는 "자자, 얼른 들어와라" 하며 료스케 가족을 안으로 들인 후 2층을 향해 소리쳤다.

"여보, 료짱이랑 애들 왔어요."

료타를 업은 요시에와 짐을 끌어안은 료스케가 신발을 벗고 거실로 들어갈 때까지 하루오의 대답은 들리지 않았다.

"아버지 주무시나?"

고개를 갸웃거리며 이리저리 에어컨 리모컨을 찾아 돌아다니는 어머니에게 료스케가 짐을 내려놓으며 물었다.

어머니는 돌아보지 않았다.

"응, 어머니?"

"……응? 아, 찾았다, 찾았어."

가까스로 에어컨 전원을 켜고 리모컨을 탁자 위에 내려놓으며 그녀가 고개를 들었다.

"뭐?"

"아버지, 아직 주무세요?"

"……대답이 없는 걸 보면 그렇지 않을까?"

그렇게 말하며 다시 복도로 나가더니 큰 소리로 외쳤다.

"여보, 료짱네 왔어요!"

료스케는 옛날에 곧잘 아래층에서 어머니가 형이나 자기를 이렇게 불렀던 기억을 정겹게 떠올렸지만, 어머니가 아버지를 그렇게 큰 소리로 부르는 모습은 거의 본 적이 없었다. 이번에도 아버지의 대답은 없었다.

"좀 있으면 내려오시겠지."

한숨을 내쉬며 거실로 돌아온 어머니가 료스케의 얼굴을 보지도 않고 말했다.

료스케는 일단 "응, ……"이라고 대답했지만 신경이 쓰여서 "잠깐 살펴보고 올까" 하며, 방금 바닥에 내려놓은 짐 중 선물과 아이 장난감이 든 봉지만 남겨두고 소리 나지 않게 조심해서 계단을 올라갔다. 가즈코는 삐걱거리는 나무 계단의 기척을 머리 위로 느끼면서, 소파에서 료타를 돌보는 요시에게 사투리 억양을 억누른 어색한 말투로 물었다.

"수박 있는데 먹을래? 료타는, ……그새 잠들었니?"

"네, 먹을래요. 저 수박 좋아해요!"

료스케는 오늘밤 세 가족이 자기로 한 2층의 옛날 자기 방에
짐을 내려놓고, 목욕물처럼 무겁게 고여 있는 열기를 피해 문을
살짝 열어둔 채 복도로 나와 맞은편의 부모님 방을 노크했다. 안
에서 인기척은 느껴지지 않았다.

"……아버지?"

상황을 살피듯 조심스럽게 문을 열었다. 오랫동안 냉방으로
식힌 공기가 완전히 지쳐버린 듯이 그 틈새로 기어나왔다. 커튼
이 드리운 어스름한 방의 다다미 침대에는 무슨 큰 짐이 봉지에
담겨 방치되어 있는 모양새로, 황토색 줄무늬 파자마를 입은 아
버지가 배 언저리에만 타월담요를 덮고 모로 누워 있었다.

"아버지?"

두번째 부름에도 반응이 없었다. 료스케는 냉방이 조금 세다
싶어 리모컨을 찾았다. 그리고 베갯머리에서 그것을 발견하고
가까이 다가갔을 때, 비로소 아버지가 눈을 뜨고 있다는 것을 알
아차렸다.

"아버지, ……일어나셨어요?"

료스케는 몸을 경직시켰다. 아버지의 눈이 먼바지를 지나 폴
로셔츠를 더듬어 가까스로 얼굴까지 올라왔다. 안경이 없어서
누구인지 알아보지 못하는 듯했다. 한동안 바라보다가 간신히

료스케라는 것을 알았지만, 그사이 첫마디를 건넬 기회를 놓쳐
버린 탓에 그는 또다시 자기 내면에 매달려 있는 추에 스르륵 끌
려가버렸다.

"저 왔어요. 몸은 좀 어떠세요?"

료스케가 눈썹을 높이 치켜세우며 아버지의 얼굴을 들여다보
았다. 하루오는 그 표정이 아플 만큼 선명하게 느껴져서 엉겁결
에 몸을 움츠렸다. 반사적인 그 동작에 료스케는 한순간 이상한
느낌을 받았다.

"왜 그러세요? 지금 막 깨신 거예요?"

"……아아. ……어서 와라."

"열은 좀 어때요? 료타도 같이 왔어요."

"……별거 아니야."

"그래요, ……그럼 다행이고. 모레까지 있을 테니까 푹 쉬세
요. 좀 시끄럽겠지만."

"나중에 내려가마. ……새아가한테도 미안하다 전해주고."

하루오는 그렇게 사과했다.

"괜찮아요. 그냥 주무세요."

료스케는 손에 들었던 리모컨을 베갯머리에 내려놓고 방을 나
왔다. 하루오는 그 모습이 더 보이지 않을 때까지 눈으로 좇다가
왕겨 베개에 머리를 파묻고 참았던 숨을 짜내듯이 몰아쉬었다.
방안에는 료스케가 열어둔 사이 문틈으로 스며든 열기가 여전히

머물러 있었다. 하루오는 그것이 아들이 남기고 간 체온처럼 느껴져서 타월담요를 끌어당겨 머리까지 푹 뒤집어썼다.

4

자동차로 십오 분쯤 걸리는 곳에 있는 패밀리 레스토랑에서 조금 늦은 저녁을 먹었다. 아버지는 식욕이 없다고 해서 어머니가 죽과 채소절임, 그리고 생선구이 정도를 준비해 침실로 가져다주었다.

집으로 돌아오자 료타가 호빵맨 DVD를 보고 싶다며 졸라대기 시작했다. 벌써 몇 번을 봤는지 모를 정도로 좋아하는 것이라서 요시에가 이럴 줄 알고 몰래 가방에 챙겨오긴 했지만, 보다가 늘 도중에 잠들어버리는지라 먼저 목욕부터 해야 한다는 조건을 내걸었다.

"호빵맨! 나 호빵맨 볼 거야!"

"안 돼. 목욕하고 나서 봐. 알았지?"

"싫어……"

료타는 금방이라도 눈물을 흘릴 것 같은 표정으로 고개를 가로저었다. 그러더니 요시에의 다리를 때리기 시작했다.

"아야, 아프잖아. 엄마를 왜 때리니?"

그녀가 살짝 험악한 표정을 지으며 말했다. 료타는 더는 참을 수 없는지 급기야 울면서 계속 엄마의 다리를 때렸다.

"어허, 그럼 못써."

이번에는 료스케가 료타를 야단쳤다. 울음소리가 더욱 커졌다.

"울지 마. 조용히 해야지. 할아버지가 아파서 코 자고 있어요. 자, 엄마랑 같이 목욕하자, 응?"

요시에가 그렇게 말하며 료타를 끌어안은 뒤 가즈코에게 양해를 구했다.

"죄송한데, 저희 먼저 목욕해도 될까요?"

"물론이지. 료타도 많이 피곤한가보구나."

그리고 가즈코는 요시에에게만 더 작은 목소리로 "보나마나 목욕하면 금방 잠들 거야"라고 말하며 웃어 보였다.

"네, 고맙습니다. 자, 료타, 가자."

요시에는 료스케에게 료타를 욕실로 데려가 옷을 벗겨달라고 부탁하고, 수건과 갈아입을 옷가지 등을 챙기러 2층으로 올라갔다. 료스케는 아내가 방을 헷갈리지 않도록 등뒤에 대고 말했다.

"계단 올라가자마자 오른쪽 문이야."

거실로 돌아오자, 어머니는 텔레비전을 켜고 한동안 이리저리 채널을 돌리며 재미있는 프로그램을 찾고 있었다.

"료타도 오늘은 할머니가 있어서 짜증이 덜한 것 같네."

료스케가 소파에 앉으며 쓸쓸하게 웃어 보였다.

"그래? 떼를 많이 쓰는 편이니?"

"떼를 쓴다고 해야 하나, ……아직 세 살이니까 저 정도 고집 은 부리겠지만, 짜증이, ……심해요. 평소엔 저 정도가 아니야."

"어머, 정말?"

"응, 앙앙 울어대요. 오늘은 상황이 다르니까 참았겠지. 요시 에도 보기와 달리 고집이 세서 보통 땐 훨씬 호되게 야단쳐요. 윽박지르지 않고 대화로 풀어나가려면 어느 정도로 버릇을 들여 야 하는 건지 조절하기가 힘들어요. ……내가 아빠니까 화내는 역은 내가 맡는 게 좋겠다는 생각도 들고. ……"

"너도 모질지 못하잖니. ……하긴, 어릴 때는 어쩔 수 없긴 해. ……"

가즈코가 그렇게 말하며 눈을 가늘게 떴다. 아버지답지만 여 전히 어딘지 모르게 어설픈 료스케의 고민을 들으니 그녀 스스 로도 초로의 어머니가 된 듯한, 새삼스럽지만 풋풋하다고도 표현 할 만한 감개를 느꼈다.

"네가 어느새 그런 생각을 다 하게 됐구나. 엄마랑 아버지가 늙은 거겠지."

료스케가 살며시 웃었다.

"내가 생각해도 신기해요. ……오늘도 전철이 좀처럼 오지 않 아서 플랫폼에서 기다리는 동안 료타 비위 맞추기가 여간 힘들 지 않았거든요. 그런데 한편으로 나도 옛날에는 이러지 않았을까 생각하니 기억 속의 아버지 어머니 모습이 떠올라서, ……뭐랄까, ……으음, ……표현은 잘 못하겠지만, 료타에게도 마음이 너그러워지더라고요. ……그냥 나이만 먹으면 솔직히 별로 실감이 안 날 텐데, 입장이 변하니까 달라졌어요. 회사에 들어갔을 때도 그랬지만 부모가 되어보니 세상 보는 눈이 또 달라지네요.”

“정말 그래. 나도 벌써 할머니가 됐잖니. ……빠른 것 같기도 하고, 눈 깜짝할 새인 것 같기도 하고. ……다들 그렇게 차례차례 대물림하는 거겠지. ……”

료스케는 고개를 끄덕이며 안경을 벗고 눈을 비볐다. 콧마루 양옆의 하얀 안경 자국이, 외부 공기에 닿지 않은 탓인지 눈에 두드러진다기보다 왠지 연약한 느낌을 주었다.

가즈코는 아들의 모습을 바라보며 방금 자기가 입에 올린 대물림이라는 말을 떠올렸다. 그것은 올해 초 유방암으로 세상을 떠난 친정어머니 데루코가 즐겨 하던 말이었다. 어머니는 향년 팔십이 세였다. ─앞으로 이십칠 년. 그녀는 그 햇수의 의미를 잘 모른다. 그러나 료스케의 말처럼 입장이 사람을 변하게 만든다면, 그녀는 지금 그 시간이 다할 때를 생각하는 지점에 이미 발을 들여놓은 셈이다. 그렇기 때문에 당시 어머니가 했던 말을 그대로 따라 한 것이다. 그 말을 했을 때의 어머니의 심경과 똑같아졌다. ……이십칠 년 전, 어머니가 쉰다섯 살 때 나는 몇 살이었을까? ─계산해보니 스물여덟 살이다. 지금 료스케의 나이와 두 살밖에 차이가 안 난다. 그때 어머니는 무슨 생각으로 하루하루를 보냈을지 헤아려보려 했지만, 순간적으로는 아무것도 떠오르지 않았다. 큰아들과 큰딸, 나, 그리고 막내아들까지 모두 결혼하고, 손주도 넷이나 있었다. 도바타에 사는 큰아들 소이치의 집에서 함께 지낸 덕에 자주 만나긴 했지만, 그때 과연 어떤 얘기를 나누었던가? 아버지 구니오는 육 년 전 위암으로 세상을 떠났다. 향년 팔십 세였는데, 아버지야말로 당시 무슨 생각을 했는지 더더욱 알 수가 없었다.

내일 제사 때 잠깐 짬이 나면 그런 이야기를 나눠보고 싶다고 가즈코는 생각했다. 오빠 부부와 대화하면서 부모님을 좀더 선명하게 떠올리고 싶었다.

"할머니가 늘 '부모 죽고, 자식 죽고, 손자가 죽고'라고 했는데, 정말로 그보다 더 큰 행복은 없겠지."

"그렇죠. ……"

료스케가 새삼스레 얘기에 집중하는 표정으로 물었다.

"그런 말씀을 하셨지. 누가 한 말씀이더라? 잇큐 스님?"

"잇큐 스님? 료칸 스님 아닌가?"

"료칸?"

"아니, ……어느 쪽이더라?"

가즈코는 료스케의 얼굴을 바라보며 한동안 생각에 잠겼지만, 이내 포기하고 씁쓸하게 웃으며 말했다.

"답답하네. 다카시가 있으면 금방 알았을 텐데."

"그러게. 형은 분명히 알 거야."

"내일 물어볼까."

"응. 인터넷으로 찾아봐도 금방 나오겠지만."

"어머, 그래? 뭐, 어쨌거나 그게 정말 옳은 말이라는 걸 요즘 뼈저리게 느낀단다. 할머니가 돌아가시고 나도 좀 침울해졌지만, ……그 말을 떠올리면 대단한 효도는 못 했어도 그나마 건강한 몸으로 장례식을 치를 수 있는 게 효도구나 싶더라고. ……너도 저렇게 착한 아내를 맞아서 어엿한 가정을 꾸렸으니 이미 충분히 효도했지만, 앞으로 딱 하나만 더 바란다면 바로 그거야. 몸 관리 잘해서, 엄마보다 먼저 무슨 일이 생기는 불효만은 절대 하지 말렴."

"그런 걱정은 안 하셔도, ……"

료스케는 뜬금없이 타이르는 가즈코의 말에 당황스러운 듯 미소로 답했다.

"정말이야. 이건 엄마의 유일한 부탁이야. 아내를 위해서도, 아이를 위해서도."

"걱정 말라니까요. 회사 건강진단에서도 아무 문제 없었어요. 어머니야말로 더 건강하셔야죠. 우리는 그렇다 치더라도 아버지가 혼자 남으면 큰일이니까."

"나야, 뭐. ……딱히, ……"

가즈코는 그렇게 입을 열다가 눈길을 애매하게 다른 데로 돌렸다. 때마침 요시에와 료타가 파자마로 갈아입고 돌아왔다.

"목욕 먼저 했어요."

요시에가 고개를 숙이더니 어깨에 걸친 수건으로 아직 젖은 머리칼 끝을 짜내듯이 닦았다. 료타는 발치에서 기침을 하며 어깨로 크게 숨을 몰아쉬었다.

"괜찮아, 괜찮아. ……"

요시에가 몸을 수그리고 료타의 등을 어루만지며 료스케에게 말했다.

"또 천식인 것 같아."

"앗."

료스케가 걱정스러운 듯이 목을 빼고 "약 가지고 올게" 하며 소파에서 일어나더니 곧장 2층으로 뛰어올라가 호빵맨 그림이 그려진, 파스와 약이 든 조그만 주머니를 들고 왔다.

료타는 요시에와 함께 소파에 앉아 고개를 살짝 숙인 채 탁자를 가만히 바라보며 얌전한 얼굴로 목안 기침의 기미를 살폈다. 그리고 그것이 형태를 이루며 기관을 거슬러오르려 할 때마다 어깨에 힘을 주어 어떻게든 밀어내리려 했다.

요시에와 가즈코는 목욕의 열기가 아직 가시지 않은 자그마한 몸이 내부에서 돌발한 사태에 다기차게 의식을 집중하는 모습을 걱정스레 지켜보았다.

"료타, 자, 이거 받아. 괜찮니?"

료스케가 물과 약을 건네주자 료타는 고개를 살짝 끄덕이며 소파에서 내려와 털이 짧은 크림색 융단 위에 오도카니 앉았다. 그리고 영 어설퍼 보이던 식사 때와 달리 익숙한 동작으로 약을 먹더니, 파스를 붙이기 위해 옅은 하늘색 파자마를 걷어올려 등을 드러냈다. 조그맣게 나란히 솟아오른 두 개의 견갑골 아래에는 아직 푸른 몽고반점의 흔적이 남아 있었다.

"자, 이제 됐어요."

그 말을 들은 료타는 직접 파자마를 내려 바지 속에 넣고 소파로 돌아가 엄마에게 몸을 기댔다. 요시에는 단추 채우는 연습을 시키겠다며 일부러 앞이 트인 파자마를 사다 입혔다.

"힘들어?"

어깨를 끌어안으며 묻자 료타가 고개를 끄덕였다. 숨을 쉴 때마다 목 안쪽에서는 구슬이 튀어나가지 않을 정도로 약하게 부는 장난감 피리 같은 소리가 났다. 기침은 탁하고, 내뱉은 직후에도 기도가 시원해진 기색은 없었다.

가즈코는 텔레비전 소리가 시끄럽게 느껴져서 리모컨으로 전원을 껐다.

"가엾기도 하지. ……"

"습기가 몸에 안 좋은 모양이에요. 지난번 아키요시다이의 종유굴에 데려갔을 때도, …… 그치?"

요시에가 료타를 보살피며 뒷말을 남편에게 넘겼다.

"응, 어머니에게도 전화로 잠깐 얘기했는데. ……"

"그때 말이지? 그러게 말이다. 딱하기도 하지."

"처음에는 아무렇지도 않았는데, 나올 때쯤 되니까 목에서 갑자기 쉭쉭 소리가 나더니 점점 나빠졌어요. 일요일이라 응급병원으로 데려가 잇달아 세 번이나 흡입약을 마신 후에야 간신히 안정됐지만. ……그것도 소용없었으면 입원시켜야 할 지경이었어요."

어머니를 보고 말을 시작한 료스케는 어느새 료타에게 시선이 가 있는 걸 깨닫고, 마지막에는 다시 열심히 얘기를 듣고 있는 어머니 쪽을 돌아보았다.

"그래? ……의사선생님은 뭐래? 습기가 안 좋대?"

"응, 원인이 여러 가지인 모양인데, 료타는 아무래도 그쪽인 것 같아요."

요시에가 료타의 어깨를 감싸안으며 물었다.

"약을 먹었으니 잠깐 지켜보다가 심해지면 병원에 데려갈까? 당신, 어딘지 알아?"

"응, 가만있자. ……응급병원이라면 니시카와 병원인가?"

료스케가 어머니에게 물었다.

"그렇지. 아, 설마 휴가중은 아니겠지?"

"열었을 것 같은데, ……어쨌든 이대로 괜찮아지면 다행이고."

"그러게 말이다. ……"

료타가 미간을 찡그리며 짜증스러운 듯 관자놀이 언저리를 몇 번이나 긁적였다. 막힌 기도 틈새로 간신히 새어나오는 듯한 숨소리가 곁에서 지켜보는 어른들에게도 갑갑하게 느껴졌다.

"옳지, 옳지. ……"

가즈코가 안타까운 마음에 등을 어루만지자, 료타는 그 손길을 꺼리듯 몸을 꼬았다.

"료타, 오늘은 그만 자자."

료스케의 말에 료타가 고개를 살짝 끄덕이고는 요시에의 무릎 위로 올라가 가슴에 얼굴을 기댔다.

"그래, 힘들지."

요시에는 료타를 포근하게 안아주며 몇 번이나 머리를 쓰다듬었다. 그리고 "위에서 료타 재울게요"라며 가즈코에게 양해를 구하고는 료타를 안은 채 영차 하고 일어섰다.

"괜찮겠어? 계단 올라갈 수 있어?"

료스케가 묻자 요시에가 대답했다.

"응, 괜찮아."

"내가 안을까?"

"아니야, 괜찮아."

"그럼 이불 꺼내주마. 료짱은 그동안 씻어라."

가즈코의 말에 료스케는 "아, 네. 그럼 얼른 목욕하고 나올게.

료타, 심해지면 병원 가자"라며 료타의 등에 살며시 손을 얹었다. 그의 손은 조그맣지만 확연한 열기를 띤 몸속 깊은 곳에서 기관을 경련시키는 미세한 진동을 감지해냈다. 그 촉감이 지금까지 지켜본 아들의 표정보다도 훨씬 솔직하게 발작 상태를 전해주어서, 한순간 료스케는 무언가에 심장을 움켜잡힌 것처럼 고동이 빨라짐을 느꼈다.

5

료스케의 방은 다다미 여섯 장 정도의 넓이였지만 결혼 후 가족이 귀성했을 때 묵을 수 있도록 책상과 싱글 파이프 침대를 치워놓았기에, 마루를 깐 방바닥에는 세 사람이 충분히 잘 수 있는 공간이 있었다.

요시에와 함께 이부자리를 펴고 료타를 눕힌 가즈코는 냉방온도를 조절하고 조명을 낮춘 뒤 방에서 나왔다.

침묵이 제자리를 얻은 듯 안정을 되찾았다. 거실의 밝은 불빛 아래에서 그것은 줄곧 눈부심에 혼란스러워하듯 가족 사이를 우왕좌왕했었다.

가즈코가 맞은편에 있는 부부 방으로 들어가는 소리가 나고 잠깐 동안 하루오와 무슨 말을 나누는 듯했지만 내용까지는 들리지 않았다. 얼마 안 가 문이 다시 열렸다 닫히더니 계단을 내려가는 소리가 하나씩 아래로 멀어져갔다.

료타는 천식 발작이 일어날 때면 으레 그러듯이 옆으로 누워서 요시에게 바짝 붙어 있었다. 그러면 기도가 편안해지는 모양이었다.

어스름한 방안에서 지금은 고통스러운 호흡 소리만이 유일한 변화였다. 마주한 크고 작은 두 몸뚱이 사이에서 이따금 근질근질하게 꼬리를 끄는 듯한 기침이 흩어졌다. 그때마다 요시에는 "괜찮아, 괜찮아"라고 달래며 료타의 어깨를 두세 번 살며시, 심하게 되울리지 않게 어루만져주었다.

"조금 있으면 약효가 나타날 거야."

귓가에 속삭여주자 료타가 아무 말 없이 고개를 끄덕였다. 그저 곁에서 지켜볼 수밖에 없는 그녀는 그 모습이 몹시도 고독하게 느껴졌다.

조금 전 그녀가 종유굴에서 겪은 일을 말하다가 머뭇거린 것은 료타의 상태에 신경을 빼앗겨서만이 아니라, 그때 느꼈던 공포가 생생하게 떠올랐기 때문이다.

료스케는 따로 언급하지 않았지만, 응급병원에서 두번째 흡입약도 효과가 없었을 때 그녀는 자신이 빠져들던 감정적 혼란 속에 굳이라고 할 수 있을 정도로 제 발로 한 발짝을 내디뎠다. 그녀는 분명하고 강한 말투로 당직 의사에게 불만을 표했다. 갓 대학을 졸업한 젊은 의사가 애써 위장하고 있던 자신감의 틈새를 심술궂을 정도로 정확히 겨냥한 말이었다. 료타의 용태가 나아져 집으로 돌아온 후에도 자신의 그런 언동을 후회하지는 않았지만, 그때 움튼 증오에 가까울 만큼 격한 감정은 그전까지 결코 알지 못했던 종류였다.

요시에는 아들의 얼굴에 드러난 진지함이 애처로웠고, 그래서 더더욱 그 모습이 사랑스럽게 느껴졌다.

료타는 아직 자기 몸의 구조에 관해 아무것도 모른다. 기관지라는 말은 물론이고, 그것이 어떤 이상을 일으켜 발작에 이르는지 이론적으로 전혀 이해하지 못한다. 그녀는 무력한 분노를 느끼며, 이런 좋지 않은 상태를 어린아이에게 떠맡기는 건 너무 이르다고 생각했다. 엄마로서 막아주지 못하는 게 안타까웠다.

그럼에도 그녀의 가슴을 흔드는 것은, 그 어린 아들이 오히려 그런 고통을 통해 어렴풋하게나마 자신의 몸을 발견하고, 뜻대로 되지 않는 10킬로그램가량의 몸을 자기 자신으로 인식하며, 좋지 않은 상태를 어떻게든 극복하려고 노력한다는 것이었다.

그녀가 료타의 표정에서 읽어낸 것은 명백한 진지함이었다. 이제 만 세 살이 된 아들은 어른에게 부과되는 의무와 조금도 다르지 않은 의무에 충실하게 임했다. 그리고 병의 강요를 받으면서도 아이가 열심히 받아들이려 애쓰는 그 몸은 다름아닌 요시에 자신의 피와 살을 나눠받아 만들어진 몸이었다.

그녀에게는 료타가 말 그대로 료스케와의 사랑의 결실로 느껴지는 순간과, 그에게는 미안하지만 가끔은 자기만의 분신처럼 느껴지는 순간이 각각 따로 존재했다. 어떤 때에 어느 쪽으로 느껴지는지는 그리 깊이 생각해보지 않았지만, 지금 같은 때 그녀가 자연스럽게 품는 감정은 후자였다.

료타는 보기 드물게 예정일과 하루도 어긋나지 않고 태어난 아이였다. 덕분에 그녀는 료타와 서로 이어졌다는 느낌을 결정적으로 믿게 되었다. 도중에 한 번 조산할 뻔했을 때, 그녀는 급히 입원한 병원의 침대에서 뱃속 아기에게 끊임없이 '아직 안 돼, 아직 안 돼, ……'라고 타일렀다. 그것은 분명 기도라기보다는 말을 건네는 것에 가까웠다.

그녀 평생에 말이란 것이 그토록 순수하게 내부로 향하는 목소리가 되어 다른 생명에 가닿은 것은 그전에도 그후에도 없고 오직 그때 한 번뿐이었다. 그리고 오늘처럼 발작으로 괴로워하는 료타에게 건네는 그녀의 목소리는 지금도 당시 태내의 양수에 떠 있던, 아직 이름조차 없었던 한 생명에게 전해진 소리의 울림을 잃지 않고 간직하고 있었다.

한 인간의 생명이란 아무것도 없는 외계 공간에 별안간 움튼 고독한 한 점으로서 고스란히 노출되어 시작되는 게 아니라, 엄마가 실제로 소유한 육체 안쪽에서, 이를테면 장소를 허가받은 형태로 시작된다는 사실을 그녀는 임신기간중 때때로 곰곰이 생각해보곤 했다.

입덧으로 고생하던 그녀에게 친절하게 그런 이야기를 해준 사람은 시아주버니인 다카시였다. 다카시는 그녀가 일종의 위화감으로 인식했던, 안에서 착실하게 퍼져나가는 감각은 본래 이 세계가 새로운 개체의 출현에 품는 위화감이라며 조금 갑작스럽게 말을 꺼냈다. 입덧은 그러한 위화감에 대한 생체의 당연한 거절 반응이며, 만약 세계가 그 불쾌감을 직접적으로 알고 있다면 신생하는 점 하나쯤은 간단히 짓눌러버릴 거라고.

"분명 나는 조금은 현실과 동떨어진 모성의 이상을 내 멋대로 제수씨에게서 발견하고, 어떤 의미에서 그것을 억지로 떠맡기려 하는 건지도 모릅니다. 그러니 감안해서 들어야겠지만요, ㅡ"

그는 그렇게 말하고 짧게 웃은 후 언제까지고 잊히지 않을 듯한, 온화하면서도 의심의 여지 없이 진지한 표정으로 말을 이었다.

"사실 그런 괴로움은 적의를 낳지 않을 수 없어요. 그렇지만 지금 그 괴로움을 온화한 관대함과 기쁨으로 견뎌내는 제수씨의 모습에는, 태어날 이 아이뿐만이 아니라 우리 모두에게 삶이 살아갈 만하다고 느끼게 해주는 위안이 존재한다고 난 생각해요. 나라는 인간만 해도 3킬로그램 정도의 무게를 지니고 더이상 부정할 수 없는 사실로 이 세계에 내던져지기 전에는 어머니라는 한 인간의 내부에 최초의 장소를 허락받았죠. 그것은 인간의 생이 시원始原적으로 떠안고 있는 근원적 조건이에요. 인간이 제아무리

외면해도 그 최초의 관용이 준 은혜를 부정할 수는 없으니까. 내가 지금 당부하고 싶은 건 그것뿐이에요. ……"

요시에는 임신중에 누구의 말이 가장 인상 깊었는지를 지금 다시 돌이켜보고, 바로 다카시의 그 말이라고 생각했다. 그때는 거의 기이하게까지 느껴졌고 그래서 더더욱 기억에 깊이 남기도 했지만, 솔직히 너무 어려워서 '감안해서 들을' 것까지도 없이 제대로 와 닿지 않았다. 그런 다음 입덧이 끝나고 처음에는 뱃속 상기의 활동처럼 애매하게, 그리고 초음파 영상이 거들어 다리와 머리 같은 구체적인 부위의 동작과 더불어 아이의 존재를 느끼게 된 무렵부터, 그녀는 그 말에 부모님이나 료스케의 말과는 또다른, 훨씬 복잡하고 한결같은 격려가 깃들어 있었다는 것을 깨달았다.

—그렇다, 그것은 바로 말의 문제였다. 그 말을 한 사람은 다카시였고, 그 사실을 그녀의 마음속 깊은 곳까지 와 닿게 해준 사람도 그였다.

그녀는 남편 료스케를 사랑했다. 임신기간 내내 그녀에게 심적 버팀목이 되어준 사람은 분명 남편이었다. 그러나 료스케의 말은 좀더 친밀했다. 친밀했기 때문에 그녀는 이따금 그것을 몹시 몰이해하다고 느끼며 반발했다. 그것이 그에게 상처를 주고, 결국은 그녀 자신에게도 상처를 주었다. 그녀가 료스케의 마음 깊은 곳에 자리한 다카시에 대한 감정을 어렴풋하게나마 알아차린 것은 실은 그 무렵이었다.

　요시에는 다카시의 말을 조금 더 단순하게 받아들여서, 자신 또한 맨 처음 열 달을 어머니의 뱃속에서 보호받은 덕에 비로소 무사히 태어날 수 있었다는 생각을 해보았다. 그것은 딱히 내세울 만한 새로운 발견은 아닐 테지만, 그렇게 이 세계에 새로운 장소를 얻은 생명이, 안온하게 살 경우에는 팔십 년이나 지속된다고 상상하면 역시나 엄청난 일처럼 느껴졌다.

　그녀는 막 태어난 갓난아기와 마주하고 그 모습을 눈으로 접했을 때의 감동을 언제까지고 잊을 수 없었다. 그것은 시간이 갈수록 기억 속에서 점점 더 커져가는 것 같았다. 출산 직후에는 훨씬 혼란스러운 빈혈성 박명 속에서 감정적 고조를 느꼈다. 사전에 상상했던 것과 달리 분만 자체보다 진통의 고통이 훨씬 혹독했다. 격통이 의미심장하고 큰 여운을 남기며 한순간 누그러진 직후에 카랑카랑한 울음소리가 귓속으로 파고들었다. 그것은 그녀의 과도한 소모와 정확히 조화를 이루듯 힘차기 그지없었고, 갓 씻어낸 것처럼 참으로 새로웠다.

　"건강한 아드님입니다!"

　이유는 알 수 없지만 갑자기 그때의 무기질적이고 단단한 분만대의 감촉이 되살아났다.

　환한 얼굴로 말을 건네는 젊은 간호사의 품속에서 울음소리는 양수에 젖은 조그만 몸으로 살집과 형태를 갖춰 나타났다. 요시에는 아기에게 장애가 없다는 말에 솔직한 안도를 느꼈다. 회사에 다니는 동안에는 그런 생각을 할 여유도 없었지만, 팔 개월째에 친정으로 내려가 시간이 남아돌자 문득문득 그런 불안이 마음속을 스쳤다. 그것은 다카시의 얘기를 들은 후로 줄곧 생각하던, 팔십 년이나 이어질 생명의 길이에 대한 상상과 어우러지며 그녀를 몇 번이나 깊은 우울로 이끌었다.

눈앞이 부옇게 흐려져 몇 번을 깜박여도 맑아지지 않았지만, 그런 상황에 익숙한 듯한 간호사가 "자, 보세요, 귀여운 아드님이에요"라며 바로 눈앞까지 갓난아기를 안고 다가와, 충분히 시간을 준 다음 데리고 나갔다.

요시에의 마음속, 그 첫 대면의 광경에 기다란 그림자가 스며들듯 비쳐든 것은 갓난아기를 집에 데려온 뒤였다. 다카시가 말했던 인간의 원초적 취약함—감싸줄 수밖에 없는 성질은 오히려 출산 후에 훨씬 쉽게 실감되었다.

그녀는 밤낮으로 한시도 아이 곁을 떠나지 않았지만, 가만히 뉘어둬도 뱃속에 있어서 언제든 감쌀 수 있는 것과 내버려두면 그 자리에 그대로 고립되어버리는 것은 차원이 달랐다. 계단 올라가는 것 하나만 해도 임신중에는 무심코 뛰어올라가다 료스케에게 자주 꾸지람을 들었는데 산후에는 도저히 그럴 수가 없었다. 다카시는 그런 의지나 태도와는 별개인 사실성에 관해 말한 것일 테지만, 실제로 아이를 보살피는 그녀는 당연히 실감에서 비롯된 해석을 믿었다.

갓난아기 곁에서 오랜 시간을 보낼수록 불과 몇 달 전까지 그 아이가 자기 뱃속에 있었다는 사실이 신기했다. 나아가 몇 년 전까지는 이 존재의 그림자도 형체도 없었다는 사실 역시 신기하게 여겨질 법했지만, 그런 방면으로는 생각이 미치지 않았다.

그녀는 그런 신기함을 떠올릴 때마다 으레 분만실의 기억으로 이끌려갔다. 그것이 최초였다. 그때까지는 단지 태내에서 느낄 뿐이었던 존재가 실제로 눈앞에 나타났다. 그 모습에는 그때까지 품어온 그 어떤 상상과도 다른 신비로운 의외성이 있었다. 그녀는 거의 비현실적인 출산의 고통을 훗날 어머니나 언니와 함께 밝게 웃으며 회상했지만, 그 필사적인 와중에 갓난아기는 결국 그녀의 일부였음이 확인되었고, 동시에 그녀와는 다른 존재였음도 확인되었다.

남편의 주장보다는 그녀 자신의 소망과 친정 부모의 배려로 갓난아기에게 '료타'라는 이름을 지어주고, 아직 주름투성이이던 윤곽선이 아이가 입을 떼면서 마침내 말끔하게 잡히고 두 번 다시 흐트러지지 않게 단단히 묶이자, 그후로는 료타가 보여주는 일거수일투족에서 그 의외성을 수없이 되풀이해 경험하게 되었다. 의심의 여지 없이 료타는 그녀의 피와 살을 나눠받아 탄생했다. 그러나 그 생명은 이제 그녀에게서 완전히 자립했다. 그녀가 육아를 통해 느끼는 감동은 오히려 그 거리를 실감하는 데서 나왔다.

"좀 편해졌니?"

기침 발작이 어느 정도 잦아든 것을 알아채고 요시에는 작은 목소리로 물었다. 료타는 여전히 미간의 주름을 펴지 않았지만, 그러면서도 살며시 고개를 끄덕이며 엄마의 손을 잡았다.

유아원에서 다른 집 아이들을 보고 그녀는 왜 좀더 건강하게 낳아주지 못했을까라는 생각에 아들에게 이따금 미안한 마음이 들곤 했다. 그러면 이렇게 괴로워할 일은 없을 텐데. 그러나 료타는 그녀의 걱정보다 튼튼했고, 주어진 자기 몸에 의문을 품지 않고 씩씩하게 행동했다. 그것이 한층 더 그녀의 애정을 불러일으켰다.

"괜찮아. 엄마가 계속 옆에 있을 테니까."

그렇게 말하며 또다시 어깨를 쓰다듬어주자, 료타는 이번에는 말없이 고개를 끄덕였다.

들이마시고 내쉬는 숨결을 확인하려고 멍한 눈빛으로 기관 안쪽에 집중했던 의식이 차츰 멀어지기 시작했다. 눈꺼풀이 무거워지고, 체온과 함께 느껴지던 엄마의 비누 향이 잠 속으로 조금씩 섞여들었다.

6

하루오가 거의 손대지 않은 저녁식사 쟁반을 들고 가즈코가 거실로 돌아오자, 료스케는 젖은 머리로 고향집에 있던 옛날 파자마를 입고 소파에 앉아 있었다.

"어머, 벌써 목욕했니?"

가즈코가 놀란 듯이 물었다.

"응, 병원 가게 될지 몰라서. ……료타는?"

"좀 가라앉은 것 같던데."

"그래요? 잠깐 보고 올까."

어머니 옆을 스쳐지나는 순간, 료스케는 그릇 안에서 차갑게 굳어버린 죽을 보고 걱정스럽게 말했다.

"아버지, 안 드셨네."

"그러게 말이다. ……잠든 것 같으니까 깨우진 말고."

"……응."

그는 그렇게 대답하고 발소리를 죽이며 2층으로 올라갔지만, 료타의 상황을 살짝 엿보기만 하고 금세 다시 돌아왔다.

가즈코는 안경을 쓰고 뉴스 프로그램을 보고 있었다.

"어떻든?"

"응, 조금 안정된 것 같아요. 깰까봐 잠깐 보고 내려왔지만."

"그래? 다행이다. 딱하기도 하지."

"응. ……"

"너 어렸을 때를 생각했어. 너도 저렇게 자주 천식 발작을 일으켰지. 기억나니?"

"응, 대충. 맞아요. ……그래서 난 그 고통을 알고, 아이들이 저래봬도 꽤 노력한다는 것도 알죠. 료타가 어떤 느낌일지도 대충 알지만, 요시에는 천식 발작을 처음 보니까 아무래도 당황스러운 모양이에요. 내가 의외로 냉정하니까 '어떻게 그럴 수 있느냐'고 물은 적도 있다니까요."

"그래? 역시 천식은 유전적인 영향도 있나?"

"유전이라, ……흐음, 체질적인 부분도 있겠지만 아무래도 환경 탓이겠죠. 여기도 그렇지만 지바나 우베는 공기가 안 좋으니까. 사택에도 많아요, 천식 걸린 애들."

"어머, 그래?"

"응. 료타도 가을부터는 그애들이랑 같이 수영 시켜볼까 해요."

"그래, 수영 좋지. 너도 수영 다니기 시작한 후로 금방 좋아졌잖니."

"네."

료스케는 어머니의 말을 듣고 조금 전 이곳에서 발작으로 괴로워하던 료타의 모습을 어린 자신의 모습과 겹쳐보았다. 자기도 부모 눈에 그렇게 보였을 거라는 생각이 들었다. 그리고 료타는 지금 그때처럼 자기를 바라보고 있다. 주인이 바뀐 눈길 너머의 시야는 티끌만한 얼룩도 없이 맑게 개어 있었다. 그는 당시 부모의 심정을 하나가 된 듯 이해했고, 마찬가지로 지금의 료타의 심정도 이해했다. 보이는 것이 곧 느끼는 것인 양 그는 그것을 지극히 당연하게 믿었고, 구태여 의식할 필요도 없었다.

어머니가 이야기를 조금 돌리듯 말했다.

"그건 그렇고, 료타는 정말로 널 쏙 빼닮았어. ……"

"그래요?"

"응, 사소한 몸짓이나 표정까지, 딱히 흉내낸 것도 아닐 텐데 가끔 어쩜 저렇게 닮았나 싶을 정도로 어릴 때 너랑 똑같아."

"그런가. ……난 잘 모르겠는데."

"널 닮았으면 키우기는 수월할 거야. 틀림없어."

가즈코가 웃었다.

"글쎄, 어떨지. 내가 그렇게 얌전한 애는 아니었던 것 같은데."

"얌전하다고 해야 할까. ……아무튼 키우기 편했지. 손이 전혀 안 가는 애였어."

가즈코가 옛일을 그리워하듯 말하더니 덧붙였다.

"다카시를 키운 후라 더 그랬겠지. ……"

료스케는 고개를 획 들었다.

"형이야말로 손이 안 갔을 텐데?"

"그렇게 보였니?"

가즈코가 쓸쓸하게 웃으며 대답을 주저했다.

"……아니에요?"

"그렇게 보였다면 나도 안심이지만, ……솔직히 다카시는 꽤 힘들었단다. ……"

료스케는 어머니의 그 말이 뜻밖이었다.

"왜? 첫애라서?"

"……아니."

"형은 공부도 잘하고 운동신경도 남달랐잖아요. 학급위원 같은 것도, 직접 나서지 않아도 선생님이나 반 아이들 모두 형이 하는 걸 당연하게 여겼는데."

"넌 학년이 달랐는데 그런 것까지 다 알았니?"

"당연하지! 눈에 띄었잖아요. 난 항상 '사와노 다카시의 동생'으로 불렸는걸. ……정작 형은 성격상 별로 눈에 띄려는 생각이 없었겠지만. 머리도 뛰어나고 어른스러웠으니까."

"응. ……"

"학원도 변변히 안 다녔는데 이런 시골에서 도쿄 대학에 들어갔고. ……그런데 어머니는 대체 뭐가 힘들었다는 거야?"

료스케가 웃으며 밀했다.

"그렇지, ……"

가즈코가 시선을 애매하게 피하면서 어색하게 웃더니, 고개를 살짝 비틀고 어떻게 설명해야 좋을지 망설이듯 말했다.

"그렇지만, ……엄마는 정말로 다카시 때는 애를 먹었어. 그런 생각이 늘 들어. ……"

"무슨 속 썩이는 짓이라도 했나?"

"속 썩이는 짓은 안 했지만, ……솔직히 난 다카시의 속을 늘 알 수가 없었단다. ……지금이니까, 너한테니까 하는 말이지만, ……이애는 어쩌면 장래에 당치도 않은 무서운 인간이 되지 않을까 불안해한 적도 있었지. ……이따금 말이야."

"설마."

"정말이야. 그런 생각이 드는가 하면, 남들은 흉내조차 못 낼 만큼 다정한 구석도 있었고, ……"

료스케는 갑작스럽게 시작된 어머니의 고백의 진의를 가늠하기 어려워서 이어질 말을 잠자코 기다렸다. 그러나 가즈코 역시 아들의 반응을 살피고 있었다. 그것을 확인한 후에 이야기를 계속할지 어떨지 결정할 생각이었다.

료스케는 "그래요, ……"라고 말하고는 일어서서 냉장고 쪽으로 향하며 최대한 자연스러운 말투로 물었다.

"시원한 차라도 드릴까요?"

대화의 틈을 메우는 아들의 그런 모습에 가즈코는 목까지 올라왔던 말이 지그시 짓눌리는 느낌이 들었다. 그래서 원래는 고맙다는 말을 건넬 생각이었는데 순간적으로 "아아, ……미안해"라고 말해버렸다.

"아니에요, 나도 마시고 싶어서."

두 사람 사이에서 텔레비전 소리가 갑자기 커졌다.

'시리즈—그로부터 1년 II'라는 특집 프로그램 제목이 화면 오른쪽 위에 떠 있었다. 지난해 미국에서 일어난 동시다발 테러들을 '다각적으로 검증한다'는 이 한 달짜리 기획 프로그램의 첫 회를, 가즈코는 지난주 같은 요일에 우연히 보았었다.

화면에는 어느 미술전시회의 풍경이 나오고 있었다. 자못 아트에 관심 있다는 듯한 차림새의 젊은 대학생 커플과, 하찮은 것을 봤다는 분노를 어떻게든 드러내려고 떨떠름한 표정을 짓고 있는 재킷 차림의 늙은 남자, 어디서 소문을 듣고 우연히 들러본 눈치인 사람 좋아 보이는 중년 여자 등, 일부러 고른 듯한 갖가지 타입의 관객들이 스쳐지나갔다. 그리고 역시 다소 노골적인 중립성을 과시하는, 작품에 대한 그들의 찬반양론이 짧게 다뤄졌다.

한 점씩 클로즈업으로 소개된 그 작품들은 가즈코의 눈에 기묘하다기보다는 몹시 조심성 없고 경박한 것으로 느껴졌다.

〈도쿄 도청〉이라는 130호 캔버스 유화는 도청 청사가 폭발해서 붕괴하기 직전의 모습을 사진이 아닐까 의심스러울 정도의 성실한 리얼리즘으로 그려낸 작품이었다. 다음은 〈덴쓰* 본사〉

---

* 電通, 일본의 광고회사.

라는 100호 아크릴물감 작품으로 마치 할리우드 영화의 포스터 같은 풍이었다. 마지막 〈히가시혼간지〉라는 작품 역시 100호 유화인데, 불길 속에서 거의 골격만 남은 사원이 금방이라도 무너져내릴 듯한 장면을 담은 그림이었다.

가즈코는 미간을 찡그렸다. 전시장 인터뷰에서는 딱 다카시 또래에 한눈에도 직접 탈색했다는 걸 알 수 있는 금발의 청년이 단단히 팔짱을 낀 채 초조하게 자기 작품에 관해 얘기하고 있었다.

—그러니까, ……그런 게 아니라니까요. 정말로 단게 겐조든 장 누벨이든 아무 상관 없어요. 물론 구세대 사람들은 반권력이니 뭐니 하는 걸 좋아하겠죠. 그냥 동네 집이어도 딱히 상관은 없지만, 그런 걸 그려봐야 아무도 모르잖습니까? 뭐든 상관없어요. 단순한 **파괴충동**이랄까요. ……나는요, 도지사가 눈을 깜박거리는 모습이 너무 짜증스러워요. 하하. 그래서 도청을 날려버렸죠. 그것뿐이에요. 저 모 대기업 광고대리점은 내가 취직 시험에 떨어졌기 때문이고요! 열받았죠, 물론! 풋. —혼간지? 저것도 마찬가지. 우리 집은 정토진종이라 제사 때마다 다리가 저릴 때까지 무릎 꿇고 앉아 있는 게 싫었어요. 그래서 **때려부쉈죠**. 그것뿐이에요. 폭력의 충동이란 건 **선악의 피안**이에요. **아무리 사소한 감정이라도 빌딩 하나쯤 날리는 데 부족하진 않아요.** ……

옛날부터 젊은 층 문화에 이해가 깊기로 정평이 나 있는 초로의 캐스터가, 저널리즘적인 관심보다는 좀더 고지식한 흥미로 인해 고심해가며 조금이나마 깊이 있는 코멘트를 끌어내려 노력

했지만, 화가는 그럴수록 점점 더 완강한 태도로 비웃음을 섞으며 같은 말을 되풀이할 뿐이었다.

— 의미 따윈 없다니까요. 안 그래요?

가즈코는 그 모습에 급기야 빈축당한 느낌이 들어서 텔레비전 전원을 꺼버렸다.

료스케가 잔 두 개를 한 손에 들고 어머니가 끓여둔 보리차 병을 냉장고에서 꺼내 소파로 들고 왔다. 텔레비전 소리는 거의 귀에 들어오지 않았다.

"아아, 고맙다."

가즈코는 료스케가 따라준 보리차를 한 모금만 마시고 탁자에 내려놓았다. 료스케는 단숨에 절반쯤 마시고 나서 웃으며 말했다.

"아아, 요즘은 슈퍼에서 파는 우롱차만 마시고 보리차는 거의 안 마셨는데, 오랜만에 마시니까 맛있네. 향도 좋고. 왠지 그리운 옛 맛인데. ……"

가즈코도 고개를 끄덕이며 다시 잔을 입에 댔다.

"너희가 어렸을 때는 보리차밖에 없었으니까."

"응, 여름방학이면 형이랑 놀다 들어와서 자주 마셨죠."

"그래, 그 무렵에는 보리차를 매일 2리터씩 끓였어. 너희만 마시는 게 아니라 툭하면 친구들까지 데려왔으니까."

"형도 밖에서 새카매질 때까지 놀았죠. 지금은 상상도 못 하겠지만."

"그러게 말이다. 도대체 언제부터 운동을 싫어하게 됐을까?"

"글쎄요. ……하지만 그때도 실은 나랑 놀아준 것뿐인지도 몰라요. 내가 어린이 소프트볼 모임에서 정규선수가 되느냐 마느냐 하던 시기에는 특별훈련도 시켜줬고."

그렇게 말하고 그는 다시 잔으로 손을 뻗어 남은 보리차를 마셨다. 그리고 침묵이 어색한 듯, 이마로 흘러내린 마른 머리칼을 쓸어올리고는 살짝 고개를 숙이며 갑자기 생각에 잠기는 표정을 지었다. 그 모습이 조금 전 기침 발작을 애써 참아내던 료타의 얼굴과 똑같아서 가즈코는 무심코 시선을 빼앗겼다.

잠시 후 료스케가 가죽 소파에 소리 내어 몸을 기대더니 중얼거렸다.

"형은. ……역시 다정한 사람이야."

그러나 그것만으로는 도무지 매듭이 지어지지 않는 느낌이 들어서 틈을 두지 않고 다시 덧붙였다.

"……틀림없이."

가즈코는 '틀림없이'라는 말의 형색을 확인하려는 듯 아들의 눈동자 깊은 곳을 살폈다. 료스케가 그것을 알아채고 신경질적으로 눈을 깜박이며 얼굴을 살짝 돌렸다. 가즈코의 말이 그 뒤를 쫓았다.

"그렇지. ……그런데 다카시의 다정함은 너나 네 아내처럼 평범하게 다정한 느낌과는 조금 달라. ……나도 어떻게 표현해야 할지 잘 모르겠지만, ……"

"그렇지만."

그는 어머니의 말에 곧바로 반응하며 몸을 앞으로 내밀었다.

"아닌 게 아니라, 처음에는 형에 대해 그렇게 말하는 사람도 있어요. 옛날에 형이 유아원에 들어갔을 때도 젊은 보모 선생님이 형을 무서워해서 담당을 바꿨다고 어머니가 그랬잖아요."

"그래. 그건 정말이야."

"따지고 보면 그런 말을 한 사람이 더 이상한 것 같지만, 그것도 유아원 졸업할 때 우스갯소리처럼 나온 얘기잖아요?"

"그렇지. '이제 와서 하는 얘기지만' 하는 식으로. 그렇지만 담당이 바뀌었던 건 사실이야. 다카시가 무섭다고 그 선생이 직접 말했어. ……그때 다카시도 옆에 있었는데, 내가 '네?' 하고 몹시 놀라는 표정을 지으니까 아차 싶었던지 '아뇨, 너무 똑똑해서요'라고 변명했지만, 그래도 엉겁결에 본심이 드러난 느낌이었지. ……엄마도 충격이었어. 내 자식이 그렇게 섬뜩해 보였나 해서. ……"

"그렇지만 그건 결국 상대방의 일방적인 생각이잖아? 그런데 어머니는 왜 그후에도 계속 형을 이상하게 생각했어요?"

"……이상하게 생각한 건 아니야. 물론 다카시도 너와 똑같이 이루 말할 수 없을 만큼 소중해. ……그렇지만 뭐라고 해야 할까, ……다카시는 아무래도 좀 다른 느낌이야. 지나치게 섬세한 면이 있고, 또, …… 아, 맞다. 너 혹시 형 6학년 때 담임선생님 기억나니?"

"응, 으음, ……아아, 아키 선생님?"

"그래, 그 이름이었던 것 같다. ……그 선생님이 말이야, 나도 몰랐는데 다카시를 줄곧 눈엣가시처럼 취급했던 모양이야. 중학교 첫 개인면담 때 담임선생님이 다카시의 생활기록부에 관해 얘기해줬는데, 정말이지 '대체 이유가 뭐지?' 하는 생각이 들 정도로 심했어, 그 내용이."

"그래요?"

료스케가 의아하다는 듯이 말했다.

"처음 듣는 얘긴데, ……그런데도 용케 합격했네?"

"그야 입학시험 성적은 그애가 최고였잖니. 그런데 생활기록부 내용이 너무 심하니까 이렇게 쓴 선생 쪽에 문제가 있는 거 아니냐는 식이었지. 몇백 통씩이나 보다보면 역시 그런 것들이 나오는 모양이야."

"그렇겠지. ……난 학년이 달라서 잘은 모르지만, 왠지 모르게 히스테릭한 느낌이 있긴 했어요, 그 선생님."

료스케가 옛일을 회상하듯 말했다.

"딱 지금 내 나이랑 비슷했을 텐데, 그렇게 생각하면 역시 약간 병적인 느낌이 있었지. 사소한 일로 자주 때렸고. 정말 그랬어.

왠지 조절을 못 하는 느낌이라 무서웠어요. 애들을 상대로 어떻게 그렇게 심하게 때리고 발길질을 했는지 이해가 안 가. ……"

가즈코가 '세상에……' 하고 놀란 듯이 얼굴을 찡그렸다.

"역시 그랬니?"

"응, 자기 마음에 안 드는 학생한테는 유난히 집요했어요. 그 선생님 반에서 등교거부 학생이 꼭 한두 명씩 나왔으니까."

"그랬니? 나도 나중에 다른 학부모한테 듣고서야 알았어. 다카시는 아무 말도 안 했으니까."

"내가 한 번 본 건, ……전교 조회 때였나, 앉은 자세가 불량하다면서 한 아이의 머리를 뒤에서 느닷없이 퍽 소리가 날 만큼 심하게 때린 적이 있었어요. 모두들 놀라서 돌아봤는데, 난 우연히 옆에 있었거든요. 왜, 보통 아이들은 무릎을 세우고 앉을 때 이렇게."

그는 왼쪽 손등을 오른손으로 붙잡으며 말을 이었다.

"손을 잡잖아요? 그런데 그애는 양쪽 팔꿈치를 감싸안은 거예요. 이런 식으로. 단지 그뿐이었어요. 그래서 깜짝 놀란 그 남자애가 고개를 드니까, '뭐야, 그 눈빛은!' 하면서 또다시 있는 힘껏 따귀를 때렸죠. ……아무튼 정상은 아니었어."

"아아, ……"

가즈코가 짐작이 간다는 듯 물었다.

"혹시 그게 우에노라는 애였니?"

"아, 맞아, 맞아. 형이 한 번 감싸줬다는 얘기가 있었죠? 그애야. 용케 기억하네. ……그때부터가 아닐까. 형이 아키 선생님한테 미움받은 게."

"아마 그럴 거다. ……그때까지는 가정방문에서든 학부모 간담회에서든 온통 칭찬뿐이었으니까. 넌 그 얘기를 자세히 아니?"

"……응. ……뭐, 대강."

료스케가 생각을 떠올리려는 듯 눈동자를 위로 치켜뜨며 말했다.

"……그애는 쭉 등교거부를 했어요. 그 선생님한테 미움받아서. 정말로 철저하게. ……지금 떠올려보면 우에노라는 그애는 늘 똑같은, 조금 더러운 짙은 남색 운동복을 입고 다녔는데, ……그 무렵에는 어려서 미처 생각 못 했지만, 아마 집이 가난했던 게 아닐까 해요. 그런 애를 괴롭혔으니 더 질이 나쁘지. ……그런데 한동안 학교에 안 나오다 언젠가부터 다시 나오기 시작했죠. 형이 학급위원이라 그애가 학교에 안 나오는 동안 안내문이나 급식 빵 같은 걸 챙겨서 집에 가져다줬고. 나도 그애가 사는 주택단지 아래까지 같이 간 적이 있었어요."

"어머, 그랬니? 난 그것도 몰랐구나. ……"

"그래요. 그런데 등교 이틀째였나. ……확실하게 기억나진 않지만 아마 숙제를 잊어버렸거나 그런 이유였을 텐데, 그걸 자진신고하지 않았다는 게 수업중에 밝혀져서 또다시 선생님이 그애를 무지막지하게 때리기 시작했죠. 비겁하다느니, 교활하다느니, 마구 심한 말을 퍼부어대면서. ……"

"응, ……"

가즈코는 료스케의 말투에서 억누르고 있긴 하지만 어딘가 극단적인 고양의 기미를 알아채고 기이한 느낌을 받았다. 어머니를 똑바로 쳐다보는 눈에는 호소하는 듯한 힘이 깃들어 있고, 마치 그 자리에 같이 있었던 것처럼 어두운 빛을 발했다.

"……다들 무서워서 말없이 고개를 숙였죠. 그럴 때는 아무도 도와줄 수 없어요. 설령 똑같이 우리 반에서 선생님이 누군가를 때렸어도 마찬가지였을 거야. 요즘 같으면 신문 기삿거리겠지만 옛날에야 뭐, ……교실에서의 그런 폭력은 일상다반사였고, 선생님 말은 뭐든 다 들어야 하는 줄 알았으니까. ……그러다 한번 있는 힘껏 후려치니 그애가 바닥에 엎어졌어요. 뺨이 시뻘겋게 부어오른 채 울면서."

"그렇게 심했니?"

가즈코의 눈이 휘둥그레졌다.

"그래요. 그런데도 성이 덜 찼는지, 선생은 더 때리려고 그애에게 다가갔죠. 그랬는데 쥐죽은듯 조용한 교실에서, 형이 별안간 덜컹널컹 의자 소리를 내며 천천히 일어서디니 말없이 그애한테 다가간 거예요. 그러고는, 아마 어머니도 알겠지만, 그대로 선생에게 등을 돌리고 아무 말 없이 그애 앞에 무릎을 꿇고 끌어안은 거야! 물론 선생은 불같이 화를 내면서 왜 '못된 인간을 감싸느냐'며, 세번째 옆의 교실에까지 들릴 만큼 큰 소리로 고함지르고 미친듯이 아우성쳤지만, ……형은 무시하고 그애를 계속 안고 있었어요. ……"

료스케는 말이 끊긴 후에도 몇 번씩이나 혼자 고개를 끄덕이며 어머니의 얼굴을 바라보다가, 가즈코가 "응, ……" 하며 먼저 시선을 피하자 그제야 탁자에 있던 빈 잔으로 손을 뻗었다.

가즈코가 그 모습을 보고 보리차를 더 따라주며 물었다.

"그래서, ……다카시도 그때 맞았니?"

"아니, 아, 고마워요. 아마 형은 안 맞았을걸. ……나도 들은 얘기라 확실하진 않지만, 어쨌든 온 학교에 그 얘기가 나돌았어요. ……선생들도 술렁거렸고, 심각한 표정으로 뭐라고 대화하는 모습을 몇 번이나 본 기억이 나요. 나를 알아보면 깜짝 놀란 듯이 '사와노, 형한테 무슨 얘기 못 들었니?'라고 묻기도 했고."

"다카시가 그때 너한테 무슨 얘기를 하던?"

"아니, 아무 얘기도 안 했어."

"그래? ……하긴 나도 다른 엄마한테 듣고 처음 알았단다. 그래서 깜짝 놀라 다카시한테 물어봤더니 계속 모른다고만 하는 거야. ……내가 형을 잘 모르겠다는 건 바로 그런 면이야. 아무리 친구를 감싸주려 했어도, ……그런 방식은 어린애가 생각해내기 힘들잖니? 어른도 깜짝 놀랄 정도야. ……그때 다카시가 어떤 마음으로 그런 건지 도무지 알 수가 없어. 제대로 설명해줬다면 나도 그애를 칭찬했겠지. 방법이야 어떻든 그애 마음이 그렇게 다정하다는 걸 알면 부모 입장에서는 역시 기쁘고 대견했을테니까, 당연히. ……그런데 그애는 말을 안 하잖아. ……방금 네가 얘기해주기 전까지 자세한 걸 하나도 몰랐고. ……"

가즈코가 시계로 힐끗 시선을 던지며 역시 오십분이라는 시각을 확인했다. 그리고 대화가 너무 심각하게 흘러가버린 것을 알아채고 웃어 보였다.

"왜였을까. ……좀 쑥스러웠을까?"

료스케가 그 말에 반응하듯 미소지으며 말했다.

"글쎄. ……말해도 이해 못 할 거라고 생각했는지 모르죠."

"그래?"

"아니면 그냥 말하고 싶지 않았거나. ……표현은 잘 못하겠지만, 형한테는 옛날부터 그런 면이 있었어요. 아주 어릴 때부터. 형은 하나를 들으면 열 개 스무 개도 아는 아이였으니까 사람들이랑 평범하게 얘기하는 게 성미에 안 맞았던 건 아닐까? 누구와 함께 있든 그 자리를 즐겁게 만들고 사람들한테 한없이 다정하지만, 정작 본인 마음은 어떨까라는 생각이 때때로 들곤 했어요. 나처럼 못난 동생도 믿기지 않을 정도로 늘 열심히 상대해줬죠. ……물론 아주 어렸을 때야 간혹 짜증을 내긴 했지만."

"네가 어디가 못나!"

가즈코가 아들의 자조적인 말에 조금 과민하게 반응했다.

"그렇게 좋은 대학까지 나오고 무슨 소리니! 다카시는, ……
그래, 역시 머리가 지나치게 좋은 게 아닐까? 공부뿐 아니라 여
러 가지 의미에서. 내 자식인데도 멀게 느껴질 때가 있어, 때때
로. ……"

이렇게 말한 그녀는 천장을 의식하듯 천천히 올려다보았다가
잠시 후 다시 아래를 내려다보며 한숨을 내쉬고는 보리차를 마
셨다. 료스케는 그 몸짓의 의미를 알 수 없어서 "응?" 하며 고개
를 갸웃거렸지만, 그녀는 그것을 알아채지 못했다.

"게다가 다카시에게 좋은 일만 있었던 건 아니야. 따돌림의 주
동자로 지목당해서 학교에 불려간 적도 있었어. ……그렇게 슬
펐던 적은 그전에도 그후에도 없었다. 내 아이가 다른 집 아이를
괴롭혔다니. 그때도 그애는 아무 말 안 했지만. ……"

료스케는 처음에는 어머니가 무슨 말을 하는지 몰랐지만, 이
윽고 짚이는 바가 있는 듯 '아아……' 하는 표정을 지었다.

"그것도, ……글쎄, 형이 나쁘다고 해야 할지. ……그애도 좀
특이했어요. 책상 모서리에 다리를 부딪힌 것 가지고 요란하게
붕대를 감고 학교에 나타나 여봐란듯이 다리를 질질 끌면서 걸
어다니기도 했고. ……형은 아마 단순히 그애가 싫었을 거예요.
그래서 그애의 그런 행동을 무시했는데, 형이 그러니까 모두가
따라 한 거지. 쉬는 시간에 야구를 하든 축구를 하든 늘 형이 중

심이었으니까. 그래서 그애는 자연히 무리에 못 끼게 되었고, 결국은 집단따돌림까지 당했던 모양이에요. ……그래도 마지막에는 오히려 형이 그애를 감싸줬는데. 나도 같이 논 적 있고요."

"그런 거였니?"

가즈코는 이십 년도 더 된 수수께끼가 이제야 풀렸다는 듯 고개를 몇 번씩이나 크게 끄덕거렸다.

"글쎄, 내가 그때 학교에 갔더니, 선생님만이 아니라 상대편 부모님과 그애, 그리고 다카시까지 교장실에 있더라고. 부모님이 그애에게 '누가 널 따돌렸니?'라고 물으니까 '사와노 다카시'라고 하잖아. 그런데 내가 다카시한테 확인하니까 아무 말도 안 하는 거야. 그래서 선생님이 '같이 놀아준 사람은 없었니?'라고 물으니까 그애가 다시 '사와노 다카시'라는 거야. 그애 부모님이 '사와노한테 따돌림당했다며? 그런데 놀아준 것도 사와노라니 대체 무슨 소리야?'라고 캐물었어. 그랬더니 그애가 엉엉 우는 거야. 설명할 수가 없었던 거지. 다카시는 다카시대로 한 마디도 안 하고. 대체 뭐가 뭔지 도통 알 수 없었어. ……그래도 나는 머리가 땅에 닿도록 상대 부모님에게 열심히 사과했는데, 다카시는 그동안 말없이 상대 아이의 얼굴만 가만히 바라볼 뿐이었어. 화가 나서 노려보는 것도 아니고, ……뭐라고 해야 할까, ……가면처럼 무표정한 얼굴로. ……엄마 말이다, 좀 전에도 심한 표현을 썼지만, 그 모습을 보고 기분이 좀 섬뜩해졌단다.

이 아이의 마음속엔 대체 뭐가 있을까 싶어서. ……그 유아원 선생 정도는 아니어도, 다카시를 보면 때때로 무서운 느낌이 들어. ……요즘도 봐라. 이상한 사건을 일으키는 어린애들을 가리켜 뉴스 같은 데서 곧잘 '마음의 어둠'이라는 표현을 쓰잖니? 난 그런 말을 들으면 가슴이 철렁 내려앉아. 어쩌면 다카시에게도 그런 부분이 있었던 게 아닐까 싶어서. 그러고 보면 용케 삐뚤어지지 않고 훌륭하게 자라줬다 싶지만. ……"

가즈코는 말을 끝내며 그새 가슴 깊은 곳에 무겁게 쌓인 숨을 괴로운 듯이 살짝 내뿜었다. 료스케는 한동안 침묵을 지킨 후 소리 없이 몇 번인가 고개를 끄덕였다. 무슨 얘기든 하고 싶었지만 생각이 잘 정리되지 않았다.

가즈코는 대화가 끊긴 참에 "그럼, ……" 하며 다시 시계를 보고 일어섰다. "나도 목욕하고 올까."

"벌써 열한시가 넘었네. 미안해요, 먼저 해서."

"무슨 소리. 그보다 료타는 괜찮으려나?"

"응, 잠깐 살펴볼게."

료스케는 보리차를 재빨리 따라서 마시고는 가즈코와 함께 거실에서 나왔다.

계단 밑에서 가즈코가 또다시 조금 전처럼 위를 의식하는 몸짓을 보이고, 이번에는 말을 덧붙였다.

"다카시는, ……역시 아버지를 닮았는지도 몰라. ……"

료스케는 멈춰 서서 어머니의 얼굴을 돌아보았다. 그 진의를 파악하려고 '왜?'라고 물으려 했지만, 그녀는 아까 것보다 조금 작은 한숨 한 번만 남기고 눈도 마주치지 않은 채 욕실로 모습을 감췄다.

그는 한동안 복도에 우두커니 서서 조금 전의 대화를 떠올려 보았다. 그리고 계단에 한 발짝을 내디뎠을 때, 불현듯 또다시 그 말이 마음속을 낯선 손님처럼 스쳐지나갔다.

'……왜일까?'

2장

사와노 다카시의 귀향

1

두번째 행위가 끝나자 지즈는 팔베개보다 조금 더 깊숙이 가슴에 머리를 얹은 자세로 몸을 기대고 잠들었다. 베갯머리 대화의 맞장구가 차츰 뜸해지다가 이윽고 조용한 숨결로 바뀌어가는 것을 다카시는 방해하지 않고 가만히 놔두었다.

시계로 시선을 돌리자 22:37이라는 숫자가 보였다. 조금 전 거실에 있는 가방에서 누구 것인지 알 수 없는 휴대전화 진동음이 울렸는데, 그것을 알아챈 것은 다카시뿐이었다. 금세 멈췄으니 전화가 아니라 문자일 것이다. 그녀를 깨워야 할 테지만 지금의 상태를 벗어나기 아쉬운 마음도 있어서, 또 한 번 울리면 가서 확인하기로 했다.

꼭 그 소리를 기다리는 건 아니었지만, 그는 다른 방에 귀를 기울인 채 멍하니 천장을 바라보고 있었다. 미나가 자러 왔던 이틀 전 한밤중에도 그는 지금과 똑같은 자세로 작은 초승달을 바라보았으나, 취침등 빛이 희미하게 비치는 실내에는 더이상 그 흔적이 없었다.

초승달의 정체는 화재경보기였다. 암막 커튼을 친 실내에는 빛이 전혀 없었지만 아주 작은 틈새로 비쳐든 달빛이 플라스틱으로 된 둥근 커버 테두리에 반사되어, 거의 눈썹달에 가까울 만큼 얄팍하고 작은 포물선을 그렸다.

기타아오야마의 주택가에 있는 이 맨션 8층에 산 지 벌써 일 년이 지났지만, 그것을 발견한 건 그때가 처음이었다.

다음날 아침 미나가 일어나면 그 사사로운 발견에 대해 이야기하려 했지만, 한숨 자고 나니 아침해가 달을 앗아가버렸고, 애매한 꿈에 기억이 뒤섞여서 그 화제 자체를 깜박 잊고 말았다. 이제 와서 떠올려보면 딱히 알려줄 만한 얘기도 아닌 것 같았다.

다카시는 지즈를 안은 왼손으로 어깨에서 등으로 이어지는 윤곽을 확인하듯 어루만졌다. 작은 골격에 굴곡을 잃지 않을 정도로 얇은 지방이 덮여 있지만, 어깨가 끝나는 언저리의 둥그런 부위에서는 약간 뜻밖의 감촉이 느껴졌다. 피부는 희고 촉촉했으며 솜털의 기미조차 느껴지지 않았다. 그런 느낌이 똑같이 손바닥으로 쓰다듬어본 미나의 몸에 대한 기억을 환기시켰다.

지즈와 대조적으로 살짝 벌어진 미나의 어깨에는 본인 말대로 성장기에 몰두했던 수영의 흔적이 어렴풋이 남아 있었다. 그것은 그녀 혼자만 헤엄치는 수영장 가장자리로 희미하게 밀려드는 물결처럼 손안에서 난반사되었다. 그는 귀를 기울이듯 그 울림의 거리를 더듬어보며 새삼 그것이 결코 멀지 않다는 것을 느꼈다. 미나의 젊은 살결은 물을 퍼올린 잔의 표면장력처럼 그녀를 감싸는 윤곽을 살며시 밖으로 밀어내며 퍼져갔다. 그 부푼 양만큼 울림은 섬세한 떨림으로 전해져왔다.

미나와는 다르다고 그는 느꼈다. 손안에서 확인한 감촉은 그가 현재 관계를 맺고 있거나 과거에 관계를 맺었던 그 누구와도 달랐다. 그런 단순한 사실이 왜 지금 이 순간 이토록 선명하게 의식 속에서 또렷해지는지를 남몰래 의심해보았다. 그는 물건들의 차이를 구별하듯 그녀들의 색과 형태의 차이를 생각했다. 그 확실함을 그녀들의 고유명사의 감촉으로 여기기는 쉬웠다. '하타 지즈'라는 한 인간이 있고, '오조네 미나'라는 또다른 인간이 있다. 그녀들은 각각 기밀성 강한 개성의 집합이며, 충분히 넓은 이 세계의 공간에서 절대 겹치지 않는다. 멀리서 볼 때 어렴풋이 닮아보이는 것에 불과하다. 나는 지금 이 감촉에서 그런 것을 찾아낸 것일까? 아니면 반대로 그녀들 각자와 접하는 내면의 분열이 한 덩어리의 물질로서 거기에 닿았다고 느끼는 것일까? ―그러나 그에게 찾든, 관능과는 명백하게 종류가 다른 기쁨은 오히려 그런 차이가 지금 품안에 있는 인간의 실재를 생생하게 보증하며, 동시에 그의 실재도 보증해준다는 훨씬 단순한 사실에서 비롯된 것이었다.

그는 다시 손안의 감촉으로 의식을 되돌렸다. 그리고 자기가 확실하게 한 인간과 접하고 있다는 것을 새삼 자각했다. 여기에 내가 있고, 내 옆에 다른 사람이 있다. 그것은 어떤 구원처럼 열기를 띠고 있는 것으로 느껴졌다.

그런 생각이 어깨를 감싼 손에 약간 부주의한 힘을 가했다. 지즈가 "……으응" 하며 한층 깊이 빠져들던 잠에서 가까스로 빠져나오는 소리를 냈다. 그러고는 깜짝 놀라 심장박동 소리를 높이며 몸을 굳히고 눈을 억지로 활짝 뜨더니, 곧바로 다시 코로 숨을 크게 내쉬며 몸의 힘을 뺐다.

"아아. ……나 잤나봐?"

"응, 잤어. 편안하게."

다카시는 쑥스러움이 섞인 그녀의 미소를 상쾌하게 느꼈다.

"지금 몇시야?"

"열시 반 넘었어."

천천히 몸을 일으킨 지즈가 베갯머리에 풀어둔 손목시계를 집어들었다.

"정말이야."

굳이 시간을 확인하는 그녀에게 그가 농담처럼 지적했다.

"정말이네."

시계를 제자리에 내려놓은 지즈는 손으로 얼굴을 감싸며 침대로 곧장 쓰러지더니 또다시 그에게 바짝 다가왔다. 두 사람의 몸이 포개진 순간, 그 한가운데서 짧게 꼬리를 끄는 듯한 소리가 울렸다.

"배고파?"

그녀는 그에게서 난 소리라는 걸 조금도 의심하지 않는 듯이 물었다.

"아니야. 네 쪽인데."

다카시가 놀란 듯이 웃으며 말했다.

"어, 아닌데. 정말 아니야!"

"나도 아니야."

"거짓말. 진짜?"

"진짜야."

"아니야. 어떻게 모를 수 있어? 자기 배에서 난 소린데."

"그래? ……좋아, 그럼 나라고 해두지."

"글쎄, 정말 난 아니라니까."

그녀가 장난스럽게 그의 어깨를 깨물었다.

"어어, 잡아먹으려고. 역시 배고팠구나?"

다카시가 장난스럽게 그녀를 덮쳐 오랫동안 입을 맞추었다. 그리고 천천히 얼굴을 떼며 몸을 일으켰다.

"일어날까?"

"······응, 슬슬 일어나야지. 욕실 좀 써도 돼?"

"물론이지."

침대에 걸터앉은 지즈가 몸을 굽혀 바닥에 널브러진 옷가지를 주워모았다. 척추가 도드라진 하얀 등이 위아래로 무방비하게 움직이고, 어깨에 스칠락 말락 하는 짧은 머리가 쏟아지듯 얼굴을 덮었다.

지즈는 옷으로 앞을 가리면서 알몸으로 욕실 쪽을 향했다. 다카시는 검은색 복서 팬티만 걸친 채 휴대전화 착신을 알려주려고 쫓아갔지만, 가방은 이미 그녀의 손에 들려 있었다.

욕실에서 수건을 꺼내주고 온수기의 전원을 켜자, 그녀는 "고마워"라며 또다시 발돋움하듯 키스했다.

거실로 돌아온 후 욕실에서 나와 화장실로 들어간 듯한 그녀를 배려해 음악을 틀고 음량을 살짝 높였다. 외식 후 집으로 돌아와 라디오헤드를 좋아한다는 그녀와 한동안 〈PARANOID ANDROID〉의 커버곡이 수록된 브래드 멜다우의 〈LARGO〉를 들었는데, 지금은 오히려 실내의 정적을 강조해서 그다지 적합하지 않은 것 같았다. 정지 버튼을 눌러 트레이가 나오자 가까이 있던 퀸시 존스의 〈BODY HEAT〉 CD로 갈아끼웠다.

침실로 돌아가 검은색 폴로셔츠와 부츠컷 청바지를 입고, 침대 밑에 흩어져 있는 휴지를 모아 부엌 쓰레기통에 버렸다. 거기서 손을 씻는 김에 입을 헹구고, 젖은 손으로 머리를 간단히 정리하고는, 냉장고에서 페리에를 꺼내 두 모금쯤 마셨다.

욕실에서 샤워 소리가 들려왔다.

소파로 돌아와 앉아서 탁자에 캔을 내려놓고 천장을 올려다보며, 첫 곡부터 다시 재생해 마지막까지 들었다. 형광물감으로 가느다란 선을 그리듯 노래 뒤에서 흔들리는 신시사이저의 단음선율이 기분 좋았다. 탁자에 놓인 커피잔 중 어느 쪽이 자기 것인지 살펴보다가 립스틱 자국으로 분간하고, 완전히 식어버린 커피를 마저 마셨다.

텔레비전을 켜고 소리를 약간 줄이자, 어두운 실내에 특집 프로그램 영상이 빛을 발했다. 화면 오른쪽 위에는 '시리즈—그로부터 1년 II'라는 제목이 떠 있었다.

—……나는요, 도지사가 눈을 깜박거리는 모습이 너무 짜증스러워요. 하하. 그래서 도청을 날려버렸죠. 그것뿐이에요. ……

다카시는 인터뷰에 응하는 청년의 얼굴에 깜짝 놀라며 반가운 마음으로 화면을 바라보았다. 작년 여름까지 삼 년간 그는 국회도서관에서 외무성으로 파견되어 첫해에는 브뤼셀 대사관, 나머지 기간은 스트라스부르 영사관에서 일했는데, 그 시절 누군가의 소개로 만난 이 동갑내기 화가—이름은 미부 사네미, 때마침 파리의 갤러리에서 개인전을 열고 있었다—에게 그뤼네발트의 〈이젠하임 제단화〉를 보여주려고 콜마르의 운터린덴 미술관으로 안내한 적이 있었다.

— 폭력의 충동이란 건 선악의 피안이에요. 아무리 사소한 감정이라도 빌딩 하나쯤 날리는 데 부족하진 않아요……

도중에 들른 알자스 와인 양조장에서 둘은 살짝 취했다. 다카시는 미부가 페스트 환자 같은 모습으로 책형당하는 그리스도에 관심을 갖는 이유를 충분히 알 것 같았다.

그는 도쿄 예술대학 회화과에 다니던 무렵부터, 세계유산에서 도심의 상업빌딩에 이르기까지 규모와 연대가 각각 다른 온갖 건축물의 파괴 장면을 그린 '멸망'이라는 제목의 연작으로 미술 저널리즘의 주목을 받아왔다. 그가 세간에 일약 이름을 떨치게 된 것은 그중 한신 고속도로 붕괴 장면을 모티프로 삼은 그림 속 광경이 예언적이라는 이유로, 한신 아와지 대지진 이후 텔레비전과 주간지에서 앞다퉈 그의 작품을 다뤘기 때문이다.

다카시가 미부의 존재를 안 것도 그때였다. 그는 그 그림의 캔버스 중앙에 가로놓인 다리 횡목의 모양이 달리의 '편집광적 비판'을 연상시키는, 명백하게 의인화된 것이라고 느꼈고, 실제로 화풍도 비슷했다. 그래도 오타쿠적 기호를 구사해 재치 있게 갱신한 자포니즘을 무기 삼아 해외시장 공략에 놀라운 재능을 발휘하는 요즘 화가들의 작품보다는 훨씬 공감이 갔다.

다카시는 〈이젠하임 제단화〉를 보면서 미부가 왜 유명인의 살해 장면을 직접적인 모티프로 한 그림을 그리지 않았을까 생각해보았다. 미처 떠올리지 못했을까? 아니면 억압이나 거부를 당했을까? 앞으로 그런 주제가 이어지는 게 순서상으로는 자연스럽겠다고 그는 생각했다. 각국의 정치가부터 역사적 위인, 할리우드 스타나 아이돌 가수, 그 밖의 유상무상의 유명인사에 이르기까지 소재에는 부족함이 없을 것이다. 왜 도청 청사의 파괴 장면 대신 도지사의 살해 장면을 그리지 않았을까? '아무리 사소한 감정이라도 빌딩 하나쯤 날리는 데 부족하진 않다'고 그는 말했다. 그렇다. 그때도 똑같은 얘기를 했었다. 그리고 이런 말도 덧붙였다.

"선의와 악의가 각각 존재하며, 선의 쪽에 평화가 있고 악의 쪽에 폭력이 있다는 사고방식은 완전히 잘못됐어요. 때로는 선의가 더 폭력에 가깝죠."

다카시는 그 이야기를 흥미롭게 듣고 그에게 한나 아렌트의 『폭력론』과 『혁명론』이라는 책 두 권을 소개했지만, 그는 아티스트다운 조소로 응할 뿐이었다.

아마 읽지 않았겠지, 그는 텔레비전을 보면서 생각했다. 그건 그렇고 미부의 저 '날려버리고 싶다'는 말의 대상은 과연 무엇일까? 실제 건축물의 물질로서의 견고함일까? 아니면 그 기호만으로도 충분한 것일까?

텔레비전과 음악에 동시에 귀기울이며 가방을 뒤져여 아까 울린 휴대전화를 확인하고 있는데, 옷을 입고 화장을 고친 지즈가 돌아왔다.

늘 뿌리는 'allure'가 그녀 자신보다 먼저 그의 곁으로 달려와 무릎으로 올라오더니, 그녀는 하지 않을 듯한 방식의 포옹을 했다. 다카시는 혹시라도 향이 밸까봐 그녀와 만날 때는 향수를 뿌리지 않았다.

"잘 썼어. 수건 저쪽에 걸어뒀는데, 괜찮아?"

"응."

고개를 끄덕인 다카시는 팔을 뻗으며 "이것 봐" 하고 휴대전화 화면을 보여주었다.

"아까 온 거야."

"어? 와, 보여줘. 귀엽다! 누구야?"

지즈가 옆에 앉았다.

"동생 아들. 조카지. 이래봬도 나 큰아버지야."

"동생이 결혼했어?"

"응. 나보다 두 살 아래지만."

"사이좋구나. 이런 것도 보내주는 걸 보니."

"아니, 이걸 보낸 사람은 아내 쪽이야. 제수씨."

"그래? 그것도 희한하네. 문자도 주고받아?"

"응? 으음, ……어쩌다 가끔. 임신했을 무렵 제수씨가 동생이랑 자주 다퉜거든. 그럴 때 상담이랄까, 뭐 그냥 푸념을 들어주는 정도였지만, ……지금 마침 동생이랑 같이 고향집에 가 있어서 보냈나본데."

"그렇구나. ……"

지즈는 고개를 끄덕였지만, 자기가 시댁 식구와 그렇게 문자를 주고받는 상상을 해보고 역시 웬만해선 있을 수 없는 일이라고 느꼈다. 평범한 집에서는 그게 당연한 일일까? 그리고 한순간 생겨버린 틈이 자기의 그런 생각을 그에게 훤히 드러내버린 기분이 들어서 얼버무리듯 텔레비전 쪽으로 시선을 돌렸다.

화면에서는 어느 사립 미대의 젊은 조교수가 시니컬한 말투로 미부의 작품을 평하는 중이었다. 목소리는 음악에 반쯤 묻혔지만 아래 표시되는 자막이 그것을 보충해주었다.

— 기술적으로나 주제적으로나 / 고풍스러운 작품이지만, 역설적이게도 파괴를 그리는 그의 **탄탄한** 화력畫力은 매우 보수적이며 완강한 인상을 풍깁니다. 언뜻 보기에는 현대적이고 자극적인 테마 같지만, 17세기 이탈리아에서 활약한 몽쉬 데지데리오라는 화가도 이미 이와 비슷한 스타일의 작품을 남겼습니다.

그리고 황금빛으로 번쩍이며 무너져내리는 고딕 교회를 그린 〈우상을 파괴하는 유다 왕국의 아서 왕〉이라는 몽쉬의 작품이 나왔다.

— 개인적으로는 안토니오니의 영화 〈사구〉*의 마지막 장면이 더 **괴이하다는** 느낌노 드는군요. / 이런 작품은 옴진리교 사건이나 한신 대지진,

---

* 국내 번역 제목은 '자브리스키 포인트'.

혹은 고베 연쇄아동살상사건 같은 세기말적 사건을 경험한 젊은이들의/ 아나키한 심정에 호소하는 것일 테죠./ 화가도 말했습니다만 건축물을 세우는 데는 막대한 자금과 기술력, 노동력이 필요하며, 그 배경에는 오랜 시간에 걸쳐 형성된 복잡한 문화적 콘텍스트가 존재합니다. 그러나 파괴는 누구나 한순간에 간단히 이룰 수 있죠. 다른 것을 일절 필요로 하지 않습니다./ 그것이 테러의 강점이겠죠. ……

마지막에 다시 화가 본인이 나오자 지즈가 중얼거렸다.

"아, 저 사람……"

"알아? 이유는 몰라도 건물 무너지는 그림만 그리는 사람인데. 전에 잠깐 외국에서 만난 적이 있어."

"그랬어? 역시 좀 특이해?"

"응, 뭐 그렇지. 예술가니까. 섬세한 부분도 있고."

다카시는 자기가 느낀 인상을 솔직하게 표현했다. 오디오 스피커에서는 〈Everything Must Change〉가 영상과 관계없이 펜더 로즈를 앙버게 울리며 흘러나오고 있었다.

—There are not many things in life you can be sure of……, except rain comes from the clouds, sun lights up the sky, and hummin' birds do fly……

그는 텔레비전을 끄려고 리모컨으로 손을 뻗다가 그녀가 아직 보고 있는 것 같아서 잠시 기다렸다. 그러나 그 기척을 알아차린 지즈가 "아, ……미안. 그만 가야겠다"라며 일어서서 돌아보았다. 화면에 절반쯤 잠긴 얼굴이 푸르께한 빛에 물들어 이리저리 어른거렸다.

"응, 그래."

그는 리모컨 두 개를 손에 들고 CD와 텔레비전을 모두 껐다. 실내에는 침실과 복도 언저리에서 희미하게 비쳐드는 불빛만 남았다.

지즈는 꺼질 거라 여기며 무심히 바라보고 있던 화면에 한순간 의식을 빼앗기며 그 자리에 홀로 남겨져버린 느낌을 받았다. 광고 같던 마지막 영상은 정확히 무엇인지 알 수 없지만, 끝없이 맑고 푸른 하늘에 어떤 그림자가 어른거리기 시작하는 장면이었다.

손목시계를 응시하며 시간을 확인하고 현관을 향해 걸음을 내디디려던 그녀가 "아 참" 하고 멈춰 섰다.

"CD, ……빌려가도 될까?"

"아, 그래. 물론이지."

다카시는 거리낌없이 응했지만, 그녀의 의도가 자신의 반응을 확인하려는 것임을 민감하게 알아차릴 수 있었다. 듣고 싶다기보다 가져가고 싶은 것이리라. 아무리 봐도 그녀의 취향이 아니고 동성 친구가 빌려준 깃 같지도 않은 CD를 남편이 있는 집으로 들고 가는 위험에 대해 그가 어떻게 반응하는지 살피려는 눈치였다.

그는 그런 속마음에 일부러 무관심한 척하며 CD플레이어로
가서 "가만있자, ……케이스가, ……"라며 주위로 시선을 던졌
다. 그녀는 그의 그런 빈틈없는 태도에 방금 무심코 시험해보려
했던 자기의 어른스럽지 못한 태도가 더 두드러지는 것 같아서
말했다.

"아, ……괜찮아. 그냥 내가 살까봐."

"아니야, ……아, 찾았다, 찾았어."

트레이에서 꺼낸 CD를 케이스에 넣고 돌아선 그는 "자, 받아"
라며 건네려다, "아, 미안. 이게 아니네. 브래드 멜다우였지"라
고 말하며 씁쓸히 웃고는, 대신 〈LARGO〉를 건넸다.

"들어보고 좋으면 나중에 사. 내가 듣던 거지만, 마음에 들면
그냥 가져도 좋고."

"정말? 그럼 그럴까. 물론 돌려주겠지만. ……고마워."

지즈는 받아든 CD케이스를 발렌시아가 에디터스백에 넣었다.
그는 그 모습을 보며 조금 전의 추측을 얼마간 보충했다. 그녀는
자신의 제안이 받아들여짐으로써 어떤 진전이 생기길 바라는 게
아니었다. 그런 마음이 아예 없다고 하긴 어렵겠지만, 저녁을 먹
으며 교토 여행 계획을 의논할 때도 느꼈듯이 그녀는 이제 그만
끝내려는 눈치였다. 남편과의 생활을 다시 시작해볼 의사가 그녀
에게 있다는 것은 지금까지의 대화에서도 간간이 추측할 수 있
었다. 그의 태도가 그것을 재촉했는지 모르지만, 남편에 대한 사

랑이 여전히 식지 않은 것이 그 이상으로 큰 이유인 듯했다. 길게 지속될 관계가 아니라는 것은 분위기만으로도 서로 알고 있었다. 그리고 그녀가 지금은 오히려 헤어지기 위해 마지막으로 이 관계의 의미를 확인하고 싶어한다는 것을 그는 알아차렸다.

그녀와 알게 되고 반년 가까운 시간이 흘렀다. 그동안 두 사람은 거의 담담하다고 해도 좋을 만큼 조용하게 이따금 만나 몸을 섞었다. 그래도 그는 그녀가 그 정사를 단순한 육체적 결합 이상의 의미로 받아들이고 싶어한다는 것을 알고 있었다. 두 사람이 서로를 원하고 연결되는 동기에는 이기적인 성욕과는 다른 뭔가가 있을 터이다. —실제로 그렇다고 그는 메마른 심정으로 생각했다. 그녀보다 좀더 단순한 느낌의 미나와의 관계에조차 그저 성욕으로만 치부할 수 없는 뭔가가 남았다. 그러나 그것이 지즈가 원하는 행복이냐고 한다면 그럴 것 같지는 않았다. 그래서 그는, 그녀가 스스로도 '애정'이라고 부르는 것을 주저하지만 실상 그 비슷한 어떤 감정을 둘 사이에서 확인하려 들 때면 대체로 냉담해졌다. 노골적으로 내색하지는 않았으나 애매모호하게 넘겨버리기 일쑤였다.

그래서 방금 그녀가 처음이자 마지막으로 그를 시험해보려 했을 때, 교토 여행 세안을 받아들였을 때와 같은 심정으로 그녀의 기대에 맞춰주었다. 이미 관계의 끝이 보이는 것은 분명했다. 그 걸로 그녀가 만족하다면 상관없다고 생각했다. 그녀를 붙잡고 싶은 마음이 강렬하진 않았다. 기껏해야 이대로 계속되어도 상관없다는 정도였다. 그러나 그렇게 주고받는 감정에 그녀보다 훨씬 더 꿈꾸는 듯한 기대가 깃들어 있을지도 모른다는 것을 스스로 의심하지 않는 것은 아니었다. 그리고 지금 그의 마음속에 그 꿈꾸는 듯한 기대가 다른 어느 때보다 생생하다면, 그것은 조금 전 느낀 그녀 어깨의 감촉 때문이리라 생각했다.

현관에서 샌들을 신던 지즈가 딱히 궁금하다기보다는 침묵에서 벗어나려는 의도로 물었다.

"여기는 넓이가 얼마나 돼?"

"60제곱미터 정도일걸, 아마."

"굉장하네. 임대료는?"

"팔만 엔."

"어머? 그렇게 싸?"

"응, 친척분 맨션이거든. 거품경제 후에 투자 목적으로 산 모양인데, 좀처럼 좋은 가격에 팔리지 않아서 내가 파리에서 돌아온 후에 관리를 겸한다는 명목으로 싸게 얻었지."

"그랬구나. 좋겠다. 이렇게 좋은 지역에 이렇게 넓은 집이라니."

"응. 그런데 막내딸이 이번에 도쿄에 있는 대학에 시험을 치는 모양이라 나가야 할지도 몰라. 내가 들어오기 전에는 그애 오빠가 살았어. 지금은 결혼해서 고향으로 돌아갔고. 그래서 가구 같은 것도 반쯤 갖춰져 있었지. 팔지 못한 데는 그런 이유도 있었

던 것 같아. 남에게 임대해도 가구 처분 같은 게 힘들 테고, 생판
남은 왠지 좀, ……그랬나봐. 그 틈에 내가 들어온 셈이지. 내일
고향집에 가면 그 얘기도 나올 거야."

"해마다 꼬박꼬박 가?"

"아니, 올해는 첫 제사라서. 외할머니가 올해 초에 돌아가셨거
든. 하긴, 삼 년이나 밖에 나가 있어서 효도도 못 했지."

"장하네."

"장하진 않아, 전혀."

"국회도서관에는 오본 휴가 있어?"

"도서관은 열어도 휴가는 낼 수 있어. 일단은 공무원이니까."

그는 이렇게 말하며 웃고 그녀를 먼저 내보낸 뒤 현관문을 잠
갔다. 그리고 씁쓸하게 웃으며 말했다.

"그나저나 한번 이런 데 살고 나면 다른 데 적응하기가 만만치
않을 거야. 진짜 팔만 엔짜리 집으로 옮기면 내 분수를 알게 되
겠지."

"으음, ……그렇게 되면 내가 또 그 집에 가서 밥 해줄게."

다카시가 엘리베이터 버튼을 누르며 살며시 미소지었다. 그리
고 문이 열려 그녀를 먼저 태우고 안으로 들어선 후에야 입을 열
었다.

"……고마워."

1층에 도착하기까지의 몇 초 동안이 아쉬워서 누가 먼저랄 것

도 없이 끌어안았지만, 보통은 인사 정도였던 입맞춤이 오늘따라 그대로 깊어질 것 같았다.

도착해서 문이 열리자 둘은 얼굴을 마주보며 살짝 웃었다.

"립스틱, 지워졌네."

"응, 괜찮아. 회사 송별회에 갔다 온다고 했거든. 너무 꼼꼼히 화장하고 들어가도 이상할 거야."

"그렇군."

그는 그녀의 대답에 새삼스레 상대 남자를 향한 어색하고 부자연스러운 미안함에 사로잡혔다. 그것을 알아챘는지 그녀가 다시 한번 가볍게 입술을 스치는 정도로 키스했다.

가이엔니시도리까지 손을 잡지 않고 이따금 팔이 스치는 간격으로 걸었고, 그 구실처럼 "덥네"라는 말을 주고받았다.

이윽고 골목이 끝나가는 언저리에서 지즈가 천천히 중얼거렸다.

"저기, 다카시는 누구한테나 이렇게 다정해?"

"……응?"

"아니, ……어떤가 싶어서."

"글쎄, 어떨까? ……내가 다정해?"

"응. ……"

다카시는 얼굴을 살짝 옆으로 기울이며 지즈의 표정을 응시했다. 그리고 애매하게 시선을 피하더니 큰길로 나오자 걸음을 멈추며 물었다.

"택시 타지……?"

그녀는 늘 차고 다니는 카르티에 손목시계로 시선을 던지고는 "어떻게 할까? ……응, 그냥 택시 탈게"라며 고개를 끄덕였다.

다카시가 도로로 몸을 내밀자 곧바로 '빈차' 표시를 붉게 밝힌 택시가 알아보고 비상등을 깜박거렸다.

"금방 왔네."

"응, 고마워."

"……조심해."

멈춰 선 택시의 문이 열리자 지즈는 평상시처럼 마지막으로 다시 한번 키스할까 망설였지만 차에 오르느라 경황이 없어 포기하고, 그저 손을 살짝 스치며 하다못해 표정으로나마 이별의 아쉬움을 표현하려 했다.

"또 연락할게."

"응, 조심해서 가. 잘 자."

"잘 자. ……"

닫힌 문 너머에서 "시오도메요"라고 행선지를 밝히는 그녀의 옆얼굴을 다카시는 물끄러미 바라보았다. 운전기사가 고개를 끄덕이고는 방향지시등을 켜고 뒤를 확인하며 차를 출발시키자 그녀는 그에게 손을 흔들었고, 멀어진 후에도 시트 등받이 위로 얼굴을 내밀며 가까스로 뻗은 손가락을 계속해서 흔들었다. 그 역시 답례로 그녀가 앞을 돌아볼 때까지 손을 흔들어주었다.

2

집으로 돌아가면서 그는 지즈가 남긴 '다정하다'는 말을 떠올렸다. 밤의 어둠이 틈새를 노려 조금씩 침식하기 시작하듯이 표정에 그늘이 드리웠다. 직접적으로는 조금 전 CD와 관련된 일을 가리킨 말일 거라고 그는 생각했다. 그녀는 기대했던 반응을 얻게 되어 뜻밖의 감동을 받았을지도 모른다. 그리고 그것이 그와의 이별을 염두에 둔, 이를테면 최후의 시험이었다면, '다정하다'라는 인상은 단순히 한 번의 행위에 의한 것이 아니라 그의 인격을 총괄해서 이끌어낸 것일 터이다.

게다가 그는 그녀가 그 '다정함'을 어딘가 부자연스럽고 진실되지 않은 것으로 느끼고 있다는 것을 알아차렸다. 그런 위화감이 없다면 굳이 물어볼 필요가 있겠는가? 그녀의 물음에는 몹시 조심스러운, 거꾸로 호감이 느껴질 만큼 미미한 아이러니가 있었다. 그리고 그것을 발휘해본 그녀 마음의 미세한 움직임을 그는 손가락으로 더듬듯 느낄 수 있었다.

지즈는 지금 돌아가는 택시 안에서 상대가 자기에게 왜 그토록 '다정한'지 다시금 생각해볼지도 모른다. 그러나 정작 왜 그토록 자기 뜻대로 되는지를 의심해봐야 하는 게 아닐까? 몸 때문일까? 상대를 넌지시 붙잡아두기 위해서? 그렇다고 보기에는 조금 과잉한 게 아닐까? —게다가 이별이 가까워졌음은 이미 서로 알아챘을 게 틀림없다. 그런데도 여전히 '다정한' 이유는 무엇일까? 헤어진 후에도 언제까지고 좋은 기억으로 남고 싶은, 남자들의 볼썽사납고 단순한 소망 때문일까? 그 과잉분을 받아들일 만큼 탄탄한 관계가 정말로 우리 둘 사이에 존재했을까? 존재하지 않았다면 그의 '다정함'은 대체 무엇일까? 그와 그리 오래 사귀지 않은 나는 짐작조차 할 수 없는 그의 성격일까? 결국은 누구에게나 그렇게 '다정한' 것일까? ……

집으로 돌아온 다카시는 곧장 화장실로 가서 얌전하게 덮어둔 변기 뚜껑과 변좌를 함께 들어올리고 소변을 보았다. 좀 전에 마신 페리에가 그대로 나온 양 맑디맑은 오줌이었지만, 마지막에는 정액의 여운처럼 가늘게 실을 뽑아내는 느낌이 들었다. 두 번의 성교로 성기는 여전히 살짝 충혈되어 있고, 지금은 말랐지만 음경에는 그녀의 체액에 직접 닿은 감촉이 느껴졌다.

거실 소파에 앉아 남은 페리에를 다시 조금 마셨다. 조용했다. 그는 조금 전과 마찬가지로 등뒤의 쿠션에 몸을 맡긴 채 눈을 감고 그 고요함을 온몸으로 상하게 실감했다.

살짝 땀이 밴 폴로셔츠가 에어컨 바람에 급속하게 식어갔다. CD를 틀까 싶어 리모컨으로 손을 뻗다가 그만두고 다시 원래 자세로 돌아갔다.

다카시는 최근 반년 정도 사이 그녀와 자신에게 일어난 모든 일이 잘 믿기지 않았다. 처음 만났을 때부터 결말에 이르는 과정이 모두 예감되었고 실제로도 그것과 전혀 다르지 않았다. 그는 안다라는 선명한 실감에 표정을 굳혔다. 그런 착각이 줄곧 나의 실수였던 건 아닐까. ─그럼에도 그가 거기서 도저히 벗어날 수 없는 것은, 그가 아는 타인이 현실의 타인과 조금도 모순되지 않는 것처럼 느껴졌기 때문이다.

'……나는 이미 오랫동안 그런 기묘한 착각에 젖어 있었다. ─내가 실수를 저지르게 만드는 것은 결국 말일까? 아주 어렸을 때부터 나는 내 주위에 말이 맹렬한 기세로 무성하게 우거져가는 것을 느꼈다. 나 자신이 그 담쟁이덩굴에 칭칭 휘감겨서 조금도 자유롭게 움직일 수 없었다. 마침내 그것이 빽빽이 우거져서 나에게는 이제 세계의 그림자밖에 보이지 않는다. 아니, 말의 저편에서 뭔가가 움직이는 듯한 분명한 기척 정도밖에 짐작할 수 없다. 나는 그저 그 그림자와 하염없이 희롱거린다. 그런데 거기에 너무도 난폭하게 육체가 출현한다. 그것도 나체가! 지즈가 아니라 지즈의 나체가. ─그 결과는 어떠한가? 나는 내가 알 수 없었던 기적이 바로 내가 희롱거리던 그림자와 일체였다는 착각을 손에 넣는다. 아아, 그러나 그림자라는 은유부터가 이미 자의적이다! 나는 그것이 기껏해야 조금 일그러진 정도인, 절대로 떼어놓을 수 없는 일대일의 대응물이라고 새삼 굳게 믿으려 하니까. 지즈는 이런 여자이며 이런 생각을 할 게 틀림없다고. —나의 제멋대로인 확신의 타협점이 섹스일까? 요컨대 내가 그 한 점을 통해 이 세계와 양호한 관계를 맺고 있다는 착각의 단순한 보루인 걸까? 결과적으로 그것은 일종의 위조지폐다! 나는 어린이은행 같은 소꿉놀이의 돈을 자유롭게 쓰고, 마찬가지로 소꿉놀이를 하러 온 여자와 부자가 된 기분에 젖어들 뿐이다. 섹스가 언제나 어린애답고 악의 없는 즐거움일 수 있는 까닭은 그런 것이 아닐까? 내 경우는 단지 그 소꿉놀이를 청하거나 받아들이는 방법이 자연스러울 뿐이다. 내 말은 그렇게 비천해지며 타락해간다! 내 생은 식물적으로 고요하다. 아무런 파문도 없고 조화가 가득한 정지靜止된 세계다. 여자들과 나는 상상 속 원시인들처럼 서로를 구석구석까지 이해하고 있다! 자, 그런데 그런 소꿉놀이가 필사적으로 은폐하려 하는 사실이란 과연 무엇일까? ……'

다카시는 숨이 막혀서 목의 단추 두 개를 난폭하게 풀었다. 그때 불현듯 무슨 인기척 같은 게 느껴져서 눈을 떴다. 소파 앞에 서 있는 사람은 알몸의 지즈였다.

그는 깜짝 놀라 몸을 경직시켰다.

'어떻게 된 거지? 언제 돌아왔지?'

지즈가 이상하다는 듯이 아래를 내려다보고 그의 얼굴을 바라보았다.

'아까 헤어진 후에 다시 돌아왔나? 그리고 말없이 안으로 들어와서 옷까지 벗고, ……대체 무슨 생각이지?'

그녀의 몸은 조금 전까지 침대에서 직접 스쳤던 것과 달리 몹시 혼탁했다. 왠지 모르게 다른 사람 같은 인상이라서 그는 순간적으로 다른 여자의 나체를 떠올렸지만, 아마 조금 전에 의식했던 남편의 존재 탓일 거라고 생각을 고쳤다. 이 몸이 내 앞에서만 알몸이 되는 건 아니다. 앞으로 숙인 몸에 야윈 듯한 모습으로 매달려 있는 유방이, 서른넷이라는 여자의 나이를 새삼 실감하게 해주었다.

살며시 미소를 지은 그녀가 아무 말도 없이 오디오 쪽으로 걸어가 CD장을 살펴보기 시작했다.

'……아니, 그게 아니지. 지금 막 샤워하고 나왔군. 내가 계속 이 소파에서 잠들어 있었던 건가. ……'

그는 조금 전 그녀를 밖에까지 배웅한 것이 꿈이었나 생각했다. 그리고 그녀에게 뭐라고 말을 꺼낼지 망설였다.

일어서서 옆으로 다가가려 했지만 그것도 이상하게 꺼려졌다. 그는 그대로 소파에서 그녀의 등을 바라보며 침실을 나가던 그녀의 뒷모습을 떠올렸다.

'어쩌면 이것도 꿈이 아닐까? 나는 아직 침대에 잠들어 있는 건가? ……'

"언제 돌아왔어?"

일부러 애매한 질문을 던질 생각이었지만, 말을 건넨 후에 이 질문은 아무래도 부자연스럽다고 느꼈다. 지즈가 CD를 손에 든 채 돌아보더니, "응? ……계속 여기 있었잖아"라고 고개를 살며시 갸웃거리며 대답했다.

"다카시는 잠들었고."

"미안, ……어, 샤워했던가?"

"……응?"

그녀가 의아해하는 표정을 지었다.

'그래, ……역시 돌아온 거로군. ……'

"아, 아니, 바래다줬었지. 잠이 덜 깨서 좀 멍하네. ……언제 돌아왔어?"

"바로 왔지."

"그래? 미안해, 몰랐어. 아, 현관문이 열려 있었나?"

"다카시가 일부러 열어뒀잖아?"

"……어어."

다카시는 점점 더 불안에 휩싸였다.

'어떻게 된 거지? 남편이랑 무슨 일이 있었나? ……그런 연락을 받고 내가 직접 문을 열어준 건가? ……내가 취했나? 저녁식사 때 마신 그 정도로? 왜 아무 기억이 안 나지? ……'

그는 뒤이을 말이 생각나지 않아 일단은 "괜찮아?"라며 웃는 얼굴로 말을 건넸다. 그러자 그녀는 역시나 '무슨 소리지?' 하는 표정으로 이쪽을 물끄러미 바라보았다. 그 침묵에 그는 몹시 두려워졌다.

'아니, 이 여자는 어쩌면 내가 지금껏 생각지도 못한, 어떤 파멸적인 생각을 품고 다시 돌아온 걸지도 모른다!'

그는 어쨌든 뭐라고 변호해야 할 것 같아서 입을 열었다.

"그런데 아까 나한테 다정하다고 했는데, 그건 결국 우리가 일대일 관계가 아니기 때문 아닐까? ─아니, 사실 일대일 관계는 우리만이 아니라 누구에게도 있을 수 없어, 안 그래? 모든 사람은 여러 개의 자아를 갖고 있지. 저쪽에서는 저런 나, 이쪽에서는 이런 나. 어제는 저런 나, 오늘은 이런 나. 누구랑 있을 때는 이렇고, 또다른 누구랑 있을 때는 저렇고, 도저히 수습이 안 돼! 대학 친구와 고등학교 친구를 우연히 한꺼번에 마주치면 왠지 좀 어색하지 않나? 그야 각각 다른 캐릭터니까 당황스러울 수밖에! 연애도 마찬가지야! 난 한 사람으로 헤아려지는 건 더이상 사양하고 싶어. 언제나 사와노 씨들이라고 복수형으로 불렸으면 하지. 하하하! 농담이야. 그러니까 내 말은 지즈 안에는 남편을 대하는 부분이 있는가 하면, 나 같은 인간을 대하는 부분도 있다는 거지! 알겠어? 나도 그래. 지즈로 만족이 되는 부분이 있는가 하면 불만스러운 점도 있어. 말은 안 하지만. 물론! 그렇지만 그런 복잡한 걸 한 인간에게만 요구하는 것은 애당초 무리잖아? 각각에 대응하는 인간을 찾아내면 그만이지! 친구도 마찬가지야. 낡시와 음악을 좋아하는 사람이 있다고 치자. 그 사람은 낚시 얘기는 낚시 친구와, 음악 얘기는 음악 친구와 하면 돼. 그것으로 충분히 행복해. 낚시 친구에게 억지로 음악 얘기를 강요한다? 그런 건 무의미해! 그래, 그래서 말인데, 연애라고 불리는 관계도 그게 정상이야. 하나부터 열까지 똑같은 인간이 있을 리 없으니, 같은 부분이 있는 사람끼리 유대를 맺고 나머지는 다른 인간과 각각 엮이면 되는 거라고! ─이해했나? 이 설명은 단순해서 다들 이해해. 하하하. 무엇보다 시간이 흐르면 자신의 조성組成도 변하게 마련이니까! 십 년 전 내 안에 있던 여러 요소와 지금의 라인업은 똑같지 않아! 라인업이라니, 풋, 재미있는 표현인걸. 괜찮은 말을 떠올렸어! ……"

다카시는 자기가 기묘한 말을 하고 있다는 걸 느꼈다.

"……그렇지만 말이지, 지즈가 결국 남편 곁으로 돌아간다는 건 동물행동학적 관점에서 보면 전적으로 옳은, 정상적인 암컷의 번식행동이야. 그도 그럴 것이 나와는 아이를 만들 수 없으니까! ……"

'잠깐, ……나는 기묘한 게 아니라 몹시 야비한 말을 하고 있지 않은가! 왜 이런 말을 하지?'

"……본래 남녀의 일대일 연애는 일신교─神敎의 영향이야. 신이 왜 일자─者인지 알아? 믿는 쪽이 한 사람이기 때문이야! 신이 많으면 저쪽에서 저렇게 말하고 이쪽에서 이렇게 말하는 것들을 일

일이 지켜야 하니 도무지 혼자서는 감당이 안 되는 거지! 명령이 절대적이라면 더욱 그래. '누구도 두 주인을 섬길 수는 없도다!' 그래, 하나의 인간은 하나의 인간일 뿐이야! 아아, 이 토톨러지를 지키기 위해 신은 유일무이한 존재여야 하는 거야! 지즈는 『골짜기의 백합』을 읽어본 적 있나? 발자크 말이야! 프랑스 문학의 첫걸음, leçons 1이지. 국회도서관에 신초샤에서 나온 전집이 있어. 내가 안내해줄까? ―거기에 나타난 연애의 미덕은 모두 가톨릭 신앙관이 근대로 접어들어 세속화한 거야. 아아, 그렇지만 그 대상이 여자라는 것은 명백한 도착이지. 유대교에서는 있을 수 없는 얘기야. 바티칸이 성모숭배를 정식으로 인정한 것도 20세기가 되어 피우스 12세가 재위하던 때였지만. 그야 물론 신은 반드시 하나여야 하니까! ……흥, 뭐 이런 지식은 아무려나 좋아. 이런 쓰레기 같은 것들이 내 머릿속에 가득 들어차서 내 인생을 이렇게 우스꽝스럽게 만드는 거라고! 아아, 구역질나! 우웩. 그건 그렇고, 플로베르는 읽은 적 있나? leçons 2는 『보바리 부인』이야. 지즈 같은 여자가 나오지! 아하하, 실례, 실례. 거기까지 이르면 복음이라는 말도 멀어질 뿐이로다! 그렇지만 플로베르는 사드야말로 가톨리시즘 최후의 말이라고 했지. 사드는 SM의 S야! 내가 지즈의 눈을 살짝 가리고 양손을 묶는 것은 반쯤 재미 삼아 하는 거지만. ―그만 본론으로 들어가지. 그래, 그 소설에 이르면 한 인간은 한 인간이 아니야! 놀랄 만한 발견 아닌가! 연애는 그걸로 끝이지. 그렇지만 일본은 원래 예로부터 팔백만신八百萬神이었어. 『겐지 이야기』를 봐! 한 인간은 여럿이야! 여러 인간은 그보다 몇 배나 여럿이지! 큰일이군! 하지만 호메로스시대의 그리스인들도 그랬어, 안 그래? 그렇잖아? 정말 큰일이지!"

다카시는 마지막에 크게 웃어젖혔다. 그러나 숨쉴 틈도 없이 목이 잠기도록 떠들어댄 탓에 숨이 몹시 가빴다.

'……대체 이건 뭐지? 역시 꿈인가. ……그렇다면 지독히 절망적이군. ……'

"……그럼 이슬람은 어떨까? ……아니, 그런 건 아무려나 상관없어! ……난 알아, 왜 말이 없는지! 이봐, 지금 한 마디도 안 하고 입다물고 있잖아! 다 알아. 내가 바보 같은 소리로 얼버무리려 하기 때문이지? 내가 단지 섹스만 원하는 것 같나? 왜? 자기 몸에 그렇게 자신 있어? 당신보다 훨씬 나은 몸은 얼마든지 널렸어! '구하라, 그러면 얻을 것이다. 찾아라, 그러면 보일 것이다!' 인터넷 사이트든 유흥업소든 상관없어! ……나도 알아, 그런 게 아니라는 걸. 그 문제에 관해 조금 전에 열심히 생각해봤으니까! 그래, 난 아무것도 믿지 않아. 나라는 인간은 하나가 아니라 여럿이야. ―아아, 정말 듣기 좋은 말이군. 그렇지만 더이상 그런 것도 믿지 않아! 난 지즈와 함께했고, ―그래, 말이 나온 김에 다 털어놓자면, 사키와도 함께했고, 가오리와도 함께했

고, 미나와도 함께했고, ……그리고 또 누가 있었지? 유키였나,
……아무튼 여러 명이야. 그중 누구와 함께하든 난 즐겁다는 나
의 감정을 믿은 적이 없어! 사실은 쾌감도 의심해! 나는 무엇을
기분 좋다고 느끼는 걸까? 그렇게 분석을 시작하면, 말이 마치 흰
개미처럼 나의 쾌감을 마구 갉아먹어서 차마 눈 뜨고 못 볼 만큼
무참해지지. 끔찍하다고! 그래서 말인데, 이해가 안 가? 아니,
무시하는 건 아니야! 왜 다들 그렇게 말하지? 내 안에 지즈와 함
께하는 걸 좋아하는 내가 있다는 건 거짓이야. 그런 건, 아아, 구
역질나, 새빨간 거짓이야! 거짓, 거짓, 거짓! 그럼 왜 함께할까?
소꿉놀이? 아니, 나 말이야. 하지만 난 틀림없는 로맨티스트야.
하하하. 잘 들어, 낡아빠진 자동차로 야경을 보러 가고 밤하늘
밑에서 사랑을 고백하는 멍청이는 로맨티스트가 아니야! 난 말
이지, 알고 있나? 분명히 내가 생각하는 것보다 훨씬 더 오래된
병에 걸려 있어! 이건 포스트모던이니 뭐니 하는 것 이전의 문제
야. ……그래, 그래서 난 지즈를 만나지! 진심이야. 응, 듣고 있
어? 사실대로 말할까? ……나는 너를 사랑해! 진심으로, ……"
　다카시는 갑자기 울기 시작했고, 곧이어 화가 났다. 아무리 소
리를 질러도 지즈가 오로지 CD장에 정신이 팔려서 이쪽을 돌아
보지 않는 데 조바심이 났다.
　"이봐! 아니야? 그렇잖아? 그래서 돌아온 거잖아?"
　'이건 꿈이다. ……어쨌거나 끔찍한 꿈이로군. ……'

"사실은 지즈도 날 사랑하지 않나? 아니야?"

그녀는 누구인지 모를 얼굴이 재킷에 인쇄된 CD를 몇 장 손에 들고—그중 한 사람은 미부 같았다—획 뒤돌아보았지만, 그 얼굴은 계속 똑같은 가면을 쓰고 있었던 것처럼 처음과 조금도 변함없이 의아해하는 표정이었다.

"아니야? 묻고 있잖아! 왜 아무 말도 안 해? 아아, 좀 촌스러운가, 이런 걸 묻는 건? 그보다, ……아, 그렇지. 침대로 갈까?"

"사람들한테 들었으니까……"

지즈는 그제야 간신히 입을 열었다.

"뭐?"

다카시가 움찔하며 되물었다.

"다카시, 지금 자살할 거지? 다들 그렇게 말해서 돌아온 거야."

"……"

다카시는 어안이 벙벙해서 할말을 잃었다.

"아직 안 해?"

그녀가 또다시 고개를 갸웃거렸다. 그는 늘 그 몸짓이 유난히 사랑스럽다고 느꼈다.

"그렇군, ……그걸 보러 돌아왔군, ……"

다카시가 무력한 미소를 흘렸다.

"응."

그녀가 부드럽게 미소지으며 말했다.

"다들 그러던데."

"다들이라니, 누구?"

"누구긴, 모두 다지."

"모두 다? ─뭐, 됐어, 누구든. ……그렇군. ……맞아, 난 때때로 혼자 저쪽 베란다에서 아래를 내려다봐. 대체로 밤이었지. 아마 누군가가 그걸 본 모양이군. 어, 휴대전화가 울리는데. 내전화? 뭐, 상관없어. ……아 참, 료스케인가. ─그건 그렇고, 늘 하는 생각인데 8층이라는 높이는 독특해. 그거 알아? 저쪽 베란다 밖으로 얼굴을 내밀고 아래를 내려다볼 때마다 난 생각해. 이보다 낮으면 만에 하나라도 죽음에 이르지 못할 가능성이 있다고. 그렇지만 이 이상의 높이는 필요치 않다더군. 그래, 이 높이는 뜻밖에도 인간이 죽음에 이르기 위한 필요충분조건이야. 듣고 있어? 그건 말이지, 오늘 이후로 죽음에 이르기까지 내가 보낼 시간의 압축이야! 몇십 년인지 알 수 없어. 그런데 그 시간이 털끝만큼의 오차도 없이 여기서 낙하하는 몇 초로 단번에 줄어든다고! ……이봐, 내 몸의 어디가 제일 먼저 땅에 닿을까? 역시 머리일까? 중요한 건 그곳부터 죽는다는 거야! 아아, 그렇지만 그런 것도 딱히 의미가 없어. 충격은 당연히 내 온몸을 순식간에 사로잡아서 눈 깜짝할 사이에 모조리 파괴해버릴 테니까! ……그 순간이 왔다고 다들 얘기하던가? 어? 엇, ─어머니! 언제부터 거기 계셨어요? 지즈가 아니었나? ……이런 데 오시면 안 돼요. ……내일 집에 꼭 갈 테니까. ……"

'……꿈이다, ……깨어나야 한다, ……'

다카시는 눈을 번쩍 뜨고 한동안 천장을 바라본 후 천천히 주위를 둘러보았다. 어스름한 실내에는 그 혼자뿐이었다. 땀에 젖은 셔츠 아래 거센 심장박동이 가슴을 흔들었다. 눈가에서 흘러내린 눈물이 목을 타고 내려가 어깨 언저리에 들러붙어 있었다.

시계를 보려고 휴대전화를 열자 문자 세 통이 와 있었다. 한 통은 사키가 만날 날짜를 확인하는 문자, 다른 하나는 료스케의 사진을 첨부한 요시에의 두번째 문자, 마지막은 지즈가 집에 도착했음을 알리는 문자였다.

무사히 도착! 오늘 만나서 즐거웠어(^0^)/ 효도 열심히 하고 와. 잘 자.

다카시는 내용을 한차례 읽고 휴대전화를 닫아 소파 위에 던진 후 맨발로 긴 청바지 자락을 끌며 베란다에 나갔다. 그리고 배기가스로 더러워진 난간에 양팔을 얹고 기대며 가라앉듯 얼굴을 숙였다.

꿈의 기억은 벌써 대부분 잊혔지만, 군데군데 마치 각성 상태였던 것처럼 선명한 기억이 떠올랐다.

그는 고개를 살짝 쳐들고, 언제까지고 어두워지지 않을 것 같은 니시신주쿠 방면의 하늘을 바라보았다. 붉게 밝혀진 경고등이 장엄하게 치솟은 고층 빌딩들의 그림자를 게시판의 핀처럼 밤의 도표에 고정하고 있었다. 심장박동처럼 규칙적으로 되풀이되는 그 깜박거림이 삐걱거리는 듯한 그의 가슴속 미세한 앙진을 가라앉혔다.

멀리서 금가루처럼 조그만 것이 소리도 없이 떨어져내린 기분이 들었다. 어둠 속에서 잠과 죽음이 실수로 뒤바뀌어버린 것처럼, 시간이 그 자리에서 천천히 장엄한 붕괴를 개시했다. 붉은 점멸이 일제히 암흑에 잠기고 창에서는 빛이 사라져갔다. 다카시는 나지막한 신음소리를 흘렸다. 해연海淵 같은 암흑이 솟아올라 시시각각 깊어져갔다.

몸을 내밀고 숨을 삼키며 아래를 똑바로 내려다보았다. 수직방향의 원근감에는 이미 가속도가 붙었다. 아스팔트로 포장된 지면은 바닥에 달라붙은 그 단단한 감촉을 거기까지의 거리로 인해 더욱 증폭시키며, 기묘하고 생생하게 그의 육체에 와 닿았다.

다카시는 빛을 잃고 허물어져내리는 눈앞의 세계에 겁을 먹었다. 꽉 움켜쥔 난간의 감촉이 손안에서 뻣뻣하게 굳어갔다. 언제라도 좋다고 생각해왔다. 그러나 그렇기 때문에 정작 그 순간이 되면 왜 하필 지금일까 하고 이상하게 느낄지 모른다. 망설임도 있었지만, 그에 맞서며 안에서 떠미는 힘이 느껴졌다.

아까부터 누군가가 갑자기 살갗을 스치는 듯한 전율이 몇 차례나 온몸을 훑고 지나갔다. 지상에는 이미 파쇄된 그의 육체가 있었다. 일대에 흘러넘친 어마어마한 양의 피는 그 무겁고 강렬한 빛깔로, 충격의 순간에는 이미 때를 놓쳤을 고통을 번뜩였다.

그는 뜨겁게 달아오른 아스팔트의 감촉에 미세한 향수鄕愁 같은 자극이 깃들어 있음을 느꼈다. 그것은 그가 아직 제대로 걷지도 못할 무렵 어른들의 보호를 받으며 나아가다가 몇 번이나 넘어져서 지면에 몸을 부딪혔을 때의 기억이었다.

'……저것과 하나가 되는 것뿐이다. ……'

난간을 잡은, 땀이 밴 손을 조바심을 내듯 몇 번이나 움켜쥐었다. 저곳에 닿는다. 여기서 뛰어내려 어디라도 상관없는 몸의 끝자락부터 저곳에 닿게만 하면 그만이다. 저기 드러누운 사체와 하나가 될 수만 있다면! ―숨을 크게 몰아쉬며 이를 악물었다. 뭉그적거리듯 반 발짝 앞으로 내디딘 순간, 그는 불시에 복부를 강타당한 것처럼 허리를 꺾으며 몸을 접었다. 그리고 그대로 무너지듯 철책을 등지고 웅크려 앉아 힘없이 고개를 떨어뜨린 후 한동안 그 자리에서 움직이지 못했다.

'……어리석다, ……너무나 어리석다! ……'

베란다 유리문은 사람 하나가 드나들 수 있는 공간보다 조금 넓게 열려 있었다.

다카시는 벽 쪽 스탠드 불빛이 비치는 어스름한 실내로 눈길을 돌렸다. 거기에는 분명 사람이 있었던 흔적이 있었다. 그는 소파 등받이 너머로 탁자 위에 놓인 페리에 캔을 물끄러미 바라보았다. 그리고 그것이 거기 그렇게 있다는 사실에, 잠깐 자리를 비웠던 생生이 고요히 맑아지는 느낌을 받았다.

'……나는 이 생에 집착하고 있다. 연극처럼 꼴사나운 이런 자살 흉내에 매달리는 것도 결국은 죽음을 두려워하기 때문이다! 나는 고통과 함께 자기상自己像을 파괴해, 나 자신의 파괴에서 도망치려는 것이다. ―하지만 단지 그뿐일까? 오히려 내 사체를 사람들에게 드러내고 싶었던 건 아닐까? 내가 내 삶의 실패를 충분히 알고 있고, 게다가 그것을 스스로 마무리지었다는 증거로. 나는 사람들이 깊은 연민과 애정으로 그 사실을 받아들이는 모습을 몽상하는 건 아닐까? …… 왜 그러고 싶은 걸까? 내가 지금 살고자 하는 이유는 무엇일까? 여기서 낙하하는 몇 초로는 부족하고 다시금 몇십 년이 더 필요한 이유는 대체 무엇일까!……'

머리를 쥐어뜯듯 감싸안고, 그는 매연으로 뒤덮인 콘크리트 위에 눈물을 떨어뜨렸다.

'……나는 날조된 자살의 고통을 생생하게 유지하는 것 말고는 살아갈 방법이 없다! 고통은 결국 다이몬daemon의 소리다. 그러나 그렇게 죽음을 등지고 되돌아오면 그 앞에 대체 무엇이 있단 말인가? ……'

다카시는 이런 생각을 평소 같은 자조로는 더는 감당할 수 없음을 느꼈다. 그래서 새삼스레 조금 전의 충동에는 단순히 자기상의 파괴라는 욕구를 넘어선 뭔가가 내재되어 있었음을 깨닫고 전율했다.

열대야의 불쾌한 무더위가 언제까지고 그를 부둥켜안고 있었다. 맨션 밑에는 여전히 그의 무참한 사체가 방치되어 있다. 그리고 열린 유리문 너머에는 자신의 손길이 깃든 생활이 미동도 없이 정지해 있었다.

'저 물을 한 모금만 마시면 된다. 그리고 캔을 탁자 위에 내려놓으면, 어쨌든 간에 내 생은 재개될 것이다. ……'

나지막이 숨을 내쉰 그는 손목을 꺾어 손등으로 이마를 받쳤다. 그러나 일어서서 안으로 들어가기에는 아직 좀더 시간이 필요했다.

3

현관 초인종이 울리자 료타가 "앗" 하며 소파에서 일어나더니, 웃으며 바라보는 어른들의 시선을 등지고 거실 밖으로 뛰어나갔다. 맨발로 현관 타일에 뛰어내려 발돋움을 하며 현관문 자물쇠를 풀고 손잡이에 매달리듯이 문을 밀어 열었다.

열기와 함께 매미 울음소리와 태양빛이 앞다투어 문틈으로 파고들어왔지만 정작 중요한 인기척은 없었다. 료타가 이상하다는 듯이 돌아서며 엄마의 얼굴을 바라보았다.

"어머? 이상하네?"

요시에가 상황을 짐작하고 장난스럽게 웃으며 말했다.

"아무도 없네? 어디로 갔을까? 숨었나? 문 뒤에 있나?"

부추기는 말에 료타가 다시 한번 문을 밀려는 순간, 뒤에 숨어 있던 다카시가 갑자기 튀어나오며 "왁!" 하고 겁주는 시늉을 했다.

료타가 "아아악!" 소리를 지르더니 또다시 엄마를 돌아보고, 곧이어 다카시의 발치로 뛰어들었다. 양손에 든 짐을 내려놓은 다카시가 료타의 겨드랑이에 손을 밀어넣고 웃으면서 "어디 보자" 하며 단숨에 천장까지 안아올렸다.

"저런, 료타, 그러면 못써. 큰아버지 피곤하신데."

요시에는 료타에게 주의를 주기보다는 다카시를 의식하는 투로 그렇게 말하고는 웃는 얼굴로 그를 바라보았다.

"어서 오세요."

"아, 저 왔습니다."

"소란스럽게 해서 죄송해요. 정말이지 아침부터 계속 '아직 안와? 아직 안 와?' 하며 아주버님을 얼마나 기다렸는지 몰라요."

"그랬어요?"

다카시가 료타를 복도에 내려놓으며 웃는 얼굴로 대답하고 문을 잠근 후 운동화를 벗고 위로 올라섰다. 료타는 아직 성이 안차는지 졸라대듯 다리에 매달려 있었다. 요시에가 다카시의 하얀 티셔츠 가슴 부분에 묻은 얼룩에 눈길을 멈추더니 "앗" 하고 손가락으로 가리켰다. 다카시는 그 시선을 좇아 료타의 발에서 묻은 듯한 흙먼지 자국을 알아챘지만, 전혀 개의치 않는다는 듯 고개를 가로저었다.

"아아, 괜찮아요."

"괜찮으세요? 죄송해요. 자, 료타, 발 닦자. 더러워졌잖아."

료타의 체온과 그 연약한 감촉에 다카시는 한순간 어제의 정사 기억을 되살렸다. 결국 샤워를 하고 잠자리에 든 것은 새벽녘이었다. 몇 시간의 잠 덕분에 심정적으로는 어젯밤 일에서 멀어졌지만 여전히 몸이 무거웠다. 그 노곤함이 새삼스레 당황스러웠다. 부적절한 것을 고향집까지 가져와버린 듯한 기분이었다.

료스케와 어머니가 거실에서 나와 각자 "어서 와" 하며 그를 맞아주었다.

"저 왔습니다. 아, 시원하네."

"더웠지? 미안하다, 마중 못 나가서."

"아뇨, 전혀. 나 혼자고 오랜만에 가고시마혼센도 타보고 싶었으니까."

거실로 돌아오자 그를 에워싸듯 다들 소파에 앉았다. 물티슈로 발을 닦은 료타가 곧바로 무릎 위에 자리를 잡았다.

"얘 좀 봐, 어서 내려와."

요시에가 아까보다 조금 강한 말투로 말렸다. 료타는 엄마의 본심이 어느 정도인지 확인하려는 듯 돌아보더니, 곧바로 편들어주기를 바라는 눈치로 다카시의 얼굴을 올려다보았다.

"아, 아뇨, 괜찮아요. 료타, 많이 컸네."

"그렇다니까요. 이제는 안아주기도 무거워요. 모자母子 수첩의 표를 보면 딱 평균 정도지만."

"그래요? 어릴 때는 친척 아저씨들이 툭하면 '많이 컸구나' 하는 게 좀 이상했는데, 반대 입장이 되니 그런 말이 절로 나오네."

다카시가 얼굴에 장난을 치려는 료타를 몸을 젖혀 피하면서 말했다.

"게다가 건강해 보이고."

그 한마디에 나머지 가족들이 눈짓을 주고받으며 씁쓸하게 웃었다. 의아한 표정을 짓는 그에게 요시에가 지난밤 천식 소동의 전말을 짤막하게 들려주었다.

"어어, 그랬니? 저런, 가엾게도."

다카시가 새끼원숭이처럼 목에 매달려 있는 료타의 얼굴을 들여다보더니, 손가락으로 가볍게 스치는 정도로 머리를 어루만졌다. 그러고는 불현듯 떠오른 듯이 물었다.

"아 참, 그런데 아버지는?"

가즈코는 료스케가 그 질문에 곧바로 대답할 기미가 없는 것을 알아채고 입을 열었다.

"더위 먹은 것 같아. 위에서 계속 주무신다."

"그래요? 별일이네, 아버지가 다 누워 계시고. ……하긴 이렇게 무더우니 어쩔 수 없나. 심각해요?"

"아니, 미열이 나는 정도야. 그런데 좀처럼 나아지질 않나봐."

가즈코는 이어서 뭐라고 말하려다 갑자기 귀찮아졌는지 으쌰 소리를 내며 일어서서 보리차를 꺼내러 갔다.

료타는 벌써 싫증났는지 다카시의 무릎에서 꾸물꾸물 내려와 엄마 옆에 앉았다.

"아아, 고마워요."

잔을 건네받아 단숨에 절반쯤 마신 다카시는 료타의 무게에서 해방되어 홀가분해진 표정을 지었다.

"제사는 몇시쯤이죠?"

"두시쯤 할 예정이야. 여기서 점심 먹고 나갈까 해. 곧 열한시니까 슬슬 준비해야겠다. 국수 괜찮니?"

"물론요, 아무거나 상관없어요. 음, ……그럼 그전에 잠깐 아버지 좀 뵙고 올까. ……"

다카시가 소파에서 일어서자 료타가 또다시 따라가려 했지만, 요시에는 "안 돼"라며 조금 전과 확연하게 다른 엄한 말투로 말렸다. 제자리에 멈춰 선 료타에게 다카시가 살짝 웃으며 눈짓을 했다.

"잠깐만 기다려."

2층 부모님 방을 노크했지만 대답이 없어서 살며시 문을 열고 안을 들여다보았다. 커튼이 드리워져 있고, 아버지는 황토색 줄무늬 파자마를 입고 고개를 약간 숙인 자세로 침대에 앉아 있었다.

"어, 일어나셨어요? 저 왔어요, 아버지."

다카시가 말을 건네자 하루오가 돌아보며 대답했다.

"……아아, 어서 와라."

하루오의 시선은 빗나갔다기보다는 고정하기가 힘든 듯이 곧바로 다카시의 얼굴에서 미끄러졌다. 그것을 알아챈 다카시는 눈동자만 재빨리 움직여 주위 상황을 살폈다.

방바닥에는 불그스름한 황색 커튼의 얇은 천을 통과한 빛이 내리쬐는 힘을 잃고 조용히 축적되어 있었다. 실내의 어스름은 사람이 움직인 기척이 거의 없는 투명한 안정감을 지니고 있어서, 조심성 없이 걸음을 내디디면 바닥에 가라앉은 앙금이 솟아올라 그 빛깔이 탁해져버릴 것 같았다.

그 한가운데서 옴짝달싹할 수 없게 굳어버리기라도 한 것처럼, 아버지는 이쪽을 돌아보는 아주 미세한 동작에도 불안한 기색을 역력히 내비쳤다.

"몸은 좀 어떠세요? 열은?"

다카시가 아버지 앞을 가로질러 친절한 몸짓으로 커튼을 걷었다. 가로막혀 있던 빛이 별안간 흘러들며 침대 위의 얼굴을 사정없이 비추었다. 하루오는 뭔가를 폭로당한 것처럼 무심코 얼굴을 숙이며 짜증스러운 듯 미간을 찌푸렸다.

"눈부셔요? ……더우니까 닫아둘까요?"

"……어어, 닫아둬라."

"네. ……"

다카시는 망설이다가 레이스 커튼만 치고 침대로 가서 아버지 옆에 앉았다. 이런 조금 난폭한 방식이 이젠 아버지에게 부적절하다는 것을 알아채고 그는 동요했다.

흐트러진 머리칼과 둔탁한 광택을 발하는 피부, 거기에 끈적하게 들러붙는 듯한 불활성적인 냄새로 아버지가 벌써 며칠째 목욕을 게을리했다는 것을 알아차렸다.

"열 있어요?"

하루오는 아들이 옆에 앉은 것이 어색한 모양이었다. 마지막으로 만난 것은 2월에 외할머니 데루코가 돌아가셔서 다카시가 귀성했을 때다. 그때 여기서 대화를 나눴을 때의 표정을 어떻게 되찾아와야 할지 모르겠다는 눈치였다. 말보다 그후에 이어지는 결코 길지 않은 침묵이 더 견디기 힘든 듯, 부자연스럽게 힘이 들어간 눈을 두 번 깜박거렸다. 한 번 강하게 감았다 뜨고, 뭔가 자기밖에 알 수 없는 강도의 부족함이 있었는지 덧붙이듯 한 번 더 감았다. 그러고는 문득 아들이 있는 것을 잊어버리기라도 한 것처럼 골똘히 생각하듯 고개를 숙였다.

"힘들어요?"

다카시가 조심스럽게 물었다.

"……아니, ……몸이 좀 무거워, ……"

"그래요, ……병원은 가보셨어요?"

"아니, 안 갔어. 그냥 더위 먹은 거겠지."

"……그럴지도 모르지만, 계속 그러면 가보는 게 좋아요. 항생제를 먹으면 금방 나을 테니까. 어머니도 걱정이 많아요."

하루오는 고개를 끄덕이더니 뭐라고 한마디 내뱉을 것처럼 숨을 들이마셨다가, 결국 그대로 아무 말 없이 뿜어냈다. 말은 그리 멀지 않은 곳에 보였다. 그러나 도무지 손을 뻗을 마음이 들지 않았다.

다카시는 질문을 던질 기회와 말투를 고르는 데 신중해졌다. 고개를 살짝 숙이며 아버지의 시야에 자기 모습을 슬머시 집어넣고 말했다.

"어쩌면 몸보다 기분의 문제 아닐까요? 전에 잠깐 얘기하셨는데, ……"

말을 끝맺지 않고 애매하게 그쳤다. 하루오는 머리를 움직였지만 겨우 시야 가장자리에 아들의 그림자를 넣는 정도였다.

그는 한동안 다카시가 한 말의 감촉을 확인하다가, 이윽고 살짝 험악한 표정을 지으며 그쯤에서 대화를 매듭짓듯 말했다.

"그냥 더위 먹은 거라니까. 걱정하지 마라."

다카시는 그를 의식하듯 난폭하게 머리를 긁어대는 아버지의 모습을 보면서 오히려 사정을 파악한 기분이 들었다.

"그래요? 그럼 다행이고요."

그는 일어서면서 살며시 미소를 지어 보였다.

1층에서는 또 무슨 떼를 부렸는지, 료타가 요시에에게 야단맞고 크게 울어대는 소리가 들려왔다. 하루오는 그런 소란이 불쾌한지 다카시가 열어둔 문틈을 흘긋 보았다.

"오늘 제사는 어떻게 하실래요? 집에서 좀 쉬실래요?"

"……어어, ……미안하지만. 좀더 자야겠다."

다카시는 아버지가 이미 자기에게 관심을 잃었다는 것을 알아차렸다. 아들의 눈도 개의치 않고 마치 동굴의 은신처에 들어가듯 타월담요를 끌어당기며 침대에 드러누우려 했다. 도와주려 했지만 그럴 틈이 없었다. 아니, 그보다 그런 아버지를 어떻게 대해야 할지 망설여져서 결국 말없이 바라보기만 했다.

창가로 가서 커튼을 치고 아버지를 돌아보았다. 커튼레일 소리에 아버지가 한순간 시선을 들었지만 별다른 말은 없었다. 다카시는 베갯머리로 다가가서 말을 건넸다.

"그럼 푹 쉬세요. ……나중에 봬요."

방을 나서며 다시 한번 아버지 쪽을 돌아보았다.

계단을 내려가기 시작한 후에야 다카시는 비로소 자신의 동요와 정면으로 맞닥뜨렸다. 그리고 반년간 아무런 손도 쓰지 않은 자신을 책망했다.

도중에 걸음을 멈추고 숨을 크게 토해내며 입가에 손을 댔다.

고개 숙인 이마에 근심이 엉기듯이 그의 미간에 우울한 그늘이 드리웠다.

　도바타에 있는 가즈코의 친정 혼다 가에는 차 두 대에 나눠 타고 갔다. 조금 불편한 걸 참으면 하루오의 차에 다섯 명이 탈 수도 있지만 카시트 이동이 번거로워서, 가즈코의 비츠에는 료스케 가족이 타고 하루오의 코롤라에는 도쿄에서 차를 몰지 않는 다카시가 '연습 삼아' 운전하겠다며 가즈코와 함께 탔다.

　오랫동안 타지 않은 코롤라의 배터리를 걱정하던 가즈코는 두세 번의 시도에 무사히 시동이 걸리자 살짝 과하다 싶을 정도로 기뻐했다. 다카시는 아버지가 그렇게 오랫동안 운전을 하지 않았다는 말에 새삼 놀라, 어머니가 그것을 어떻게 받아들일지 차를 후진시키며 생각해보았다.

　료스케는 출발하고 얼마 후 뒷좌석 료타 옆에 앉아 있는 요시에에게 불쑥 물었다.

　"좀 전에 복도에서 형이랑 무슨 얘기 했어?"

　"어? ……별말 안 했는데."

　요시에가 놀란 듯이 얼굴을 들었다.

　"아니, 2층에서 내려와 무슨 얘기를 나누는 것 같길래. ……"

　"얘기했다고?"

　"얘기했어. 내가 봤는데."

"아아, ……얘기까진 아니고, 그냥 스쳐가면서 잠깐, ……"

"잠깐 뭐? 방금은 아무 얘기도 안 했다며."

료스케는 심각한 기색을 띠지 않으려고 억지로 웃어 보였다. 요시에는 경련이 인 듯한 그 표정을 룸미러 너머로 바라보았다. 그리고 평소와 다른 남편의 집요함을 미심쩍게 여기는 한편, 이제까지 몰랐던 그의 좋지 않은 일면을 봐버린 기분에 도리어 표정이 굳었다.

"왜 그래? 애도 있는데."

"있어도 뭐 어때. 딱히 감출 게 없다면야."

료스케는 아내가 드러내는 그런 놀라움에 가슴이 조여드는 통증을 느꼈다. 그리고 차츰 짜증을 억누르기 힘들어졌다.

"별거 아니야."

"뭔데?"

"그냥 화장실 가다 마주쳐서, ……아버님은 좀 어떠시냐고 물었을 뿐이야."

"아버지 건강이 별거 아니라고?"

"그런 뜻이 아니잖아. 대체 왜 이래?"

"아니야, 됐어. ……뭔가 소곤거리는 느낌이 싫어서 그래."

"소곤거리다니, 그게 무슨 말이야? 숨어서 나쁜 짓이라도 했다는 것처럼."

"그런 뜻은 아니었는데, ……미안."

두 사람의 가시 돋친 대화에 영문을 모르겠다는 표정을 짓고 있던 료타가 마침내 울음을 터뜨렸다.

"괜찮아, 료타. 옳지, 옳지. ……"

카시트로 다가가 료타를 달래며 요시에는 또다시 료스케에게 조금 화가 났다. 그러나 다카시와 나눈 대화가 그의 지레짐작대로 시아버지 건강 같은 것이 아니었으며, 별것 아니라고도 할 수 없다는 것은 사실이었다.

그녀는 차라리 여기서 얘기해버릴까 생각했다. 그러나 그 이야기는 이렇게 이동하는 중이 아니라 다른 기회에 좀더 신중하게 꺼내야 했다. 그녀는 뒤이을 말을 잃고 입을 다물었다. 료스케는 음악이나 틀 생각으로 CD 재생 버튼을 눌렀다. 스피커에서 흘러나온 것은 어머니의 한국어 회화 교재였다.

앞서 달리던 료스케 가족과 두번째 신호에서 거리가 벌어지는 바람에, 다카시와 가즈코는 출발 후 한동안 거의 길을 확인하는 말만 주고받았다.

고등학교를 졸업한 후로 줄곧 고향을 떠나 산 다카시는 드넓은 기타큐슈의 도로 사정을 전혀 몰랐다. 그러나 조수석에 앉은 어머니가 되도록 옛날부터 익숙한 장소를 표지 삼아 방향을 알려줘서인지, 변화보다는 오히려 여전함이 인상에 남았다.

십대 무렵 자주 돌아다녔던 구로사키 역 앞 상점가는 완전히 영락했지만, 기억 속의 가게나 빌딩들이 낡기는 했어도 간판이

나 외장 등이 뜻밖일 정도로 당시 그대로의 모습을 간직하고 있어서, 이전에 귀성했을 때는 별로 실감하지 못했던 향수를 느꼈다. 그 이유 중 하나는 어머니가 이렇게 곁에 있기 때문일 거라고 그는 어렴풋이 생각했다.

주오초로 나와서 도바타 우회도로에 접어들자, 가즈코도 안심하고 웃으며 말했다.

"평소에 운전 안 하는 것치고는 제법이네."

다카시는 어머니의 몸이 등받이 깊숙이 파묻힌 모습을 보고, 아까까지는 노안 때문에 몸을 내민 것만이 아니라 불안해서 긴장했던 거구나 생각하며 씁쓸한 웃음을 흘렸다.

그는 동생 가족과 차를 나눠 탄 게 오히려 다행이다 싶었다. 집 밖에 나와 있는 동안 어머니와 아버지 이야기를 나누고 싶었지만 료타가 들으면 좋지 않을 것 같았다. 요시에게도 들려줄 필요가 없을 것이다. 원래는 제사를 지내러 오가는 중에 티 나지 않게 말을 꺼내볼 생각이었는데, 사안이 사안인 만큼 좀더 차분한 자리에서 얘기하는 게 낫겠다고 좀 전부터 생각을 고쳤다. 료스케에게도 의견을 물어야 한다. 그렇다면 요시에도 동석시키는 게 좋을까? 그것은 료타의 상태에 따라 생각해봐야 할 것 같았다.

돌아오는 길에 차나 한잔하지 않겠느냐는 다카시의 제안에 가즈코는 조금 의외라는 표정을 지었지만, "그래, 어디 가서 맛있는 케이크라도 먹을까" 하며 상냥하게 동의했다. 그 명랑함은 기분 전환의 기쁨에서 비롯되었을 게 틀림없으나, 정작 화제는 그것을 배신할 게 틀림없다는 것이 다카시는 안타까웠다.

가즈코는 뒤이어 "세월 참 빠르구나. ……"라고 혼잣말처럼 말하며 친정어머니 데루코가 세상을 뜬 지 육 개월이나 지난 것을 회상했다. 외할머니는 현재 다카시가 살고 있는 집의 주인인 혼다 가의 장남 소이치의 병원에서 숨을 거두었다. 유방암 말기였다. 병원을 세운 것은 소이치의 아버지 구니오였고, 그는 육년 전 위암으로 세상을 떠났다.

가즈코는 소이치, 후미코에 이은 셋째이고 그 밑에 아쓰시라는 남동생도 있지만, 다카시는 소이치의 가족 말고는 교류가 거의 없었다. 해외 생활로 격조한 탓에 연하장을 주고받는 것도 끊겨버렸다. 아무래도 후미코와 아쓰시의 가족이 각각 사가와 에히메 등 먼 고장에 살고 있기 때문이지만, 아버지 하루오가 처가 사람들과 별로 교류하고 싶지 않아하는 것도 이유였다.

하루오의 아버지 에이지는 스물아홉 살 때 징병되어 이듬해 필리핀에서 전사했다. 다카시는 2월에 귀성했을 때 아버지와 그런 이야기를 나누고, 자기가 이미 그 나이를 넘겼다는 사실에 동요했다. 중학교 선생님이었던 어머니 후사에가 하루오와 여동생 미네코를 혼자 키워냈다. 하루오는 고향의 공업대학을 나왔는데, 학비를 모두 자기 힘으로 벌었다는 것을 본인 입으로 여러 차례 얘기하곤 했다.

하루오와 가즈코는 다른 사람의 소개로 결혼했는데, 당시 그런 집안 격차가 걸림돌이 되지 않았던 것은 가즈코가 둘째딸이고 혼다 집안 사람들의 기질이 대범한 덕분이었을 거라고 다카시는 생각했다. 오히려 하루오 쪽의 태도가 비굴했다. 게다가 같이 살던 어머니와 아내 사이가 나빴던 것도 하루오가 혼다 집안에서 멀어지게 된 원인이었다. 대놓고 말하지는 않았지만, 하루오는 아내가 혼자 훌쩍 친정에 다녀오는 것이 달갑지 않았다. 처갓집에서 자기와 어머니가 어떤 식으로 화제에 오를지 불안해하는 모습이 어린 다카시의 눈에도 훤히 보였다.

하루오가 신일철*을 퇴사하고 자회사의 고문이 된 해에 후사에는 욕실에서 심근경색으로 세상을 떠났다. 재작년이던 그때 다카시는 스트라스부르에 있어서 장례식에 참석할 수 없었다.

시어머니가 돌아가셔서 어머니가 다소 후련해졌으리라는 것은 짐작이 간다. 병구완할 필요 없이 깨끗이 세상을 떠나준 것에 신중치 못하게 안도할 수밖에 없었던 것도 어쩔 수 없는 일이라고 그는 생각했다.

하루오는 아내의 그런 심정에 민감했다. 그것이 쭉 이어져 아버지가 장모의 죽음에 냉담해진 거라고 그는 추측했다.

---

* 新日鐵, 신일본제철주식회사의 줄임말.

그러나 오늘 대화중에 그런 견해를 드러내는 것은 좋은 방법이 아니다. 지금 아버지에게 닥친 위기는 직접적으로 무위에서 비롯되었다. 아버지 스스로도 그 사실을 깨닫고 2월에 그에게 말했었다. 일련의 사정이 그 무위를 견디기 어렵게 하는 요인이라는 것은 의심할 바 없었다. 문제 해결을 위해 그 사실을 가족과 아버지 자신에게 이해시키는 것은 우회로이기도 하거니와 가능하지도 않았다. 그런 길이 아예 없다고 확언할 수는 없지만, 다카시는 도저히 그 길을 제시할 수 있을 성싶지 않았다. ……

소이치의 집에는 한 시간가량 머물렀다. 각자 분향하고 간단히 기도를 마친 뒤에도 가즈코는 역시나 눈물을 글썽이며 한동안 불단 앞을 떠나지 못했다. 료타도 어깨너머로 보고 흉내를 내며 손을 모았고, 요시에가 시키는 대로 신나게 목탁을 두드렸다.

가까운 절에서 성묘를 마친 후 널찍한 응접실에서 한동안 환담을 나누었다. 소이치 부부 외에 료스케와 동갑인 맏아들 고이치 부부와 그들의 한 살배기 아이, 맏딸 리에 부부와 육 개월 된 아기가 있었고, 둘째딸 리사는 입시학원 여름강좌를 들으러 가서 자리에 없었다. 리사는 올해 들어 몇 번인가 다카시에게 이메일로 영작문 첨삭을 부탁한 적이 있었다.

소이치는 옆에 앉은 다카시에게 대화 도중 귀엣말처럼 작은 목소리로 도쿄 맨션에 관한 이야기를 꺼냈다. 아직 확정되진 않았지만, 리사가 아무래도 내년부터 도쿄의 대학에 다니게 될 것 같으니 연초쯤 다른 곳으로 옮겨줬으면 한다는 얘기였다. 다카시는 처음에 집을 빌릴 때부터 그 조건을 듣고 귀국 직후의 임시 거처쯤으로 삼을 생각이었기 때문에 당연히 흔쾌하게 승낙했지만, 지나치게 미안해하는 그의 모습에 오히려 더 신경이 쓰였다.

어머니는 몇 번인가 다카시가 '외삼촌을 닮았다'고 평한 적이 있는데, 정작 그는 소이치의 꾸밈없는 선량함은 자기와 너무나 거리가 먼 자질이라고 느꼈다. 그리고 어머니의 그 말은 '아버지를 닮았다'는 것과 마찬가지로 자신에 대해 나름대로 소박한 이질감을 표명한 거라고 생각해왔다.

료타는 처음에는 두 아기에게 관심을 보였지만 얼마 안 돼 요시에에게 빨리 가자고 보채기 시작했고, 그것을 계기로 가즈코 일행은 돌아갈 채비를 했다. 다카시는 그런 료타를 보고 요시에만 먼저 집으로 보낼까 하는 생각도 했지만, 아버지가 이상하게 여길 테고 그녀도 불편할 것 같아서 큰맘 먹고 료스케에게 말을 꺼냈다.

할 얘기가 있다고 말하자 료스케는 "뭔데?"라며 의아해했지만, 어찌됐든 요시에와 료타도 같이 데리고 가겠다고 대답했다.

4

어수룩하게도 차를 출발시킨 후에야 알아챘지만 오본 휴가로 가게들이 죄 문을 닫은 바람에, 다카시 일행은 주차장에 들어섰다가 다시 도로로 나오기를 몇 차례나 반복했다. 그러다 간신히 야하타니시 구청 근처에 있는, 점심 메뉴로 옛날 볶음국수 같은 나폴리탄 스파게티를 내놓을 것 같은 카페를 발견하고 안으로 들어갔다. 가게에는 단골 손님인지 종업원인지 알 수 없는 중년 여자 하나가 카운터에 앉아 있는 것 말고는 아무도 없었다. 창가 자리로 안내받아 어른 넷이 앉고, 다행히 깊이 잠든 료타는 안쪽 소파에 눕혔다.

가게 안에는 유선방송에서 나오는 듯한 음악이 흐르고, 카운터 옆에 텔레비전이 켜져 있었다.

다카시는 장소를 찾느라 힘을 빼는 바람에 모두 완전히 방어적이 돼버린 상황을 유감스럽게 여겼다. 적당한 장소에 훌쩍 들어가 가능하면 좀더 자연스럽게 얘기를 꺼내고 싶었다.

물이 나오고 각자 냉커피와 케이크를 주문하자, 료스케가 잠시 뜸을 들인 후 물었다.

"그런데 대체 무슨 얘기야?"

차 안의 담소로 비교적 편해진 눈치던 어머니까지 자세를 고쳐 앉았다. 요시에는 자기가 과연 이 자리에 있어도 되는지 모르겠다는 표정이었다.

다카시는 "으음, ……" 하며 한동안 첫마디를 어떻게 꺼낼지 고민했지만, 료타도 있어서 시간을 많이 들일 수 없는 노릇이라 옆에 앉은 어머니를 바라보며 말했다.

"아버지 얘기인데, 한번 병원에 모시고 가보는 게 좋을 것 같아요."

그 말에 가즈코의 낯빛이 달라졌다.

"왜? 무슨 병 같니?"

"꽤 오랫동안 저러셨나요?"

"자리에 누운 건 최근 네댓새야. …… 왜?"

"그전에는 어땠어요? 역시 기운이 없었죠?"

"……그렇지, ……"

"그게 실은, ……아버지가 우울증이 아닌가 싶어서요."

"우울증?"

때마침 커피와 케이크가 나와서 가즈코가 경계하듯 입을 다물었다. 일동이 탁자에서 몸을 떼자 한가운데 단단히 포박되어가던 공기가 잠시 느슨해지며 틈새로 빠져나갔다. 하얀 종이받침 위에 놓인 잔을 각자 앞으로 끌어오는 가족의 귀에 누구의 것인지 모를 한숨 소리가 스쳐지나갔다.

중년 여자 종업원이 계산서를 내려놓고 자리를 뜨자, 다카시가 커피 한 모금을 마시고 이야기를 계속했다.

"물론 단언할 수는 없지만, ……아마도. 어쨌든 빨리 대처하는 편이 좋을 거예요."

요시에는 고개를 숙이고 료타를 살피면서 빨대 포장을 벗기는 데 집중하는 척했다. 료스케는 입을 닫고 형의 말을 어떻게 받아들여야 좋을지 생각에 잠긴 모습이었다.

가즈코도 한동안 입을 열지 않다가, 이윽고 고개를 옆으로 저었다.

"아니야. 그런 게 아니야. ……"

그 반응에 다카시의 표정이 흐려졌다.

"……아니라뇨?"

"정신병이니 뭐니, 그런 요란한 게 아니야."

"정신과라고 하면, ……아무래도 요란하게 들리긴 하지만, 요즘은 내 주위에도 다니는 사람이 꽤 많아요. 다들 편안하게 상담받는 정도죠. 내과가 암에서 코감기 환자까지 돌봐주는 것과 마찬가지로, 정신과에 오는 사람도 정말 심각한 정신분열증 환자부터 그냥 기분이 좀 안 좋은 경우까지 천차만별이니까. 그렇지만 증세가 악화되어서 처음보다 훨씬 커져버리면 돌이킬 수 없어요. 처음에는 스트레스로 위가 아픈 정도였지만 궤양으로 번져서 구멍이 뚫리면 더이상 자연치유가 안 되고, 더 나아가면 외할아버지처럼 위암이 될 수도 있고, ……아무튼 좋을 게 하나도 없어요. 어머니가 보기에도 요즘 아버지가 노곤해하는 게 예사롭진 않잖아요?"

　다카시는 설득한다기보다는 은근히 달래는 말투로, 아주 좁은 틈새를 겨우 지날 수 있을 만한 말을 하나씩 신중하게, 그러나 재빨리 확인하며 입에 올렸다. 어머니의 저항감을 접한 그는 당사자인 아버지보다 오히려 어머니에게 증상을 정확히 인식시키는 게 더 힘들지도 모르겠다고 느꼈다. 그래서 목소리를 약간 밝게 바꾸며 말했다.

　"종기 같은 거예요, 요즘 아버지의 기분이 영 신통치 않은 건. 치료해서 짜버리면 간단하지만, 그냥 놔두면 어느새 종기에 침식돼버린다니까요. 정말 암세포처럼."

　"아니야. ……그런 게 아니야. 난 삼십 년 넘게 아버지랑 같이 살아서 잘 알아."

　"형 생각이 지나친 거 아니야?"

　료스케가 그쯤에서 웃으며 끼어들었다. 다카시는 힐끗 시선을 던지며 말했다.

　"물론 지나친 생각이라면 그보다 다행스러운 건 없겠지. 다만 걱정이 되니까, 만약을 위해서 하는 말이야."

　"그렇지만 아버지는 절대 안 가려 하실걸."

　"그래서 하는 얘기야. 그런 병은 가족의 이해가 중요하니까. 설득해야지."

　"이해라니, ……형 혼자 갑자기 말을 꺼낸 거잖아. 형이야말로 오해한 거라고. 대체 왜 그래?"

료스케가 또다시 어색하게 미소를 지어 보였다. 다카시는 동생의 그 말이 어젯밤 이후로 감정적으로 민감해진 부분을 서슴없이 건드리는 것을 느꼈다. 그래서 그 고통을 드러내지 않으려 애쓰며 말했다.

"책임감을 느껴서야. 2월에 아버지를 만났을 때 이미 그런 기미가 보였거든. 그때보다 나빠진 것 같아. 이대로 놔두면 증상이 훨씬 빨리 진행돼버려."

가즈코가 조바심이 난 듯 고개를 가로젓더니, 커피 대신 물을 마시고 입을 열었다.

"다카시, 네 생각이 지나쳐. 그런 게 아니야. 내가 말을 안 했으니 모르는 것도 무리가 아니지만, ……요즘 나랑 아버지 사이가 좀 껄끄럽단다."

"네?"

료스케가 놀라서 눈을 휘둥그레 떴다.

"최근 몇 달간 쭉 그랬어. 나랑 아버지, 제대로 대화도 안 해. ……뭐라고 하면 금세 싸움만 나니까. ……아버지는 내가 하는 일들이 하나같이 마음에 안 드는 모양이야. ……"

"왜요? 무슨 일이라도 있었어요?"

"글쎄다, ……"

"같이 한국어도 배우러 다닌다면서요?"

"처음 몇 번뿐이야. 요즘은 나 혼자 다녀. ……왜 그런지 나랑 같이 있는 게 싫은가봐. ……너희가 와서 참고 있지만, ……요즘에는 대낮부터 혼자 맥주도 마시고. ……"

료스케는 몹시 놀랐다.

"전혀 몰랐어요. ……왜 그러시지? 형은 알았어?"

"아니, 거기까지는. 아무튼 아버지는 지금 좀 힘든 시기인 것 같아. 어머니도 힘드실 테지만, 따뜻하게 지켜봐주셔야 할 거예요. ……"

"너한테는 뭐라고 하던?"

"오늘은 아무 얘기 없었어요. 2월에 왔을 때 잠깐 얘기했죠. 신일철을 그만두고 다른 데로 옮긴 무렵부터 기운이 없어 보이지 않았나요? 나는 해외에 있어서 잘 모르지만. 자회사 고문이라는 자리가, ……아버지가 일 얘기를 집에서 전혀 안 하니까 잘은 모르겠지만, 산업재해 문제로 모회사의 예전 부하직원한테 심하게 닦달당한 모양인데 아무래도 그 일이 타격이 컸나봐요. 책임감을 느낀 부분도 있겠고, 같이 일했던 사람에게 그런 대접을 받은 거니까, 지금까지 내가 해온 건 과연 무엇이었나 하는 생각이 드는 것도 무리는 아닐 테죠. ……삼십 년 넘게 용광로 일을 해왔으니, 뭐랄까, 고도 경제성장을 지탱했다는 자부심도 있었을 테고. ……게다가 용광로는 한번 반응이 시작되면 더이상 컨트롤할 수 없는 조금은 기묘한 거잖아요. 용광로는 살아 있다고 아버지도 자주 얘기했지만, ……"

다카시는 이어서 무슨 말을 하려다가 생각을 바꾸고 하던 이야기를 매듭지었다.

"……어쨌든 그토록 소중했던 일에서 멀어진 결과, 지금까지와 전혀 다른 일의 압박을 받게 되었고, ……거기에 엎친 데 덮친 격으로 할머니까지 돌아가셨잖아요? 이건 어디까지나 내 판단이지만, 그런 몇 가지 이유들이 복잡하게 얽혀 있지 않을까 싶어요. ……"

"그럼 왜 나한테 상의하지 않지? 부부란 게 뭔데?"

가즈코가 하루오에게 직접 던질 수는 없을 듯한 강한 어조로 말했다. 그 물음이 자기가 교묘하게 회피하려 한 문제를 정확히 겨냥하는 바람에 다카시는 순간 말문이 막혔다. 실제로 퇴직 후의 생활이 아버지에게 요양이 되지 못하고 오히려 증상을 악화시키는 결과를 가져온 이유 중 하나는 어머니의 존재일 거라고 그는 느끼고 있었다.

'그리고 최근 며칠 사이 증상이 유난히 악화된 건 아마도 나와 료스케의 귀성 때문이겠지. ……'

다카시는 견디기 힘든 심정으로 그런 생각을 하면서도 부주의하게 틈이 생기지 않도록 주의하며 말을 이었다.

"어머니의 기분은 이해해요. 하지만 지금은 그런 상태가 아니에요. ……우울증은 사고력뿐 아니라 다른 사람과 마주하려는 의욕마저 저하시켜버리니까. 비전문가의 소견이니 믿을 만하지는 않겠지만, 지금 아버지의 상태로는 심료내과 같은 데 가봐야 별 의미가 없을 거예요. 카운슬링으로 왜 이렇게 됐는지 원인을 밝혀낼 수는 있지만, 지금 같은 상태에서는 스스로를 탓하다가 증상이 더 악화될지도 모르니까. 그보다는 통원하면서 약물치료를 받는 게 효과적일 거예요. 물론 그럴 필요가 없다면 다행이고요. 그렇게 해서 증상이 개선된 다음에 가족끼리 대화해도 늦지 않아요. 어쨌든 아버지를 지금 상태에서 구해내야죠. 그걸 최우선으로 삼았으면 해요."

가즈코는 미간을 찡그리며 입을 굳게 다물었다. 이쯤에서 간신히 대화에 끼어들 기회를 얻은 요시에가 조심스럽게 료스케에게 말했다.

"난 료타 데리고 고쿠라에 쇼핑이라도 다녀올까?"

"응? 어어, ……그럴래?"

"응, ……료타도 깰지 모르니까 그러는 게 나을 것 같은데."

료스케는 료타의 잠든 얼굴에 시선을 던지고 "응, ……그래, 그럼"이라고 말하며 고개를 끄덕이고 차 열쇠를 건넸다가, 밖에까지 데려다주기로 마음을 바꾸고 자리에서 일어나 료타를 살짝 안아올렸다.

"죄송해요. 그럼 조금 있다가 집으로 바로 들어갈게요."

"……미안하구나, 얘기가 이상한 쪽으로 흘러서."

"아니에요. 전혀."

가즈코가 창백해진 얼굴로 사과의 말을 건넸다. 다카시는 요시에에게 눈길을 돌렸다가, 그런 태도를 신경쓰듯 료스케가 자신을 바라보고 있다는 것을 알아채고 무심코 뒤를 돌아보았다. 료스케는 한순간 눈동자에 힘을 주었다가 곧바로 시선을 피해버렸다.

요시에와 료타가 자리를 뜨고 나서 세 사람은 다시 얼굴을 마주했지만, 가즈코는 한번 중단된 대화의 화제로 돌아가기를 꺼리는 눈치였다.

맨 먼저 입을 연 사람은 역시 다카시였다.

"어머니가 상처를 받았다는 건 잘 알고, 진작 알아채지 못한 건 저도 죄송스럽게 생각해요. 전부 병 때문이니 어쩔 수 없다는 표현도 조금 난폭했어요. 죄송해요. ……그렇지만 어머니와는 터놓고 이런 얘기를 할 수 있으니까 저도 감히 말을 꺼낸 거예요. 하지만 아버지는 지금 그런 상태가 아니에요."

"아니라니까! ……어떻게 설명해야 하나, ……아무튼 네가 생각하는 거랑은 달라. 아버지는 옛날부터 엄마에 대한 배려라곤 없었어. ……둘만 남고 보니 확실히 알겠더라."

"……하긴, 오랫동안 같이 살았으니 어머니도 이래저래 쌓인 게 많겠지만, ……그래도 그걸 지금의 상황과 연결시키면 안 돼요. 그런 얘기를 한 번쯤 충분히 깊이 있게 나누기 위해서라도 일단은 아버지부터 건강해지셔야 해요."

다카시는 탁자 위에 올린 양 팔꿈치 위로 몸을 내밀며, 그때까지 어머니를 똑바로 향하고 있던 시선을 애매하게 떨어뜨렸다. 의사 집안에서 자란 어머니가 병으로 초래된 이상증세를 끝까지 남편의 인격에서 비롯된 것으로 받아들이려 하는 게 조금 이상했다.

어머니가 이날까지 참고 견뎌온 남편의 언동을 되갚아주고픈 심정인 것은 틀림없는 사실일 것이다. 구체적으로 무슨 말을 들었는지는 모르지만, 순수한 걱정에도 욕설에 가까운 심한 말이 돌아왔을 거라고 충분히 상상할 수 있었다. 그는 그런 반응이 병 때문이라고 이해시키고 싶었지만, 그것을 받아들이기 힘들어하는 어머니의 심정에는 오랜 결혼생활 동안 쌓인 아버지의 책임도 있을 터였다.

한편 현재 아버지의 상태를 과대시하지 않는 것과 반대로, 어머니가 남편이 병자가 되어버리는 것에 대해 공포를 느끼고 있다는 것을 짐작할 수 있었다. 아마도 남편이 다른 사람이 되어버린다는 근원적인 불안과 간병을 맡아야 하는 현실적인 불안이라는 두 가지 원인 때문일 것이다.

다카시가 지금 어머니에게 이해를 촉구하는 부분은 병자가 아니라 병을 봐야 한다는 것이었다. 그것은 아버지의 육체가 아니라 정신에서 비롯된 것이며, 게다가 일시적인 발현이다. 지금 아버지 언동의 주체는 아버지 본인이 아니라 병이다. 병이 아버지에게 말을 부여하고 행동을 시킨다. 스스로도 허술한 논리라고 느꼈지만, 어머니에게는 설득적이라고 판단했다. 어머니는 저도 모르는 새 병자와 싸우기 시작했다. 그러나 사실은 병이야말로 싸워야 할 대상이다. 그는 우울증상을 종양에 비유해 실체로 대상화하려 한 처음의 방식으로 다시 돌아가야 하나 싶었지만 그 순간 문득 다른 생각이 싹텄고, 오히려 그쪽이 더 가능성이 높을 것 같아 이야기의 흐름을 수정했다.

"반대일 가능성도 있어요. 더위를 먹은 건지 어떤지 몰라도, 정말로 몸이 안 좋아서 지금 같은 상태가 됐을지도 모르죠. 신장 같은 데가 나빠도 권태감이 심해지는 모양이고. ……그래요, 내 생각이 잘못됐을지 모르니까, 여하튼 내과에라도 한번 모시고 가보죠. 가서 정밀검사를 받아보는 거예요. 아버지도 앞으로 사실 날이 기니까 건강진단 삼아서. 어머니도 꽤 오래 검사를 안 받았잖아요? 내친김에 두 분이서 같이 받아보시는 건 어때요?"

가즈코는 여전히 입을 열지 않았지만, 표정으로 보아 좀 전보다는 어느 정도 태도가 누그러졌음을 짐작할 수 있었다. 아마도 내과 검사는 그저 정신과 진료의 필요성을 확인하는 형식적인 과정이 될 것이다. 안 좋은 곳은 전혀 발견되지 않는다. 그러면 비로소 아버지도 어머니도 의사의 권유에 따라 정신과에 갈 필요를 납득할 것이다. 좀 돌아가긴 하지만 그런 순서를 거치는 게 훨씬 착실하겠지. 그는 처음부터 그런 생각을 떠올리지 못한 것을 남몰래 반성했다.

"물론 일단 아버지만 받아도 상관없어요. 어머니가 내키지 않으면 제가 설득해서 모시고 갈게요. 아무것도 아니라면 다행이고요."

"그럼 내가 모시고 갈게."

그쯤에서 료스케가 갑자기 끼어들었다.

"안 그래? 정말로 통원해야 한다면 어떡할 거야? 형은 바로 도쿄로 돌아갈 거잖아. 하지만 난 언제든 차로 올 수 있으니까."

료스케가 형의 얼굴을 정면으로 응시했다. 다카시는 그 진의를 파악하기 어려워서 말을 내뱉기를 망설였다.

"응, ……물론 실제로 아버지의 치료가 시작되면 너에게도 협조를 구해야겠지. 나도 가능하면 내려올 생각이지만."

"하지만 보나마나 그럴 필요까진 없을 거야. 형 생각이 지나쳐. 집에 가서 아버지에게 얘기하면 깜짝 놀라 웃으시지 않을까?"

"깜짝 놀라지 않게 얘기해야지."

다카시는 료스케가 농담처럼, 조금은 시니컬한 말투로 이 이야기를 전해서 아버지의 태도를 강경하게 만드는 것이 가장 염려스러웠다. 그러면 사태는 훨씬 곤란해질 게 뻔하다. 그러나 가족을 설득하려는 자기 말이 이렇게 심정적 반발을 초래할 만큼 강압적이라는 것은 자각하고 있었다. 그 나름대로 절박한 위기감을 느껴 한 말이지만, 가족이 곧바로 그 인식을 공유하지 못하는 것도 무리는 아니었다.

"아니, ……역시 내가 얘기하는 게 낫겠어. 어머니나 료스케가 느끼는 위화감도 잘 알겠고, 가족이 합세해서 병원에 가라고 권하는 것보다 나 혼자 슬쩍 말하는 게 좋을지도 몰라. 내가 마음에 걸려한 거니까 그냥 내 생각인 것처럼 전해볼게. 아무것도 아니면 내가 걱정한 나머지 이런 얘기를 꺼냈다고 웃어넘길 수도 있을 테니까, ……안 그래? 그러면 어머니도 아버지가 너무 방에만 틀어박혀 있는 게 문제라고 불평 한마디쯤 하면 될 테고. 그렇게 마음속 생각을 조금씩 꺼내면 돼요. 료스케도 내일은 출발해야 하니까, ……으음, 그래, 오늘밤이라도 얘기해볼까."

"……뭐, ……네 생각이 정 그렇다면 말해보렴. 난 잘 모르겠다만. ……"

가즈코는 여전히 받아들이기 어려워하는 눈치였지만 결국에는 그렇게 중얼거렸다. 료스케는 나지막이 한숨을 내쉬고 손도 안 댔던 케이크의 비닐을 벗기더니, 서둘러 먹어치우겠다는 듯 통명스럽게 포크로 푹 찔렀다.

5

다카시는 아버지를 설득하는 부담스러운 과제를 심정적으로는 가족과 함께 하고 싶었지만, 현실적으로 생각하면 자기 혼자 하는 게 나을 거라는 사실을 충분히 알고 있었다. 특히 아버지의 병을 놓고 형제끼리 의견이 갈려 서로를 견제하며 부딪치는 사태만은 어떻게든 피하고 싶었다.

다행스러운 것은 그날 아버지의 증상이 어제보다 눈에 띄게 양호해졌다는 것이다. 어머니는 남편의 몸이 좋지 않은 걸 제사에 가지 않으려는 어린애 같은 핑계라고 의심하는 듯도 했는데, 실제로 처갓집에 가지 않은 것이 아버지의 기분을 가볍게 해준 느낌이었다. 가족들이 집을 비운 사이 아버지는 며칠 만에 샤워를 하고 개운해진 모습으로 파자마 대신 편안한 실내복을 입고 있었다.

다카시는 침대 가장자리에 걸터앉아, 어머니의 삼면경 앞에 혼자 앉아 있던 아버지와 삼십 분가량 얘기를 나눴다. 자기가 없는 자리에서 가족들이 몰래 어떤 상의를 했다는 불안감을 주고 싶지 않아서 우선 제사에 관해 간단히 보고부터 하고 본론을 꺼냈다.

아버지가 보인 저항은 예상보다 훨씬 온순했다. 미리 의논한 대로 일단 내과 진료를 받아보라고 권한 것도 효과가 있었다. 종합병원 내과에 예약하면서 미리 상의해두면 필요에 따라 정신과를 소개해줄 것이다.

다카시는 그 진단에서 모든 것이 자신의 기우에 불과했다고 판명되어도 다시 다른 의사에게 가보는 쪽으로 가족을 움직일 수 있을까란 생각을 아버지와 얘기를 나누면서 떠올렸다. 그것은 아버지보다 그 스스로에게 결코 적지 않은 의미를 가지는 결과였다. 아버지의 증상에 대한 판단에는 어느 정도 자신이 있었지만, 설령 옳았다 하더라도 그것에 집착하는 모습에서 가족을 의아하게 만들 만한 지나침이 어렴풋이 드러났다는 것은 의식하고 있었다. 그는 오히려 료스케에게서 그것을 발견하고 경계했지만, 이렇게 혼자서 아버지를 설득하게 되고 보니 갑자기 자기 모습이 희화적으로 느껴졌다.

아버지는 정년 후의 긴 인생을 위해서라도 한 번쯤 큰 병원에서 정밀한 검진을 받아야 한다는 다카시의 끈질긴 설득에 차츰 이끌렸다. 아버지가 이미 현상태를 정확히 판단할 수 없는 듯하다는 것을 알아챈 그는 지금은 이 이상 말하지 않을 작정이었다.

대화가 끝나갈 무렵 계단을 올라오는 발소리가 들렸다. 다카시는 순간적으로 료스케가 아니길 바랐는데, 문을 노크하고 들어온 사람은 저녁 준비중 젖은 손을 앞치마에 닦으며 상황을 살피러 온 어머니였다.

"당신, ……좀 어때요?"

어머니가 걱정스러운 듯이 말을 건넸다. 다카시는 그런 어머니의 모습에 마음이 흔들려서 다시 한번 아버지에게 미소를 건네며 말했다.

"어쨌든 한번 같이 가보죠. 예약은 제가 할게요. 삼십 년 넘게 일만 하셨으니까 이쯤에서 확실하게 몸 정비를 해줘야죠."

하루오가 얼굴을 들고, 다카시가 귀성한 후 처음으로 그를 똑바로 바라보며 말했다.

"……그럼, 그렇게 할까."

그러고는 금세 다시 시선을 피했다.

"응, 좋아요. 별다른 이상은 없겠지만 일단 그래보죠."

다카시가 밝게 웃으며 어머니를 돌아보았다. 그녀는 어떻게 반응해야 좋을지 몰라 얼굴에서 살며시 힘을 빼며 물었다.

"오늘 식사는 어떻게 하실래요? 여기로 갖다드려요?"

"어어, ……아직 머리가 좀 아파서."

다카시는 이 정도면 됐다고 생각하고 일어서며 물었다.

"자, 그럼 내일이라도 가봐요. 시끄럽게 해서 죄송해요. 좀 쉬실래요?"

"그래. ……"

아버지는 시선을 피한 채 살며시 고개를 두세 번 끄덕였다. 다카시는 그 순간 불현듯 아버지가 오늘 처가의 제사에 가지 않은 것은 의사인 손위 처남 소이치에게 자신의 상태를 들키고 싶지 않은 이유도 있지 않았을까 생각했다.

저녁식사 때 다카시가 아버지 설득에 성공했다고 전하자 료스케는 "그래, ……"라고만 응수했다. 식사를 마치자 가즈코는 서둘러 목욕을 하고 침실로 물러났다. 다카시는 낮에 요시에가 사온 동물그림 나무퍼즐로 료타와 한동안 놀아주다가, 료스케가 씻고 나오자 동생 부부에게 자리를 내주고 잠깐 자기 방으로 휴대전화를 확인하러 갔다. 그러는 동안 줄곧 아버지 생각을 하고 있었다.

2월에 만난 아버지가 조금 갑작스럽게 필리핀에서 전사한 할아버지 이야기를 들려준 뒤로, 그는 아버지가 지키고자 했던 조금은 고풍스러운 가부장다운 면모를 예전보다 좀더 복잡한 것으로 이해하게 되었다.

아버지를 그렇게 가르친 사람은 할머니였다. 선생님답게 직접 대놓고 타이르기도 했고, 아버지 또한 그런 어머니의 마음을 헤아렸던 것 같다. 가즈코는 말년까지 아들과 함께 매일 아침 불단에 기도 올리는 습관을 버리지 않았던 시어머니를 보고도 못 본 체했고, 료스케는 몰라도 다카시는 그런 어머니의 미묘한 심정을 민감하게 알아채고 있었다.

하루오에게는 아버지에 대한 기억이 전혀 없었다. 출정 당시의 광경은 기억나는 것 같기도 하지만, 선명한 모습은 떠오르지 않았다. 그 생명은 삼십 년이라는 세월이 지났을 때 머나먼 이국 땅에서 갑자기 끊겼고, 그후에 이어져야 했을 시간을 살아내지 못한 채 언제까지나 생생하게, 때때로 기묘할 정도로 가까이 느껴지곤 했다.

다카시는 마치 대물림된 듯한 아버지의 위엄에 일찍 세상을 뜬 할아버지가 남긴 생에 대한 상상이 깃들어 있을 거라고 생각해왔는데, 최근 반년 사이 그것이 전해들은 이야기 속 할아버지의 인격과 그다지 합치되지 않는다는 점에 주목하게 되었다.

아버지 인격의 세부에는 분명 할머니가 말해준 할아버지의 특징이 여기저기 고루 배어 있었다. 다카시도 자주 들었던 이야기처럼 할아버지가 평소 좋아해 전쟁터에서 보내온 엽서에까지 그립다고 썼던 수밀도를 아버지가 줄곧 애호해온 것은, 할머니 말처럼 둘이 닮았기 때문이 아니라 아들이 남편을 닮았음을 기뻐하는 어머니를 위해 자기도 모르게 닮게 행동한 거라는 생각이 들었다. 그 외에도 비슷한 일이 여러 가지 있었다. 그러나 할머니의 얘기를 들으면 들을수록, 온후하고 다정한 할아버지의 인품은 아버지의 위엄과는 너무나 멀게 느껴졌다.

아버지가 믿는 남자다움의 미덕에 한부모 가정의 불안을 메우고자 하는 모자의 마음이 깃들어 있었음은 틀림없는 사실이다. 다카시는 그것을 섬세하게 헤아리고 이해했다. 그러나 그런 모자의 마음에 그것만으로는 수습되지 않는 어떤 지나침이 있다면,

그것은 바로 할아버지의 죽음이 전사라는 이유였다.

할아버지는 용감함과 거리가 먼 사람이었지만, 전장에서는 아마도 절망적이고 무참한 죽음을 일개 병사의 입장에서 용감하게 받아들였을 것이다. 적어도 사람들은 그렇게 믿었다. 다카시가 지금 아버지의 노력의 근원에서 예감하는 것은 바로 그런 노력이었다. 그것이 마지막 순간 전장에서 외쳤을 단말마의 절규를 할머니의 육성에 숨겨 내내 아버지의 귓가에 울리게 만든 게 아닐까? ……

할머니가 돌아가셨을 때 아버지의 세계에 한 줄기 균열이 생겼음은 쉽게 상상할 수 있었다. 가즈코는 그녀 나름대로의 안타까운 마음으로 남편을 위로했지만, 그 순간 아내의 존재가 지금까지와는 다른 새롭고 이질적인 출현으로 느껴졌을 거라는 것을 다카시는 충분히 이해할 수 있었다.

지금 아버지에게는 그런 현실을 받아들일 만한 버팀목이 없다. 아마도 아버지 안의 말들은 물 위에 뜬 채 제각각 흩어져 표류하는 난파선의 잔해 같은 상태일 것이다. 그리고 최근 반년간 어머니의 노력은 그것들을 그러모아 어떻게든 앞으로 둘이 함께 살아갈 수 있는 형태로 다시 짜맞추기 위함이었을 것이다. 뜬금없이 어학공부 얘기를 꺼낸 것도 그런 기특한 암중모색의 발로였음이 틀림없다.

아버지가 그런 어머니의 마음을 받아들일 수 없었던 것은, 할머니 후사에의 죽음에 대한 그녀의 심경을 과민하고 과장되게 억측했기 때문이리라고 다카시는 상상했다.

그는 아버지가 울적한 이유를 한편으로는 용광로를 떠나 새 직장에서 상처를 받은 것이 현재의 무위에 이르고 말았기 때문이라고 생각하면서, 다른 한편으로는 거기에 어머니의 죽음까지 겹쳐버린 탓이라고 생각했다. 그는 아버지를 걱정하며 그에게 잇따라 들이닥친 두 가지 불운을 원망했다. 그러나 인간의 초로기에는 그런 일들이 완전히 동시에 일어날 수도 있다고 생각을 바꿨다.

옛날에 쓰던 방의 책상 위에 놔뒀던 휴대전화는 배터리가 거의 닳은 상태였다. 사키와 미나에게서 문자가 한 통씩 들어와 있고, 사립대학에서 강사로 일하는 친구가 남긴 부재중 전화와 음성 메시지가 있었다.

"무로타입니다. 으음, 이메일에도 썼지만 다음주쯤 가볍게 식사라도 할까? ……다시 연락할게."

무로타 히데노리는 오 년 전쯤 알게 된 동갑내기 친구로, 해외 부임중 가장 빈번하게 메일을 주고받은 상대이며 지금도 두 달에 한 번 정도는 만나는 사이였다. 이따금 다른 친구들도 술자리에 부르곤 하지만, 최근 들어 정기적으로 단둘이 만나 얘기를 나누는 사람은 무로타뿐이었다.

음성 메시지를 들은 다카시는 곧바로 전화했지만 상대가 받지 않아서 모레 도쿄에 돌아가 일정을 확인하겠다는 내용의 메시지를 남겼다. 도중에 배터리가 떨어질 것 같아 서둘러 충전기에 연결하고, 조금 전에 확인한 문자 수신함으로 들어갔다.

미나가 보낸 문자는,

내일 사랑니 뺄 거야()_() 아, 싫다…

아프지 않게 기도해줘☆

15일에 후쿠오카에서 돌아오지! 18일에 만나고 싶어요.

하아~ 요즘 채소만 먹어서 그런가… 금방 피곤해지네. 사와노 씨는 어떻게 지내나요?

라는 내용이었다. 다카시는 수첩을 꺼내 일정을 확인하고, 똑같은 말투로 답장을 썼다.

어, 사랑니!? 가엾어라…

꽤 많이 붓는다던데~★ 겁 좀 줘야지.

18일, 알겠습니다. 맛있는 걸 좀 먹고 싶은데, 식사 괜찮을까? 먹고 싶은 거 있어?

사키가 보낸 문자는 평소보다 길었다.

고향집으로 귀성하는 중일까?

세상은 오본 휴가라고 들썩이는데, 업무상 도~저히 납득할 수 없는 일이 생겨서 상사한테 대들었어. 잘리면 도서관 사서 자격증이라도 따볼까 (웃음).

지금 집으로 돌아가는 전철 안인데, 맞은편에 앉은 소박하지만 행복해

보이는 가족들의 웃는 얼굴을 보니까 사소한 일로 고민하는 게 바보같이 느껴져.

내일 다시 한번 잘 얘기해볼게요. 미안, 푸념만 늘어놔서()_〈)

다카시는 미나와의 약속을 수첩에 적어넣고 사키에게도 바로 답장을 썼다.

수고했어. 일이 힘든가봐. 전에 얘기했던 그 새 기획 건인가?

뭐, 푸념쯤이야 얼마든지 들어줄 테니 어려워 말고. 16일 약속 기대하고 있을게. 내일도 일 열심히 하길p(^O^)q 잘 자☆

바로 그때 교대하듯 미나의 답장이 와서 그는 아주 간단한 문자를 두 번 주고받고 마무리지었다. 그리고 씻을 준비를 하고 방을 나서다가, 계단 중간에서 료타를 데리고 2층으로 올라오는 요시에와 마주쳤다.

자신을 발견한 료타가 갑자기 웃음을 터뜨리며 금방이라도 달려들 기세라서 다카시는 재빨리 말렸다.

"안 돼, 료타. 계단이라 위험해."

그리고 조용해진 부모님 방과 텔레비전 소리만 들리는 거실을 의식하며 요시에에게 작은 목소리로 물었다.

"밑에 료스케 있어요?"

"있어요."

"그래요? 그 얘기, ……이번에는 아버지 일도 있고 하니까 안 하는 게 좋겠어요. ……조금 더 기다려줄 수 있어요?"

요시에는 "네에, ……"라며 무슨 말을 꺼내려다 료타가 팔을 끌어당기자 "알았어, 알았어, 잡아당기지 마! ……" 하며 다시 계단을 올라갔다.

"아주버님에게 맡길게요. 전 어떻게 해야 할지 모르겠어서. ……"

"네, ……신중해야겠죠."

다카시는 이어서 료타의 머리를 어루만지며 "료타, 잘 자라! 내일 보자"라고 말하고 요시에에게도 인사를 건넸다.

"그럼, 제수씨도 푹 쉬어요."

그녀는 살며시 미소를 머금고 고개를 끄덕이며 대답했다.

"네에, ……안녕히 주무세요."

6

료스케는 거실에서 맥주를 마시며 드라마를 보고 있었다.

탁자 위에는 몸통이 푹 꺼진 350밀리리터 은색 캔 하나가 서 있었다. 취기 때문에 현실에서 조금 멀어진 기분이었지만, 귀는 그에 맞서 텔레비전 소리를 헤치고, 방금 계단 중간에 멈춰 선 세 쌍의 발소리에 집중했다.

거실에 들어올 줄 알았던 형은 계단을 내려오자마자 곧바로 욕실로 향했다. 그것이 순간적으로 자기를 피하는 행동처럼 느껴져서 마음속이 불온하게 술렁거렸다. 속이 더부룩해서 맥주가 잘 안 받았지만 손에서 캔을 내려놓을 수 없었다. 예리하게 뜯긴 캔 입구 가장자리가 윗입술에 스칠 때마다 그는 머뭇머뭇 그 것을 혀로 더듬어보았다. 그러는 사이 급기야 한 번 작은 통증이 느껴졌고, 손등을 핥아보니 희미하게 피가 번졌다.

시간에 쫓기기라도 하는 것처럼 마음이 불안했다.

'형은 대체 무슨 생각인 걸까? ─아니, 그게 아니다. 이건 분명 나 자신의 문제다. ……'

얼마 후 다카시는 옛날 집에서 자주 보던 낡은 티셔츠에 무릎길이 반바지 차림으로 욕실에서 나왔다. 료스케는 익숙한 그 차림새를 보고, 벌써 몇 년이나 여름에 고향집에서 형을 만나지 못했다는 것을 떠올렸다.

다카시는 료스케가 들고 있는 맥주를 보더니, "좋은데. 나도 마실까"라며 냉장고를 열었다.

"아, 미안, 이게 마지막 아닌가? 있어?"

료스케가 당황하며 말했다. 다카시는 냉장고 안을 살펴보았다.

"정말이네. 매실주 캔밖에 없어. 이건 어머니 건가. ……에이, 모르겠다. 그냥 마시지, 뭐."

그리고 작은 캔 하나를 들고 와서 소파에 앉았다. 료스케는 딱히 자리를 옮기지 않고 허리를 살짝 한 번 들었다 깊숙이 다시 묻으며 형과 L자 각도로 마주 앉았다.

뚜껑을 딴 캔에서 내용물이 흘러넘치자 다카시는 "어어" 하며 엄지와 가운뎃손가락으로만 들어올리고 서둘러 입술을 갖다댔다. 그리고 흘러넘친 양을 빨아들이고 다시 조금 더 마신 후 물티슈로 손과 캔을 닦으면서 료스케를 바라보았다.

"이거 꽤 맛있네."

료스케는 형의 그런 행동이 의식적인 것인지 아닌지 채 판단하지 못한 채 가볍게 말을 받았다.

"응, 요새는 그런 것도 제법이야."

다카시가 고개를 끄덕이고 소파 등받이에 몸을 기대며 물었다.

"밤에 집에서 제수씨랑 마시기도 하니?"

"응? 아, 어쩌다 가끔. ……옛날에는 전혀 안 마셨는데, 아이 낳고 나서 조금씩 마시더라고. 체질이 바뀌었는지. ……"

"호오, 그래?"

다카시가 눈을 크게 떴다.

"직장에서는 어때? 회사 사람들이랑 자주 마시러 다니니?"

"으음, 아니, 별로. 모두 제각각인 분위기야. 나도 아직 전근한 지 반년 정도밖에 안 됐으니까."

"마음 맞는 동료는? 없어?"

"뭐, ……지바에서는 한 사람 있었는데, 계속 전근하다보니까 아무래도 소원해졌지. 메일로 가끔 연락하는 정도랄까. 그렇지만 남자끼리라 그렇게 자주 연락하진 않아."

"그건 그래. 나도 귀국한 지 아직 일 년밖에 안 됐는데, 그쪽에서 만든 인간관계는 벌써 흐려지는 느낌이야. ……언어를 잊어버리지 않기 위해서라도 요즘 부지런히 메일을 쓰지만, 이쪽 생활이 바빠지면 아무래도 좀 그렇지. ……"

다카시는 충분히 이해한다는 투로 말했다. 료스케는 형제끼리의 이런 대화가 왠지 오랜만에 만난 친구들의 대화처럼 예전의 친밀함을 주체하지 못해 필요 이상으로 서먹한 분위기에 빠져드는 것을 느꼈다. 지금은 그 거리감을 견디기 버거웠다.

그는 큰맘 먹고 무슨 말을 꺼내려는 듯 형을 물끄러미 바라보며 입을 열었다.

"형은, ……지금 생활에 만족해?"

"응?"

다카시는 갑작스러운 질문에 애매한 웃음으로 응했지만, 순간적으로 잘 받아들이지 못한 말이 마음속 깊은 곳까지 가닿아버린 것을 느꼈다. 료스케는 형의 어른스러운, 아무렇지도 않게 웃는 얼굴에 반발해서 다시 한번 정색하고 말을 이었다.

"아니. 그냥 일본으로 돌아와 다시 예전 같은 일을 하는 게 어떤가 싶어서."

"글쎄, ……뭐, 역시 정체된 느낌은 들지. 삼 년이나 멀리했던 일을 예전과 완전히 똑같이 하는 셈이니까. 인생이 제자리로 되돌아간 느낌이 들어."

"그쪽에 계속 있을 수는 없었나?"

"그쪽이라면 해외? 외무성?"

"아, ……해외. 아니, 외무성인가."

"글쎄, ……이건 말하면 안 되는 얘기지만, 실은 귀국 직전에 스트라스부르 영사가 꽤 적극적으로 외무성에 남지 않겠느냐는 제안을 했어."

"그래? 그런데 왜 안 남았어?"

료스케가 놀란 듯이 물었다.

"흥미가 없었으니까. 해외근무라고 하면 말은 좋지만, 내가 그쪽에서 했던 문화홍보 업무라고 해봐야 일본에서 온 국비유학생 관리나 높으신 분들 관광가이드 노릇이 고작이었어. 그렇다고 본청에서 근무하는 건 도저히 감당 못 할 듯싶고 전망도 없을 것 같더라고. 해외에서 사는 건 좋지만 내 생활로 받아들일 순 없었지."

"하지만 귀국해서는 다시 도서관 조사원이 돼서 정치인 답변 자료 같은 거나 만드는데, ……물론 그것도 훌륭한 일이지만, 형은 그걸로 만족해? 그게 형이 하고 싶은 일이야?"

다카시는 료스케의 강한 말투에 살며시 미소를 지었다.

"취했니?"

료스케는 형의 그런 태도에 점점 화가 쌓였다.

"취하긴 누가 취해. 말짱해. 진지하게 묻는 거야. 형의 삶의 보람은 대체 뭐야? 형처럼 마음만 먹으면 뭐든지 할 수 있는 사람이 회사 안에서 자기 능력을 전혀 발휘 못 하고 살아가는 걸 보면 왠지 안타까운 마음이 들어. ……형은 자기 인생에 진지하지 않아! 왜 한 가지 일에 몰두하려 들지 않지? 지금 얘기도 그렇고, 대학에서도 그랬어. 연구자가 되라고 교수가 열심히 권유했을 때도 그렇게 자기가 인정받은 것에 만족하고 도중에 내팽개쳐버렸어. 그러면 대체 뭐가 되는데?"

다카시는 료스케의 얼굴에서 시선을 떼지 않았지만 그 초점은 어지러이 흩어졌다. 료스케는 뺨이 차츰 달아오르는 것을 느꼈다.

"그건 네 과대평가야. 내가 어느 정도까지 할 수 있는지는 나 자신이 가장 잘 알아. ……그리고 나는 누군가가 조금의 가능성을 인정해주었다고 해서 그것에 만족하고 행복하게 살아갈 만큼 낙천적이지 않아. 그렇지만 네가 보기에 지금 내가 사는 모습이 시시하게 느껴진다는 것도 잘 알겠어."

"시시하다고 말한 적 없어. 단지 아깝다는 뜻이지. ……"

"그 말은 빈정거림으로 생각하지 않고 감사히 새겨들을게. 그런 말을 해주는 사람은 결국 너뿐인지도 몰라."

다카시는 료스케의 취기가 생각보다 깊다는 것을 눈치챘지만, 동생의 말을 미숙함에서 나온 허튼소리로 받아들이지는 않았다. 그는 동생이 왜 갑자기 그런 말을 꺼냈는지 잘 알고 있었지만,

지금은 그 얘기를 하기보다 그저 자기 심정을 솔직하게 털어놓고 싶은 기분이었다.

"그렇지만, ……터놓고 말하면, 나는 네가 추측한 것 같은 내 생활의 공허—아니, 내 삶 자체의 공허를 채우고자 하는 욕망을 스스로 믿을 수가 없어. 뭐라고 할까, 그것은 의식한 순간 가슴 속에서 거미처럼 꾸물꾸물 기어다니기 시작해. 그러면 더는 견 딜 수가 없지. ……난 옛날부터 남에게 칭찬받는 게 부담스러웠 어. 어린 시절에는 쑥스러워서 그런 줄 알았는데, 그것 때문만은 아니야. 내 행동 때문에 남이 기뻐한다는 데 어찌하기 힘든 거북 함을 느꼈지. 그럴 바에야, 물론 감정적인 반발은 느끼겠지만, 비난받는 게 그나마 안심이 돼."

"어째서?"

료스케가 의아하다는 듯이 미간을 찌푸렸다.

"인간은 살아 있는 한 뭔가 활동을 하게 마련이지. 그리고 그 활동을 타인에게 평가받고, 나아가서는 활동한 당사자도 평가받 아. 그런데 그 평가라는 건 정작 뭘까? ……남들이 얼마나 고마 워하느냐 하는 건가? 그렇다면 인간은 모두 어딘가 아첨꾼 같은 존재일 거야. 남 앞에 드러낸 모든 언동에 반드시 평가에 대한 기대가 숨어 있을 테니까. 그런데 그런 평가를 기쁨으로 느끼지 못한다면 어떨까? 자신의 활동이 만들어낸 현실을 결국 실망스럽 게 느껴버린다면? 누군가가 기뻐한다. 그럼 그 기쁨이란 뭐지?

필요가 충족되는 것일까? 뭐, 좋아. 나도 그렇게 나의 필요를 타인에게 기대고 있고, 그 보답으로 하다못해 도서관 언저리에서 서비스에 힘쓰고 있지. 그로써 최소한의 사회적 기브 앤드 테이크의 테두리 안에 들어갈 자격을 유지해. 인간 상호간의 의존관계에 평균적인 개인으로 묶여 있는 거지. 그런 의미에서 나는 요즘 유행하는 '은둔형 외톨이' 무리와는 다르지만, 그 차이는 아주 작을 거야. ……내가 뭔가를 하고, 남이 그것을 평가하고 나를 평가한다. 반복되는 말이지만, 그게 대체 뭐야? 나도 물론 칭찬을 들으면 기쁘긴 해. 하지만 금세 아무래도 상관없다는 기분이 들지. 부정적인 평가를 받으면 사람들은 이렇게 생각해. 원래 각자 생각하는 바가 다른 거라고. 자기 자신과는 관계없다고 믿으려 들지. 하지만 그런 식으로 보면 긍정적인 평가도 마찬가지야. 그럼에도 그것은 인간 삶의 중심적인 활동을 촉진해. 만약 내가 나의 전인격적 표현이라고 믿을 만한 일을 했다면 사정이 달라질까? 예술가라거나, 운동선수라거나, 사업가라거나, …… 뭐든 상관없어. 그러면 나는 타인의 사회적 생존에 대한 공헌 이상의 가치를 남들에게서 평가받을지도 모르지. 그럼에도 나는 생각하겠지. 내 활동이 누군가에게 일종의 쾌락을 야기한다. 그러면 그 기쁨을 내게 표현하고, 나를 가치 있는 존재로 승인해준다. 넌 알겠니? 그게 대체 뭐지? —일은 일이니까 다 그런 거라고 단순하게 받아들여도 좋아. 그러나 일에서 벗어난 활동 속에서 나는 내 인격을 승인받기 위해 무엇을 하고 무엇에서 기쁨을 느낄까? 나는 타인의 욕망을 해석하는 게 특기야. 언동을 보면 금방 알 수 있지. 그 결과 나 자신의 욕망도 가늠할 수 있고. 그래서 어엿한, 사랑받을 만한 인간으로 살아갈 수 있어. ─그런데 그게 어느 날 갑자기 싫어지지. 그러면 나는 교묘하게 타인의 욕망을 컨트롤하기 시작해. 의식적, 무의식적으로, 내 모든 언동을 통해서 말이야. 내가 익힌 언변이라는 건 그렇게 추잡해! 나는 어떻게 해도 타인과의 교류에서 당사자가 될 수 없어. 중간 위치에서 양쪽의 말을 조정해버려. 그렇게 해서 나는 역시 사랑해 마땅한 인간으로 존재할 수 있지. 그런데 그게 어쨌다고? 그게 인간이 살아가는 기쁨일까? 난 명성에는 흥미 없어. 그러나 그런 생각을 지켜내려면 단 한 사람의 평가도 마땅히 버려야겠지. 그렇다면 명예는 어떨까? 명성은 양적 평가고, 명예는 질적 평가라고들 하지. 하지만 난 그 차이를 모르겠어. 누구의 칭찬을 받느냐에 연연하는 건 실은 경박한 일이 아닐까 생각해. ─알겠니, 료스케. 난 번민하고 있어! ……모르겠니?"

다카시는 말을 끝내며 히죽 웃어 보였다. 료스케는 그 표정을 이해할 수 없었다.

"형은 사람을 사랑하지 않아?"

"문득 그런 걸 의식할 때가 있긴 해."

"……누군가를 사랑한다는 걸?"

"그래. 그렇지만 너무 깊이 생각하지 않기로 했어. 나는 그 내막을 아는 게 두려워."

"왜? 형은 사람을 사랑하는 마음도 못 믿어?"

"으음, 료스케, 난 이런 얘기는 하고 싶지 않았어. 얘기하면 할수록 비참하잖아? 하지만 이건 나만의 독창적인 비참함이 아니야. 사실 난 입으로 떠들어대는 만큼 쿨하지도 않아. 막상 남이 기뻐하면 나도 당연히 기쁘다고 느끼니까. 그렇지만 나라는 인간이 타인이 건네준 그런 수많은 승인에 기대 존재한다는 생각에서는 벗어날 수 없어. 사랑한다고 말하는데, 그건 결국 무슨 뜻일까? 상대와 같이 있고 싶다는 건가? 그렇다면 철저하게 이기적이지. —안 그래?"

"아니야!"

"어째서?"

다카시는 조금 전보다 조용하게, 조금은 쓸쓸하게 웃어 보였다.

"마음의 문제야. 진심으로 그렇게 생각하니까."

"왜 같이 있고 싶지?"

"좋아하니까."

"다람쥐 쳇바퀴 돌기로군. 그런데 난 이런 생각을 하는 게 싫어. 파고들다보면 마지막에는 반드시 공리주의에 발목을 잡히니까! 괴로울 때 나를 받쳐줄 사람이 필요하다. 기쁨을 함께 나눌 사람이 필요하다. 나를 이해해줄 사람이 필요하다. 나를 나로 인정해주는 사람이 필요하다! —하지만 그건 모두 자기를 위한 거야. 상대를 위한 게 아니라고. 대신 나도 그렇게 해주니까 피차일반이라는 건가? 무섭군. 대가를 바라지 않고 일방적으로 상대를 위해 자신의 존재를 바치는 게 사랑일까? 그런데 말이야. 공리주의적으로 생각해보면 어떤 헌신이든—설령 순사殉死라도!—모두 자기 이익을 위한 거야. 이 논리는 절망적으로 견고해. 그 누구도 이 시니시즘에서 결정적으로 벗어날 수 없을걸. 인간은 그런 이기적인 욕망 속에서 타자와 관계를 맺으며 살아가. 그건 어떤 말로도 부정할 수 없어. '자연은 인류를 고통과 쾌락이라는 두 주권자로 지배해왔다.' —구역질날 것 같은 벤담의 선언이지만, 이게 내 두통의 발단이야. 한 인간과 마주하려 할 때는 무슨 말로 부정해본들 언제나 이것에 휘말려버려. 설마하니 이것을 도덕 및 입법의 제원리라고 생각하진 않지만 말이야. ……어쨌든 진절머리가 나. 그건 어쩔 수가 없어."

"형은 생각이 너무 많아. 사람을 사랑하는 데는 그런 논리만이 다가 아니야. 감정의 문제라고."

"하지만 보이는 것을 보지 말라고 하는 건 당치않겠지. 너한테도 나름대로 여러 가지 생각이 있을 텐데."

"그렇지만 사람을 좋아하거나 사랑하는 건 또 달라."

"나도 그렇게 생각하고 싶어. 하지만 만약 사랑을 자기애와 분리한다면 그건 절대로 사랑할 수 없는 인간을 사랑하는 걸 뜻하겠지. 원수를 사랑하라는 그리스도교의 가르침이 바로 그거야. 명백한 도착이지만. 그러나 공리주의자들은 거기서도 자의식과 자기애를 찾아내서, 우원迂遠한 편집증적 변통수를 간파해낼 거야."

다카시는 약간 김이 빠져버린 매실주를 한 모금 마시고 캔을 탁자 위에 내려놓은 뒤 시계로 힐끗 시선을 던졌다. 료스케는 형의 말에서 불길함을 느끼고 무슨 말이든 덧붙여야 한다는 충동에 사로잡혔다.

"그렇지만, ……난 가족을 사랑해. 요시에와 료타를, 그리고 아버지도 어머니도 형도 사랑한다고! ……이것도 내가 나 자신을 위해 하는 말 같아?"

다카시가 시선을 들어 동생의 얼굴을 물끄러미 바라보았다. 료스케는 형의 뺨이 미세하게 떨리는 것을 알아채고 몸을 경직시켰다.

잠시 후 다카시가 말했다.

"아니, 난 그 말을 믿어. 너도 그걸 조금도 의심할 필요 없어. 조금도."

"형은, ……어때?"

"물론 나도 아버지와 어머니, 그리고 널 사랑하지."

다카시는 말끝에 다시 한번 힘없이 미소를 지었다.

"사랑해, ……정말로. 어쩌다보니 얘기가 묘하게 흘렀네. ……내일 몇시 비행기니?"

"······한시쯤인데."

료스케는 불안을 억누르지 못하고 맥주 캔을 힘껏 움켜쥐었다.

"그래? 아버지 상황에 따라 달라지겠지만, 될 수 있으면 짐도 들어줄 겸 배웅 나갈게."

"괜찮아, 전철 타고 갈 거니까."

"응, 뭐, ······갈 수 있으면."

자리에서 일어선 다카시가 남은 술을 개수대에 버리고 말없이 거실에서 나갔다. 료스케는 여전히 걱정스러운 표정으로 다시 그를 불렀다.

"형······."

다카시가 말없이 돌아보았다.

"아니야. ······잘 자. 내일 봐."

"그래, 잘 자."

다카시는 료스케의 부름에 다정하게 응했다. 그러나 료스케는 그 표정에 깃든 역력한 피로의 그림자를 알아채고 섬뜩함을 느끼며 복도 어스름으로 사라지는 형의 등을 매달리는 듯한 눈빛으로 응시했다.

3장

비밀의 행방

1

체육 수업이라 학생들이 모두 나간 교실은 멀어져가는 오전의 햇살을 가까스로 창가에 붙들어매고서 말없이 예상 밖의 침입자를 받아들였다. 2학년 3반 교실은 계단을 올라가 왼쪽에 외따로 있기 때문에 앞쪽 복도는 막다른 길이었다.

흰색 체육복 차림의 소년은 소리 나지 않게 주의하며 한 사람이 겨우 통과할 수 있을 만한 문틈을 지나 교실 안으로 숨어들었다.

모든 것이 비밀처럼 정지해 있었다. 책상과 의자에는 남학생들의 흰색 커터셔츠와 회색 바지가 난잡하게 던져져 있었다. 아무도 없는 교실을 자유롭게 돌아다니는 흥분에 심장박동이 격렬하게 고조되었다. 계단 너머 옆 교실에서 중년 여자 선생이 영어 문장을 읽으며 학생들에게 질문하는 소리가 들려왔다.

목표한 창가 책상으로 다가가 웅크려 앉은 후 허겁지겁 옆에 걸린 가방을 뒤적거렸다. 햇빛이 눈부셨다. 교과서와 도시락, 그리고 농구부 운동복 등을 어지러이 뒤적였지만 찾는 물건은 없었다. 이어서 의자를 치우고 서랍을 뒤져보았다. 남의 소지품이 정돈되어 있는 모습이 소년의 마음을 기묘하게 흐트러뜨렸다. 눈에 들어오는 것은 필통과 교과서뿐이었다. 혀를 차며 머리를 긁적이자, 겨드랑이와 등에서 갑자기 땀이 솟는 게 느껴졌다.

시계는 때마침 정오를 지나려는 참이었다. 운동장을 벗어난 지 벌써 오 분이 지났다. 소년은 이를 갈면서 주먹으로 허벅지를 잇달아 세 번 내리쳤다. 그러고는 스스로를 진정시키려는 듯 난폭하게 눈을 비비고 이마의 땀을 훔쳐내다가, 언뜻 의자 등받이에 걸린 바지의 볼록한 부분에 시선이 멎어 묵직하게 늘어진 그 주머니에 손을 찔러넣었다. 뺨을 씰룩거리며 거칠게 코로 숨을 내쉬었다. 바지에서 꺼낸 것은 오렌지색 최신형 휴대전화였다.

아래 절반이 불투명유리로 가려진 복도 쪽 창문을 돌아보며 인기척이 없는 것을 다시 한번 확인하고, 그는 쉴새없이 떨리는 엄지로 버튼을 누르며 서둘러 데이터를 검색했다. 다행히 잠금 설정은 되어 있지 않았다. 사진첩이 뜨자 그는 눈을 파고드는 이미지들을 뚫어져라 응시했다.

입안이 바싹 말랐다. 사진 세 장을 황급히 컴퓨터 메일 주소로 보내고 애타게 완료를 기다린 후 발신기록을 지웠다. 내친김에 전화기와 메모리 카드에 저장된 사진 데이터를 모조리 삭제했다. 그리고 전화기를 닫으려다 갑자기 뭔가 떠오른 듯 다시 열고 주소록을 검색해서 그중 하나를 역시 컴퓨터 메일로 전송한 후 또다시 기록을 지웠다.

체육복으로 전화기를 문질러 지문을 지운 후 원래대로 주머니에 넣고, 조금 전 가방 바닥에서 찾아낸 지갑을 꺼내 천 엔짜리 지폐 여섯 장 중 두 장을 빼냈다. 그리고 지갑을 가방 안에 찔러넣고 운동복에 침을 뱉고는 일어나서 실내화 바닥으로 짓이겼다.

지폐 두 장을 움켜쥐고 교실 반대편의 자기 자리로 향하려다가 걸음을 멈추고 한 책상으로 다가갔다. 그리고 의자에 앉아 책상을 감싸듯이 몸으로 덮고 피어오르는 나무 향을 맡으며 거기에 혀를 대보았다. 서랍 안을 들여다보고 필통을 찾아내 샤프펜슬 하나를 훔친 후 제자리에 돌려놓았다. 소년은 또다시 복도로 시선을 돌리고 이어서 등뒤를 휙 돌아보더니, 흰색 체육복 바지를 내리고 단단해진 성기를 책상 모서리에 문지르고, 다시 필통을 꺼내 그 표면에 문질렀다.

바지를 올리고 일어서려는 순간 부주의하게 의자 소리를 내버린 바람에 그는 긴장감에 순간 몸을 굳혔다. 그리고 서둘러 자기 자리로 뛰어가 가방을 열어 지폐를 난폭하게 찔러넣고, 샤프펜슬을 손수건에 싸서 안주머니 깊숙이 숨겼다.

깊은 숨을 토해냈다. 출구는 여전히 열려 있었으나 그 너머에

뻗어 있는 긴 복도를 떠올리자 갑자기 다리가 얼어붙었다. 창가에서 누구 한 사람이라도 이쪽을 보고 있다면 끝장이다. 뛰지 말고 무슨 볼일이라도 있었던 양 당당하게 나가야 할까? 계단으로 꺾어지기까지의 짧은 거리가 그의 시야를 하얀빛으로 눈부시게 물들였다. 심장이 경련하듯 거세게 뛰고, 온몸에 소름이 굼실거렸다.

점심시간이 끝난 오후에는 '종합 학습시간'을 활용해 전교생이 총출동하는 청소활동이 있었다. 사 년 전에 부임한 교장의 방침으로, 여름방학이 끝나고 심기일전해서 새로운 학기를 맞는 목적으로 이런 활동을 하는 것이 상례였다.

4층짜리 건물이 드리운 드넓은 응달로 피신해 운동장 한구석에 둥글게 모여 앉은 소년들은, 잡담을 나누며 이따금 풀을 뽑아 대롱대롱 흔들어 흙을 털어내고는 성가시다는 듯이 대바구니 안으로 던져넣었다.

"어허, 거기. 입만 조잘대지 말고 손을 움직여, 손을!"

짙은 남색 운동복에 목장갑을 낀 국어 교사가 다가와서는 이마의 땀을 훔치며 주의를 주었다. 그 행동이 영락없는 선생 느낌이라, 그가 사라지자 모두 얼굴을 마주보며 "짜증나"라고 투덜대고는 잡아뜯은 풀을 그 등을 향해 던졌다. 푸른 잎은 바람도 없는 허공에서 허망하게 춤추다 몇십 센티미터쯤 앞에서 흩어져버렸다.

"아아, 진짜 따분하네. 안 그러냐?"

아무도 대답하지 않았지만, 그렇게 입을 다무는 것 자체가 동의의 표시였다. 그중 하나가 말했다.

"기타자키 자식, 진짜 재수없어. 그 자식이 여름방학 숙제로 그려온 그림 봤냐?"

"아니. 어떤데?"

"완전 환자라니까. 핏발 선 커다란 눈깔 같은 걸 몇 개씩 그려놓고, 거기서 또 시뻘건 촉수 같은 게 꾸물꾸물 기어나와. 군데 군데 잘려서 피가 질질 흐르고."

"우웩! 진짜야?"

"완전 정상이 아니라니까. 맛이 갔어, 그 자식."

"보나마나 어디서 베낀 거 아닐까?"

"잘 그리긴 했지만, 또라이야, 그놈."

"지금 어디 있냐?"

"저쪽에. 저기, 이쪽으로 등 돌리고 웅크려 있잖아."

"아아, ……"

손가락으로 가리킨 곳 20미터쯤 앞에서 기타자키 도모야가 혼자 묵묵히 풀을 뽑고 있었다.

축구공에 걸터앉아 있던 소년이 갑자기 뭔가를 떠올린 듯 풋하고 웃음을 터뜨리더니, 2학년 초부터 축구부 주전선수가 된 소년에게 공을 건네며 물었다.

"너, 여기서 공 차서 저 자식 엉덩이 맞힐 수 있겠냐?"

그 질문에 그 자리에 있던 모두가 눈에 띄게 흥미를 보였다.

"말이 되냐?"

"아니야, 갓짱이라면 할 수 있어. 틀림없이."

"머리에 맞으면 어떡해?"

"띄우면 안 되지! 20미터 프리킥으로 강하게 굴려서 차면 죽여줄걸."

"저 자식, 오늘도 4교시 체육시간에 똥 싸러 가던데, 엉덩이 맞으면 또 지리는 거 아냐?"

모두가 웃음을 터뜨렸다.

"완전 끔찍하다. 공에도 묻을 텐데."

"인마, 그러면 공 닦는 1학년 애들이 울잖아."

축구부 소년이 씁쓸하게 웃으며 말하더니 조건을 달았다.

"맞히면 나중에 주스 사기다."

"좋아. 그 대신 못 맞히면 네가 사라?"

"바보냐. 다섯 명씩이나 어떻게 사!"

"알았어. 차서 맞히면 사줄게. 해봐, 해봐!"

부추김에 떠밀려 일어선 축구부 소년이 공을 끌어당겨 발등으로 두세 번 가볍게 리프팅하며 감촉을 확인했다. 그리고 도움닫기를 하며 목표를 정한 후, 멈춰 있는 공을 인사이드로 강하게 걷어찼다.

"아잣!"

공은 모래먼지를 일으키며 지면을 기듯이 굴러갔다. 분위기를 알아챈 주위의 몇몇 학생들도 그 공의 행방과 몸을 비스듬히 기울이고 결과를 지켜보는 소년들의 모습을 번갈아 바라보았다.

"오오, 맞나? 맞나?"

공은 위력을 잃지 않고 목표를 향해 똑바로 굴러갔고, 마지막에는 그들도 상상하지 못했던 광경이 펼쳐졌다. 공이 앞으로 몸을 살짝 수그린 소년의 엉덩이 밑으로 빨려들듯 쏙 끼어들고 만 것이었다. 소년은 체중을 뒤에 실으려 했지만 공의 탄력에 튕겨나가 순간적으로 앞으로 고꾸라질 뻔했다. 그 모습에 지켜보고 있던 소년들의 웃음이 폭발했다.

"대단해! 진짜 대단해! 끝내준다!"

모두 배를 움켜쥐고 숨도 못 쉴 정도로 자지러지게 웃어댔다. 공을 찬 소년이 무술 자세 비슷한 포즈를 취하며 흥분해서 소리쳤다.

"아싸! 니들 다 주스다!"

요란한 소란에 학생들이 무슨 일인가 하고 그들을 돌아보았다. 조금 전에 지나쳐간 교사가 다른 무리에 섞여 작업을 하고 있다가 자리에서 일어나 주의를 주었다.

"이 녀석들, 작작 좀 하라니까!"

도모야는 땅바닥에 손을 짚었다가 낯빛을 바꾸며 일어서더니, 공을 옆으로 차내고 한 손에 갈퀴를 움켜쥐고는 웃음소리가 나는 쪽으로 걸어오기 시작했다.

　"야, 저 자식 이쪽으로 오는데."

　소년들 중 하나가 말했다. 다들 웃느라 눈물까지 번진 눈을 돌렸다. 도모야는 달려들지도 않고 천천히 걸어왔지만, 살짝 사시기가 있는 그 눈동자는 열기를 띤 것처럼 어두운 노기로 가득차 있었다.

　목소리가 들릴 만한 거리가 되자 소년들 사이에서 투덜대는 소리가 일었다.

　"뭐야? 겨우 이 정도 갖고."

　도모야는 반응이 없었다. 몇 미터 더 다가와 그들 앞에 멈춰서더니 몸을 바르르 떨며 물었다.

　"찬 사람 누구야?"

　그 표정에는 사람의 눈을 찌를 듯이 파고드는 어둠이 서려 있었다. 다들 얼굴만 마주보던 중 축구부 소년이 자진해 나서서 웃으며 사과했다.

　"나야, 나. 미안하다."

　바로 그 순간, 도모야가 갈퀴를 높이 쳐들더니 상대의 얼굴을 향해 있는 힘껏 내리쳤다.

　"으악!"

축구부 소년은 재빨리 몸을 젖혔지만, 얼굴을 감싸려고 쳐든 오른손이 갈퀴에 긁히는 바람에 순식간에 살갗이 네 줄기로 찢겨 피가 배어나왔다.

"이 녀석들! 무슨 짓이야!"

교사가 허겁지겁 달려오며 또다시 공격하려는 도모야에게 고함쳤다.

"멈춰!"

다친 소년은 지혈을 위해 무의식적으로 상처 부위 조금 위쪽을 누르고 신음하며 겁에 질린 모습으로 뒷걸음쳤다.

"……으윽, ……"

옆에 있던 소년들 중 두 명이 사이에 끼어들어 도모야를 말렸고, 나머지 둘은 놀라서 물러선 채 꼼짝하지 못했다.

도모야는 갈퀴를 움켜쥔 손을 내리고 등을 휙 돌려 원래 자리로 돌아가려 했다. 그제야 비로소 운동장에 있는 모든 이들의 시선이 자기에게 쏠려 있는 것을 알아차렸다.

"이 녀석, 거기 서!"

가까스로 현장에 다다른 교사가 그를 제지하며 갈퀴를 든 오른팔을 난폭하게 움켜쥐었다. 도모야는 그 힘에 흠칫하더니 의아한 눈빛으로 교사를 올려다보았다. 그리고 갑자기 안정을 잃은 것처럼 주위를 두리번거리며 돌아보고, 들리지도 않는 소리로 뭐라고 두세 마디 중얼거렸다.

2

기타자키 도모야와 소년들은 양호실에서 치료받은 축구부 학생을 기다렸다가 '진로상담실'로 끌려갔다. 그리고 담임과 부담임, 학생주임이 함께한 자리에서 상황 조사를 받았다.

말썽의 내막은 복잡하지 않았고 쌍방의 해명에도 어긋남이 없었지만, 오히려 그런 단순함 때문에 교사들은 도모야의 격발을 이해하기 힘들었다. 도모야가 입힌 상해는 아슬아슬하게 꿰매지 않고 넘어갈 수 있는 정도였지만, 팔에 붕대를 몇 겹이나 감은 모습은 겉보기에도 상당히 애처로웠다.

보고를 받은 교감은 일단 양쪽 학부모에게 연락을 취하고, 그중 도모야의 어머니는 주의를 줄 겸 학교로 불러 경위를 설명하기로 했다.

기타자키 시호코는 집에서 걸어 학교로 찾아왔다. 마흔이 가까운 과학 교사인 담임 오다는 그녀가 "소란스럽게 해서 죄송해요"라고 웃는 얼굴로 밝게 인사를 건네자 엉겁결에 "아, 아뇨. ……"라고 대답했다. 그리고 곧바로 그 말이 부적절하다는 것을 느끼고 다시금 고지식하게 표정을 굳혔다.

아까 전화로 했던 설명이 부족했나 싶어 그는 속으로 의아해했다. 탁자 맞은편 자리에 어머니와 아들을 앉히고는 양손을 앞에서 깍지 끼고 도모야를 힐끗 보며 입을 열었다.

"다행히 일이 크게 번지지는 않았습니다만, 상대 학생이 재빨리 피하지 않았다면 어쩌면 생명을 좌우하는 사태가 벌어졌을지도 모릅니다."

그러자 시호코가 눈을 휘둥그레 뜨며 말했다.

"설마. 고작해야 애들 싸움이잖아요? 사내아이들은 워낙에 힘이 남아도니까."

시호코는 오다가 조금 전 그녀에게 느낀 기이한 인상이 결코 기분 탓이 아니었음을 새삼 깨달을 수 있을 정도로 대담하게 웃어 보였다. 그 말에 부담임 기노시타 나호가 반발했다.

"이런 걸 얼굴에 휘두르다니, 애들 싸움의 범주를 넘어선 것 아닌가요?"

그녀는 갈퀴를 집어들고 강한 어조로 말했다. 시호코는 아직 이십대로 보이는 젊은 교사의 말은 상대하지 않겠다는 듯이 아들 쪽으로 몸을 돌리더니 실소를 섞어 말했다.

"너 제정신이니? 저런 걸로 위협하면 얼마나 놀라겠어."

도모야는 아래를 내려다본 채 아무 말도 하지 않았다.

"상대 학생도 자기가 먼저 놀린 건 잘못했다고 기타자키 군에게 사과했고, 기타자키 군도 좀 전에 그 학생한테 사과했으니, 학교 측에서 이 이상 문제를 키울 생각은 없습니다. 그러나 어쨌든 상대 학생이 상해를 입었으니 그 점에 관해서는 부모님께서도 사과해주셨으면 합니다."

오다가 그렇게 말하자, 시호코가 별안간 험악한 표정을 지으며 아들을 다그쳤다.

"너 사과했어? 왜? 그쪽에서 먼저 건드렸다며?"

도모야는 턱을 끌어당기는 정도로 고개를 살짝 끄덕였다.

"그럼 사과할 필요 없잖아. 왜? 다치게 해서? 엄마 눈을 봐. 얼른 눈 똑바로 쳐다보고 대답해!"

도모야가 천천히 고개를 들더니 역시 말없이 고개만 끄덕였다. 시호코는 순식간에 눈물이 번진 떨리는 눈으로 그 얼굴을 응시했다.

"아무리 애들 싸움이라도 정도라는 게 있습니다. 분명 처음 원인을 제공한 건 상대 학생들이니 학교 측에서도 엄중하게 주의를 줬고, 그쪽 부모님들에게도 그런 취지를 전달했습니다. 하지만 발끈해서 갈퀴를 휘두르는 것도 좋지 않은 행동이라고 조금 전까지 계속 타일렀고, 도모야 군도 알아듣고 사과했습니다. 그에 대해 가정에서 다시 차분히 얘기를 나눠주실 수 있을까요? 그밖에 도모야 군이 달리 하고 싶은 말이 있다면, 언제든 저희와 상담하시고요."

아직 젊은 기노시타는 오다가 보기에도 조금 지나칠 정도로 정중하고 교사답게 예의를 차리며 말했다. 예상대로 시호코는 그 말에 발끈하며 반론했다.

"말씀은 잘하시네요! 부담임이신가요? ―아아, 그렇군요. 그럼 이 아이를 맡은 지 아직 반년밖에 안 됐죠? 그동안 수업 때 말고 이 아이와 몇 번이나 대화를 나눠봤죠? 이애에 관해 뭘 아세요? 우리 도모야는 아무한테나 저런 걸 막 휘두를 애가 아니에요! 마음이 따뜻한 아이라고요! 그저 말이 서툴러서 이따금 말문이 막히는 거예요. 누구보다 내가 잘 알아요. 난 이애 엄마니까! 초등학교 때부터 그걸 약점으로 잡아서 애를 못살게 구는 아이들이 있었어요. 선생님은 그런 걸 다 알고 계신가요? 아무것도 모르잖아요? 싫은 건 확실하게 싫다고 말하라고 도모야에게 가르친 건 바로 나예요. 스스로를 지켜야 하니까. 내 말이 틀려요? 무슨 일이 생기면 학교에서 이 아이를 지켜줄 건가요? 먼저 잘못한 건 상대 학생 아닌가요? 맨 처음 원인을 확실하게 고려해주셔야죠!"

"저희도 물론 기타자키 군이 난데없이 공을 맞아 화가 났다는 건 잘 압니다. 하지만 정도의 문제가 있어요. 이번 일만 해도, 만약 큰 사고가 났으면 다름아닌 기타자키 군의 인생에 영향이 미쳤을 테고요. ……"

오다가 달래듯이 말했다. 시호코는 곧바로 받아쳤다.

"물론 좀 과한 면이 있었으니 그 점은 잘 타이를 겁니다. 나는 우리 애를 버릇없이 키우진 않으니까. 예의범절은 어느 가정보다 엄하게 가르쳐요. 그것만은 자신 있게 말할 수 있어요! 그래요. 남편이 아니라 내가 항상 가정교육을 시켜왔어요. 오늘 일이 어떤 건지도 물론 잘 알아요. 당연히! 갈퀴를 휘두른 건 지나쳤으니까 그건 따끔하게 야단칠 겁니다!"

그러더니 별안간 벌떡 일어나 아들을 향해 말했다.

"도모야! 일어나!"

도모야는 무표정한 채로 연약한 동물의 울음소리 같은 의자 소리를 내며 그 말에 따랐다. 그러자 시호코는 두 교사가 보는 앞에서 아들의 얼굴에 양손을 갖다대고 "알겠니? 엄마 마음도 똑같이 아프단다"라며 감싸듯이 어루만지더니, 두 팔을 번쩍 들어올려 양쪽 뺨을 사정없이 내리쳤다. 소름 끼칠 정도로 큰 소리가 나서 오다도 기노시타도 순간 어안이 벙벙해졌다.

시호코는 곧이어 다시 아들의 양쪽 뺨에 손을 얹고 부드럽게 쓰다듬으며 얼굴을 마주하고 속삭였다.

"그래, 그래. 많이 아팠지. 엄마는 그저 우리 도모야가 남의 아픔을 이해하는 아이가 되길 바랄 뿐이야. 그래서 때린 거야. 엄마 마음 잘 알지? 엄마 손도 아프단다. ……"

도모야는 고개를 숙이고 여전히 입을 굳게 다물고 있었다.

특별활동 지도 선생님을 부르러 교무실로 가는 학생들의 목소리가 복도 쪽 유리창 너머에서 울려퍼졌다. 오다는 할말을 잃은 채 어머니와 아들을 바라보고 있었다. 그 기척을 알아챘는지 도모야가 문득 어머니의 눈빛에서 도망치듯 그쪽을 훔쳐보았다. 흡사 길가에 떨어진 사이드미러의 파편이 태양빛을 반사시키듯,

그 눈빛이 자신의 눈동자에 찌를 듯한 자취를 남긴 것을 오다는 그 순간 또렷하게 느꼈다.

문구 관련 중개회사에서 일하는 기타자키 에이지는 집에 돌아와 부엌에서 기다리고 있는 아내의 얼굴을 힐끗 보고는 아래를 내려다보며 말했다.

"다녀왔어, ……"

탁자에 자동차 열쇠를 내려놓는 소리가 딱딱한 한숨같이 들렸다.

"여보, 오후에 휴대전화로 전화했었는데."

"그래?"

"그래요. 아, 정말. 도모야가 학교에서 큰일이 생겼단 말이야."

"……무슨 일인데?"

에이지는 다른 곳을 쳐다보며 양복을 벗었다. 와이셔츠 한 장만 남아 몸이 가벼워지자 그만큼 안에 쌓인 피로가 무겁게 느껴졌다. 아내가 쉴새없이 뭐라고 떠들었지만 그 말들은 귓가에서 허물어져내리는 것 같았고, 가까스로 의식에 도달한 조각들만으로는 무슨 내용인지 알 수 없었다.

저녁식사 준비는 금방 끝났다. 2층에서 내려온 도모야는 아버지에게 "다녀오셨어요"라고 한마디 건넨 뒤로 줄곧 말이 없었다. 식사가 시작되자 시호코가 대신 오늘의 전말을 얘기했다.

"젊고 아직 경험도 적은 부담임 아가씨가 요란을 떨어서 나도 적당히 들어주는 척은 했는데, 그렇게 감정적인 표현을 쓰면 학생들도 당연히 말을 안 듣지. 무례하다 싶긴 했지만 괜히 원한을 사서 도모야 생활기록부에 이러쿵저러쿵 안 좋은 말을 쓰면 곤란하잖아. 그래서 일단 상대 부모한테도 인사하러 가긴 했는데, 그쪽도 뭐 딱히 사과받고 싶어하는 분위기가 아니더라고. 어떻게 해야 좋을지 몰라하는 분위기였어. 사내애들이 힘이 남아도는 건 어쩔 수 없잖아, 안 그래? 옛날이랑 다르게 학교도 너무 과보호라고 할까, 애들끼리 장난 좀 친 걸 가지고 왜 그리 요란을 떠는지 모르겠어. ……"

정적이 점령한 식탁에서 단지 젓가락 소리와 밥그릇 소리만 울려퍼졌다. 도모야가 태어난 것을 계기로 에이지는 가족을 위한 식사시간에는 텔레비전을 일절 보지 않기로 정했다. 시호코는 이런 습관을 자랑스러워해 반상회 같은 데서 이웃 엄마들을 만나면 자주 권하곤 했지만 의외로 찬성하는 사람이 적었고, 어쩌다 상대가 "텔레비전을 보면서 이런저런 얘기를 나누면 즐겁잖아요? 사회 공부도 되고"라며 온화하게 반론하면 깜짝 놀라며, 가족 간에 그렇게 화제가 부족한 것을 내심 안됐다고 여기곤 했다.

에이지는 아내의 얘기에 고개를 끄덕이는 한편 아들을 향해 말했다.

"그래도 갈퀴는 지나치잖니? 진심이 아니더라도 제 기세에 휩쓸리면 무슨 일이 벌어질지 모르니까."

도모야는 그 말에 뭐라고 대답하려 했지만 그걸 가로막듯 시호코가 먼저 반론했다.

"당연히 살짝 겁을 주려 한 것뿐이지. 참 나, 진심으로 뭘 어쩌려고 했겠어? 장난으로 휘두르는 척한 거지. 그치? 못됐다, 아빠가 돼서 저런 말이나 하고!"

"뭐, ……그랬겠지."

에이지는 기세에 눌려 맥없이 길을 양보하듯 아내의 말에 동의하더니 좋아하는 닭튀김으로 젓가락을 뻗고, 늘 그러듯 그것을 씹는 와중에 또다시 밥을 입안에 밀어넣었다. 그러면서 자기를 위해 마련된 대화의 빈틈을 애매하게 넘겨버렸다.

도모야는 밥 한 톨 남기지 않고 그릇을 깨끗이 비우고는 부모님이 다 먹을 때까지 기다렸다. 불안정한지 목을 좌우로 움직이며 이따금 어머니의 젓가락으로 시선을 던졌다. 뒤룩뒤룩한 목장갑 같은 손이 젓가락을 묘하게 높이 잡고 능숙하게 음식을 집는 모습이 우스꽝스러워서, 끝내 아래를 내려다보며 소리 없이 웃음을 터뜨리고 말았다.

식사가 끝나자 도모야는 "……내일 학원 시험이지? 준비 잘하고 있니?"라는 엄마의 말에 "응, 하고 있어"라며 고개를 끄덕이고 계단을 뛰어올라갔다. 자기 방 문을 잠그고 컴퓨터로 달려들어 전원을 켠 후 조급하게 책상을 두드리며 화면이 뜨기를 기다렸다. 그리고 이를 악물고 소리 없이 웃음을 지었다. 아웃룩을 열고 저녁식사 전에 이미 한 번 확인한 '히로하타 준야'의 메일을 더블클릭했다. 수신 날짜와 시간은 2002/9/5 11:56이었고, 제목과 내용은 없이 이미지 파일 세 개만 첨부되어 있었다. 모두 휴대전화 카메라로 찍은 거라 크기가 작지만 피사체는 선명했다.

첫번째 파일을 열었다. 모니터 한가운데 세일러복을 입은 소녀가 나타났다. 자기 방으로 보이는 곳에서 이쪽을 향해 브이자를 그리며 웃고 있다. 이어서 두번째 사진. 같은 소녀가 이번에는 고개를 살짝 숙이고 역시 살며시 미소지으며 옅은 하늘색 티셔츠를 걷어올리고, 브래지어 컵을 내려 수영복 자국이 하얗게 드러난 유방을 팔 사이에 끼워 살짝 중앙으로 모으고 있다. 그리고 세번째. 클릭과 함께 열린 것은 아직 어딘가 미덥지 않게 어렴풋이 덮인 음모의 골짜기에서 남녀의 성기가 체액에 젖은 채 잇닿아 있는 사진이었다.

개학식 날 아침, 여느 때와 다름없이 아침 조회 시간 십 분 전에 등교한 도모야는 교실 한구석에서 학생 여러 명이 농구부의 히로하타라는 소년을 에워싸고 열띠게 뭔가를 들여다보는 모습을 보았다.

학생들은 흥분에 가득차 "보여줘, 보여줘! 우와, 죽인다!" 하는 목소리와 "쉿! 야, 너무 시끄럽잖아!"라며 저지하는 목소리를 번갈아 울리며 밀치락달치락 한가운데로 머리를 처박았다. 나중에 등교한 학생들도 당연하다는 듯 거기에 합류했지만, 두세 명만 허락받고 나머지는 모두 쫓겨났다.

"나도 좀 보여주라. 응, 제발. ……"

그런 원망과 탄식의 소리가 선생님이 들어오기 직전까지 들려왔다.

그 소동이 무엇이었는지 도모야가 알게 된 것은 방과후였다. 청소시간 그는 자신이 담당한 음악실 한 귀퉁이에서, 오늘 아침 그 무리에 섞여 있던 같은 반 학생 하나가 다른 학생 앞에서 긴 빗자루에 기대 몸을 흔들며 눈을 휘둥그레 뜨고, "절대로 아무한테도 말하지 마! 절대로다!"라며 소곤대는 내용을 들었다.

"알았으니까 빨리 말이나 해."

"준야가 말이야, 여름방학에 구가 아유미랑 잤대."

"진짜?! 거짓말이지?"

"진짜야. 휴대전화로 구가 가슴 찍은 것도 봤어."

"진짜?! 자, 잠깐, ……정말로?! 휴대전화로 찍었다고?"

"그렇다니까! 거시기도 찍었어. 안에 넣은 장면을."

"말도 안 돼! 내가 당장 그 자식 찾아올게!"

"바보야, 그럼 내가 말한 게 들통나잖아!"

"말 안 해, 안 해. 절대 안 한다고! 그냥 소문으로 들었다고 할 거야!"

이야기를 듣고 있던 소년이 빗자루를 내동댕이치고 달려나가자, 웃으며 그 모습을 지켜보던 또다른 소년이 문득 도모야의 시선을 알아채고 험악한 표정으로 노려보았다. 그리고 가까이 다가오더니 "야, 멍청이! 남은 건 네가 처리해"라며 빗자루를 건네고 짐을 챙겨 음악실에서 나갔다. 도모야는 아무도 없는 음악실에서 몇 번씩 혀를 차고 오락가락하면서 뭐라고 계속 중얼거렸다.

도모야는 세 이미지를 나란히 늘어놓고 고개를 갸웃거리며 오른쪽 왼쪽으로 회전시켰다. 두번째 사진을 화면 가득 확대해보았지만, 해상도가 낮은 탓에 확대하면 할수록 소녀의 모습은 블록 형태로 무뎌졌다.

심하게 다리를 떨어서 모니터가 미세하게 흔들렸다. 한동안 그렇게 파일을 만지작거리던 그는 갑자기 무슨 생각이 떠오른 듯 의자에서 벌떡 일어나 바닥에 던져둔 가방 안주머니에서 손수건에 싸인 샤프펜슬을 꺼내더니, 바지와 속옷을 무릎까지 내리고 다시 컴퓨터 앞에 앉았다. 그리고 단단해진 성기와 펜을 오른손에 함께 움켜쥐고 소녀의 사진을 바라보며 자위하기 시작했다.

또렷한 영상은 거의 떠오르지 않았지만, 그는 어렴풋하게나마 교실에서 늘 바라보던 그녀의 모습을 떠올렸다. 유방 사진을 확대하고, 그것이 그녀에게 남몰래 감춰져 있었다는 사실이 신기한 듯 뚫어져라 바라보았다. 그것은 기억 속에 자리한 옛날 동갑내기 소녀들의, 아직 싹틀 기미조차 없고 입을 열 줄도 모르던 어린 가슴과는 너무나 거리가 멀었다. 그는 인터넷 여기저기서 모은 포르노 동영상과 이미지의 단편을 함께 떠올리며, 자기 손가락이 소녀의 유방으로 옥죄어들어 그 형태를 마음껏 변화시키는 모습을 상상했다. 그리고 그녀 안으로 절반쯤 들어간 성기를 바라보며 비명을 터뜨릴 듯한 피의 충일充溢에 소름이 돋았다. 양쪽 다리의 근육이 뻣뻣하게 굳었다. 샤프펜슬의 위화감 덕에 쾌락이 소굴을 찾아 벌레처럼 운집했다. 다음 순간, 디디려 한 계단이 별안간 꺼져버린 것처럼 성기는 그 앙진의 내압에 저절로 무너지며 경련하듯 사정을 되풀이했다.

묵직한 열기를 띤 숨이 굳게 다문 입술 사이로 빠져나가지 못하고 몇 번이나 콧구멍으로 뿜어져나왔다. 소녀의 샤프펜슬은 성기와 함께 분출된 정액에 무저항적으로 젖어들었다. 도모야는 안에 굳게 갇혀 있었던 그 방울들을 엄지로 으깨듯 문지르고, 점액 속에서 그녀와 맞잡은 손의 기척을 찾았다. 그러고는 이리저리 튄 정액을 휴지로 대충 닦아내고 속옷과 바지를 다시 입은 후, 총탄에 맞은 흉내를 내듯 침대에 벌러덩 쓰러졌다.

빨라진 심장박동이 등뒤로 떨어져내리며 시트 위에 파문처럼 울려퍼졌다. 쓰레기통에서 피어오르는 역한 냄새가 그의 후각으로 숨어들며 물에 젖은 각설탕처럼 흐무러진 의식에 와 닿았다. 그것은 직전까지 그의 육체 내부에 갇힌 채 그 누구도 맡을 수 없도록 숨어 있던 냄새였다. 지금 자물쇠를 채운 이 방안에서 단단한 압축을 풀어낸 그 취기臭氣는 서서히 번져나가며 침대에 드러누운 그를 외측에서 에워쌌다. 마치 안과 밖이 뒤집힌 기분이었다.

도모야는 그대로 오 분가량 얕은잠에 빠졌다. 의식이 형태를 맺지 못하고 풀어지는 와중에 자기 얘기를 수군거리는 온갖 속삭임이 귓가에 들렸다.

—기타자키가 갓짱한테 폭발했대. —진짜? —하마터면 갓짱이 죽을 뻔했다니까. —말도 안 돼! —그 자식, 잘못 건드렸다간 위험해. 평소에는 얌전해도 폭발하면 아무도 못 말린다니까. ……

—기타자키가 폭발했다는 거 진짜니? —응, 가시마랑 그 바보 패거리가 놀렸다나봐. —진짜? 안됐다. —지금까지도 엄청 참아오지 않았을까? —그렇겠지? —아무튼 그애들 정말 한심해. 차라리 죽는 게 낫다니까. —아유미, 네가 좀 위로해주지 그러니? ……

도모야는 마른침을 삼키는 소리 같은 노트북컴퓨터 작동음에 다시금 현실로 돌아왔다. 잠에서 깨자 천장의 불빛이 잠든 자신을 계속 비추고 있던 것이 짜증스럽게 느껴졌다.

몸을 일으키자 맥이 뛰는 것 같은 두통이 느껴졌다. 관자놀이 언저리를 쥐어뜯을 듯이 문질러대고 침대에서 내려와 다시 책상 앞에 앉았다.

구가 아유미는 기특하게도 화면보호기 너머에서 줄곧 알몸으로 기다리고 있었다. 도모야는 엄지손톱을 깨물면서, 난잡한 이미지에 파묻혀 옴짝달싹 못하게 되어버린 그녀와 마주했다. 잠시 후 계단 밑에서 부르는 소리가 들렸다.

"도모야, 목욕해라."

대답이 없으면 위층까지 올라올까봐 적당히 대꾸했다.

"……네에."

귀를 기울였지만 계단을 올라오는 기척은 없었다.

마우스를 움직여 이미지를 폴더에 저장한 후, 브라우저를 열어 늘 들어가는 포르노사이트 게시판에 올렸다. 사진 밑에는 다음과 같은 코멘트를 달았다.

원하면 뭐든 다 해주는 음란○학생. 나도 신세 좀 졌죠ㅋㅋ 메일 주소는 happy-ayumi.0523@ezweb.ne.jp

그리고 사이트의 URL을 복사한 후 야후 메일을 통해 아유미 앞으로 다음과 같은 내용을 써 보냈다.

너의 이런 사진들이 나돌고 있네ㅋ 가엾기도 하지. ……

삭제 방법, 알려줄까?

송신 완료 표시가 뜨자 그는 보낸 편지함에서 다시 내용을 확인하고, 알몸 이미지가 증식해 수많은 컴퓨터로 흩어져가는 것을 기뻐했다. 그리고 혹시 수신 불명으로 메일이 돌아오지 않을지 확인하려고 송수신 버튼을 몇 번씩이나 클릭했다. 메일은 제대로 간 것 같았다. 답장을 기다리는 동안 두 달 전 템플릿으로 직접 만든 개인 홈페이지를 연 다음 일기 페이지를 띄웠다. 온통 검은색으로 가득한 화면에 깨알 같은 흰 글씨가 빽빽하게 들어차 있었다. 위쪽에 한층 큰 글씨로 적혀 있는 것은 '고독한 살인자의 몽상'이라는 사이트 이름이다.

도모야는 손으로 턱을 받친 채 몸을 앞으로 기울이고 앉아 어제 일기를 다시 읽었다. 그러고는 키보드에 손을 얹고 무표정을 유지하며 막힘없이 글자를 입력해갔다.

……왜 우열한 자들은 나를 몰아세우려 할까? ……

고독한 살인자의 손은 역시 놈들의 피로 더럽혀질 운명인가? ……

고독한 살인자는 오늘도 천민들의 열악한 박해를 받았다. 무지하고 무능하며 버려지만한 가치조차 없는 쓰레기들. ……녀석들은 고독한 살인자의 고귀한 정체를 모른다.

놈들을 입다물게 하려면, 역시나 내 손으로 뼈저리게 깨닫게 해주는 수밖에 없을까? 복수의 심판은 강철 검으로 내려질 것이다. 놈들은 썩어 문드러진 자기 피 냄새를 맡고, 고독한 살인자의 발밑에 넙죽 엎드려 용서를 빌겠지.

……밤, ayu가 갑자기 집으로 찾아왔다.

고독한 살인자는 아무 말도 하지 않았지만, 그녀는 연인의 이변을 눈치챘다. 스스로 옷을 벗고 안아달라고 말했다. 나는 그럴 기분이 아니었지만 하는 수 없이 원하는 대로 해주었다. ayu는 미친듯이 몇 번이나 절정에 다다랐다. 한창 섹스하는 중에 자기 알몸을 찍어달라고 나에게 애원했다. 그것을 부적처럼 지녀달라는 것이다. 고독한 살인자는 휴대전화로 사진을 몇 장 찍어주었다. 사실은 그러고 싶지 않았지만. 이것도 속세의 운명일까. ……

ayu는 마음의 상처를 입었다. 예전에 사귄 남자에게 학대당했기 때문이다. 고독한 살인자는 ayu를 위해 그놈에게 복수할 것이다. 보나마나 말릴 테니 ayu에게 알릴 수는 없지만.

숨기는 것도 이제 한계에 이르렀다. ayu에게는 조만간 내 정체를 밝혀야겠지. ……

다 쓰고 다시 읽어본 뒤 오타를 수정해 일기를 업로드했다. 화면에 문장이 뜨자 도모야는 한동안 그것을 거울처럼 바라보았다. 그리고 다시 아유미의 나체 사진을 열고 모니터에다 그 윤곽을 손가락으로 덧그려보았다. 희미하게 덮여 있던 먼지가 사람의 형태로 닦여나갔다.

아래층에서 또다시 엄마가 부르는 소리가 들렸지만, 그는 대답하지 않았다.

아유미의 답장은 아직 오지 않았다.

3

오후에 일을 마치고 귀가한 뒤로 다카시는 줄곧 컴퓨터 모니터 앞에 앉아 있었다.

어제까지 쾌청하던 날씨가 오늘은 완전히 돌변해서 아침부터 우산도 소용없을 만큼 세찬 비가 쏟아졌다. 해가 지면서 기온이 한층 내려가 지금은 집안에서 긴소매 파카를 입고 있어도 조금 쌀쌀할 정도였다.

일곱시 반에 신주쿠에서 친구 무로타를 만나기로 되어 있었다.

다카시는 화면 오른쪽 아래의 시각 표시를 은근히 신경쓰며 책상에 팔을 괴고 얼굴 앞에 깍지를 껴 양쪽 엄지로 턱을 받친 채, 어젯밤 업데이트된 사이트의 일기에 푹 빠져 있었다.

실내의 어스름이 시시각각 깊어져갔다. 모니터 불빛에 비친 그의 얼굴은 창백한 기색이고 눈 안에 깊은 그림자가 드리웠다. 앞머리 사이로 엿보이는 넓은 이마는 차갑게 굳어 있고, 양쪽 눈썹의 틈새는 모래시계의 잘록한 허리처럼 좁혀들면서 이마와 곧게 뻗은 콧날을 이어주었다. 때때로 문득 눈동자가 스탠드 불빛을 반사하면, 그 이음새는 긴장하며 허물어져내릴 것처럼 미세하게 떨렸다.

나지막이 숨을 내쉬며 키보드 위에 손을 얹으려는 순간, 옆에 내려둔 전화기의 푸시 버튼이 그것을 제지하듯 갑자기 점멸하더니 뒤따라 벨소리가 울렸다. 잠깐 몸을 뻣뻣하게 굳힌 그는 발신자를 확인하고 나서 전화기를 들고 통화 버튼을 눌렀다.

"여보세요."

"아, 여보세요. 다카시니? 엄마다."

"네."

"지금 통화 괜찮니?"

"네, ……"

고작 몇 초간 시선을 돌린 틈에 모니터가 화면보호기로 바뀐 것을 알아채고 마우스를 건드려 원래대로 되돌린 후 시간을 확인했다.

"괜찮아요. 좀 있다 나가야 하지만."

그는 다시 눈에 들어온 일기 내용이 어머니와의 대화에 섞이는 게 싫어서 의자에서 일어나 거실 소파로 자리를 옮겼다.

"그래? 그럼 간단하게 얘기하마. ―오늘 말이다, 세번째 진찰을 받으려고 아버지를 모시고 병원에 다녀왔어. 지난번 다녀온 뒤로 또 이 주가 지났잖니."

"아아, 그렇네요. 어땠어요?"

"응, 여전히 더디긴 하지만 조금씩 나아지는 모양이야. 의사선생님이 젊은데도 아주 친절하고 가족처럼 따뜻하게 이런저런 상담을 해주거든."

"그래요? 잘됐네."

"응, 잘됐고말고. 전에도 얘기했지만, 처음 일주일은 약이 잘 안 맞는지 수면제를 먹고 자면 아침에 계속 구토기가 있어서 아버지도 신경질을 냈는데 차츰 나아지고 있어. 나는 잘 모르겠지만, 불안함을 가라앉혀주는 약 같은 것도 처방받았고, ―그랬더니 요즘 들어 아버지 상태가 좀 나아졌어. 오늘은 정원에 나가서 나무 손질도 했단다."

"아아, 밖에 나갔군요? 다행이다. ……그쪽은 날씨 좋아요?"

"좋지. 도쿄는?"

"비가 엄청 와요."

다카시가 웃으며 말했다.

"아무튼 잘 풀리는 것 같으니 다행이네. 저도 좀 마음이 놓이네요."

"그러게. 너한테까지 걱정을 끼쳐서."

"아니에요. 그렇지만 아직 조급하게 생각하면 안 돼요. 천천히 안정을 취해야 돼요. 변화가 생기면 선생님과 상의하면 될 테고. 어머니도 마음이 좀 편해지셨죠?"

"그럼, 그럼. 선생님도 똑같은 말씀을 하셨어. 조바심 내면 안 된다고. 우울증은 그런 모양이더라."

"응, 맞아요. 의무감이나 정신적 압박은 좋지 않대요."

"으응, 그렇겠지. ……"

가즈코가 그쯤에서 살짝 말을 망설였다. 다카시가 어머니의 근황을 물어보려고 막 입을 열려는 찰나, 또다시 수화기 너머에서 소리가 들려왔다.

"……정말이지 네가 그런 얘기를 해줘서 다행이야. 선생님도 더 늦게 데려왔으면 훨씬 심해졌을 거라고 하셨어. 네가 느닷없이 말을 꺼냈을 때는 나도 너무 놀라서 반대했지만, ……미안하다. 다 네 덕분이야."

"괜찮아요. 저도 워낙 갑자기 얘기를 꺼냈으니까. 좀더 잘 설명했으면 좋았을 텐데."

"아니야. 료짱이 지난번에 집에 왔을 때도 둘이서 얘기했단다. 네가 있어서 참 다행이라고."

"료스케가?"

"응, 그래."

"그래요. ……가끔 집에 들르는 모양이죠?"

그는 편안하게 앉아 있던 소파에서 몸을 일으켜 앞으로 숙였다.

"응, 그뒤로 두 번쯤 다녀갔나. 지난 일요일에도 왔었고."

"그래요? ……분위기는 어때요?"

"뭐, 그냥 평상시랑 같아. 자기도 아버지가 걱정되니 되도록 돕겠다고 하더라. 정말 아버지나 나나 효자 아들을 둘이나 뒀어."

그는 기척만 전해질 정도로 웃어 보였다.

"하긴, ……료스케가 나보다 가까이 사니까 여러모로 도움이 되겠죠."

"그래. 근데 이젠 괜찮아. 너도 바쁠 텐데 신경쓰게 해서 미안하다."

"아뇨, 전혀 그럴 거 없는데, ……"

"아 참, 슬슬 나가봐야 하지?"

"응? 아아, ……"

다카시가 시계를 보며 말했다.

"그러네. 아버지는 지금 뭐하세요?"

"벌써 저녁 드시고, 지금은 목욕하는 중이야."

"그렇군요. 그럼 대신 안부 전해주세요."

"그래. 너도 감기 안 걸리게 조심하고."

"응, 어머니도 조심하세요. 무슨 일 있으면 나나 료스케한테 상의하시고."

"그래, 그럼 끊으마."

"네, 이만. ……"

그는 전화를 끊고 한동안 손안의 전화기를 바라보다가 고개를 살짝 기울이며 생각에 잠긴 표정으로 시선을 바닥에 떨어뜨렸다. 그리고 소파 위로 전화기를 굴리듯 내던지고 파고드는 사념을 떨쳐내려는 듯이 오른손으로 앞머리를 천천히 한 번 쓸어올렸다.

무로타가 문자로 알려준 곳은 신주쿠 역 동쪽 출구 근처 잡거

빌딩에 있는 선술집이었다. 일곱시가 조금 지나 가게에 도착하자, 신발을 벗고 올라가야 하는 안쪽 자리에 앉아 있는 그의 모습이 보였다. 조명이 살짝 어두웠지만 상대도 곧바로 알아차리고 신호를 보내듯 가볍게 손을 들었다.

"오랜만이다."

"비가 엄청나게 오네."

"어, 그러게. 대단해. 도쿄만 그런 것 같지만."

"그래?"

"응, 좀 전에 고향의 어머니랑 통화했거든."

자리에 앉자 종업원이 기다렸다는 듯이 물수건을 들고 다가와서 둘 다 생맥주 500시시를 주문했다.

"비 얘기가 나와서 말인데, 유럽 쪽에 홍수가 대단했던 모양이야."

"응, 헝가리 쪽으로. 프랑스는 괜찮았던 것 같고."

"아, 그래. ……"

날씨 탓인지 가게 안은 주말치고 붐비지 않았다. 옆의 6인석 정도 되는 빈자리에 'RESERVED' 팻말이 놓여 있었다.

"여기 가끔 와?"

"아니, 인터넷으로 알아보니까 쿠폰이 있길래."

무로타가 웃으며 말했다.

맥주는 금방 나왔다. 안주를 주문하고 건배한 두 사람은 연거

푸 두세 모금을 마시고, 긴장이 풀린 듯이 숨을 내쉬었다. 기본 안주로 나온 우엉조림으로 젓가락을 뻗으면서 무로타가 물었다.

"요즘은 어때?"

다카시는 잘 모르는 사람 눈에는 뭔가에 놀란 것으로 비칠 법한 그의 표정에 여느 때와 다름없는 친밀감을 느꼈다.

"응, ……뭐, 그럭저럭 지내지. 그쪽은?"

"여전히 바쁘지. 아이도 돌봐야 하고."

"몇 살이지?"

"아직 칠 개월이야."

"그래? 귀엽겠네."

"진짜 귀엽긴 해. 내 자식이지만."

무로타는 솔직하기 그지없는 투로 말했다. 다카시가 미소를 지었다. 그리고 한동안 근황 이야기를 나눴다. 안주가 잇달아 나와 순식간에 탁자 위를 가득 채웠고, 두 사람 다 생맥주 잔이 금세 비어버려서 도미노호잔 온더록스를 하나씩 주문했다.

술잔이 나오자 무로타가 손가락으로 얼음을 휘저으며 말했다.

"아 참, 그러고 보니 프랑스어로 된 네 강의록 같은 게 인터넷에 떴던데."

"프랑스어? 뭐지?"

"잘은 모르겠지만, 제목만 봐서는 MISHIMA 얘기 같더라고."

"아아, ……그거."

다카시가 고개를 끄덕였다. 웨이터가 임연수어 소금구이를 들고 와서 물었다.

"주문하신 음식 다 나왔습니다. 더 필요하신 것은 없습니까?"

다카시는 무로타가 "네네"라고 성가시다는 듯 대답하는 것을 기다렸다가 말을 이었다.

"그쪽에 있을 때가 마침 미시마 유키오 사후 삼십 주년이었어. 스트라스부르 대학에서 심포지엄이 열려서 잠깐 불려갔었지. 프랑스 사람들은 미시마를 좋아하니까. 요즘 젊은 사람들은 무라카미 하루키를 더 좋아하지만."

"그래? 문학 얘기를 했어?"

"아니, 할복 얘기였어. 〈우국憂國〉 비디오를 보여주면서."

다카시가 웃었다.

"아, 그 쇼킹한 영화 말이지? 본 적은 없지만 소문은 들었지."

"그래. 어찌된 영문인지 그 대학에 비디오가 있길래 이 얘기를 해야겠다 싶었거든."

"호오, 일본에서는 구하기 힘들잖아?"

"지금은 그렇지. 이번에 신초사에서 나오는 전집에 들어간다는 모양이지만."

"그래? 그나저나 강연 반응은 어땠어?"

"으음, 뭐 다들 감탄한 듯이 듣고 있길래 마지막에 비디오를 보여줬더니 기겁을 하더군."

무로타가 닭가슴살 치즈 튀김을 씹다 말고 우스워 죽겠다는 듯 깔깔거렸다. 다카시도 씁쓸하게 웃었다.

"프랑스 낭만주의는 1830년대가 절정이었고 운동 자체는 1843년에 끝났지. 그런데 1846년 살롱 비평에서 보들레르가 갑자기 '낭만주의를 말하는 것은 즉 현대예술을 말하는 것이다'라며 낭만주의를 열렬히 옹호했어. 아나크로니즘은 아니고, 요컨대 그가 말하는 낭만주의는 탈구축된 것인 셈이야. 그런 모던한 낭만주의의 탈구축자로 보들레르를 주목한 사람이 베냐민이고. '새로운 전율'이라는 예의 충격의 미학이 20세기 전반의 예술을 결정적으로 특징지었어. 그 논의를 좀더 체계적으로 세련되게 다듬은 게 아도르노의 미학이지. 그가 말했듯이 근대의 합목적 사회란 세계가 보편적인 동일성의 주술에 사로잡힌 모습인데, 예술은 거기에 동일화가 불가능한 비대상적 대상을 쇼킹하게, 파괴적으로 출현시킴으로써 반격을 꾀하는 거지. 난 그것이 전후 사회에 미시마의 내장이 갖는 의미라고 설명하고 싶었던 거야."

"흐음, 과연."

무로타는 고개를 끄덕이며 이야기를 들었다.

"철저하게 단련된 미시마의 복근이 찢기고 내장이 튀어나오는 순간이 주는 쇼크는 그렇게 생각해보면 충분히 이해가 가. 강연 뒤에 청강자가 당신은 미시마의 할복을 정치적 퍼포먼스라기보다는 일종의 행위예술로 받아들이는 거냐는 질문을 했는데, 그런 생각을 뿌리칠 수 있는 가장 큰 이유는 그로 인해 미시마가 죽었다는 사실이겠지. 예술이 정치적 의도와 얽히는 것 자체는 하등 별스러운 일이 아니니까. ―파괴하기 위해 구태여 먼저 피억압자이자 억압자가 되어 스스로 복근을 단련했다는 것은 확실히 예술가다운 행동이지. 그런 형식주의는 모더니스트적이야. 적이 필요하니까 공산주의를 적으로 돌리는 것과 마찬가지로, 그의 개인적인 도착도 있었겠지만. ……미시마는 마지막에 가선 로맨틱하게 일본으로 회귀했지만, 피범벅이 된 그의 내장만은 그런 문맥 내에서도 충분히 상징화하기 힘들잖아? 그토록 문장에 뛰어난 사람이었던 만큼 오히려 그 부분이 더 두드러졌지. 전쟁적이라고 할까. ……〈우국〉을 보여주자 그쪽 사람들 모두 의기소침해졌지만, 사실 그게 내 의도였어. 내 얘기만 듣고 이해했다고 느낀 것과, 페이크일지라도 할복 장면을 직접 본 쇼크는 또 다르지 않았을까. ……"

"흐음, 명료하군. 나라도 이해하겠어."

무로타는 얘기가 끊긴 틈에 서둘러 젓가락을 뻗더니 소 힘줄 두 점가량을 육즙을 떨어뜨리며 입안에 밀어넣었다. 그러고 또다시 고개를 끄덕였다. 디카시는 그 말의 울림에서 비아냥거림을 어렴풋이 읽어내고 오히려 자기 뜻대로 풀린 듯한 느낌을 품었다.

"그래, 명료하지."

그는 농담처럼 말했다.

"물론 자살의 의미 자체는 훨씬 복잡하겠지만, 그때는 할복 얘기였으니까. 내 얘기를 재미있게 들었다는 일본문학 연구자들과 그후로도 가끔 연락을 주고받았어."

"아, 그래서 심포지엄 같은 데 나간 거로군?"

"그래. 메일에도 썼듯이. CEEJA라는— Centre Européen d'Etudes Japonaises d'Alsace의 약자인데—일본문학 연구의 거점 격의 조직이 스트라스부르에 있거든. 그리고 또, ……뭘 했더라? ……아, 맞다. 네가 지금 연구하는 '신체론'을 주제로 한 심포지엄이 있어서 '모리 오가이와 위생학' 얘기도 좀 했지."

"호오, 그건 어떤 내용인데?"

무로타가 관심 있는 기색으로 눈을 크게 떴다.

"푸코지, 뭐. 정부가 오가이 같은 엘리트에게 의학 중에서도 특히 위생학을 배우라고 지시한 건, 『앎의 의지』에 나오는 예의 생정치(生政治, bio-politique) 개념을 활용하면 잘 이해가 돼."

다카시는 무로타가 좀더 듣고 싶어하는 표정임을 알아채고 짧게 덧붙였다.

"잘 아는 바와 같이 봉건제 권력은 피지배자를 죽이느냐 살려주느냐 하는 권리를 휘둘렀지만, 메이지 정부는 그들을 어떻게 살게 할 것이냐 하는, 인간의 신체를 적극적으로 관리·경영하는 근대형 권력 형태에 민감하게 반응했잖아? 그리고 그것을 권력 강목의 결합점으로 삼았어. 반대로 생각해봐도 부국강병을 실현하려면 국민의 건강이 우선되어야 하니까 당연한 수순이지. 유학처에서 공중위생을 공부한 오가이는 그런 푸코적 권력 아래 지知의 졸병이었던 셈이니, 그 사람의 신체감각은 자연주의 작가 등이 가지고 있던 그것과 전혀 다르다고 생각해. 예를 들어『이타 섹슈얼리스』만 읽어봐도. ……"

"하긴 그래. 모리 오가이에 대해 잘 알진 못하지만, 문체부터 그런 느낌은 들어."

"정말 그렇지. 오가이의 의학논문은 정치적인 문맥에서 다시 읽어볼 필요가 있어. 한바쓰* 정치나 리얼·폴리틱스 측에서 논한 글들도 많지만, 그게 아니라 텍스트 자체의 정치성에 의미를 두고 말이야. ―하긴 애석하게도 그는 임상경험이 부족해서 의사로는 실패했지만."

"아아, 그러고 보니 러일전쟁의 각기병 얘기 같은 걸 읽은 기억이 있어. ……그나저나 꽤 재미있는데. 그 강연록 읽어볼 수 있을까?"

"영어와 프랑스어로 된 의사록 비슷한 게 있으니까 다음에 줄게. 내 얘기는 둘째 치고, 그 밖에도 재미있는 보고가 한두 개 있

---

* 藩閥. 메이지유신 때 공을 세운 번(藩) 출신 유력자들이 만든 정치 파벌.

으니까."

"그래? 읽어볼게. 아 참, 그래서 생각났는데……"

무로타가 그렇게 말하며 검은색 나일론 가방에서 책 한 권을 꺼내 다카시에게 건넸다.

"이번에 에비스 사진미술관에서 설치미술전을 하는데 시간 있으면 들러봐. 이건 콘셉트 등을 정리한 팸플릿이야."

"아, 그래? 고마워. 기획전인가?"

"응, 버추얼 리얼리티에 관한 전시회야. 한창 몰두했던 화상처리 기술의 공동연구 성과인데, 지난번 CG학회에서 데모를 발표했더니 평가가 썩 좋아서 그걸 좀 다듬었어."

"호오, ……"

"인간의 손가락 움직임을 적외선카메라로 인식한 뒤 인터랙션으로 되살린다는 발상인데, ……잠깐 보고 있어. 화장실 다녀올게."

무로타가 자리에서 일어섰다. 다카시는 젓가락을 내려놓고 팸플릿으로 눈길을 돌렸다. 'touches'라는 이름의 그 작품 해설에는 광택 나는 흰색 알루미늄 판 같은 것 위에서 사람의 손이 토마토를 짓이기는 사진 세 컷이 들어 있었다.

Fig. 1은 천천히 움켜쥔 손가락 틈새로 이지러진 토마토가 흘러나오는 사진. Fig. 2는 움켜쥐는 속도를 높여서 토마토가 넓은 각도로 주위에 흩어지는 사진. 그리고 Fig. 3은 순식간에 짓이겨

서 과육이 파열하듯 어지럽게 튀는 사진이다.

본문을 읽으려 할 때 무로타가 돌아왔다. 고개를 들자 어느새 옆 탁자에서 미팅을 시작한, 대학생으로 보이는 여섯 명의 단체 손님을 흘긋 보는 그의 모습이 눈에 들어왔다.

"아는 애들이야?"

다카시가 작은 소리로 물었다.

"아니. 수업 듣는 학생들인가 했는데 아닌가봐."

"그래? 그나저나 이거 재미있겠는데."

"아, 진짜? 고마워. 손의 움직임이나 큰 제스처를 인식하는 건 별로 어렵지 않지만, 손가락이 움직이는 속도까지 인식하는 게 꽤 어려웠어. 색으로 인식하려 하면 아무래도 조명이나 배경 같은 환경의 영향이 커지니까, 적외선카메라로 체온 주변을 촬영하는 게 가장 안정적이지."

"과연 그렇군. 적외선카메라를 군사적으로 이용하는 것도 그런 이유겠지?"

"맞아. '프레데터*' 같은 거. 생명체의 움직임만 인식하기에는 열이 가장 확실하니까."

"아, 그것도 있었지. ―이 'touches'라는 타이틀도 꽤 좋은데."

"그건 그냥 휴먼 인터페이스 연구에서 부르던 걸 그대로 가져

---

* 미국 공군의 최첨단 무인정찰기 겸 공격기.

다 쓴 거야."

다카시가 얼굴을 들며 말했다.

"그래도 인상이 강해. 난 좋아."

"그래? 사실 타이틀은 너랑도 관련있어."

"응?"

"전에 메일로 파울 첼란 얘기 한 적 있지?"

"어, 그랬지."

"그후에 번역본을 찾아서 좀 읽어봤어. 솔직히 시는 뭐가 뭔지 이해가 잘 안 갔는데, 후기를 읽어보니까 부모가 붙잡혀 수용소로 끌려가기 전에 첼란이 만나러 갔다는 얘기가 쓰여 있더군."

"그래. 그 혼자 피난해서 붙잡히지 않았으니까. 부모한테도 도망치라고 설득했는데 따르지 않았던 모양이야."

"응, 그랬다더군. ―그래서, 그때 가시철조망 너머로 팔을 뻗어 부모의 손을 잡았던 모양이야, 첼란이. 그런데 망을 보던 사람인지 누군지가 와서 그 손을 물었다더라고. 정말일까?"

"글쎄, 어떨지, ……가시철조망 너머에 지옥으로 통하는 세계가 있고, 게다가 가장 사랑하는 사람들이 거기 있다는 건 분명 꽤 신화적인 상황이긴 해. 손을 물었다는 것도 상식적으로는 있기 힘든 일인데, ―무언가의 비유일까?"

"뭐, 어쨌거나 그래서 첼란은 아버지의 손을 놓아버렸고, 미친 듯이 달려서 그곳을 벗어났다고 해. 부모는 결국 그뒤 수용소에서 살해당했지. 즉 가족을 직접 만질 수 있었던 것은 그게 마지막이었다는 얘기 같은데."

"그렇지."

"나도 연구상 사람의 손이 뭔가를 스치는 데 관심이 많지만, 그 얘기를 읽은 후로는 감촉 속에 있는 감정이나, 뭐 그런 내면적인 것을 생각하게 되더군. ……마지막으로 스친 아버지 손의 감촉은 어땠을까, 어떻게 잡았을까, ─생각하기 시작하면 상당히 벅차지만, 앞으로는 그런 미묘한 요소를 컴퓨터를 조작하는 손의 감촉에 활용해보고 싶어."

"과연. ……인간이라는 존재에게 그런 체험은 정말로 근원적인 거겠지. 그때를 떠올릴 때마다 기억은 그 손을 놓는 마지막 순간을 향해 무한하게 시간을 미분해가겠지만, ……끝내 거기에 도달할 수는 없을 테니까, 절대로. ……"

다카시는 계속 무로타를 보고 있으면서도 내면에서 나지막이 울려퍼지는 듯한 목소리로 말했다. 그것이 뒤늦게 솟아올라 얼굴 표면에서 물결친 양 표정이 어렴풋이 흔들렸다. 그가 떠올린 것은 삼 주 전 밤 침대에 누워, 그 빛깔과 형태를 확인하려는 듯 지즈의 어깨를 어루만지던 기억이었다.

"그렇지. 바티칸의 〈천지창조〉도 그 손가락과 손가락 사이를 뚫어져라 쳐다보다보면 왠지 정신이 이상해질 것 같잖아."

"으음, 그렇지."

"그리고 내 경우에는 아이가 태어난 영향도 있는 것 같아. 가만히 바라보고 있으면, 어른이 뭔가를 만지는 것과 느낌이 전혀 달라. 내 멋대로 그렇게 생각하는 것뿐인지도 모르지만."

"나도 알 것 같아. 동생한테 세 살배기 아이가 있는데, 같이 있으면 여러 가지가 신선하게 느껴지거든. 뭔가를 만지는 것 하나만 봐도 그래."

"그렇지? 이야기가 좀 빗나갔는데, 그래서 지금까지 물리적인 작용으로 생각해온 만진다라는 행동을 좀더 내면적인 시선에서 다시 생각해보고 싶어졌어. 적외선카메라를 쓴 건 좀 전에 얘기한 필연성 때문이지만, 진부한 표현일지 몰라도 사람 손의 온기라는 것도 새삼 다시 생각하게 되더군."

"그렇지. ……첼란과 그의 부모가 마지막으로 손을 부여잡은 장면만 해도, 살아 있는 그들이 서로를 어루만지는 모습을 적외선카메라로 보면 말 그대로 한 덩어리의 열기가 서로 오가는 걸로 보일 테니까. 한쪽의 열은 머지않아 소멸해버리지만. ……"

"아무래도 연구에선 물질과의 접촉에 관심이 가게 마련이라 그런 온기 같은 건 놓치기 쉽지. 하긴 'touches'는 거기까지 나아가진 않고, 정말로 심플하게,"

무로타가 손등을 위로 하고 오른팔을 내밀더니 손을 여러 가지 속도로 쥐어 보였다.

"감상자한테 적외선카메라 밑에서 손을 쥐어보라고 시키고,

인식한 속도에 따라 모니터 속의 손이 사물을 짓이기는 모습을 보여주도록 장치해둔 거야."

"그럼 토마토를 짓이기는 손은 실사로 사전에 촬영해둔 건가?"

"그렇지. 연구실 남학생의 손이야."

"호오, ……"

다카시가 다시 팸플릿으로 시선을 떨어뜨리고 팔랑팔랑 책장을 넘겼다.

"이 짓이기는 액션 시리즈에서는 두부나 토마토, 블루베리 잼 같은 걸 써."

"반응은 어땠어?"

"으음, 뭐 다들 그냥저냥 재미있어했어. 실행해보고 든 생각인데, 이런 장치를 접하면 사람들은 대체로 파괴적인 행위로 감촉을 확인하고 싶어하더군. 이 밖에도 집게손가락으로 탁구공을 두드리거나 푸딩이 탱글탱글 흔들리게 손가락 끝으로 건드리는 귀여운 것들도 있었는데, 마지막에는 결국 다들 짓이기는 쪽으로 가는 것 같아. 완숙 토마토를 스무 번도 넘게 계속 터뜨리는 사람도 있어서 왠지 좀 섬뜩했지."

무로타는 손에 든 잔이 어느새 빈 것을 알아채고, 지나가던 종업원을 불러 다카시 몫까지 주문했다.

"역시 뭔가를 망가뜨릴 때 접촉의 감촉이 가장 실감나는 것 아닐까? 망가뜨리고 싶은 욕망과 망가지는 모습을 보고 싶은 욕망은 또 조금 다르겠지만."

"으응, ……"

"아까 생각났는데, 일전에 미부 사네미라는 젊은 화가 얘기를 했지?"

"그 펑키한 분위기의 그림 말이야?"

"맞아. 지난번에 텔레비전에서 봤는데, 이유는 모르겠지만 요즘 묘하게 인기 있더군."

"원래 그런 타입인가?"

"아니, 그건 아닌 것 같아. 겉으로는 그렇게 보이지만. ─그것도 따지고 보면 미시마의 할복 같은 거고, 그래서 구식이라고 비판하는 사람도 있지만, 반대로 말하면 그저 허접스러운 기호를 갖고 장난치는 것보다 훨씬 현실에 묘하게 침투하는 힘이 있는 것 같기도 해. ……"

다카시는 얼음이 녹은 잔으로 손을 뻗다 말고 나지막이 숨을 내쉬었다.

"실은, ……얼마 전 낮에 니시신주쿠에 갔는데, 도쿄 도청 앞을 지나다 별생각 없이 위를 올려다봤더니 날씨가 무척 좋더군. 하늘이 신기할 만큼 맑게 개어서, ……한동안 그걸 배경으로 빌딩을 바라봤지. 그런데 갑자기 그 위엄의 전형이나 다름없는 건물이 소리도 없이 무너져내리는 기분이 드는 거야. ……뭐랄까, 현기증에 사로잡힌 느낌이었어. 어떻게든 벋디디려 애썼지만 공포가 앞서서 도무지 어쩔 줄을 모르겠고, ……얼굴을 들었더니 자동차만한 건물 파편이 어느새 눈앞까지 밀어닥치는 거야. ……굳이 말하자면 9·11 영상을 본 영향일지 모르지만, 그때는 정말 그 충격으로 콘크리트에 짓눌려 한순간 내가 고요해진 느낌을 받았지. ……"

때마침 종업원이 들고 온 술잔을 받아든 그가 그쯤에서 애매하게 말을 끊었다. 무로타는 왼쪽 눈썹만 치켜세우고 의아한 표정으로 귀를 기울이다가, 아무 말 없이 몇 번인가 고개를 끄덕이더니 차갑게 식은 삶은 무 조각을 입에 넣었다.

한차례 자기소개를 끝낸 옆자리 학생들의 대화가 어느새 활기를 띠어갔다.

"나 얼마 전에 천황 봤다!"

"거짓말? 어디서?"

"도쿄 역. 웬일인지 신칸센 승차장 주변에 경비가 무지 삼엄하더라고. 그래서 봤더니 천황이랑 부인이 걸어오는 거야."

"꺄, 마사코 님은? 마사코 님 완전 멋져."

"아니, 없던데."

"에이, 뭐야."

"내가 휴대전화로 사진 찍었어. 지금 대기화면도 그거야."

그렇게 말하며 학생 하나가 휴대전화 화면을 모두에게 보여주었다. 무로타는 그들의 대화에 의식이 이끌린 듯 무심결에 눈길을 돌렸다.

"우와, 대단해!"

"근데 너 좌익이냐?"

"이런 건 우익이지, 굳이 따지자면."

"어, 왜? 좌익 아니야?"

"우익인데?"

"있지, 전부터 헷갈리던 건데, 우익이랑 좌익이 어떻게 달라?"

"'천황폐하 만세' 하는 건 어느 쪽이야? 좌익?"

"우익이지."

"그래? 어, 그럼 좌익은 뭐야?"

"좌익이 '천황폐하 만세'야."

"진짜? 반대 아닌가?"

"야야, 그런 게 무슨 상관인데?"

"나도 사진 있어, 자!"

"이건 누군데?"

"마쓰다이라 겐!"

"우와, 완전 쇼크. 나 엄청 좋아하는데. 있지 있지, 난 엄마랑 연극 보러 간 적도 있다? 여긴 어디니?"

"그건 그렇고, 네가 진 거 같은데? 이쪽이 훨씬 인기 좋네."

"바보, 천황 쪽이 훨씬 낫지."

"야, 글쎄 이쪽은 〈난폭한 장군〉이라니까! ……"

무로타가 그쯤에서 씁쓸하게 웃으며 작은 목소리로 말했다.

"흐음, 일본은 평화롭군."

"평화롭지. 이렇게 평화로운 나라는 없어."

다카시도 살짝 웃어 보이고 화장실로 갔다.

잠시 후 자리로 돌아온 그는 그사이 줄곧 뭔가를 생각했던 것처럼 곧바로 입을 열었다.

"그건 그렇고."

팸플릿으로 시선을 던지며 말을 이었다.

"오랜만에 만나서 건네줄 게 있다는 건 좋은 일이야. 네 얘기를 듣고 있으면, 뭐랄까, 정말 건실하게 일한다는 느낌이 들어. ……"

"뭐, 그리 대단한 건 아니지만, 좋아서 하는 일이니까."

"그렇게 생각할 수 있으면 충분하지."

무로타는 그 말에 뭐라고 대답하려 했지만, 그 순간 갑자기 취기가 돌아 대화의 발판을 벋디디듯 입을 다물었다. 다카시도 조금 전 화장실에 갔을 때 걸음이 살짝 흔들리는 걸 느꼈으나 탁자에 다시 찾아든 공백을 넌지시 이어받으며 입을 열었다.

"최근에 말이야, 예의 사이트 운영자가 너한테 소개받았다면서, 일정은 마음대로 잡아도 좋으니 뭘 좀 써줄 수 없겠느냐고 청하던데."

"아, 맞다. 그 얘기도 있었지. 그래서 어떻게 됐어?"

"그 사람은 날 오해하고 있어. 네가 너무 바람을 잡아서 기대가 엄청난 것 같던데."

"물론 바람 좀 잡았지. 놀랄 만큼 유능한 사람이 있다고 했으니까."

무로타는 그렇게 말하고 무의식적으로 단숨에 술을 들이켜며 웃었다. 다카시는 그에 맞추는 정도로 씁쓸하게 웃어 보였다.

"콘셉트는 충분히 이해해. IT 거품은 꺼졌지만 웹 세계가 확장하리란 건 확실하니까. 그런 공간에 아카데믹한 세계와는 동떨어진 우수한 사람들을 모아 흥미로운 글을 마음껏 쓰게 하면 꽤 화제가 되겠지. 그걸로 광고 수입을 얻겠다는 얘기였고. 공간이나 화제에 제약이 없다느니, 실시간으로 온갖 정보를 발신할 수 있다느니 하는 이런저런 조건을 말하던데, 그런 점에서는 옛날 엘리트들이 학제적인 잡지를 창간했던 것보다 훨씬 가능성이 있어 보여. 무엇보다 공짜로 볼 수 있고, 게다가 인터랙티브하니까."

"그렇지. 하긴 IT 쪽이나 경제 얘기를 쓸 사람은 얼마든지 있겠지만 인문학 쪽 글을 쓸 만한 사람을 좀처럼 찾기 힘든 모양이야. 최종적으로 원하는 이미지는 무료 종합대학 같은 분위기 아닐까? 그러니 어느 정도 다양한 장르를 망라하고 싶을 테고."

"난 아직 망설이는 중이야, 어떻게 할지."

"왜? 하면 좋을 텐데. 보수는?"

"성과제인 모양이야."

"흐음, 그게 좀 그렇군."

"뭐, 글 쓰는 사람들은 대개 본업이 따로 있을 테니 용돈벌이로는 괜찮지 않을까? 하고 싶은 말이 쌓인 사람도 많을 테고."

"뭐, 그럴지도 모르지. 너만 해도 조금 전에 한 미시마 얘기 같은 것도 흥미롭던데, 그런 얘길 유럽 시골에서 연구자 상대로 해봐야 별 재미 없잖아?"

"……글쎄, 어떨까? ……나는 그렇다 치더라도, 아닌 게 아니라 인터넷에는 사회에 아직 제 뜻을 펴지 못한 이름 없는 개인의 능력을 탐욕스럽게 빨아들여 인류의 '진보'에 제공한다는 근대주의의 망령 같은 측면이 있지. 인적자원이라는 역겨운 말을 자주 쓰던데, 그와 비슷한 느낌이야. 글로벌한 총동원이 진행되고 있다고 할까."

"그렇게 볼 수도 있겠지만, 동원이라고 그 능력이 딱히 전쟁에 활용되는 것도 아니고, 그걸로 개인도 보답을 받으니까 좋은 거 아닌가?"

"개인이 보답을 받을까, 그걸로. ……"

다카시는 반론하려다가 생각을 고치고 화제를 돌렸다.

"뭐, 그런 생각도 들지만, 그보다 내 경우는 뭐랄까, 최근 들어 내가 하는 말에 몹시 혐오감이 들어. 아니, 최근이 아니라 훨씬 전부터지. ……이렇게 얘기를 나누는 중에도 이따금 내가 무슨 말을 하고 있나 싶어."

"진짜? 난 잘 이해되는데."

"공허하다는 뜻만이 아니야. 속에서 울컥 치미는 게 있어. 조금 전에 한 미시마나 오가이 얘기만 해도, 실은 기껏해야 이렇게 술집에서 웃으며 떠드는 정도의 화제가 아닐까 싶기도 하고."

"그래?"

무로타가 눈을 치켜뜨며 쓴웃음 같은 표정을 지었다. 무슨 얘기를 했는지 옆자리에서 또다시 웃음이 터졌고, "이 자식도 밤에는 '난폭한 장군'이야!"라고 외치는 소리가 들려왔다.

다카시는 살짝 두통이 오는 것을 느끼며 침울한 표정으로 묽어진 소주를 입에 댔다.

"……물론 술자리에서 그런 얘기를 듣고 싶은 사람은 없겠지만, ……어떻게 말해야 할까, ……해외에서 장난삼아 연구자 흉내를 내고, 특이한 외교관으로 유용하게 쓰일 때도 내가 왠지 패러디 같다는 기분이 들었어."

"뭐, 그렇게 말하자면 실상 연구자들도 형편없지."

"아니, 그게 아니야."

"아, 외교관 얘긴가?"

"아니. 그런 관점에 앞서 나 자신이 패러디 같다는 뜻이야. 조금 전 얘기만 하더라도, 가령 내용상으로는 나쁘지 않았다 해도 내가 그런 얘기를 한다는 사실은 역시 우스꽝스러워. ……"

"왜?"

"왜일까?"

다카시가 난감한 듯 상대를 바라보았다.

"그래, ······난 외국에 있을 무렵부터 말에 관한 생각을 자주 하게 됐어. 그건 결국 자기 자신에 관해 생각하는 것인데, ······ 말이라는 건 자유자재로 구사할 수 없을 때보다 오히려 능란하 고 손쉽게 입에서 나올 때, 실로 통렬하게 사람을 배신하는 게 아닌가 싶더군. 그건 저주스러운 실감이지. ······나는 내 말이 형 성하는 세계─스스로를 구속하고 내 주위 인간들까지 끌어들인 그 세계를 생각하면 온몸이 저절로 터져버릴 것 같은 고통을 느 껴. 그건 내 의지로는 더는 어쩔 수가 없어. ······아무리 생각해 봐도 나라는 인간의 능력 중에서 그나마 쓸 만한 것이라고는 말 뿐이야. 다른 건 아무것도 없어. 그런데 말이지, 그 유일한 능력 이 때때로 구역질날 만큼 불쾌하게 느껴지는 거야. ······"

"······으음, ······"

무로타는 일단 애매하게 고개를 끄덕였지만, 잠시 생각하는가 싶더니 "······난 잘 모르겠군" 하며 심각하게 고개를 갸웃거렸 다. 그러고는 아무렇지도 않게 잔을 집어들려 했지만 손목이 저 려와 동작이 조금 늦어졌다.

"······난 실은 훨씬 단순하고, 스스로 말을 능란하게 다룰 능 력이 없다는 걸 아니까 아무래도 신체론 같은 쪽으로 흐르는 걸

거야. ……하긴 인터넷 세계는 완전히 말의 세계고 신체가 소외된 세계니까 그리 심각해질 수 없지만. ……사와노 네 경우는 어떨까? 머릿속 말의 엔트로피가 증대해서 수습이 안 되는 느낌인가?"

"뭐, ……그렇게 표현할 수도 있겠지만, 실은 훨씬 품위 없는 얘기야."

"그런 것치고 네가 하는 얘기는 명료한데. ……"

무로타가 차츰 표정을 누그러뜨렸다. 다카시는 그에 응해 이번에는 확실하게 대화에 말뚝을 박아넣듯 고개를 끄덕였다.

"결국 나는 개개의 대인관계 속에서 늘 스스로를 오컴의 면도날 같은 것으로 난도질하는 것 같아. '필연성이 없는 한 존재를 늘려서는 안 된다'는 거지. 이때의 필연성이란 관계의 합리성이 아니야. 뭐일 것 같아? —정치야. 대인관계를 원만하게 만들고 싶으면 나라는 한낱 가설 같은 존재에서 무엇을 잘라내야 하는지 잘 알고 있단 말이지. 누구나 그렇다고 할 수도 있겠지. 하지만 그것만이 아니야. 나는 타인까지도 단순하고 알기 쉬운 가설의 형태로 잘라내. 교묘하게, 들키지 않도록 말이야. 그래서 내 말이 명료한 거야! 그렇게 내 말을 상황에 따라 여러 가지로 잘라내기 때문에 잘려나온 자투리가 점점 쌓여가지. 그 공허한 무게를 더는 못 견디겠어. —그렇게 잘려나와 만들어진 온갖 말이 쌓여 다른 한편에서 그물눈처럼 나를 포박하고 있다고. 무로타

널 만났을 때 하는 말, 가족을 만났을 때 하는 말, 여자를 만났을 때 하는 말, 직장의 아무개를 만났을 때, 또다른 아무개를 만났을 때, ……나는 기묘하게도 그 한복판에서 안락하게 살고 있지만, 실제로는 전혀 자유롭지 않아. ……혼자가 되면 나는 나 자신을 위해 나라는 가설에 관해 생각해봐. 가능한 한 심플해지고 싶어서. 하지만 결국 말이 나를 정말로 괴롭히는 건 바로 그 순간이야. 보들레르는 '스토이시즘은 단 하나의 의식밖에 없는 종교다'라고 말했지. 그게 뭐라고 생각해? ─자살이야."

다카시가 입가를 일그러뜨리며 웃음을 흘렸다. 무로타는 미간을 찌푸리고 그의 얘기에 귀기울였지만, 마지막 한마디에 눈이 휘둥그레지며 그 말을 머리에서 지우려는 듯 아래를 내려다보고 잔을 집어들었다. 그러나 입으로 가져가지는 않았다.

손목시계로 눈길을 돌린 무로타가 중얼거렸다.

"술이 좀 과했나. ……"

다카시가 그 말에 미소를 지어 보였다.

"……그렇지."

그것이 방금 전 표정을 지우기 위한 미소라는 것은 짐작이 갔지만, 그렇다기에는 너무나 자연스럽고 평소와 조금도 다르지 않게 태연하다는 사실에 그는 더 기묘한 인상을 받았다.

"어, 좌익은 어디 갔지?"

"화장실 간 거 아냐? 오래 걸리네."

"으음, 슬슬 자리 옮길래?"

"그럴까. 이차는 어디로 갈래? ……"

두 사람은 옆자리에 와 있던 종업원을 불러서 계산을 마쳤다. 무로타는 자리에서 일어서기 전에 뭐라고 한마디 더 건네야겠다고 마음먹은 듯 입을 열었다.

"조만간 또 보자. 즐거웠고, 나도 가끔은 밖에서 마시고 싶으니까."

다카시는 한순간 그를 똑바로 바라보며 말했다.

"어어, 고마워. 나도 즐거웠어."

그리고 마지막으로 또다시 조용한 미소를 머금었다.

4

9월 20일 금요일, 다카시는 니시아자부에서 이 주 만에 지즈를 만나 늦은 저녁식사를 함께 했다. 이 주 후로 계획한 교토 여행을 상의하기 위한 자리였지만, 숙소는 이미 잡았고 일정도 정했기 때문에 정작 여행 얘기는 거의 하지 않았다.

두 사람은 올해 들어 '교토 호텔 오쿠라'로 이름이 바뀐 가와라마치오이케의 호텔에 묵기로 했다. 사실 다카시는 어딘가 전통 있는 여관을 예약해야겠다고 생각했지만, 그것을 알아챘는지 그녀가 먼저 문자를 보내왔다.

　잠자는 데 딱히 돈 많이 들일 필요는 없겠지?

　계절이 바뀌는 때라 특별히 혼잡한 시기는 아닐 테지만 9·11 이후 해외여행을 기피하는 경향이 생겨 교토의 인기가 다시 높아진 듯했고, 주말이라 더더욱 빈 방이 적었다.

　다카시의 제안으로 두 사람은 렌터카를 빌리기로 했다. 차로 오하라 깊숙이 들어가보고 싶은데 택시는 아무래도 신경쓰이니까, 라는 이유였다. 지즈는 선뜻 찬성했다. 그가 먼저 원하는 걸 밝히는 경우가 드물었기 때문에 왠지 모르게 기뻤다. 그에게 면허가 있다는 것조차 몰랐지만, 운전하는 모습을 상상하는 것만으로도 가슴이 뛰었다. 차 안의 고요함이 벌써부터 여행 전체를 포근히 감싸안는 느낌이 들었다. 그녀가 그와 관계를 맺어오며 늘 기분 좋게 느끼는 고요함이었다.

　그날 원래 일정에서 딱 하나 바꾼 것은 도쿄에서 함께 신칸센으로 가는 게 아니라 교토에 가서 만나기로 한 부분이었다. 아직 차표를 사기 전이긴 했지만, 다카시는 미안하다는 투로 출발 하루 전날 교토에 새로 개관하는 국회도서관 서관西館에 들러봐야 한다는 말을 꺼냈다.

　"주말 지나 10월 7일이 개관인데, 아무래도 그전에 한번 다녀오면 좋겠다고 상사가 부탁해서 말이야. 금요일부터 교토에 있어야 하니까 당일에 교토에서 만나도 될까?"

"응, 물론 괜찮지. 주말은 괜찮아? 일 방해하는 거 아니야?"

"아니야, 별로 대단한 일도 아니고. 사실 조사원이라 간사이 쪽은 딱히 관계도 없는데 막무가내로 부탁받은 거야. ……이왕 일찍 가는 김에 하루 전에 차 빌려서 연습해둘게. 지난번 고향에 갔을 때도 좀 해봤지만."

"흠, 가끔은 안절부절못하는 다카시도 보고 싶었는데. 늘 냉정하니까."

지즈가 장난스럽게 웃으며 말했다. 다카시는 그 표정을 바라보며 신중한 모습으로 살며시 미소를 지었다.

"……문제없어. 아무렇지도 않게 운전해줄게. ……"

둘은 식사만 하고 헤어졌다. 그녀의 일이 늦어진 탓에 여덟시 반부터 만났기 때문에 가게에서 나왔을 때는 이미 열한시가 가까웠다. 다카시는 굳이 그녀에게 집으로 가자고 청하지 않았고 그녀도 그럴 생각이 없었기에, 특별한 대화 없이 시간을 확인하는 것만으로 서로의 의도를 알아챘다. 그러나 롯폰기 대로에서 조금 안쪽에 자리한 가게의 계단을 내려와 인기척 없는 길로 나오기 직전, 물이 붇듯 갑자기 감정이 고조되어 누가 먼저랄 것도 없이 멈춰 서서 포옹했다. 지즈는 입을 맞추는 중에 다카시의 입술이 미세하게 떨리는 것을 느끼고 울고 있나 의심했지만 얼굴을 떼고 눈을 떠보니 그렇지는 않았다. 그녀는 자기가 느낀 게 무엇이었는지 살피듯 그의 얼굴을 응시했다. 그러자 다카시는 그 눈빛에 당황한 듯 시선을 피하더니 아무 말 없이 다시 한번 가볍게 입을 맞추고는 "……갈까?"라고 재촉하며 앞서 계단을 내려갔다.

롯폰기 역까지 함께 나가서 오에도 선을 타고 시오도메로 돌아가는 그녀를 배웅한 다카시는, 반대방향 전철을 기다리며 진동 모드로 해둔 휴대전화를 확인했다. 사키의 문자 두 건이 새로 와 있었다. 지즈와 같이 있으면서 도중에 한 번 화장실에 갔을 때 '지금 뭐해?'라는 그녀의 문자에 '밖에서 아는 사람이랑 저녁 먹고 있어'라고 답장을 보내두었었다.

멀리서 기척이 느껴지는 전철 한 대를 그냥 보낼 생각으로 전화를 걸자 그녀는 곧바로 받았다.

"여보세요."

"아, 여보세요? 미안, 연락 많이 했었네."

"아니야. 지금은 괜찮아? 아직 밖이야?"

"응, 이제 들어가려고."

"어디 있는데?"

"롯폰기 역."

"그렇구나, ……"

"사키는? 밖이야?"

"응, 지금 오모테산도에 있어."

"어, 정말?"

"응, ……사와노 씨, 피곤해?"

"아니. 좀 마시긴 했지만."

"……잠깐 만나러 가도 될까?"

"지금? 물론 좋지. 내일 회사는?"

"쉬는 날이긴 한데, ……"

"그래? 집에 가기 귀찮으면 자고 가든가."

"괜찮아?"

"그럼. 지금 바로 들어갈 거니까 도착하면 문자 할게."

"응, 그럼 나도 그쪽으로 갈게."

"어? ……아, 미안. 좀 시끄러워서. ……"

"그쪽으로 간다고!"

"응, 알았어. 아 참, 내가 택시로 데리러 갈까?"

"아니야, 편의점에 잠깐 들러야 해서."

"그래? 그럼 집에서 바로 만나."

"응, 이따 봐. ……"

플랫폼에 울려퍼지는 소음 때문에 뒷부분 대화에 애를 먹었지만, 전화를 끊으면서 줄 끝에 붙어 간신히 전철에 오를 수 있었다.

차 안은 생각보다 붐볐다. 다카시는 정면 안쪽 문가에 자리잡고 주위를 가득 메운 승객 무리로 애매한 시선을 던졌다.

풍경이 술에 취한 것처럼 사람과 사물의 윤곽이 무뎌진 느낌이었다. 그는 손잡이에 매달리듯 서서 얘기를 주고받는 왼쪽 앞의 회사원 세 명에게 눈길을 던졌다. 술집에서의 대화를 이어가는 듯했지만, 동석했던 한 사람이 빠진 탓에 대화 내용은 그에 대한 비평에 가까워졌다.

"그래서 저도 오늘 말할 생각이었어요. 무라오카 씨는 그런 쪽으로 고집이 세잖아요? 결론은 처음부터 나 있는데 형식적으로 의견만 물어보는 게 훤히 보여요. 그러면서 자기 말이 전달이 안 된다고 하니 무슨 소린가 싶다니까요. ……"

그런 다음 손잡이를 잡지 않고 서로 마주보고 선 대학생 남녀를 보고, 두 사람은 의자에 앉고 나머지 두 사람이 마주서 있는 직장 여성 같은 네 명의 일행을 보고, 그 옆에서 만화에 푹 빠져 있는 양복 차림의 젊은 남자를 보고, 난간 기둥에 기대서서 휴대전화로 통화하는 여자를 보고, ……그렇게 시야에 포착된 여러 사람의 모습에 정신을 팔다가, 마지막으로 지하터널 안에서 유리창에 비친 자기 모습에 시선을 멈췄다.

발치에서 삐걱거리는 듯한 바퀴 소리가 솟구쳐올라와, 끊어진 실밥처럼 이리저리 흩어지는 차 안의 대화를 어두운 비명 같은 울림으로 휩쓸어갔다.

사키와 통화하던 조금 전, 다카시는 단념이라는 감정도 의식하지 않고 떠나보낸 쾌락에 육체가 은근히 집착하고 있었음을 알아차렸다. 마지막으로 그녀를 만난 것은 이달 초 일요일이었다. 딱히 정해놓은 건 아니지만 그녀와의 만남은 대체로 한 달에 한두 번 정도였고, 어느 쪽이 먼저랄 것 없이 연락을 주고받는 그 타이밍에는 분명 어딘가 육체와 호응하는 듯한 독특한 주기가 있었다.

다카시는 그녀와 처음 몸을 섞었던 때를 떠올렸다. 그날 그는 한동안 악전고투하고도 결국은 의도한 바를 이룰 수 없었다.

"역시 익숙한 사람이랑 하는 게 좋지 않을까?"

사키는 포기하고 드러누운 그에게 살며시 웃으며 말했다. 그는 쓸쓸하게 웃으며 뭐라고 농담 섞인 말을 건넸지만, 두 사람의 관계가 그 일로 흐지부지되지는 않았다. 다음번에 만났을 때 그들은 아무 탈 없이 지극히 평범하게 관계를 맺었다. 그런데도 그의 마음에는 첫 기회에 그녀가 보였던, 살짝 뜻밖일 정도의 다정함이 줄곧 남아 있었다.

집으로 돌아와 욕조에 물을 받으며 문자를 보내자 사키는 오 분 후쯤 그의 집으로 찾아왔다. 검은색 프라다 가방에서 클리어파일에 담긴 서류가 괴로운 듯이 머리를 드러낸 걸로 보아 일을 마치고 그대로 나온 듯했다.

거실로 안내한 다카시가 사키의 몸에 팔을 감자 그녀는 가볍게 저항했다.

"땀냄새 나. ……"

그는 미소를 지으며 개의치 않고 끌어안아 키스했다.

"계속 오모테산도에 있었어?"

"응, 일 끝나고 친구랑 저녁 먹었거든."

"그래? 배는 안 고프겠네?"

"응, 케이크까지 먹었어."

"뭐 좀 마실래? 술이나 물, 아니면 커피나……"

"술은 됐어, 마시고 왔으니까. 물 좀 줄래?"

"탄산수밖에 없는데 괜찮아?"

"응."

다카시는 부엌에서 페리에와 잔을 들고 와 함께 소파에 앉았다. 그가 캔을 따는 동안 그녀는 지금 나오는 음악이 뭔지 궁금한 듯 탁자 위에 놓인 허비 행콕의 〈GERSHWIN'S WORLD〉 케이스를 들고 바라보다가 곧이어 제자리에 내려놓고, 대신 기포가 솟아오르는 잔을 들고서 천장을 바라보았다.

"고마워. ……아아, 이상하게 피곤하다."

다카시는 그녀를 곁눈으로 바라보다가 문득 조금 전 가게에서 나오던 음악이 톨터스의 첫 앨범이었다는, 그때는 의식조차 못했던 사실을 떠올렸다.

"그래? 일이 힘들어?"

"진짜 죽을 것 같아."

사키가 잔에 입을 대는 그의 어깨에 기대며 말했다.

"쏟아질라."

"아, 미안."

"아니야. 전에 말했던 그 새로 온 상사 때문에?"

"그래, 정말 누가 어떻게 안 해주나."

다카시는 그녀가 잔을 내려놓기를 기다렸다가 어깨를 끌어안았다.

"사진전이 며칠부터지?"

"28일."

"얼마 안 남았네."

"그래. 근데 어제야 간신히 카탈로그가 완성됐다니까."

"꽤 아슬하군. 결과는 어떻게 됐어? 상당히 옥신각신했잖아."

"최악이야. 그 사람은 아무것도 몰라. 하긴 전혀 다른 부서에서 왔으니 어쩔 수 없지만, 참견이 엄청 심해, 하나부터 열까지. 지금까지 아무 문제 없이 일해온 디자인 사무소에도 몇 번이나 말도 안 되는 수정을 요구하고, 뭐 그래서 나아지면 다행인데, 정말로 그냥 참견하고 싶은 것뿐인 것 같아. 내가 중간에 끼어서 몇 번이나 얘기를 들어봐도 도통 이해할 수 없다니까. 그러니 상대가 알아들을 리 없지. 양쪽에서 점점 짜증을 내서 정말 매일 아침 출근하기가 괴로웠어."

"남자지, 새로 온 상사?"

"응."

"몇 살이나 됐지?"

"마흔 넘지 않았을까?"

"그렇군. 쓸데없는 데 열정적인 성격인가봐."

"아, 정말. ……"

그녀는 잔뜩 힘을 주어 입을 열었지만, 그게 너무 심했던 탓에 말을 꺼내기도 전에 웃어버렸다.

"……휴, 미안. 오자마자 푸념만 늘어놔서."

"뭘, 괜찮아."

다카시는 그녀의 머리 위에 입을 맞추었다. 입맞춤을 알아챈 그녀가 살짝 강하게 그에게 몸을 기댔다.

부엌에서 느릿하게 음악이 울리기 시작하고 '목욕물이 준비됐습니다'라는 기계 음성이 들려왔다.

"물 받아놨는데 목욕할래?"

"어, 응. 먼저 해."

사키가 뒤돌아보며 말했다. 다카시는 일단 고개를 끄덕였다가 생각을 고치고 청했다.

"같이 할까?"

"어, ……그래도 돼?"

그녀가 머뭇거리며 되물었다.

"응, 같이 하자."

그는 일어나 무릎 위의 손을 끌어당겼다. 그녀는 그에 따르면서 바닥에 내려둔 가방으로 손을 뻗었다.

"아, 그전에 잠깐, ……화장실 좀 써도 될까?"

"그럼, 물론이지. 쓰시죠."

사키가 거실에서 나가자, 다카시는 술을 마신 탓에 약간 탈수 증세가 있는 것을 느끼고 페리에를 한 캔 더 따서 억지로 다 마셨다. 그리고 그녀와 교대하듯 화장실에 들렀다가 같이 욕실로 향했다.

불을 켜자 세면대 위의 거울이 살짝 쑥스러워하듯 들어선 두 사람을 무표정하게 비췄다.

그는 초커를 풀고 낡은 오렌지색 티셔츠를 벗어 세탁기 위에 대강 개두었다. 사키는 화장 지울 준비를 하면서 그 일련의 동작 틈틈이 섬세하게 늘었다 줄었다 하는 그의 가슴과 어깨 근육을 넌지시 훔쳐보았다. 다카시는 키가 180센티미터에 가까운데 몸무게는 65킬로그램 정도였다. 전에 물어봤을 때 아주 가끔 호텔 수영장으로 수영하러 가는 게 운동의 전부라고 했는데, 역시나 스토익한 단련을 느끼게 하는 단단함과는 다른, 합당하다고 할 정도의 다부진 몸이었다. 그것은 그녀가 그의 말에서 받는 인상과 합치했다. 평소에는 침실의 어스름한 불빛 아래서, 보는 것보다 만지는 것으로 접하는 그 몸을 그녀는 처음으로 확실하게 바라보았다. 그리고 새삼스레 타고난 장점이라는 인상을 받았다.

두 사람 사이에는 오로지 그가 옷을 벗는 소리만 울려퍼졌다. 허리띠 버클이 묵직하게 처진 청바지를 조금 전에 벗어둔 티셔츠 위에 겹쳐놓은 뒤 속옷을 벗고 알몸이 된 그가, 아직 옷을 입은 채 화장품 가방을 뒤적이고 있는 그녀를 기다려야 할지 망설이는 기색을 보였다. 사키가 그것을 알아채고 말을 건넸다.

"아, 먼저 들어가."

"응, 그럼."

두 사람이 번갈아 쓸 생각으로 물의 양을 평소보다 많이 설정해둬서 그만큼 시간이 오래 걸린 터라 욕조 뚜껑을 열어둔 욕실 안은 이미 수증기로 가득했다. 몸을 씻고 욕조에 들어가자 잠시 후 화장을 지운 그녀가 고개를 살짝 숙이고 안으로 들어왔다.

"화장 지웠어."

그녀가 문을 닫고 웃으며 얼굴을 들었다.

"아, 그래. 클렌저 있었어?"

"오는 길에 편의점에서 샀어."

"그래서 편의점에 간다고 했구나."

"응."

사키는 세면기로 물을 퍼서 웅크려 앉아 어깨 위로 끼얹었고, 그와 마주보며 찰랑찰랑하게 차오른 물속에 천천히 발을 담갔다. 몸이 가라앉을수록 물은 탄력을 발하듯 기세 좋게 흘러넘쳤고, 그녀는 그걸 의식해 도중에 몇 번이나 동작을 멈췄다.

"그냥 들어와도 돼."

그가 웃으며 말했다.

"정말? 그럼."

그녀는 물이 흘러넘치도록 과감하게 내려앉으며 어깨까지 몸을 담갔다. 두 사람은 비좁은 욕조 안에서 네 다리를 얽어가며 편안한 자세를 찾았다.

배수구로 빨려드는 물소리가 묘하게 맑았다. 다카시는 그 소리에 이끌리듯 욕조 한가운데 완만하게 팬 가장자리에서 흘러넘치는 한 줄기 물에 시선을 던졌다.

지금 여기서 흘러넘친 물은 사키의 육체가 차지하는 부피와 정확히 일치한다고 그는 생각했다. 머리 아래와 정확히 똑같은 양을 잃은 물. ……그는 실제로 지금 자신의 육체가 스치고 압박하고 있는 범접하기 어려운 한 덩어리의 물질과, 그것과 뒤바뀐 물의 덧없는 여운 사이에 어떤 연관이 있을지 떠올려보았다. 배수가 잘 되는 FRP 소재의 바닥에는 흘러넘친 목욕물이 희미하게 퍼져, 표면장력으로 부푼 안쪽에서 순식간에 체온만큼의 열기를 잃어갔다.

"아아, ……"

사키가 긴장이 풀린 듯 눈을 감고 한숨을 내쉬었다. 다카시는 그 소리에 돌아보며 침묵을 얼버무리듯 말했다.

"방금 그건 좀 아저씨 같다."

"어, 이런. 방심했네."

그녀가 미소짓더니 다리를 다시 살짝 접으며 말했다.

"마주보고 있으니까 좀 부끄럽지?"

"그러네. 이쪽으로 올래?"

"……응."

다리를 접고 엉덩이를 살짝 들어올리며 등을 돌린 그녀가 그 대로 쓰러지듯 몸을 맡기고, 그는 뒤에서 그 몸을 받아 껴안았다. 물 밖으로 드러난 몸이 촉촉이 젖은 살갗에 조명 빛을 반사하며 반짝거렸다.

"늘 욕조에서 목욕해?"

"응, 여름에도 대체로. 사키도 욕조에서?"

"바쁘면 샤워만 할 때도 있지만, 아무래도 피로가 풀리는 정도가 다르니까."

"그건 그래. 유럽에 있을 때는 아침 샤워만으로 충분했는데, 일본에서는 왜 그런지 욕조에 몸을 담그고 싶어져. ……기후 영향이겠지만 그쪽 집들은 씻을 만한 장소도 없고. 내가 살던 아파트는 끓인 물이 탱크 같은 데 들어 있는데 그 양이 너무 적어서, 씻으려고 물을 받다보면 도중에 찬물이 나와버려. 그런 이유도 있었겠지."

"정말?"

"응. 그 집이 유난히 심했던 게 아니라 낡은 아파트는 거의 다 그래. 이백 년도 넘은 건물들이라 구조상 힘든 모양이야."

"이런 현대에 그런 일도 다 있네? 충격인데. 나는 못 살겠다.

해외여행 가도 항상 물 받아서 목욕하니까."

"그렇게 되지. ……"

그는 부력으로 가벼워진 그녀의 몸을 붙들어매듯 자기 쪽으로 끌어당겼다. 급탕기 온도를 낮게 설정해두어서 온수 속에서도 그녀의 몸은 가까스로 자기 체온을 잃지 않았다. 그렇게 서로의 차이를 거의 잃어버릴 듯한 온화한 열기에 잠긴 두 사람의 몸과 달리 피부는 결코 융합되지 않고 각각 나뉘어 있었고, 그래서 더더욱 상대를 느낄 수 있는 장소로 여겨지며 확연하게 닿아 있다는 실감을 새삼스레 안겨주었다.

목덜미에 얼굴을 가까이 댄 그가 뭔가에 감동을 받은 듯 살며시 입을 맞췄다. 그녀는 미소지으며 그의 어깨에 머리를 얹고 그 입맞춤을 입술로 받아들였다. 욕실은 살과 살 사이에서 울리는 물소리를 민감하게 되울렸다.

'……살아 있다. ……지금 여기 확실하게 살아 있는 한 여자가 존재한다. ……그 윤곽을 걷어내버리면 순식간에 저렇게 흘러넘쳐버릴 한아름의 물질이 그렇게 되지 않고 스스로를 지탱하며 탄탄한 형태를 유지한 채 자유자재로 운동하고 있다. ……열기를 띠고, 호흡하고, 말을 하며, 이렇게 맞닿아 있는 것에 기분 좋은 느낌을 안겨주는 무언가로 여기 존재한다! ……그것은 결국 무엇일까? ……'

수증기는 거의 빛깔이 없었지만, 조명이 내리쬐는 빛의 뿌리에서는 미세한 수증기 입자가 끊임없이 운동하는 모습이 보였다.

다카시는 사키의 손을 잡고 같이 물 밖으로 내밀었다. 그는 거기서 한쪽은 과거로 뻗고 다른 한쪽은 미래로 뻗는 한없이 긴 시간이 찰나로 압축되고, 그로 인해 지금 분명하게 여기 있는, 사랑스럽고 섬세하게 조형된 손가락 끝이 흘러내려 뜨거운 물로 바뀌어 사라져버리는 환각을 보았다. 그녀만이 아니었다. 둘 다 그렇게 흘러내려 나중에는 그저 욕조에 가득한 물의 흔들림만 남고, 이윽고 고요해지며 차갑게 식고, ……그것이 바로 생生이라는 기묘한—그렇다, 기묘하기 그지없는 현상인 것일까? ……

"더워?"

사키가 마음을 쓰며 돌아보았다.

"……아니, 사키는?"

다카시가 고개를 흔들며 물었다.

"기분 좋아."

"그래. ……"

그렇게 중얼거린 그는 조금 갑작스럽게, 스스로도 대화의 방향이 기묘하다고 느끼면서 아까의 얘기로 돌아갔다.

"샤워로는 부족해서 목욕물에 몸을 담그고 싶어하는 것은 일종의 퇴행적 의례라고 생각해. 합리적으로 생각하면 이상한 습관이지. 밤마다 이런 비좁은 공간에서 벌거벗은 몸을 웅크리고 체온과 비슷한 액체에 몸을 담근다는 것 말이야. 욕조가 어머니

자궁의 상징이고 목욕물이 양수라고 보는 건 지나치게 단순한 얘기긴 하지만.……"

"그렇구나. ……하지만 맞는 얘기 같아."

그녀가 무심히 두 손으로 물을 퍼올려서 손가락 사이로 흘려보내며 말했다.

"그걸로 하루가 리셋되는 걸까?"

"응, ……그렇지 않을까. 잠이 죽음의 상징이라는 인식은 세계 공통일지 모르지만, 자기 전에 반드시 목욕하는 것은 그리 일반적이지 않아. 일본 사람은 그런 면에 공을 들이지. 어머니의 뱃속으로 회귀한 듯한 여운에 잠겨 잠자리에 드는 건 죽는다기보다 자기가 이 세계에 출현하기 전 제로의 상태로 돌아가는 느낌에 가까울 테니까. 그게 사키 말대로 리셋되는 느낌일 수도 있고.……"

그는 젖은 손으로 머리를 쓸어올리고 이마에 어렴풋이 맺힌 땀을 닦아냈다.

"이런 얘기를 나누니까, 왠지 오늘 있었던 일 따윈 아무것도 아니라는 생각이 드네."

사키가 물속에서 살며시 몸을 비틀어 그와 마주보았다.

"으음, 이런 얘기 하려고 같이 목욕하자고 했어?"

"응? 아니야. 그런 생각까진 못 했는데, ……그냥 탕에 들어와 느긋하게 얘기하면 기분이 편해질까 해서."

그녀가 그의 얼굴을 물끄러미 바라보며 중얼거렸다.

"난 사와노 씨랑 함께라면 늘 힘을 낼 수 있을 것 같아. ……"

다카시는 무슨 눈부신 것이라도 본 것처럼 한순간 실눈을 떴다. 그리고 "……글쎄, 어떨까……" 하며 그녀의 이마에 내려온 앞머리를 어루만지듯 넘겨주었다.

사키는 평소와 달리 후회의 빛을 확연히 표정에 드러내며 시선을 피했다. 환풍기 날개 너머로 자동차 한 대가 건물 앞을 지나가는 기척이 전해졌다.

다카시는 갑자기 생각에 잠긴 표정을 짓고, 이내 천천히 말을 이었다.

"그런 의미가 아니야. ……뭐라고 해야 할까, ……지금 내 안에 여러 가지가 뒤엉켜 있어서, ……한 번쯤 정리해보고 싶은 생각이 들어. 하지만 그뒤에 내가 견뎌낼지 어떨지는 알 수 없고, ……그때도 사키가 여전히 나를 지금처럼 생각해줄지도, ……알 수 없지."

사키는 그의 말을 이해하려고 애쓰듯 그 얼굴을 지그시 바라보았다.

"어려운 거야?"

"생각하기 나름이겠지. 하나도 안 어려울지 몰라. ……미안해, 설명을 잘 못해서."

"아니야, 전혀. 나야말로 미안해. 얼굴 보자마자 푸념만 잔뜩 늘어났잖아."

"아니, 그거야말로 신경쓰지 마. 좀 나아졌어?"

"응. ……잘 모르겠지만, 사와노 씨도 뭔가 고민이 있으면 말해. 내가 꼭 이해해줄게. ……"

그녀는 조금 전 다카시가 했던 것처럼 그의 앞머리를 어루만져주었다. 다카시는 눈을 마주치지 않은 채 말없이 고개를 끄덕였다. 그리고 서로 몸을 붙이자, 그녀가 무릎에 올라타듯 그를 끌어안으며 입을 맞췄다.

다카시는 그 무게와 형태, 크기와 온도, 피어오르는 아련한 냄새, 안을 가득 채운 충실감, 완만하게 뒤덮인 보드라움, 그리고 심장고동의 울림과 오가는 숨결을 모두 하나로 느끼려는 듯이 양팔에 힘을 주었다. 그 힘에 응해 끌어안긴 사키의 팔에도 살며시 힘이 들어갔다.

식어가는 물이 속삭이는 듯한 소리를 내며 두 사람에게 자리를 내주었다. 욕조 안에서 일렁인 물결이 나지막이 흔들리며 살갗 위를 기어가는가 싶더니 금세 튕겨나가고, 그 뒤를 희미하게 뒤덮은 땀과 하나가 되어 살그머니 잦아들었다.

5

눈을 뜨기 직전 요시에는 뭔가가 없다는 또렷한 기척을 느꼈다. 깜짝 놀라 눈을 뜨고 옆으로 시선을 돌렸지만, 시야를 빈틈없이 메운 어둠은 아무것도 보여주지 않았다.

남편의 몸을 향해 머뭇머뭇 손을 뻗어보았다. 그러나 그 손이 아무런 감촉도 느끼지 못하고 어둠의 살갗만 스치며 시트 위로 떨어진 순간, 그녀는 지금껏 한 번도 느껴본 적 없는 불안에 휩싸여 몸을 일으키고 다시금 그 자리에 눈길을 던졌다.

잠든 사이 남편이 없어졌다는 사실을 그녀는 순간적으로 사라진 것으로 느꼈다. 그리고 남편을 대신하듯 그 자리에 누워 있던 공허의 내심 웃음을 띤 듯한 고요함에, 심장이 채찍질을 당한 양 요동치는 것을 느꼈다.

베갯머리의 자명종 시계는 황록색 형광도료가 칠해진 바늘을 반짝이며 새벽 세시가 넘었음을 알리고 있었다. 요시에는 반대쪽에 잠들어 있는 료타를 살펴보며 이불을 고쳐 덮어주고 눈이 차츰 어둠에 익숙해지자 소리 나지 않게 문으로 향했다.

거실 불은 꺼져 있었지만 탁자 위에 캔맥주 하나를 마신 흔적이 남아 있었다. 부엌을 지나자 두 사람이 서재로 쓰는 복도 쪽 현관 옆방에서 인기척이 느껴졌다. 무선 LAN 포트가 전화기 옆에서 빛을 발하고 있었다. 그녀는 불을 켜지 않은 채 조금 전 료타를 깨우지 않으려고 조심했던 것과 달리 거의 무의식적으로 발소리를 죽였다.

방안에서 컴퓨터 키보드를 두드리는 소리가 들려왔다. 요시에는 움켜쥔 손을 들어올리고 한동안 머뭇거리다가, 이윽고 입술을 굳게 다물며 나지막이 문을 두 번 노크했다.

마우스를 황급히 움직이며 버튼을 몇 차례 클릭하는 소리가 들렸다. 그녀는 말없이 기다렸다. 료스케가 마침내 "……네" 하고 대답하고는 나직한 소리를 내며 의자를 돌렸다. 문을 열자 방안에는 책상 위 스탠드만 켜져 있었다.

희미하게 빛을 발하는 컴퓨터 모니터 한가득 바탕화면으로 설정해둔 가족사진이 떠 있고, 환하게 웃는 그 속의 세 사람은 약속이나 한 것처럼 방금 전 료스케의 작업을 모르는 척 시치미떼고 있었다. 료스케는 마치 그것이 증거라도 되는 양, 아무것도 안 했다는 표정으로 그녀를 마주보았다. 그리고 변명처럼 중얼거렸다.

"……잠이 안 와서 인터넷 좀 했어, ……"

"응, ……계속 안 잔 거야?"

"아니, 좀 전에 깼어."

"내일 회사 가야 하니까 이만 자."

요시에는 자신이 방 입구에서 더이상 발을 내디디지 못하는 것을 의식했다. 그리고 료스케 역시 그 거리를 신경쓰고 있다는 걸 눈치챘다.

"뭐 봤어?"

그녀는 큰맘 먹고 남편에게 다가가 컴퓨터로 시선을 돌렸다. 료스케는 이미 바탕화면으로 돌아온 모니터에 혹여 엿보일 만한 흔적이 남아 있지나 않은지 불안해하듯 돌아보더니 눈을 마주치지 않고 대답했다.

"아니, ……그냥 웹서핑 좀 했어."

요시에는 자기를 포함한 세 사람의 가족사진을 다시금 가까이 마주했다. 그리고 비스듬히 아래를 보는 남편의 얼굴에 시선을 집중하고 입술을 굳게 다물며 무슨 중대한 말을 꺼내려는 듯 약간 깊이 숨을 들이마셨다. ―그 순간, 뜻밖에도 료스케의 손이 그녀의 손목을 잡았다. 그녀는 움찔 몸을 굳히며 무의식중에 팔을 빼냈다. 손목에서 손으로 이어지는 살집이 그의 손에 걸려 멈췄다. 그도 벗어나려는 손을 반사적으로, 난폭하다 싶을 만큼 거세게 움켜쥐고 말았다.

두 사람 다 뜻하지 않게 힘을 준 것에 당황해서 대처에 고심했다.

"깜짝이야. ……"

요시에가 먼저 변명처럼 말했다. 료스케는 아내의 손을 다시 움켜쥐려 하다가 그 말에 갑자기 단념한 듯 손을 놓았다.

"……미안, ……"

"아니야, ……"

그의 시선은 불안했다.

요시에가 남편의 어깨에 손을 얹고 아까와 달리 걱정스러운 말투로 물었다.

"……괜찮아?"

료스케는 아무 말 없이 그녀 쪽으로 몸을 돌리며 앉은 채로 허리에 팔을 감았다. 자신의 표정이 광대뼈 언저리에서 굳어가는 것을 그녀는 느꼈다. 그는 고개를 살짝 숙인 채 속을 떠보려는 듯 어색한 손길을 엉덩이로 옮겨갔다. 그것에 그녀의 몸은 또다시 민감하게 반응했다.

"……"

요시에는 단순히 성욕으로만 돌릴 수 없는 남편의 그런 요구가 어떤 심정에서 비롯된 것인지 익히 알고 있었다. 그러나 그것이 결국 다른 방법이 아니라 성욕의 단순함에 기대는 방식으로 드러났다는 사실에 스스로가 심정적으로 너그러워지지 못하는 것도 알 수 있었다.

최근 몇 달간 그들은 몸을 섞지 않았다. 되짚어보면 료타를 임신한 무렵부터 그랬다. 출산 후 일시적으로 관계를 회복했지만 얼마 지나지 않아 누가 먼저랄 것도 없이 소원해졌고, 우베로 오고 나서는 한 번도 그런 기회를 갖지 못했다.

료스케는 아내의 그런 기분을 모른 척하며 또다시 그 손을 파자마 안으로 집어넣으려 했다. 여기까지 오자 결국 그녀는 "안 돼, ……" 하며 몸을 떨어뜨렸다. 그리고 자기 목소리가 생각보다 완강하게 울린 것에 놀라며 덧붙였다.

"벌써 세시가 넘었고, ……또, ……"

료스케는 그녀의 얼굴을 힐끗 올려다보고는 자신의 동요를 도저히 감출 수 없음을 느끼고 조바심을 내듯 책상으로 몸을 돌렸다. 컴퓨터를 종료하고 전원이 완전히 꺼지기 전에 일어서서 스탠드를 껐다. 입을 다문 두 사람 사이에서 가족의 웃는 얼굴이 사라지고, 짧은 오르골 같은 음악이 울리며 화면에 푸른 불빛이 비쳤다. 그것까지 꺼지자 그는 어둠 속으로 섞여들듯 아내 옆을 스쳐지나갔다.

지나치는 순간 나지막하게 중얼거리는 소리가 들렸다.

"……잘 자."

"……잘 자, ……미안해."

요시에가 사과했지만, 그 말에는 아무런 대답도 없었다.

다음날 요시에는 넉 달 전부터 파견사원으로 일하고 있는 식품회사 영업부의 컴퓨터로, 요즘 들어 매일 짬짬이 방문하는 사이트를 열어 '일기'와 '게시판'을 차례대로 훑어보았다.

일기는 나흘 전의 것 말고 새로 올라온 게 없었지만, 게시판에는 오늘 새벽 시각인 2002/9/18 3:19에 '스우'라는 닉네임의 관리자 글이 올라와 있었다.

AI님, 666님, 댓글 고맙습니다!

오늘도 온종일 잔뜩 흐려서 왠지 기분이 가라앉았더랬습니다(^^;

두 분은 어떠셨나요? 날씨 얘기를 하면 여러분이 어디쯤 사는지 알 수 있을 것 같군요. 참고로 저는 서쪽입니다(웃음). 일기를 보고 대충 아셨을 테지만.

AI님에 이어서 666님이 이곳의 단골이 되어주신 후로 이 사이트를 이어나갈 마음이 생겼습니다. 반년 정도 운영해왔지만, 솔직히 이제 그만둘까 하던 참이었어요(^_^;;;)

정말, 정말 감사드립니다m(__)m

문장은 이제부터 시작인 듯한 부분에서 여의치 않은 상황이라도 생긴 것처럼 별안간 끝났다.

요시에는 다시 글 첫머리로 돌아가 마우스 왼쪽 버튼을 천천히 움켜쥐듯 누르고 단어 하나하나를 훑듯 커서를 움직였다.

게시판 글이 위에서부터 차츰 파랗게 덮여갔다. 그녀는 이 글을 쓰는 '스우'의 표정을 상상하고, 자신이 그 등을 몰래 바라보는 모습을 상상했다. 그리고 문장 끝에 이르러 클릭 버튼에서 집게손가락을 살며시 떼고, 다음 작동을 기다리듯 화면 중앙에 파랗게 두드러진 글자들을 한동안 꼼짝도 않고 마주했다.

잠시 후 그녀는 흘러내린 머리를 귀 뒤로 넘기면서 댓글 달기 칸으로 이동했다. 평상시에 쭉 이용하는 컴퓨터라 닉네임 칸에 자동적으로 'AI'라는 이름이 떴다.

오늘은 뭘 쓸까, 하며 그녀는 새삼스럽게 그 공백을 바라보았다. 그러자 어젯밤 료스케를 만지고 료스케가 만졌을 때의 기억이 구석구석 퍼져 그녀의 사고를 흩뜨리고 말을 밀어냈다.

그녀는 머릿속에서 갑자기 끊겨버린 스우의 말과 자기가 거부한 료스케의 요구가 각각 비탈길을 미끄러져내려와 하나로 합쳐지며 복잡하게 뒤얽히는 느낌을 받았다. 가로막힌 말의 말미에 이어질 예정이었던 것. 그건 다름아닌 어젯밤 내 몸을 향해 뻗어온 한쪽 팔이었을까? 그것을 이미 예감했기에 그때 끌어안긴 나는 그 행동을 견디기 힘들었던 걸까? ……

왜? 그녀는 자문했다. 받아들여도 좋지 않았을까? 오히려 받아들이는 게 옳지 않았을까? —료타가 깰까봐 걱정돼서? 물론 그것도 있었다. 그러나 그런 염려보다 앞서 그녀의 몸에 거부 반응을 일으킨 무언가가 존재했다. 만약 받아들였다면 료스케는 어떻게 할 작정이었을까? 그 방에서 선 채로, 혹은 카펫 위에 누워서? 그런 즉흥적인 방식을 장난처럼 즐길 기분은 도저히 아니었다. 웃음 한 번 흘리지 않고, 말도 없이, 그럼에도 육체적 앙진이 두 사람에게 한차례 찾아들었다 떠나가는 것을 공허하게 바라보고, 그후에는 단지 불쾌하고 참담한 기분만 남지 않았을까? ……

요시에는 그런 상상 속에서 폭력적이지만 어딘지 모르게 삭막한 광경을 본 것 같아 정말로 서글퍼졌다. 남편이 남몰래 마음속에 품은 무성한 말들의 바닥에 숨겨진 것을 이해하려고 나름대로 노력해왔다. 그러나 사실은 남편이 먼저 그것을 밝혀주기를 기다렸던 게 아닐까? 표현이 어설퍼도 상관없었다. 시간이 걸려도 당연히 필요하다고 이해할 수 있었을 것이다. 그런데 결국 그는 마치 그 덤불 속에서 난데없이 튀어나온 정체불명의 짐승처럼, 외려 그녀의 육체를 향해 스스로를 드러내려 한 것이다.

그때 요시에는 료스케의 손에서, 마치 그가 누구의 것인지도 모를 기묘한 말투로 인터넷상에 써온 말들에서처럼 어렴풋한 불결함을 느꼈다. 자신을 만진 료스케의 손에서 느낀 것은 어딘가 낯선 타인 같은 기척이었다. 그것이 자신의 마음속 가장 민감한 곳을 더듬고 헤집으려 한다. 마치 남편의 손인 것처럼! 그녀가 즉각적으로 느낀 것은 분노라기보다는 거의 두려움에 가까운 감정이었다. 그리고 그런 사실이 그녀의 가장 깊은 곳에 상처를 입혔다.

"사와노 씨, 본사에 판촉물 발주했어요?"

그녀가 컴퓨터 화면 앞에서 근심에 빠져 있는 것을 눈치챈 과장이 책상 너머에서 대답이 빤히 보이는 질문을 했다.

"아, 아뇨, 지금 하려고요. 죄송합니다. ……"

"허 참! 아직까지 안 했다고?"

남자는 안경이 치켜올라갈 정도로 요란하게 놀라는 척하며 뺨을 실룩거렸다.

"정말, 일처리 좀 확실하게 합시다. 아침부터 멍하니 뭐하는 겁니까. 수면부족인가? 이유는 모르겠지만."

그녀는 '수면부족'이라는 말에 노골적으로 덧붙은 조롱 섞인 울림에 한순간 발작적인 분노를 느꼈지만, 마음을 진정시키고 자리에서 일어섰다.

"……죄송합니다. 재고 확인하고 오겠습니다."

그녀는 일부러 들으라는 듯이 등뒤에 이어지는 불평의 목소리를 애써 못 들은 체하며 창고로 향했다.

복도로 걸어가면서 또다시 '스우의 중얼거림'이라는 그 사이트를 떠올렸다.

그녀가 그 사이트를 발견한 것은 이를테면 우연이었다. 장마 무렵 집에 혼자 있는데, 평소에는 집에서 별로 만지지 않는 컴퓨터를 쓰려고 키보드를 건드리자 '절전 모드'에서 전원이 들어오며 곧바로 인터넷 화면이 떴다. 평소 같으면 검색 기록까지 삭제하는 조심성 많은 료스케가 깜박 잊고 내버려둔 것이다.

요시에는 딱히 눈여겨볼 생각 없이 이게 뭔가 하는 흥미 정도로 눈에 들어온 일기 글을 바라보았다. 그런데 몇 가지 묘사에 놀란 후 차츰 스스로의 예감에 따라 그 내용을 읽어가게 되었다.

처음에는 스우라는 사이트의 주인이 다카시가 아닐까 의심했다. 자기소개 메뉴에 회사원, 남성, 기혼이라는 글자가 보였지만, 때마침 모니터에 떠 있던 일기 앞뒤 내용에서 전에 해외에

산 적이 있다느니, 대학 시절 은사가 연구자가 되라며 강하게 붙들었다느니 하는 묘사가 눈에 띄었기 때문이다. 그렇게 생각하고 더 읽어나가자, 내용에 빈번하게 등장하는 '나의 형'이라는 말도 원래는 '나의 동생'이라고 써야 할 부분을 정체를 감추기 위해 일부러 반대로 쓴 게 아닐까 하는 의심도 들었다.

그러나 그 추리에는 애당초 무리가 있었다. 자세히 읽어보니 그것은 분명 남편 료스케가 쓴 글이었고, 전반적인 말투부터 세세한 내용에 이르기까지 곳곳에서 그 실마리가 발견되었다.

스우는 '올 4월부터' '바다가 보이는 서일본의 한 지방'으로 '전근'했다. '천식'이 있는 '세 살'배기 '아들 하나'가 있는데, '호빵맨을 아주 좋아한다'고 쓰여 있었다. '전근이 잦은' 탓에 아내가 '파견으로밖에 일할 수' 없고, 그것을 늘 '미안하게 생각한다'는 말이 몇 번이나 나왔다. 그리고 그 자신도 '본사 근무라고 하면 듣기에는 좋지만, 연구자로 가망이 없다는 판단을 받아 공장에서 제품관리를 하다 급기야 영업부로 돌려진' 것이며, 현재의 '히스테릭한 상사'와 '맞지' 않아 '매일 회사에 가는 게 우울'하다고 털어놓고 있었다.

최신 일기는 전날 한밤중에 쓴 것인데, 구체적인 내용은 그녀가 그주 주말 남편과 료타와 함께한 경험이었다.

일요일, 가족과 함께 K해변에 갔다.

5월에 조개잡이를 갔을 때는 사람들로 북적였는데, 그날은 왠지 한산

해서 이상했음-_-; 오늘 회사에서 얘길 들어보니 그 지역 사람들은 보통 자동차로 동해까지 나간다고 한다. 미리 좀 말해주지······

왠지 아내도 억지로 즐거운 척하는 듯했고, 아이가 지난번처럼 천식 발작을 일으킬까 걱정스러워서 예정보다 일찍 귀가. 큰맘 먹고 사준 튜브 에도 별로 기뻐하지 않았다.

······그런고로, 가족 서비스도 별로 신통치 않았던 듯?

일의 경위를 따져보면 분명히 그랬다. 그러나 요시에는 그 글 의 묘사에 동요를 금할 수 없었다.

그녀는 그날 억지 행동 따윈 전혀 하지 않았다. 가족과 함께 바 다에 가는 게 기뻤고, 그래서 남편에게 고마웠다. 몇 번이나 그 런 뜻을 전했다. 사람이 적었던 것은 사실이지만 오히려 조용해 서 좋았고 그와도 그런 얘기를 나눴다. 그런데 왜 이런 글이 나 왔을까? 료타도 아직 물을 무서워하긴 하지만 '기뻐하지 않았던' 건 아니다. 정말로 그렇게 느낀 걸까?

처음에 그녀는 남편이 귀가하면 곧바로 이야기를 꺼내볼 생 각이었다. 지금은 그러지 않은 걸 후회하지만, 그때는 그저 홧김 에 그렇게 생각했었다. 그러나 계속 일기를 읽어가는 사이 어느 새 그럴 용기를 잃고 말았다. 그녀가 품은 감정은 불안이라기보 다는, 그때 마음속에 떠오른 그대로 표현하자면 '무서움'에 가까 웠다.

대체 무엇을 그렇게 느꼈던 걸까? 스우의 일기 내용은 그녀가 딱히 이해할 수 없는 정도는 아니었다. 이야기의 중심은 그녀 자신도 알아채고 있었던 전근 후 업무적인 면에 대한 불만이고, 말하자면 흔하디흔한 푸념이었다. 그러나, ―그렇다. 그녀는 그것을 충분히 알아채고 남편에게도 몇 번인가 그것에 관해 물었다. 나에게는 왜 솔직한 이야기를 해주지 않았을까? 도대체 무엇에 가로막혀 있는 것일까?

스우는 이렇게 썼다.

나는 재수해서 대학에 들어가 2학년 여름, 아르바이트하던 편의점에서 아내를 알게 되었다. 그녀는 나보다 두 살 아래로 다른 사립대학의 1학년 학생이었다.

그 무렵 그녀에게는 사귀는 사람이 있었다. 물론 상대는 내가 아니었다. 그런데도 나는 고백했고, 보기 좋게 차였다. 그 때문에 어색해져서 곧바로 아르바이트를 그만두고 말았다.

그로부터 두 달쯤 지나 나는 남자친구와 헤어지고 싶다는 그녀의 전화를 받았다. 남자가 양다리를 걸쳤다고 했다. 나는 그녀를 위로해주고 싶어서 매일 전화했고, 어느 날부터인가 사귀게 되었다.

그후로 우리는 결혼할 때까지 삼 년 반이나 사귀었다. 내가 먼저 대학을 졸업해서 간사이 지방에 취직했을 때는 일 년간 장거리 연애를 했다. 그사이 딱 한 번 크게 싸워서 그녀가 헤어지자는 말을 꺼낸 적이 있다. 그때는 너무나 괴로웠다. 마음을 제대로 표현하지 못한 내 잘못이었지만.

……소식이 끊긴 뒤로 한 달 반쯤 지났을까, 맨 처음 사귀기 시작할 때

처럼 그녀가 불쑥 전화를 했다. 내가 결혼하자는 말을 꺼낸 것은 그때였다. ……

이날의 일기는 다른 날과 분위기가 조금 달랐고, 이모티콘 등도 없이 거의 혼잣말에 가까웠다.

스우의 말대로 그녀와 료스케는 벌써 십 년 가까운 시간을 보내왔다. 그런 그가 지금 자기가 아닌 전혀 낯선 누군가에게 괴로운 속내를 밝힌다는 사실을 그녀는 이해할 수 없었다. 바람을 피우거나 이상한 취미가 있는 것도 아니다. 누구보다 가족이 버팀목이 되어야 할 회사 일에 대한 고민에 관해서도, 그는 아내를 의논 상대로 선택하지 않았던 것이다.

게다가 그녀는 료스케 본인의 이야기만이 아니라 자기나 료타에 대한 이야기까지 모르는 사이에 인터넷에 퍼졌다는 사실이 이루 말할 수 없이 불쾌했다. 그게 나쁜 일일까, 하고 그녀는 그 후로 몇 번이나 생각했다. 이름도 사진도 나오지 않았으니 이야기 속 인물들이 자기 가족으로 특정될 염려는 없다. 그저 평범한 어느 가족의 이야기에 불과하다. 설령 이 일기들을 읽은 사람과 어디선가 맞닥뜨린다 해도 요시에가 '스우의 아내'라고는 상상도 못 할 것이다. 하지만 그렇다면 뭣 때문에 이런 짓을 하는 걸까? ─뭣 때문에? 그녀가 이해할 수 없는 건 바로 그 부분이었다.

그뒤로 요시에는 대수로울 것 없는 평상시의 식탁에 난데없이 남의 시선이 깊숙이 파고드는 느낌을 받았다. 요리 하나를 만들면 그 메뉴가 무수한 사람들에게 공개되고 맛에 관한 스우의 평가가 덧붙는다. 그런 상상은 견디기 어려웠다. 대화중에도 그가 지금 자기 말을 어떻게 받아들이고 어떻게 일기에 쓸지 신경쓰여서 예전처럼 허물없이 얘기할 수 없었다. 상대를 알 수가 없었다. 물론 전에는 모든 걸 알고 있었다는 뜻은 아니다. 그러나 그 사실이 지금처럼 무슨 통증같이 다가오고, 의식되고, 안정감을 앗아가버리지는 않았다.

한동안 상황을 살피고 조만간 얘기를 꺼내려 했던 그녀가 시기를 놓쳐버린 데는 이유가 있었다. 어느 날 그녀가 여느 때처럼 스우의 사이트에 들어갔더니, 평소에는 광고글 정도밖에 없던 게시판에 '행인'이라는 이름으로 '재수없어'라는 한마디 글이 올라와 있었다. 때마침 스우가 일기에서 가끔 언급하는 '나의 형'에 관해 쓴 날이었다.

……나는 형에게 늘 열등감을 느꼈다. 이것에 대해 제대로 생각해보게 된 건 역시 이 일기를 쓰면서부터다. 나는 지금껏 단 한 번도, 누구에게도 이런 얘기를 한 적이 없다.

나는 어릴 때 항상 'ㅇㅇ(형의 본명)의 동생'이라 불렸다. 동생인 내가 말하긴 좀 그렇지만, 형은 정말로 뭐든 잘했다. 초등학교 미술실에는 문부대신 표창을 받은 형의 그림이 졸업 후에도 계속 걸려 있었고, 교무실 입구에는 소년체전 육상대회에서 우승했을 때의 사진이 붙어 있었다. 공부도 잘해서 일본에서 가장 커트라인이 높은 대학에 합격했다. 여자애들

한테 인기도 많았고^^;

 게다가 형은 누구에게든 자기 생각을 분명하게 말했고, 그러고 싶지 않을 때는 입을 꾹 다물고 한 마디도 하지 않았다. 나는 그런 점을 도저히 흉내도 낼 수 없었다.

 나는 결코 그런 형을 질투하지 않았고 오히려 자랑스러워했다. 더군다나 형은 다정했다. 못난 동생이었지만 형에게 심한 말을 들은 적은 단 한 번도 없다. 늘 감싸주었다. 한심한 추억이지만 중학교 야구부 선배가 '매미로 변신!'이라고 명령해서 내가 나무에 올라가 우는 시늉을 한 적이 있었다. 그때 우연히, 정말로 우연히, 어찌된 영문인지 당시 고등학생이던 형이 방과후에 연습을 구경하러 왔다. 형은 내 모습을 보고 그 자리에서는 아무 말도 하지 않고 돌아갔지만, 그다음 날부터 그 선배는 내게 두 번 다시 그런 일을 시키지 않았고, 주위에 아무런 풍파도 없었다. 지금 생각해도 신기한 일이다. 뭘 어떻게 했는지 모르지만 형이 손을 써줬다고 여길 수밖에 없다. 지금 생각났는데, 그날 연습을 구경하러 온 것도 내가 그런 일을 당하는 것을 이미 알고 있었기 때문이 아닐까?

 그래서 요즘 형의 꼬락서니를 보고 있으면 너무도 우울해진다. 내가 형처럼 우수한 인간이었다면 무엇을 했을까? 틀림없이 훨씬 많은 일을 해내지 않았을까. 그런 생각을 하면 한없이 아쉬워서 견딜 수 없다.

 요시에는 이날 일기에서 그전까지와는 다른 인상을 받았다. 다카시에 대한 료스케의 감정이 복잡하게 굴절되어 있다는 것은 그녀도 전부터 직감한 바였다. 료스케는 만난 지 얼마 안 되었을 무렵부터 '형' 얘기를 자주 했고, 나쁘게 말한 적은 '결코'라고 해도 좋을 만큼 없었다. 두 사람의 결혼식 피로연에 온 그녀의 친구들이 잇달아 다카시를 소개받고 싶어했을 때도, 료스케는 자랑스러워하는 것처럼 보일 만큼 은근히 열을 내며 중개 역할을 도맡았다.

요시에 눈에 그 모습은 아무래도 이상하게 비쳤다. 그녀에게도 세 살 위의 언니 미카와 여섯 살 아래 남동생 료가 있지만, 그들이 자기가 없는 자리에서 여동생 혹은 누나를 열심히 칭찬하는 모습은 도저히 상상할 수 없었다. 남자 형제라 그런 건가 생각해보았지만, 오히려 남자끼리 그러는 것이 더 이상했다.

그런 의미에서 스우의 이 일기는 아주 뜻밖은 아니었지만, 그래도 거기 쓰인 말들은 그녀가 그때까지 이해했던 영역보다 훨씬 깊은 곳으로 그녀를 이끄는 듯했다.

요시에는 명백히 이 일기에 대한 반응으로 보이는 '재수없어'라는 게시글에 강한 감정적 반발을 느꼈다. 그녀 역시 사이트를 발견한 후로 별안간 알 수 없게 되어버린 남편에게 정체 모를 거부감을 품었던 것은 사실이지만, 그럼에도 이 낯선 '행인'이라는 인간을 용서하기는 어려웠고, '아니야, 그는 그런 사람이 아니야'라고 반론하고 싶은 충동에 휩싸였다. 모순되는 듯한 그 감정 변화를 그녀는 의아하게 여기지 않았다. 그녀에게는 그럴 만한 근거가 있었다. 그것은 바로 십 년이나 곁에서 함께해온 자신이 그를 누구보다 잘 안다는 생각이었다.

그녀는 자기 마음속에 일어난 의식의 변화를 다시금 찬찬히 들여다보기도 전에 게시판에 스우에게 이해를 표하는 글을 썼다. 그때 순간적으로 떠올린 닉네임이 AI였다.

처음 뵙겠습니다, 스우님.

사이트 늘 잘 보고 있어요.

어제 일기, 저도 늘 똑똑한 언니랑 자주 비교당해서 충분히 이해 가요. 형제(자매도?) 사이는 참 어렵죠^^;

생각 없는 댓글도 있던데, 크게 신경쓰지 마세요.

일도 힘내시고요(^o^)

답글은 그날 한밤중에 곧바로 올라왔다.

처음 뵙겠습니다, AI님.

글 감사합니다! 일기는 자꾸 내면으로 파고드는 경향이 강해서 어두운 내용이 되기 쉬운데, 공감(?)해주셔서 큰 용기를 얻었습니다^^

AI님도 언니가 있군요. 차남차녀 동지네요^-^;;

괜찮으시면, 다음에도 글 올려주세요!

요시에는 회사 컴퓨터로 확인한 이 스스럼없는 문장에 또다시 당황했다. 그를 격려해주려고 한 일이긴 했다. 그러나 아내 입장에서 료스케와 주고받는 일상적인 대화는 결코 그렇게 발랄하지 않았다. AI가 여자라는 것은 스우도 알고 있다. 나는 그게 달갑지 않은 걸까? 물론 그런 면도 있다. 그러나 설령 상대가 남자라 해도 역시 똑같은 기분을 느꼈을 게 틀림없다. 그녀는 다시금 자문했다. 왜 내가 아닐까? 사랑하기 때문에 오히려 알리고 싶지 않은 걸까? 하지만 그렇게까지 하면서 지키려는 사랑이란 건 대체 무엇일까? 깨지는 물건을 다루듯 애지중지하는 게 부부의 사랑일까? ……

그녀는 아내로서 료스케를 대하고, 사이트 단골로서 스우와 접촉했다. 기분 탓인지 AI가 글을 올리고 스우가 요설로 응한 날에는 료스케 역시 요시에 앞에서 말이 많아졌다. 게시판에서 말했던 내용을 '회사에서 들은 이야기'라며 요시에에게 해줄 때도 있었다. 그녀는 몇 번인가 애초에 료스케가 사이트를 열어둔 채 컴퓨터를 내버려둔 것이 고의가 아니었을까 의심하고, 자기가 AI라는 것도 이미 들킨 게 아닐까 생각했지만, 무사태평하게까지 느껴지는 남편의 행동을 보고 있노라면 그것은 분명 지나친 추측 같았다. 게시판에 비해 일기에는 무겁고 자성적인 말들이 늘어서 있었다. 그것이 아니었다면 그녀는 아마도 일찌감치 AI라는 존재를 없애버렸을 것이다. 어쨌거나 그렇게 한번 기능하기 시작한 균형은 쉽게 무너뜨리기 어려웠다.

생각다 못한 요시에는 어느 날 다카시에게 메일을 보내 상담을 청했다. 형을 향한 료스케의 감정이 형제 사이에 위기를 가져오지 않을까 염려하지 않은 것은 아니지만, 다카시라면 잘 대처해줄 것 같았다. 아니, 오히려 그러는 것이 문제를 근본적으로 해결하는 길이라고 조금은 성급하게 믿었다. 그녀 스스로도 혼자 감당하는 건 이미 한계에 이르렀다고 느꼈다. 그저 남편과 예전처럼 얼굴을 맞대고 대화를 주고받는 사이로 돌아가고 싶었다. AI 따위의 낯선 여자가 아니라 아내로서―사와노 요시에로서 남편에게 힘이 되어주고 싶었다. 스우의 존재는 그녀에게 부담이었다. 그리고 이제는 그것을 넘어 고통으로까지 발전하고 있었다.

다카시는 곧바로 답장을 보내 그녀를 위로하고 협조를 약속했다. 그것이 7월 말이었다. 그는 일기 내용 때문에 료스케를 미워하지 않기를 바란다는 그녀의 요청을 흔쾌히 받아들이고 이렇게 덧붙였다.

지금은 제수씨가 나보다 료스케를 잘 알지도 모르지만, 이번 일에 관해서는 나 나름대로 이해 가는 면이 있습니다. 스스로를 말로 표현한다는 건 그리 단순한 일이 아닐 겁니다. 제수씨가 '스우'에게 위화감을 느끼는 건 당연하지만, 그것은 료스케의 또다른 인격이라기보다 자기에 대해 이야기하는 방식의 문제로 받아들여야 하지 않을까요.

제수씨나 료타에 관한 료스케의 묘사가 현실의 제수씨나 료타와 반드시 일치하지는 않듯이, 자기 자신에 관한 이야기도 일종의 착각이라고 봅니다. 다만 그 착각의 방식에 문제가 있는 것은 분명하죠. 그리고 그렇게 표현한 자신의 말을, 이거야말로 자신의 '진정한 모습'이라고 거울을 보듯 굳게 믿어버리는 것도.

'형' 얘기가 빈번하게 나오는 것은 나도 솔직히 좀 충격적이었지만, 그것은 뜻밖이어서가 아니라 지금까지 예감했던 것이 확연하게 눈앞에 들이밀어진 느낌이었기 때문입니다. 나는 이 일을 나 자신의 문제처럼 진지하게 받아들이고 있습니다.

다카시의 말은 요시에에게 용기를 주었다. 다른 사람에게 털어놓은 후련함도 컸고, 답장에서 드러난 단도직입적인 태도에도 감동받았다. 다른 날 그녀와 다카시는 이런 문자를 주고받기도 했다.

〉조만간 쓸 얘기를 다 쓰고 직성이 풀리면, 남편은 사이트를 닫아버릴까요? 그렇다면 이대로 아무것도 모르는 척하는 게 나을 것 같기도 해요.

그렇죠, 그럴 수도 있다고 봅니다.

〉그렇지만 마주앉아 진지하게 대화하고 힘을 주고픈 마음도 있어요.

그것도 이해합니다. 제수씨가 전에 얘기했듯이 사이트의 존재를 료스케에게 덜컥 들이미는 것은 조금 거친 치료법일지 모르죠.

굴절된 방식이긴 하지만, 스우의 일기에 적힌 내용을 제수씨가 직접적인 관계 없이(아내만이 가능한 민감함으로?!) 생활 속에서 짐작한 것처럼 해서 말을 꺼내면, 어쩌면 료스케도 속마음을 털어놓을지 모르죠. 그렇게 해서 부부의 대화로 고민이 해소된다면 사이트를 계속 운영할 생각도 줄어들 테고요. 잘 풀릴지 어떨지는 모르지만 그것이 료스케의 바람일지 모른다는 생각도 듭니다. 료스케가 사이트를 열어둔 채 놔둔 건 의도한 바가 아닐지 모르지만, 제수씨도 언뜻 말했듯이 무의식적으로 누가 읽어주기를 기대한 행동이었을 것 같다는 생각도 들고. ……

그녀가 느끼기에도 분명 그 방법이 가장 무난할 것 같았다. 그리고 당분간 AI와 자신 양쪽에서 남편을 대하는 것도 다카시의 격려가 있다면 가능할 것 같았다.

그녀는 어느 날 문득 아무런 용건도 없는 상황에서 다카시에게 메일을 보내보았다. 매우 사소한 변화였지만, 그것은 임신중 고민상담을 나눌 때조차 해본 적 없는 행동이었다. 다카시는 편한 투로 답장을 보내고, 역시 지금까지와 달리 료스케 이야기는 언급하지 않은 채 자기 근황에 관해서만 썼다. 그후로는 이메일만이 아니라 휴대전화 문자로도 이따금 연락을 주고받게 되었다.

영업부에서 판촉물 목록을 받아 돌아오는 길에 그녀는 화장실에 들러서 휴대전화로 다카시에게 문자를 보냈다. 조금 전 스우의 사이트에서 확인한 일기의 묘사에 관한 내용이었다.

한동안 연락을 못 드려서 죄송해요★

스우의 일기, 보고 계시죠? 역시나 남편이 우리를 의심하는 것 같아요. 고향집에 갔을 때 넘겨짚은 것 같은데…

걱정이에요.

다카시와는 한동안 연락을 주고받지 않았었다. 가장 큰 이유는 고향집에 다녀온 후 스우의 일기에 약간의 변화가 보이기 시작했기 때문이다. 우베로 돌아온 뒤 첫번째 일기에 스우는 이렇게 썼다.

나는 인생을 살면서 줄곧 형에게 뒤처졌지만, 지금은 단 하나 형보다 낫다고 생각하는 게 있다. 그것은 내가 지금 행복하다는 것이다. 나에게는 아내와 아이가 있다. 나는 가족을 진심으로 사랑하고, 내 삶의 보람은 가족 모두가 행복해지는 것이다. 그래서 나는 내키지 않는 일에도 최선을 다해 임한다. 때로는 지독하게 싫지만 ㅎㅎ……

요시에는 료스케가 이 글을 쓴 건 귀성 때 다카시에게서 무슨 말을 들었기 때문이라고 짐작했다.

그런데 그 무렵부터 스우는 '형'과 '아내'의 관계에 관해 빈번하게 언급하기 시작했다. 그녀는 그것을 경계했고, 다카시의 메일도 자연히 뜸해졌다. 그리고 때마침 그 무렵부터 666이라는 닉네임의 방문자가 게시판에 빈번히 나타나 스우의 상담 상대 같은 역할을 했다. 그래서 그녀는 다카시의 의도를 이해했다. 물론 게시판에서는 낯선 타인처럼 단골 방문자끼리의 대화를 이따금 주고받을 뿐이었다.

6

"도모야, ……선생님 오셨는데, 어떡할래?"

도모야는 방문 너머에서 들려오는 엄마의 말을 침대에 얼굴을 파묻고 엎드린 채 무시했다.

"……도모야?"

또다시 밖에서 조심스레 노크하며 이름을 부르자 그는 옆에 있던 만화잡지를 있는 힘껏 문으로 집어던지고, 그 충격이 순식간에 응결시킨 침묵에 시선을 고정했다. 이윽고 숨을 죽여 계단을 내려가는 엄마의 발소리가 들리더니 현관 쪽에서 "아직 몸이 안 좋은 모양이에요, ……"라고 변명하는 기척이 전해졌다.

도모야는 침대에 붙박인 채 자기가 아닌 다른 누군가의 이야기인 양 그 소리를 듣고 있었다.

찾아온 사람은 담임 오다와 부담임 기노시타였다.

"학교에서 혹시 무슨 일이 있었는지 저희도 알아보았는데, 특별한 일은 없었습니다. ……"

그 말 뒤에 오다가 갑자기 소리를 낮추고 엄마에게 뭐라고 했지만 내용까지는 알 수 없었다. 그러나 시호코는 그 말에 민감하게 반응했다.

"그렇지만 선생님, 학교에서 돌아온 후로 우리 도모야가 이상해졌다니까요! 꼭 학교에서가 아니라도 하굣길에 무슨 일이 있었는지 모르잖아요. 왜 좀더 확실하게 알아보지 않는 거죠? 이 상태로는 저도 마음 놓고 학교에 보낼 수가 없어요! 안 그래요? ……"

조금 전에 비해 돌변한 그 목소리가 도모야의 방안까지 난폭하게 밀려들었다. 그는 큰 소리로 몇 번이나 혀를 차고, 입안에 흘러넘치는 혼잣말을 단맛이 다 빠진 껌처럼 연방 씹어댔다. 시선 끝에는 아무렇게나 벗어던진 진흙투성이 교복이 널브러져 있었다.

두 교사가 돌아간 후 시호코는 새파랗게 질린 표정으로 거실로 들어가 말없이 프로야구 중계를 보고 있는 남편에게 시선을 던졌다. 그의 얼굴은 일찌감치 아무것도 받아들이지 않겠다는 듯 표정을 안쪽 깊이 감춰버린 것 같았지만, 눈물에 젖은 안구에 남은 내출혈의 흔적은 눈깔사탕처럼 벌건 빛을 발하고 있었다. 그것이 며칠 전부터 다래끼가 난 척 계속 안대로 눈을 가린 속사정이었다.

"여보. ……"

불러도 대답이 없었다.

"여보!"

시호코가 갑자기 이성을 잃은 듯 소리쳐도 에이지는 여전히 돌아보지 않았다. 그녀는 탁자로 다가가 리모컨으로 텔레비전을 끄고 소파에 비스듬히 앉아 있는 남편을 내려다봤다.

"도모야 말이야, 역시 학교에서 따돌림을 당한 걸까? 느닷없이 아빠한테 손찌검을 하다니. 완전히 딴사람같이. ……가엾기도 하지. ……좀더 강하게 나가지 않으면 학교에서도 진지하게 대응하지 않을 거야! 당신도 내일 나랑 같이 학교에 가서 도모야를 괴롭힌 장본인을 밝혀내라고 따져요! 응? 여보!"

에이지는 입을 굳게 다물고 쥐어짜내는 듯한 한숨을 코로 토해냈다. 그리고 소파에서 정면을 향해 앉음새를 고치려다가 그것도 어중간하게 멈추고 고개를 숙인 채 중얼거렸다.

"……너무 오냐오냐 키웠는지도 몰라."

시호코가 표정을 굳혔다. 그녀가 듣기에 그 말은 부부의 반성이 아니라 오직 아내에게만 돌리는 비난 같았다.

"잠깐, 여보, 그게 무슨 소리야? 무책임한 소리 하지 마! 난 지금껏 저애를 응석받이로 키운 적이 없어! 늘 잘한 일은 잘했다, 잘못한 일은 잘못했다 하면서 바르게 키워왔다고. 당신도 잘 알잖아. ……당신이야말로 응석이고 나발이고 저애한테 너무 무관심해. 도모야는 나한테 손찌검을 하진 않았어! 그래! 그렇게 화가 났어도 나한테만은 미안해하는 눈빛이었다고. 아빠가 알아주길 바랐던 거야. 그게 저애 나름의 표현이야. 도와달라는 말이라고. 그런 신호인 게 틀림없어."

"도모야도 이제 중학생이야. 왜 직접 말을 못 해? 힘 하나는 저렇게 어른 못지않으면서 어린애처럼 떼를 쓰고 부모를 때리고 달려들다니, 대체 어떻게 된 영문이야? 말이나 되는 일이야? ……나는 밖에서 가족을 위해 열심히 일하고 있으니, 집에서 도모야를 대할 시간이 많은 당신이 좀더 가정교육을 잘 시켰어야 하잖아. 그런 게 역할 분담이야. 당신한테만 순종적인 인간으로 키워봐야 뭐해?"

"여보! 무슨 말을 그렇게 해? 꼭 내가 자식 교육을 잘못한 것처럼."

"당신이 저애를 그렇게 만든 거야. 나한테만이 아니라 누구에게든."

"자기가 자식 교육을 소홀히 한 건 나 몰라라 하고 어떻게 그런 말을 해? 당신, 도모야가 초등학교에서 따돌림당했을 때 해준 게 뭐야? 학교랑 주모자 아이의 집으로 뛰어다니면서 지켜준 건 나야! 부모는 마지막까지 신뢰하고 의지할 수 있는 존재가 되어줘야 하는 거 아니야? 이대로 학교에 안 나가면 니시 고등학교에 합격 못 해. 그래서 재수하면 저애만 또 고생이라고! 당신이 정 그렇게 나온다면 좋아! 나 혼자서라도 저애를 지켜낼 거야! ……"

대화는 격해질 때만 부분적으로 도모야의 방에 전해졌다. 도모야는 방문이 잠겨 있는지 다시 한번 확인하고 베개에 얼굴을 파묻은 뒤, 잠이 무無 외에 아무것도 없는 세계로 자신을 납치해가는 순간을 기다렸다. ─그러나 그에 앞서 그를 난폭하게 가로챈 것은 기억이었다.

아유미의 집을 찾아갔던 지난주 목요일의 광경이 구멍 뚫린 자루에서 흘러나오듯 멈출 도리 없이 그의 머릿속에 퍼져나갔다.

그녀는 그전 주 금요일부터 벌써 일주일째 학교에 나오지 않고 있었다. 담임은 그제야 제출서에 적힌 '병결'이라는 말을 의심하기 시작했지만, 일부 학생들 사이에서는 그보다 훨씬 전부터 놀라움과 호기심 어린 걱정을 미끼 삼은 숙덕거림이 은밀히 번식해가고 있었다.

도모야에게 아유미의 답장은 오지 않았다. 그는 그날 그녀에게 열 통이 넘는 메일을 잇달아 보냈지만, 새벽녘에 보낸 한 통이 되돌아온 후로는 연락할 방법마저 사라지고 말았다.

예의 사이트에 올린 아유미의 사진은 일단 삭제 요청이 되어 내려갔지만, 도모야가 아닌 다른 누군가에 의해 곧 다시 올라왔고, '상세 정보 희망!' '이 게시판 역대 최고!' '원조교제?' 등의 큰 반응을 불러왔다.

도모야는 또다시 다른 여러 게시판에 그녀의 사진을 올리고, URL의 일부를 히로하타 준야의 휴대전화로 보냈다. 십 분쯤 뒤 준야는 당황스러움과 분노로 가득한 문자를 보내왔다.

너 누구야? 죽여버린다! 우리 반 놈이냐?

도모야는 곧바로 답장을 보냈다.

헤! 너나 뒈져ㅋㅋ 실컷 뿌려주마 ― ㅋㅋㅋ

다음날 도모야는 온종일 초조한 낯빛으로 반 아이들 모두에게

살기등등한 의심의 눈초리를 번득이는 준야를 관찰했다. 아유미
는 예상대로 결석했지만 준야와는 틀림없이 연락을 주고받았을
것이다. 메일 주소를 바꾸는 게 생각보다 늦어진 까닭은 그동안
둘이 전화 통화를 했기 때문일지 모른다.

아유미에게서 원망을 들었을 게 틀림없다고 상상하자 준야가
점점 더 우스꽝스럽게 보였다. 도모야는 그것을 당연한 응보로
여겼다. 저런 하등한 인간이 언제까지고 그런 행운을 누릴 이유
는 전혀 없다. 한편 자기 방에 틀어박혀 누구에게도 털어놓을 수
없는 수치와 불안에 떨고 있을 아유미는 갑자기 자신과 가까운
존재로 느껴졌다.

그것은 상대로부터의 접근이었다. 어제까지는 그렇지 않았다.
언제부터인가 그녀가 살았던 세계의 범용한 행복은 어딘가 비열
하고, 눈에 또렷이 보이지 않는 방식으로 그를 배척했다. 중학교
에 들어올 때까지 — 아니, 좀더 전인 초등학교 5학년 무렵까지
그들은 훨씬 천진난만하게 서로의 이름을 부르며 대화를 주고받
았다. 그런데 그것이 갑자기 변해버렸다. 그가 그녀에게 던진 말
은 그 세계를 지나는 사이 차디차게 식어서 원래의 생기를 잃고
몹시 초라해졌고, 그에게 던져진 말 또한 중간에 가로막혀 도무
지 와 닿지 않았다.

그러나 지금은 다르다. 그녀는 멸시당할 만한 비밀 때문에 어
디로도 도망치지 못한 채 온종일 감시당하고, 수많은 낯선 인간

들의 노리갯감이 되고 있다. 이제 누구나 그런 눈으로밖에 그녀를 보지 않을 것이다. 그런데 오직 나만 다르다면? —받아들여질 수 있다는 확신이 기묘한 강도로 도모야에게 찾아들었다. 그녀는 그를 기다리고 있다. 고민을 상담해주다보면 그녀도 예전의 다정함을 회복할 것이다. 그리고 누구에게 몸을 내줘야 옳은지 깨달을 것이 틀림없다. 아직은 알아채지 못했다. 그러나 돌이켜보면 교실에서 아주 잠깐 스친 시선이나 두세 번 우연히 주고받은 말들이 미처 모르고 지나쳐버린 징조였다는 것은 충분히 생각할 만하다. 오히려 그녀는 차갑게 가장한 그 표정 속에서 일찍이 그것을 알아챘던 게 아닐까? ……

아유미의 집에 가본 적은 없지만 위치는 초등학교 시절부터 알고 있었다. 주택가 한가운데 있는 제4공원 옆 낡은 2층짜리 전통가옥으로, '구가'라는 문패를 건 블록담 안쪽에 나무들이 우거졌고, 울타리 없는 문에서 현관까지의 길은 몇 번이나 덧바른 듯한 콘크리트로 단단히 다져져 있었다.

도모야는 정원에 떨어진 원예용 장갑이 비를 맞았다가 바짝 말라비틀어진 채로 굳어져 있는 것을 현관 앞에서 한참 동안 응시했다. 그런 다음 아무것도 널려 있지 않은 빨래건조대로 시선을 던지고, 툇마루 창 너머에 걷힌 커튼으로 시선을 던지고, 이윽고 초인종으로 손을 뻗었다.

"누구세요?"

들려오는 소리는 아유미의 엄마 목소리 같았다. 그는 아유미가 직접 대답하지 않은 것에 순간적으로 말문이 막혔다.

"누구세요?"

인터폰 너머에서 다시 한번 수상쩍어하는 목소리가 들려왔다. 그는 앞으로 살짝 몸을 구부리며 얼굴을 가까이 대고 입을 열었다.

"아유미랑 같은 반인 기타자키인데요, ……"

"응?"

"……숙제 프린트를 갖다주려고 왔어요, ……"

순간적으로 그렇게 말하며 저도 모르게 가방을 들어올렸다.

"어머, 그래? 고맙기도 해라. 잠깐 기다리렴."

인터폰이 꺼지자 도모야는 가방을 뒤적여 수학시간에 받은 프린트물 두 장을 공책 사이에서 꺼냈다. 현관문 너머에서 2층 방을 향해 딸을 부르는 소리가 들렸다.

"아유미, 반 친구 기타자키 학생이 숙제 가지고 왔대."

계단을 뛰어내려오는 발소리를 기다릴 새도 없이 인터폰 앞에서 물러서자마자, 잠겨 있지 않은 불투명유리 미닫이문이 무방비한 소리를 내며 열렸다.

샌들을 꿰신고 앞치마를 두른 그 여자의 얼굴을 도모야는 예전 학부모 참관수업 때 본 적이 있었다. 그 얼굴은 완전히 중년스러웠지만 노골적일 정도로 딸과 닮았다.

그녀는 현관에 말없이 서 있는 소년의 수상쩍은 눈빛에 흠칫했다. 그것은 그녀가 알고 있는, 여학생 집을 찾아와 긴장한 중학생과는 영 다른 인상이었다.

　도모야는 그녀를 흘낏 쳐다보고 안쪽 계단으로 눈을 돌렸다.

　"미안해. 아유미가 아직 몸이 좀 안 좋은 모양이야. ……"

　어머니는 도모야의 시선의 움직임을 민감하게 알아차렸다.

　"위에 있어요?"

　"……응, 자나봐."

　"어디 아파요?"

　"으응, ……그렇지만 괜찮아."

　그 말투에 도모야는 미세하게 떨리는 눈동자로 그녀의 얼굴을 쳐다보았다. 사소한 몸짓이었지만 그 눈빛은 순간적으로 그녀에게 불길한 느낌을 안겨주었다. 그리고 문득 다가온 몸의 긴장이 그녀의 손을 잡고, 익숙하진 않지만 어디선가 들어본 듯한 기타자키라는 이름이 기억된 장소로 이끌고 갔다. 일주일 전쯤 저녁식사 때 딸의 이야기에서 들은 이름이었다. 어떤 학생이 학교에서 이성을 잃고 갈퀴로 난동을 부렸다는. 그녀의 등이 죽은 닭의 피부처럼 냉랭하게 변했다. 딸이 방에 틀어박힌 것은 바로 그날 밤부터였다.

　"아픈 거 아니죠?"

　"어?"

도모야가 갑자기 소리 없이 웃는가 싶더니, 살짝 고개를 숙였다가 다시 쳐들며 그녀의 얼굴을 올려다보았다. 그녀는 조금 전보다 훨씬 확연한, 어른다운 불쾌감을 느꼈다.

　"이유는 선생님에게 말했단다. 여기까지 와줘서 고맙구나. 숙제는, ……그거니?"

　도모야가 삐뚤게 접힌 프린트를 말없이 내밀었다. 그리고 빈 손을 입가로 가져가더니 미간을 찌푸리며 집게손가락 손톱을 물어뜯었다.

　"학생 집은 어디지? 이 근처니?"

　어머니는 우뚝 서 있는 그에게 돌아가라고 재촉할 의도와 경계심에 집을 알아두려는 뜻을 함께 담아 그렇게 물었다. 도모야는 손톱에 정신을 팔며 뒤꿈치로 서서 몸을 좌우로 흔들다가, 질문에는 아무 대답도 하지 않은 채 갑자기 손을 내리더니, 긍정인지 부정인지 모를 애매한 방향으로 고개를 흔든 후 등을 휙 돌리고 문밖으로 나갔다.

　블록담 그늘로 숨어든 그는 등뒤로 현관문이 닫히기를 기다렸다가 2층으로 시선을 던졌다. 얇은 분홍색 커튼이 쳐져 있었지만 그것이 한순간 흔들린 것을 놓치지 않았다. 아유미는 커튼 틈새를 맞추느라 손가락 끝을 슬쩍 내비쳤다. 그것은 단편적으로나마, 그날 이후 처음으로 본 그녀의 몸이었다.

　도모야는 다음날 점심시간 담임선생 오다에게 교무실로 불려갔다.

오다는 일부러 분위기를 가볍게 하려는 듯 도시락을 펼쳐놓고
는 웃는 얼굴로 물었다.

"어제 구가네 집에 갔었다며?"

맞은편 책상에는 부담임 기노시타가 앉아서 역시 도시락을 먹
으며 티 나지 않게 두 사람의 모습을 살피고 있었다.

도모야가 불안한 표정으로 눈썹을 찡그리고는 꽉 다문 앞니
틈새로 소리 나게 숨을 내쉬었다.

"아니, 구가 어머님한테서 감사 전화가 왔더라고. 신경을 써줬
구나 싶어서. 고맙다."

도모야는 시선을 마주치지 않은 채 고개를 끄덕였다. 그 모습
을 보고 기노시타가 말을 걸었다.

"구가 학생은 어떠니? 여전히 몸이 안 좋대? 나도 걱정되더라."

오다는 그녀의 이 말을 여느 때처럼 쓸데없다고 느꼈다. '나도'
라는 말이 너무 고의적인 듯했고, 이렇게 젊은 여선생이 그런 식
으로 물으면 대부분의 남중생은 자기를 의심하는 뜻으로 받아들
여 반발하게 마련이다.

도모야는 몸을 흔들면서 고개를 갸웃거리기만 했다. 때마침
그 뒤를 지나가던 운동복 차림의 체육 교사가 "어허, 비비꼬지
말고 똑바로 서야지!"라고 씁쓸하게 웃으며 어깨를 두드리고 갔
다. 오다는 도모야가 간신히 들릴 정도로 작게 혀를 차는 소리를

들었지만 딱히 주의를 주지는 않았다.

"점심시간에 불러서 미안하구나. 그냥 확인하고 싶었을 뿐이야. 교실에서 물어봐서 괜히 이상한 눈길을 받는 건 너도 원치 않을 테니까."

도모야는 고개를 살짝 숙이고 뒷걸음치듯 오다 앞을 벗어나려 했다. 그러자 이번에는 옆에서 지켜보고 있던, 갈퀴 사건 때 그를 뜯어말렸던 교사가 못마땅하게 쏘아붙였다.

"야, 인사는 왜 안 해?"

도모야는 뒤를 돌아보더니,

"……실례하겠습니다."

라고 작은 목소리로 말한 뒤 교무실에서 나갔다.

국어교사가 씁쓸한 미소를 지으며 오다에게 말을 건넸다.

"만만찮은 아이네요."

오다는 부담임을 의식해 애매하게 얼버무렸다.

"네에, 뭐, 그럭저럭……"

도모야는 이날 다시 한번 다른 사람에게, 다른 시간 다른 장소로 불려갔다. 상대는 히로하타 준야. 방과후 학교 건물 뒤편에 있는 돗토리 성터로 오라고 한 것이다.

침대 위에 몸을 눕힌 그는 그때의 기억에 휩싸여 주먹을 힘껏 움켜쥐고 시트를 몇 번이나 내리쳤다. 그리고 그때마다 "으윽! 으윽! ……" 하는 신음소리가 악다문 이 사이사이로 새어나왔다.

방과후 신발장 앞 출구에 하교하는 학생들의 소리와 함께 눈부신 햇살이 비쳐들었다. 청소를 마치고 혼자 집으로 돌아가려던 도모야는 신발을 갈아신으려고 ⑦이라고 찍힌 칸을 들여다보았지만 안은 텅 비어 있었다. 그와 동시에 학생 셋이 뒤에서 몸을 움켜잡더니 귓가에 대고 고막을 찢을 듯이 속삭였다.

"어딜 내빼! 이 멍청아!"

도모야는 무시하고 그들 사이를 빠져나가려 했고, 그 움직임에 세 사람의 팔이 반사적으로 긴장했다.

그중 하나가 도모야의 흰색 운동화 한 짝으로 있는 힘껏 머리를 후려쳤다. 그리고 부딪힐 정도로 가까이 얼굴을 들이대며 "잔말 말고 따라와. 준야가 널 찾아!"라고 말했다.

"너도 무슨 얘긴지 잘 알 텐데!"

도모야는 격렬하게 저항했다. 그러다 한 아이에게 엉덩이를 걸어차여 신발장 모서리에 이마를 부딪히고는 손으로 내리누르며 나지막이 신음했다.

"이 바보 새끼! 네가 한 짓을 생각해봐!"

그 소리에는 후줄근하게 낡아빠진 교복과 안 어울리는, 으름장이라기보다는 어딘가 소년다운 의분에 가까운 것이 깃들어 있었다.

도모야는 돌아서며 그 아이를 노려보았지만 냅다 떠밀리는 바람에 휘청거리다가 앞에 있던 한 소년에게 팔을 붙잡혔다. 그리고 뒤에서 머리를 움켜잡힌 채 그길로 인기척 없는 뒷길 언덕으로 끌려갔고, 긴 돌계단을 올라 성터 외곽에서 기다리고 있던 준야에게 연행되었다.

새잎이 돋기 시작한 벚나무에 기대서서 조바심이 난 기색으로 기다리고 있던 준야는, 도모야를 보자마자 손에 들고 있던 나머지 운동화 한 짝을 풀로 뒤덮인 땅바닥에 내동댕이치고 맹렬한 기세로 다가오더니 울분을 터뜨리며 들이받았다.

"네가 한 짓이지!"

그리고 엉덩방아를 찧으며 넘어진 도모야 위에 올라타 멱살을 움켜쥐고 거세게 흔들며 더더욱 몰아붙였다.

"네놈 맞지!"

도모야는 별안간 몸속에서 거대한 뱀이 몇 마리나 기어다니는 듯한 공황에 빠졌다. 소년들은 그 기이한 절규에 자극받아 정신없이 도모야의 입을 틀어막고, 제각각 몸을 억누르고 욕설을 퍼부어대며 닥치는 대로 후려갈겼다.

"너 어제 아유미 집에 갔었지? 말해! 엉? 전부 네 짓이지! 네놈이 아유미 사진을 게시판에 올리고 다녔지!"

도모야는 벗어나려고 죽어라 발버둥을 쳤지만 네 사람의 몸무게를 당해낼 수는 없었다. 준야는 입을 틀어막고 있던 손을 치우더니, 사과를 일그러뜨리듯 그의 뺨을 힘껏 움켜쥐고 고함쳤다.

"뭐라고 말해봐, 이 새끼야!"

그리고 또다시 입을 틀어막더니 명치 언저리를 있는 힘껏 후려쳤다. 도모야는 한층 격렬하게 다리를 버둥거렸다. 두 눈에서 별안간 눈물이 주르륵 흘러내렸다.

준야는 흥분으로 눈앞이 하얘지는 것을 느꼈다. 아유미의 나체가 이런 놈의 손아귀에 들어 있다. 그리고 그것이 인터넷을 통해 헤아릴 수 없이 많은 사내들의 눈에 폭로되고, 숱하게 희롱당하고 있다! 그는 범인이 기타자키 도모야가 틀림없다고 생각했지만 여기 올 때까지는 확신이 없었다. 그러나 도모야의 얼굴을 본 순간 그 추측이 완전히 옳았음을 깨달았다. 준야와 눈이 마주치자마자 곧바로 고개를 숙인 도모야의 얼굴은 틀림없이 웃고 있었다. 그것이 준야의 분노를 격발시켰다.

명치의 통증으로 신음소리가 멈추자 그는 일어나서 도모야의 몸을 집요하게 걷어찼다. 내리밟은 다리의 힘은 확연하게 그 살의 감촉을 되돌려주며 그 자신에게도 통증을 울렸다. 그것은 결코 변형되지 않고 그 자리에 둔중하고 무신경하게 드러누워 있었다! 예전에 경험한 폭력의 기억이 도모야의 몸을 단단하고 둥글게 뭉쳐서 꼼짝 않도록 만들었다. 통증은 늘 단순한 익명의 통증이었다. 누구에게 어떻게 맞고 걷어차이든 그것은 단 하나의 감각만을 가져올 뿐이었다. 드러누운 육체의 감촉은 준야에게는 어쩔 도리 없는 현실 자체처럼 느껴졌다. 신음소리가 흘러나오면 그나마 어느 정도 반응이 느껴졌다. 그는 그 소리를 좀더 듣고 싶어 또 한차례 걷어찬 후, 머리에 침을 뱉고 다리로 짓이기며 소리쳤다.

"네가 무슨 짓을 저질렀는지 알아!"

지켜보던 학생이 준야의 목소리에 뒤를 돌아보았다.

"나한테서 훔쳐간 사진, 모조리 내놔!"

준야의 목소리는 절박했지만 그것이 멍청한 요구라는 것은 스스로도 알고 있었다. 돌려받는다고 무엇이 해결되겠는가? 데이터를 돌려받는 것이 무슨 의미가 있는가? 첨부파일로 메일을 보내도 데이터는 수중에 남는다. 집까지 쫓아가 전부 지우는 걸 컴퓨터 앞에서 지켜볼까? 그러나 CD-ROM에 복사해서 몰래 숨기는 건 그리 어렵지 않을 테고, 모르긴 해도 벌써 그렇게 해두었을 것이다. 무엇보다 이미지 파일은 이미 그의 수중을 떠나 증식해서, 하루에도 몇만 명에 달하는 사이트 방문자들의 컴퓨터에 흩뿌려져 이제는 도저히 회수가 불가능할 것이다.

절망하는 준야의 사념에 그 순간 암울한 섬광이 번득였다. 그것은 그 자신에게도 완전히 미지에 속하던 착상이었지만, 어쨌거나 방금 전 내뱉은 우스꽝스러운 으름장을 마무리지어야 했다. 실제로 사태를 수습하는 데도 효과가 있을 것 같았다. 현실이 일찍이 조우한 적 없는 곤란을 드러낸다면 그 해결책 또한 이미 알고 있는 것만으로는 부족할 것이다. 그리고 그런 결단을 가장 크게 뒷받침하는 것은 정의가 자기 쪽에 있다는 확신이었다.

야구부 연습 소리가 성터 기슭에 있는 운동장에서 피어올랐다. 해는 아직 높이 떠 있지만 빛이 조금씩 무게를 더해가는 것이 느껴졌다.

준야와 같은 농구부 소년 하나가 물었다.

"준야, ……이 자식 어떡할 거야? 연습 안 가면 주장이 화낼 텐데."

준야는 잡초 위에 드러누운 도모야를 응시한 채 먼저 웅크려 앉았다.

"바지 벗기게 좀 도와줘."

소년들은 확인하듯 서로 얼굴을 마주보더니, 누가 먼저랄 것도 없이 도모야를 억누르며 허리띠 푸는 것을 도왔다.

도모야는 조금 전보다 훨씬 나약한 소리로 비명을 질렀지만, 그것 역시 금세 손으로 틀어막혀버렸다. 바지를 벗기고 흰색 팬티를 끌어내린 준야는 친구들에게 늘 자랑하던 지포 라이터를 꺼내더니, 불을 켜서 음모를 태우고 성기를 획 훑었다.

"아악! ……"

격렬한 통증에 도모야는 얼굴을 덮은 손을 뿌리치고 몸을 비틀며 절규했다. 불에 탄 음모에서 연기가 피어오르고, 과학실습 때 태워본 스틸 울처럼 가느다란 불꽃이 타오르다 금세 꺼졌다. 그 냄새에 몇몇은 아무래도 좀 심하다는 듯 얼굴을 찡그렸지만, 배를 움켜잡으며 웃음을 터뜨리는 아이도 있었다.

준야는 생각한 것보다 깊은 상처를 내버린 것에 당황했다. 포피 일부가 탄 것처럼 거뭇해졌다. 그러나 아유미와의 관계를 다시는 되돌릴 수 없다는 사실을 떠올리자 증오가 다시금 그를 농락했다.

"이제 아파서 자위도 못 하겠네."

소년 하나가 눈을 반짝이며 말했다. 도모야의 지금 모습과 아유미의 사진을 연결 짓는 상상을 하자 준야는 미칠 것 같은 기분에 휩싸였다.

"아직 모자라. 뒤집어."

소년들은 그가 시키는 대로 도모야의 엉덩이를 하늘로 향하게 뒤집었다. 준야는 휴대전화를 꺼내 피사체가 이리저리 꿈틀거리는 와중에도 몇 장이나 사진을 찍었다. 그리고 마지막으로 조금 전처럼 라이터 불로 항문을 그슬렸다.

"아악, 뜨거, 뜨거워! ……"

도모야는 죽자사자 온 힘을 다해 다리를 버둥거리며 불을 피했다. 소년들도 차마 억누르지 못하고 이제 됐다는 양 놔주었다. 도모야는 하반신을 훤히 드러낸 채 손을 뒤로 돌리고 땅바닥에 납작 엎드려 있었다.

"똥 쌀 때마다 생각해, 병신 새끼야. ……"

준야가 그를 내려다보며 반쯤은 자기 자신에게 되뇌듯 말을 이었다.

"넌 아유미의 인생을 엉망진창으로 만들어버렸어! 이대로 학교에 안 나오면 어떻게 책임질 거야! ─잘 들어, 오늘부터 인터넷을 뒤져서 아유미 사진이 한 장이라도 나오면, 네놈 거시기를 두 번 다시 못 쓰게 통구이를 해서 똑같이 인터넷에 뿌려버릴 거야! 이 잡듯이 샅샅이 뒤져서 나올 때마다 관리자한테 삭제해달라고 해! 알았냐!"

소년 중에는 웃으며 듣는 아이도 있었지만, 갑자기 죄의식을 느낀 한 명은 "울지 마. 다 자업자득이야. 집에 가서 연고나 발라"라고 말을 건넸다. 그러나 그와 동시에 부위가 부위인 만큼 도모야가 이 상처를 누구에게도 보여줄 수 없을 거라 예상했다. 그래서 살짝 안심하면서도 즉흥적으로 이 방법을 떠올린 준야의 지혜에 감탄했다.

"가자. ……"

준야가 재촉하자 운동화를 들고 왔던 소년이 그것을 주워 도모야에게 던졌다. 자리를 떠나는 순간, 아까부터 줄곧 웃어대던 소년이 마지막으로 실소를 흘리며 물었다.

"너, 구가 좋아하냐?"

그 질문은 딱히 뜻밖이지는 않을 테지만 그 자리에 있던 모두에게 기묘한 침묵을 불러왔다. 친절이라기보다 누가 올까 걱정스러운 마음에 소년 하나가 바지를 손가락으로 집어 도모야의 엉덩이 위로 던졌다. 그는 여전히 엎드린 채 신음하고 있었다.

……

갑갑함을 견딜 수 없어 도모야는 침대 위에서 격렬하게 몸을 비틀었다. 그리고 분노를 가라앉히기 위해 언제나처럼 작은 목소리로 몇 번이나 중얼거렸다.

"……죽여버릴 거야, ……죽여버릴 거야, ……"

그 말은 되풀이할수록 무슨 기도처럼 그의 통증을 가라앉혀주었지만, 그때마다 의미가 조금씩 닳아 점차 단순한 소리의 연속으로 변해갔다.

더러워진 교복 차림으로 집으로 돌아온 그는 곧장 자기 방으로 올라가 틀어박혔다. 그리고 부모가 잠들기를 기다려 한밤중에 얼음팩과 약상자를 가지러 내려갔다가, 낌새를 눈치채고 나란히 거실로 나온 두 사람과 맞닥뜨렸다.

도모야는 복도에서 마주친 아버지의 얼굴을 있는 힘껏 때리고는 계단을 뛰어올라갔다. 그리고 그후로 그들과 단 한 번도 얼굴을 마주하지 않았다.

화상 자국은 헐어문드러져 나을 기미가 없었다. 통증과 가려움이 그를 온종일 괴롭혔다.

침대에 누운 채 옆에 있는 노트북컴퓨터의 전원을 켰다. 그리고 개인 사이트로 들어가 어제 쓴 짧은 일기를 다시 읽어보았다.

심판의 때가 가까워졌다. ……이제는 말려도 소용없다.

고독한 살인자는 운명에 몸을 내던지기로 각오했다.

그리고 잠시 머뭇거리다가 게시판을 띄워 새 글을 읽고 미간을 깊이 찌푸렸다. 최근 며칠간 매일같이 올라오는 댓글이었다.

당신의 결단을 지지합니다. 그러나 당신에게는 내 도움이 필요합니다. 연락 주십시오. 가장 좋은 방법을 알려드리겠습니다. 60aa9b54@dn.sky.tu-ka.ne.jp

보낸 사람 이름에는 이렇게 쓰여 있었다. ―'악마'

4장

악마

1

"여보세요. 사와노입니다."

요시에는 발신자 표시를 보고 시댁에서 온 전화라는 걸 알았
지만, 마침 저녁 설거지를 하려고 일어서던 참이라 받아서 바꿔
줄 생각으로 직접 수화기를 들었다.

"아아, 새아가니? 나다. 잘 지냈니?"

"아, 어머님, 안녕하세요?"

"별일 없지?"

"네, 덕분에요. ……애비 바꿔드릴까요?"

"응, 그래. 집에 있니?"

"네, 잠깐만 기다리세요."

료타를 무릎에 앉힌 채 요시에를 바라보고 있던 료스케는 고

향집에서 온 전화인 걸 알아채고 텔레비전 소리를 조금 낮춘 후 "어머니?" 하며 팔을 뻗었다.

요시에가 무선전화기를 건네주며 "응"이라고 말했다. 료타가 옆에서 전화기를 뺏으려 하면서 얼굴을 올려다보았다.

"할머니? 할머니?"

"그래, 할머니야."

료타가 조르는 통에 료스케는 "잠깐만이다. 인사해" 하며 전화기를 먼저 양보했다.

"……여보세요? ……"

"네, 안녕하세요?"

전화기 너머에서 대화를 듣고 있던 가즈코가 한 글자 한 글자 과장되게 발음하며 밝게 대답했다.

"……여보세요? ……"

"안녕? 할머니예요!"

"……할머니, ……"

"그래, 료타. 잘 지냈니?"

"……나, 수여 갔어. ……"

"어? 뭐라고?"

"……수여, ……어어, ……수여 끝나고 카타한테 놀러갔는데 없었어. ……어, ……"

료스케가 말문이 막힌 아들에게서 "자, 이제 아빠가 받아볼까?"

하며 수화기를 건네받았다.

"아, 여보세요. 어머니?"

"으응, 료짱이니? 료타가 뭐라고 한 거니?"

"수영이요. 근처 수영장에 다녀왔거든."

"아하, 수영? '수여, 수여' 해서 무슨 말인가 했네. 다니기로 했니?"

"응, 오늘이 두번째지만."

"그래? 어떻던?"

"으음, 첫날은 울고 난리였다던데,"

료스케가 부엌에 서 있는 요시에의 뒷모습에 시선을 던지며 말했다.

"오늘은 그 정도는 아니었나봐요. 좀 익숙해졌는지."

"천식은?"

"괜찮았던 모양이에요."

료타가 엄마한테 달려가더니 발치에 매달려 장난을 쳤다.

"그래? 덕분에 건강해지면 좋겠구나."

"응, 뭐 조금씩 좋아지겠죠."

"넌 어때? 잘 지내니?"

"응, 잘 지내요. 내일부터 오사카 출장이고요."

"어머, 그래? 그럼 어서 준비해야겠네."

"아니에요, 하룻밤만이니까."

"연구소 일?"

"네. 말하자면 좀 길지만."

"아이고, ……너도 이래저래 고되겠구나."

"응, 뭐 그럭저럭. ……그런데 무슨 할 얘기 있으신 거 아니에요? 어머니랑 아버지는 어떠세요?"

"응, 나야 변함없이 건강한데, ……"

"……아버지가?"

료스케가 살짝 소리를 낮추며 물었다.

"……응, ……아니, ……"

"말씀하세요. 그래서 전화한 거 아니에요?"

"……그래, ……"

"별로 안 좋아요?"

"……응, ……요새 들어 또 그러네."

"왜요? 무슨 일 있었어요?"

"……아니. 메슥거리는 게 없어져서 좋아했더니, ……그만큼 또 혼자 생각에 잠길 때가 많아지고 자꾸 신경질을 낸단다. ……나한테 만날 소리만 지르고. ……"

요시에가 수돗물을 분무식으로 바꾸고 세제로 닦은 식기 절반쯤을 먼저 헹구기 시작했다.

"약은? 안 챙겨드세요?"

"먹어. 먹는데도 그래."

"그래요? ……제가 일요일에 갈까요? 집으로."

"으음, ……그런데 너도 출장 다녀오면 피곤하지 않겠니?"

가즈코의 말투로 짐작건대, 배려해서라기보다 료스케의 제안이 그리 달갑지 않은 눈치였다.

"아뇨, 토요일에 돌아와서 하루 쉬면 괜찮아요."

"그런데, ……다카시 말이다, 전화가 안 되는구나. ……어디 갔나?"

"형? ……"

료스케는 그제야 간신히 어머니의 의도를 이해하고 목소리를 가라앉혔다.

"형은 간사이에 있을 텐데. ……내일 오사카에서 시간 되면 만날지도 몰라요."

"어머, 그래? 그애도 출장이니?"

"응. 교토에 국회도서관 서관이 개관해서 가봐야 한다던데. ……"

"그래? ……그럼 다카시한테도 좀 전해줄래?"

"……뭘요?"

"아버지 얘기 말이야. 나도 그동안 아버지를 뒷바라지해주려고 애써봤지만, ……이런 상태로는 내가 먼저 어떻게 돼버릴 것 같구나. ……다카시한테라면 아버지도 털어놓지 않을까 싶어, 마음속 얘기를. ……"

"그렇지만 형도 바쁠 텐데. ……"

료스케는 엄마 곁을 떠나 다시 자기 무릎 위로 올라오며 전화기로 손을 뻗으려 하는 료타를 가만히 제지하며 말했다. 부엌에서 요시에가 "료타, 아빠 중요한 얘기 하고 있으니까 방해하면 안 돼. 이리 와" 하고 불렀지만 료타는 통 듣지 않았다.

"바빠도 부모 일이잖니?"

가즈코가 료스케의 말에 날카롭게 받아쳤다.

"그러니까 일요일에는 일단 내가 가겠다고요."

"……응, ……"

"……물론 형한테도 얘기는 하겠지만, 갑작스럽게 오긴 힘들 거예요. ……나라도 가면 조금은 달라지지 않을까?"

가즈코는 료스케의 말에 생각을 바꾼 듯이 "……그렇겠지……" 라고 대답했다.

"그럼, ……미안하지만 일요일에 와줄 수 있겠니? 얼굴만 잠깐 보여주는 정도라도 좋으니까."

"네, ……너무 약만 먹으라고 하는 것도 정말 괜찮을까 싶네요. ……왠지 아버지를 진짜 병자로 만들어버린 것 같아서. ……"

료스케의 중얼거림에 전화기 너머에서는 한동안 침묵이 이어졌다. 이윽고 가즈코가 입을 열었다.

"……아무튼 일요일에 보자. 다카시한테도 전해주렴."

"네, 어머니도 가끔 기분전환 삼아 외출이라도 하세요."

"……아버지가 걱정돼서 그러지도 못하잖니. ……"

강한 표현은 아니었지만, 가즈코는 아들의 이해심 부족에 분명히 반발하는 듯했다. 료스케는 뒷말을 곧바로 잇지 못했다.

"……응, ……"

무릎 위에서 료타가 전화기를 뺏고 싶어 칭얼대기 시작했다.

"……어쨌든 일요일에 갈 테니까 어머니도 힘내세요. 잠깐만요, 료타가 또 바꿔달라고 하네. ……"

"……그래, 그러럼. 그때 보자."

료스케는 료타에게 전화기를 건네며 속삭였다.

"자, 할머니한테 안녕히 계시라고 인사해."

료타는 통화구가 턱보다 훨씬 아래로 멀어진 전화기를 두 손으로 잡고 한동안 입을 다물었다가 "……바이바이"라고 한 마디만 하고는 다시 료스케에게 돌려주었다.

"그래, 아가. 또 보자."

료스케가 쓴웃음을 지으며 수화기를 들어 다시 한번 말했다.

"그럼 어머니, 편히 쉬세요."

"응, 잘 자라. 출장 조심해서 다녀오고."

가즈코는 그렇게 말하고 전화를 끊었다.

료스케는 전화기를 탁자 위에 내려놓고 공허한 눈빛으로 한숨을 내쉬었다. 료타가 무슨 말을 하는데도 "으응?" 하고 건성으로 대답하며 부엌에 서 있는 요시에의 뒷모습에 시선을 던졌다. 이제 겨우 설거지를 마치고 뒷정리를 하는 참이었다.

요시에는 간간이 들려온 료스케의 말에서 시어머니와의 대화 내용을 대강 짐작했지만 일부러 못 들은 척했다. 그리고 냉장고를 열고 남은 음식에 랩을 씌워 넣은 후 차가운 빨간 사과를 꺼내며 돌아보았다.

"여보, 과일 먹을래?"

"어? 응, 그래."

료스케가 고개를 끄덕이고 료타의 얼굴을 들여다보며 물었다.

"료타도 먹을래?"

무릎 위에서 장난치던 료타는 그 말에 "응, 나도 먹어"라고 대답했다.

칼과 도마, 접시를 함께 들고 온 요시에가 "으차" 하며 방석에 앉더니, 여느 때처럼 사과를 여덟 등분한 뒤 껍질을 깎기 시작했다. 그리고 그제야 료스케에게 물었다.

"어머님이 뭐라고 하셔?"

료스케가 "어?" 하며 고개를 들었다.

"아, ……아버지 상태가 별로 안 좋은가봐. 그래서 일요일에 잠깐 다녀올까 해."

"어머, 정말? ……아버님, 걱정이네. ……"

"……지금 같은 방법이 정말로 좋은 건지 잘 모르겠어."

요시에는 단단하고 싱싱한 과일이 칼날에 조금씩 속을 드러내는 상쾌한 소리를 들으면서, 남편의 말에 귀기울이려는 듯 시선을 들었다.

"형이 아버지를 병자로 만들어버렸지만, 역시 약 같은 걸 먹을 게 아니라 가족이랑 진지하게 대화를 하는 편이 좋지 않았을까. ……지금도 이따금 그런 생각이 들어."

"그렇지만 아버님 몸도 안 좋으신 것 같은데, 그건 그것대로 치료해야 하는 거 아닐까?"

"몸이 안 좋아진 건 약 부작용 때문이야."

료스케가 험악한 표정으로 말했다.

"그걸 다시 약으로 고치려는 것뿐이고. 그렇게 아침 점심 저녁으로 몇 종류씩 먹다간, ……약에 절어버릴 거야. ……그런 아버지랑 줄곧 같이 있으면 어머니도 온전할 리 없지. 처음부터 그런 것까지 생각해야 했어. ……어디까지가 아버지의 진짜 모습이고, 어디부터가 약 때문에 이상해진 모습인지 알 수가 없잖아."

"물론 나도 전문적인 건 몰라."

요시에가 솜씨 좋게 깎은 사과를 접시 위에 올리고 더 조그맣게 자른 것을 "자, 먹자" 하며 료타에게 건네주었다.

료스케는 사과를 한 조각 집어들어 입으로 가져가다 말고 말했다.

"……다들 모르지."

"혼다 외삼촌은? 뭐라고 하셔?"

"외삼촌은 의사니까, 의사 진찰을 받는 것엔 찬성이야. 하지만 아버지를 직접 진찰한 건 아니잖아. 형이랑 어머니의 얘기를 들은 것뿐이고, 어머니도 형 말을 그대로 믿는 거고."

"그렇지만 아주버님도 다 잘되라고 그런 거겠지."

껍질을 다 깎고 칼을 내려놓은 요시에가 그렇게 말하며 끈적거리는 손을 씻으러 갔다. 료스케는 순간 료타가 있는데도 칼을 탁자 위에 그대로 두고 간 아내가 몹시 부주의하게 느껴졌다.

"칼, 위험하잖아."

남편의 목소리가 무의식적으로 뿜어낸 험악함에 그녀는 "응?" 하며 멍한 표정을 지었다. 그리고 앞쪽으로 손을 뻗는 료스케를 보면서, "⋯⋯아아," 하고 당황한 듯한 목소리를 흘렸다.

료스케는 칼과 사과 껍질이 얹힌 도마를 집어들고 일어나, 의아하다는 듯이 올려다보는 그녀를 못 본 체하며 개수대로 가져갔다. 그리고 다시 돌아와 조금 갑작스럽게 말을 이었다.

"⋯⋯형 말이 늘 옳은 건 아니야."

요시에는 그 말이 시아버지의 병에 관해서가 아니라 그녀 자신에게 던지는 말이라는 것을 또렷하게 느꼈다. 그것은 료스케의 목소리라기보다 처음으로 귀에 들린 '스우'의 목소리 같았다.

그녀는 애써 태연하게 웃어 보이며 말했다.

"그야 그렇지. 아주버님이 신은 아니잖아. 아버님을 더 자주 만나는 건 당신이니까, 당신 생각을 형한테 솔직하게 말해보면 어때? 둘이 이야기를 나누다보면 새로운 방법이 떠오를지도 모르고."

그리고 "료타, 이리 와" 하며 입 언저리에 사과즙을 찐득찐득하게 묻힌 료타를 가까이 불렀다. 물티슈로 정성껏 입을 닦아주자 료타는 이유 없이 웃으며 신이 났다.

료스케는 아내의 말이 조금 의외라고 느끼면서 말없이 그 모습을 바라보았다. 그리고 중얼거렸다.

"……응, 내일 만날 테니까."

요시에가 고개를 들고 또다시 살짝 미소지어 보였다.

료스케가 오사카에서 다카시를 만나기로 했다고 그녀에게 말한 것은 일주일 전쯤인 9월 말이었다. 그러나 그전에 이미 '스우'의 홈페이지에서 '666'이라는 이름의 방문자가 개인적으로 료스케를 만나려 한다는 것을 알 수 있었다. 그녀는 'AI' 입장에서 그것을 조용히 지켜보았다. 스우가 'AI님도 함께 만나실래요?'라고 권했지만 '저는 일이 있어서 이번에는 사양하겠습니다. 두 분이서 즐거운 시간 보내세요'라고 답했다. 물론 료스케는 요시에에게 오사카에서 다카시를 만난다는 말밖에 하지 않았다.

요시에는 자신의 AI 역할도 그 두 사람의 오프라인 모임에서 끝날 거라 생각했다. 다카시가 료스케에게 666의 정체를 밝히면 스우의 일기는 더이상 이어지지 않고 홈페이지도 닫힐 것이다.

그걸로 끝이라고 생각했다. 나는 그때 어떻게 해야 할까? ……

그녀 또한 다카시와 마찬가지로 모든 것을 알고 있었다. 그리고 지금은 료스케가 스우의 이름으로 풀어냈던 생각도 공유하고 있다. ―그렇게 말해야 옳을까? 직접 얼굴을 맞대고 꺼내기 힘든 말도 있게 마련이다. 그것을, 때로는 두서없이 흔들리면서도 열심히 써내려간 그의 말을 나는 한 자도 빠짐없이 읽었다. 게다가 몇 번씩 되풀이해서. 그는 그것에 오히려 기뻐하지 않을까? ―AI가 나였다고 밝혀야 할까? 그가 료스케이자 스우였던 것처럼, 나도 한때 요시에이자 AI였다. 그러나 이제는 둘 다 오직 사와노 료스케이며 사와노 요시에다. 서로 그렇게 확인해야 할까? 아니면 끝까지 입을 다무는 게 좋을까? ……

그녀는 내심 자기가 남편과 모든 것을 털어놓는 광경을 바란다는 것을 알았다. 그러나 스우와 AI의 사이는 그러기에는 지나치게 길고 깊고 친밀했다는 생각이 들었다. 사실을 밝히면 료스케가 상처받지 않을까? 아니, 나아가 내게 신뢰를 잃지는 않을까? 나는 마음만 먹으면 언제든 시치미떼고서 본심과 다른 표정을 짓고, 본심과 다른 말을 할 수 있는 인간으로 보일 것이다. AI가 한 얘기를 료스케가 어딘가에서 들은 얘기인 것처럼 식탁에서 들려줬을 때, 그녀는 분명 떨떠름함을 감추면서 웃는 얼굴로 응했다. 그 얼굴은 없었던 것으로 할 수 없었다.

물론 그녀도 자신의 본심과 언동이 늘 일치한다고 생각하지 않았다. 거짓말을 할 때도 있고 예의만 차릴 때도 있다. 그러나 상대의 비밀을 알면서도 모르는 척하는 것은 그보다 훨씬 불성실한 행동 같았다. 설령 나중에 밝힌다 해도 아무 일 없었던 양 예전으로 돌아가지는 않으리라고 그녀는 느꼈다. 그리고 그녀가 아는 한 료스케 역시 그렇게 생각할 게 틀림없었다. 그것이 두려웠다.

그녀는 어제 오랜만에 다카시의 휴대전화로 문자를 보냈다.

금요일에 그이 잘 부탁드려요 m(_ _)m

반응이 어떨지 조금 걱정되지만, ⋯아마 괜찮을 거예요!

형제끼리 오붓한 시간 가지세요. 용돈 넉넉히 줘서 보낼 테니 부담 갖지 마시고(웃음).

저도 이제 마음이 조금 가벼워지려나⋯

두 시간쯤 지나 다카시한테서 짧은 답장이 왔다.

네. ⋯어느 정도나 이야기할 수 있을지는 모르겠지만요.

평소의 그와 달리 조금 무뚝뚝한 인상이었다. 그녀는 아마도 밖에서 급하게 보낸 거겠지 생각하면서도, 혹시 자기가 분위기 파악을 못 한 건가 하는 기분이 들었다. 다카시에게 동생과의 이번 만남은 자신과는 또다른 의미에서 분명 큰 의미가 있을 것이다. 그 경과가 어떻게 될지는 알 수 없지만 믿고 기다리는 수밖에 달리 방법이 없었다.

일이 없었던 오늘 오후, 수영장에서 돌아오던 그녀는 아직 어렴풋이 염소 냄새를 머금은 료타가 조르는 통에 도키와 공원으로 분홍색 펠리컨 '카타'를 보러 갔다.

카타는 십여 년 전 우연히 근처 유치원에 놀러갔다가 커다란 거울에 비친 자기 모습을 착각해 사랑에 빠져서, 그후 열심히 그곳을 찾아가 구애행동을 하고 둥지까지 만든 가엾은 펠리컨인데, 그런 모습이 전국적으로 크게 보도되고 나중에는 영화까지 만들어져서 그후로 이 공원의 상징이 되었다. '카타'는 그의 뿌리인 인도 콜카타에서 따온 이름이다.

요시에는 우베신카와로 이사 올 때까지 이 이야기를 까맣게 잊고 살았지만, 가족끼리 처음 도키와 공원에 놀러갔을 때 공원 안의 '펠리컨 섬' 설명에서 그 기록을 발견하고, 그러고 보니 옛날에 그런 뉴스를 봤는데 그게 바로 이 새였나 싶은 놀라움과 함께 옛일을 떠올렸다.

카타는 유치원 뒤쪽 민가에 둥지를 짓기 시작할 즈음 '위험 방지와 번식 학습'을 이유로 칼깃을 뽑혀서 두 달 정도 날 수 없었다. 그러기를 두 번, 마침내 공원에 사는 암컷 펠리컨 '미디'에게 구애해서 번식에 성공했지만 그후에도 유치원은 계속해서 오갔고, 유치원 건물을 새로 지어 하늘에서 위치를 알아볼 수 없게 되었을 때는 유치원생들과 함께 걸어갔다. 그 밖에도 불꽃놀이에 놀라 도망치거나 차에 치이거나 하는 등 갖가지 일화가 끊이지 않았다.

딱히 펠리컨을 보러 간 것은 아니었지만, 집에서 가깝고 도키와 호수를 에워싼 널찍한 산책길이 마음에 들어서 료타와 함께 이따금 오가는 사이 료타도 자연스레 카타에게 애착이 생겨, 갈 때마다 으레 펠리컨 무리 사이에서 다리에 빨간 동그라미가 그려진 카타를 찾곤 했다.

그래서 오늘도 료타와 한동안 찾아봤지만, 어디로 나가고 없는지 끝내 그 모습을 볼 수 없었다.

언제였을까, 그녀는 딱 한 번 이 카타와 관계있는 듯한 꿈을 꾼 적이 있다.

어느 바닷가의 항구 같은 곳. 배경에는 기와 라 비치의 해변처럼 얕고 긴 모래톱이 펼쳐져 있었다. 바닷가부터 길고 곧게 뻗은 잔교 맨 끝에 료스케가 혼자 서 있었다. 주위 시선이 닿는 곳에는 조금 어스름한 바다가 펼쳐져 있고 다른 사람들의 모습은 보이지 않았다. 그녀는 남편 뒤로 다가가서 뭘 하느냐고 물어보았다. 그러자 남편이 너무도 당연하다는 듯이 "콜카타행 배를 기다려" 하는 것이었다.

그후로 어떤 장면이 이어졌는지는 또렷이 기억나지 않는다. 잔교 끝에 있자니 사방팔방에서 끊임없이 남의 시선을 받는 기분이 들었다. 그녀는 그곳을 벗어나고 싶었다. 그래서 배 말고 자기 차로 가는 게 좋겠다고 한참 동안 앞뒤가 안 맞는 설득을 했지만, 머지않아 바다는 도키와 호수로 변하고, 지바의 친정 부모님이 하얀 새에게 먹이라며 료타에게 '도쿄 바나나'를 건네는 모습이 눈에 들어왔다. 그녀는 그것을 보고 가방 안에 넣어둔 벨기에 초콜릿이 녹아서 흐물흐물해진 것을 떠올렸다. 기억나는 것은 딱 그 언저리까지다.

요시에는 반년쯤 살고 있는 우베신카와라는 이 도시가 딱히 좋지도 싫지도 않았지만, 길거리 어디서나 공장지대가 보이고, 동시에 자연도 접할 수 있고, 바다도 가깝고, 정말이지 지방다운 상점가와 거대한 파친코 가게가 있고, 역 앞에는 '다함께 추방! 시너 놀이!'라는 로터리 클럽 간판이 붙어 있는 이곳 풍경이 기타큐슈나 지바와도 조금씩 닮은 듯한 기분이 들었다. 그래서 짧은 거주기간에 비해 수월하게 일상에서 어떤 안정감을 얻을 수 있었다. 하지만 지금은 이곳에 그리 오래 살지 않으리라는 생각이 들었다. 오늘 수영 강습 접수처에서 정식으로 유아 코스를 수강할 것을 권유받았을 때에야 처음 그런 가능성을 구체적으로 생각해보았다.

그녀는 스우의 일기를 통해 남편이 전직을 고려중이라는 것을 알았다. 역시 료스케의 입으로 직접 듣기 전에 알게 된 사실이지만 이야기 자체는 그리 놀랍지 않았다. 오히려 그가 말을 꺼내지 않으면 먼저 권해보려 했을 정도다. 취직 빙하기 세대인 만큼, 대학 시절 친구 중에도 일이 적성에 맞지 않는다며 서른 살을 코앞에 두고 회사를 그만둔 사람이 몇 명이나 있었다. 그래서 연봉

이 깎였다는 이들도 있었지만, 그런 얘기를 들을수록 하고 싶은 일을 하는 게 가장 행복이라고 절실히 느꼈다.

나름대로 생각이 있어서 지금 회사에 들어갔는데 명백하게 자의가 아닌 지바 전근을 명령받았을 때 료스케가 큰맘 먹고 전직을 결심하지 않은 것은, 물론 결단력이 부족했던 탓도 있었으나, 대학을 졸업하고 고향집에서 지내고 있던 그녀의 영향이 적지 않았다. 오사카에서 일 년간 장거리 연애를 하던 시절 그는 이미 그녀에게 프러포즈를 했다. 그에 대한 답변을 애매하게 보류중일 때 회사에서 지바 공장으로 발령받았고, 그것을 계기로 다시금 결혼 이야기를 꺼내게 된 것이다.

요시에는 료스케가 지금 정말로 하고 싶은 일을 찾겠다면 자기가 일을 더 하더라도 적극 협조할 생각이었다. 료타도 다행히 유아원에 다니는 것을 싫어하지 않는다. 그리고 혹시라도 앞으로는 지금처럼 전근이 잦지 않다면, 그녀 자신 역시 좀더 그럴듯하고 보람 있는 일을 하고 싶었다. 단순히 경제적인 면만 생각해도 고생이 따르리란 건 충분히 짐작이 갔다. 이사 비용만 해도 우습게볼 수 없다. 그러나 아직 함께할 날이 많은 료스케와의 관계를 재건할 수 있다면 결코 우울한 생각이 아니었다. 오히려 그 길을 직극직으로 신택하고 싶었다.

료스케는 사과를 먹으면서 줄곧 입을 다물고 있었다.

그녀는 티 나지 않게 시계로 시선을 던지며 혼잣말처럼 중얼거렸다.

"어머, 시간이 벌써 이렇게 됐네."

곧 열시였다. 텔레비전 화면에서는 프로그램 사이의 광고들이 잇달아 갈마들며 바쁘게 스쳐갔다.

"자, 료타. 엄마랑 목욕하고 코 자자. ─씻고 올게."

요시에가 일어서면서 료스케를 돌아보았다.

"어어, ……응."

료스케가 건성으로 대답했다. 그는 조금 전부터 아내의 생각을 표정에서 읽어내려 했지만 바로 코앞에서 막혀버리는 듯한 안타까움을 느끼고 있었다. 그게 어떤 것인지는 알 수 없었다.

료타를 먼저 화장실에 들여보내고, 요시에는 다시 거실 입구로 돌아와 남편을 불렀다.

"여보, ……"

료스케가 조금 갈변한 마지막 사과 한 조각으로 손을 뻗으며 고개를 들었다.

"……아주버님이랑 얘기 잘 하고 와."

그녀가 머금은 미소의 의미가 어쩐지 복잡하게 느껴졌다. 료스케는 거의 충동적으로 되물었다.

"무슨 뜻이야?"

"응?"

"아니, 일부러 다시 나와서까지 그 말을 하니까……"

"무슨 뜻이냐니, ……딱히 그런 거 없어. ……오랜만에 만나니까 그렇지."

료스케는 기둥에 달라붙듯이 서 있는 아내의 모습을 바라보았다. 그 말이 자신은 뭔지 알 수 없는 탁한 기운을 띠고 있는 듯 느껴졌다. 그래서 마음속에서 앙진해가는 감정을 끝내 억누르지 못하고 지금까지 절대 입 밖에 내지 않았던 의혹을 처음으로 꺼냈다.

"당신, ……나한테 뭐 숨기는 거 있어?"

요시에는 꼼짝도 하지 않고 말없이 남편의 얼굴을 바라보았다. 그녀는 눈동자로 어떤 고통과 함께 회의의 빛이 배어나오는 것을 인정하면서, 입술을 굳게 다물고 뺨을 미세하게 떨었다.

화장실에서 나온 료타가 등뒤에서 신이 나서 보고했다.

"엄마, 쉬했어!"

"응, 잘했어, 잘했어. ……자, 목욕하러 갈까."

그녀는 살짝 수그린 자세로 미소를 건네고는 료타의 손을 잡고 욕실로 향했다.

자리를 뜨는 순간 그녀가 뭐라고 한마디하려는 것처럼 그를 돌아보았다. 료스케는 확연한 후회의 빛을 띠고 고개를 숙인 채 사과를 바라보고 있었다. 그녀는 그런 그를 다시 부를 수 없었다. 그리고 가슴 깊이 들이마신 숨은 그저 힘없는 탄식으로 새어나가 끝내 말로 퍼올릴 수 없었다.

2

　남자는 우메다 역 1층의 공중화장실로 들어가 바삐 오가는 사람들 한가운데서 걸음을 멈추고 바닥을 응시했다.

　마지막 청소 뒤로 별로 시간이 지나지 않은 것 같았다. 눅눅한 타일은 사람들이 신발 바닥을 훔쳐낸 탓에 진흙을 처바른 것처럼 더러웠다. 짓밟힌 껌 찌꺼기가 여기저기 검고 둥근 반점처럼 들러붙어 있고, 얇게 말라비틀어진 그것에 또다시 누구 것인지 모를 타액의 습기가 소리 없이 드러났다.

　멈춰 선 자리가 마침 소변기 뒤쪽이라 볼일을 마친, 또는 용변이 급해서 허겁지겁 뛰어들어온 사람들은 이 키 큰 남자를 거치적거린다는 듯이 피했고, 개중에는 가볍게 혀를 차고 "……뭐야, 왜 앞을 막고 있어"라며 얼굴을 찌푸리는 사람도 있었다. 남자는 그런 말에 반응하지 않고 미간에 손가락으로 짓누른 것 같은 주름을 새기고는 발치 언저리를 살폈다. 그리고 이따금 몸을 숙이는가 싶더니 고개를 비틀며 다시 원래 자세로 돌아오곤 했다.

　칸막이 문이 열리고 한 사람이 나와 눈앞에 우뚝 선 남자를 보고 순간 흠칫 놀라더니, 곧바로 시선을 피하며 옆으로 스쳐지나갔다. 폴로셔츠를 입은 대학생 같은 청년이 뒤에서 빈칸에 먼저 들어가도 좋을지 어떨지 눈치를 살폈다. 남자는 그것을 곁눈질하며 고개를 숙인 채 앞으로 걸어가, 손을 뒤로 돌려 자물쇠를 걸었다.

비좁은 실내에는 뜨뜻미지근한 배설물 냄새와 그것을 흘려보낸 차가운 물 냄새가 뒤얽혀 퍼져 있었다. 지저분한 재래식 변기 바닥에 나지막이 차올라 희미하게 흔들리는 물 표면에 남자의 그림자가 드리웠다.

옆 칸의 신음소리부터 바닥에 울리는 무수한 발소리, 그리고 역 이용객들의 소란까지 주위의 온갖 소리들이 각각 원근을 달리하며 남자 주위를 무기질로 에워싼 무음의 한구석으로 침입해 들어왔다. 몸을 앞으로 숙이자 물 위의 그림자가 갑자기 커지더니, 이목구비를 갖춘 얼굴 하나가 비쳤다.

남자는 손을 짚지 않고 핥듯이 변기를 훑어보며 앞쪽 가장자리에서 모근이 붙은 백발 한 올을 발견하고, 가방에 손을 넣어 플라스틱 필름통과 기다란 핀셋이 든 비닐을 꺼냈다. 그리고 핀셋을 꺼내 신중하게 모발을 집어서 빈 필름통 안에 담고, 이어서 변기 위에 떨어져 있던 음모 하나를 채취했다. 뚜껑을 닫고 핀셋 끝을 휴지로 꼼꼼히 닦은 후 비닐에 담아 가방 안에 넣고, 더러워진 종잇조각을 변기에 던지고는, 일어서서 오른발로 세게 레버를 밟았다.

굉음과 함께 물보라가 튀어올라 남자의 신발을 적셨다. 그 소리에 뒤섞이듯 때마침 휴대전화의 문자 수신음이 울렸다.

남자는 바지 주머니에서 전화기를 꺼내 화면을 내려다보았다.

예정대로 '제목 없음' 문자 한 통이 도착했다.

도착했습니다. 기노쿠니야 서점 빅맨 앞에 있습니다. 흰색 반팔 셔츠를 입고 있습니다.

문자 내용에 이상이 없음을 확인하고 여전히 무표정한 얼굴로 문을 열고 나갔다. 밖에서 기다리던 회사원 같은 남자가 그와 스쳐지나는 순간 뭐라고 중얼거린 듯했지만, 남자가 돌아보며 고개를 살짝 갸웃거리자 갑자기 뭔가 떠오른 듯 황급히 빈칸으로 들어갔다.

문자 송신이 '완료'된 것을 확인한 도모야는 고개를 들고 끔찍할 정도로 붐비는 우메다 기노쿠니야 서점 앞의 사람들 무리로 시선을 던졌다. 그들 중 누군가가 휴대전화 메시지를 확인하고 이쪽을 향해 다가올 것이다.

마지막으로 오사카에 온 것은 작년 여름방학 때였다. 가족 셋이서 개장한 지 얼마 안 된 유니버설 스튜디오 저팬에 놀러 갔다가 오는 길에 한큐 백화점에 들러 함께 엄마의 옷을 샀었다. 그때도 이 주변에서 멍하니 사람들 무리를 바라본 기억이 있다. 우연히 지금과 같은 여섯시 무렵이었다.

전철을 갈아타며 집으로 돌아가는 남녀 직장인들과 학생들이 매순간 형태를 바꾸는 거대한 미로로 흘러들고, 그 역시 어느새 그 미로의 벽 일부로 변해, 출구를 찾아 우왕좌왕하듯 사람들 틈새를 간신히 비집고서 묵묵히 앞을 보고 걸어간다. 곳곳에 흐름이 막힌 것처럼 정체가 생기고, 다들 휴대전화를 힐끔거리며 약속장소에 먼저 도착한 몇몇 사람과 잡담을 나누거나 어색하게 서로를 소개하거나 한다.

도모야는 서점의 두 입구 중에서도 우메다 역을 등지는 왼편에 서 있었다. 눈앞에는 '헬텍 Healtech—health&technology'라는 피트니스 클럽의 홍보 부스가 나와 있어서 무료로 '뇌 연령 측정'이니 '혈류 측정'을 받으려는 사람들이 줄을 서고, 그 바깥쪽으로 구경꾼들이 담을 만들고 있었다. 전단지를 나눠주는 스태프들의 선명한 오렌지색 티셔츠가 무리 여기저기 흩어져서, 일대를 조망하는 그의 시선을 의도와 상관없이 끌어당겼다.

그는 중앙의 큰 계단 아래, 사람들의 밀도가 유난히 높은 언저리에서 감색 제복을 입은 젊은 남자를 발견하고는 그가 경찰인지 혹은 그저 경비회사 직원인지 확인하려는 듯 눈을 가늘게 떴다. —바로 그 순간, 훨씬 앞쪽의 광장 끝까지 일정한 간격으로 이어져 있는, 딱 두 사람 정도가 숨을 만한 커다란 사각 기둥 하나에서 한 남자가 홀연히 모습을 드러냈다. 온몸에 검은 옷을 휘감은 그는 눈을 크게 뜨고 도모야의 얼굴을 또렷하게 응시했다. 어깨를 스칠 정도의 길이인 머리는 왁스 같은 것으로 둘로 나눠 손질했다. 키는 180센티미터 정도지만 병적으로 말라서 마치 신경 자체인 양 가늘게 느껴졌고, 손에는 역시 검은색 가방을 들고 있다.

곁눈질 한 번 하지 않고 똑바로 다가온 남자가 휴대전화를 손에 든 채 도모야 앞에 말없이 멈춰 섰다.

광장의 소음이 주위에서 일제히 물러나는 느낌이었다. 남자는 은밀한 노기를 띤 듯한 눈빛으로 도모야를 매섭게 노려보더니, 거대한 새의 발처럼 뼈가 불거진 손으로 그의 팔을 난폭하게 잡고서 있는 힘껏 움켜쥐었다.

도모야는 반사적으로 몸을 굽혔다. 남자는 더욱 힘을 주고, 떨리는 손톱을 세워 살 속 깊이 파고들었다. 주위 사람 누구도 그것을 알아채지 못했다. 통증을 참지 못해 급기야 몸을 비틀며 벗어나려는 순간, 뒤에서 누군가가 가볍게 어깨에 손을 올렸다.

뒤돌아보니 낯선 남자 하나가 조용히 탐색하는 듯한 표정으로 그를 내려다보고 있었다. 그리고 표정도 바꾸지 않고 물었다.

"약속장소는?"

도모야는 한순간 말문이 막혔다가 어색하게 중얼거렸다.

"사거리⋯⋯입니다."

지시한 암호를 들은 남자는 애매한 눈빛으로 뭔가 생각하듯 살짝 아래를 내려다보더니 입가를 일그러뜨리며 어깨에서 손을 내리고 나지막하게 말했다.

"따라와."

도모야는 구원받은 듯한 안도감을 느끼며 팔을 움켜쥐고 있는 남자에게로 머뭇머뭇 시선을 돌렸다. 그러나 돗토리에서 출발한 특급열차 안에서도 몇 번인가 눈에 띄었던 그 남자는 또다시 흔적도 없이 사라지고, 팔에 섬뜩한 통증의 감촉만 남았다.

두 사람은 혼잡한 거리를 묵묵히 걸어서 5층짜리 빌딩에 있는 노래방에 도착했다.

엘리베이터에서 내려 카운터로 향하자 머리를 드문드문 밤색으로 염색한 이십대 후반가량의 여자가 맞아주었다.

"어서 오세요. 대표자 성함 부탁드립니다."

여자는 평소와 다름없이 종이와 펜을 내밀면서, 남자와 아직 중학생쯤으로 보이는 그의 일행을 흘낏 훔쳐보았다. 소년은 쭈뼛거리며 계산대 옆 전단지를 보고 있었지만 그 눈은 텅 비어 있었다.

남자는 종이에 이름과 전화번호를 썼지만 가짜라는 것은 직업적인 감으로 금세 알 수 있었다. 그러나 이럴 때 늘 그러듯이, 그녀는 쓸데없는 말은 하지 않았다.

"⋯⋯네."

종이를 받아든 여자는 컴퓨터 모니터를 확인하고 마이크와 리모컨이 든 빨간 바구니를 건넸다.

"303호입니다. 저쪽 엘리베이터나 계단으로 올라가세요."

남자는 말없이 받아들고 소년에게 힐끗 눈짓했다. 소년은 고개를 끄덕이지도 않고 아래를 내려다보며 그를 뒤따라갔다.

다다미 넉 장 반 정도 넓이의 방에는 하얀 탁자를 에워싸듯 한쪽 귀퉁이가 뚫린 ㄷ자 모양의 소파가 놓여 있었다. 어스름한 조명 아래 '이달의 인기 순위'를 소개하는 모니터 영상이 푸르스름한 빛을 발했다. 음악이 매우 작게 흘러나왔지만, 옆방이 비어 있어 소란스러운 소리가 벽을 뚫고 밀려드는 일은 없었다.

둘이 대각선 방향으로 소파에 앉음과 동시에 종업원이 노크한 후 "실례합니다" 하며 들어와서 물었다.

"음료 주문 먼저 하시겠습니까?"

남자는 종업원의 얼굴을 올려다보더니 메뉴를 힐끗 보고 우롱차와 커피를 하나씩, 그리고 잠시 생각한 후에 새우볶음밥을 주문했다.

도모야는 자세를 살짝 고치다가 엉덩이와 성기의 통증에 무심코 얼굴을 찡그렸다. 그리고 불면의 응어리가 쌓여 무거워진 머리를 성가신 짐처럼 겨우 지탱했다.

기밀성 높고 비좁은 실내에서 내는 목소리는 몸안에서 울려퍼지는 것처럼 고막을 진동시켰다. 에어컨이 켜져 있었지만 걸어온 탓인지 조금 더웠다.

그는 지금 앉아 있는 장소에 대한 현실감을 느낄 수 없었다. 노래방에 온 것도 처음이었지만, 이 장소는 도무지 현재의 목적과 걸맞지 않아 보였다. 게다가 지역은 오사카고, 눈앞에 있는 사람은 낯선 남자다.

노래를 부를 생각일까. 처음에는 진심으로 그렇게 생각했다. 남자는 음료가 나올 때까지 입을 다문 채 두툼한 노래책을 무릎 위에 올려놓고 무관심하게 책장을 들척였다. 잠시 후 종업원이 아까와 마찬가지로 노크한 뒤 문을 열고 음료와 냉동식품으로 보이는 새우볶음밥을 들고 들어왔다. 남자는 종업원이 "실례하겠습니다"라고 말하며 나가기를 기다렸다가 노래책을 옆에 내려놓았다. 그리고 커피잔을 들고는 마치 먹이를 주는 듯한, 무례하다고까지는 할 수 없지만 먹는지 안 먹는지 흥미롭게 관찰하는 기색으로 도모야 쪽으로 접시를 밀었다.

휴일 점심때 이따금 엄마가 남은 재료로 만드는 볶음밥과 달리 몹시 메마른 냄새가 났지만, 허기진 위는 그 냄새에 민감하게 반응해 위산을 뚝뚝 흘리며 식도를 기어오를 기세로 움직이기 시작했다.

일주일쯤 전부터 그는 방 앞에 가져다주는 식사를 일부러 먹다 말다 했고, 먹지 않는 것을 이상하게 여긴 엄마가 문 너머로 말을 건네기라도 하면 큰 소리로 욕을 퍼부어대며 있는 힘껏 물건을 집어던졌다. 그뒤로 식사에 손대지 않으면 시호코는 말없이 쟁반을 치웠고, 대신 '엄마가 만든 음식을 먹고 싶지 않으면 편의점에서 도시락이라도 사다 먹어'라는 쪽지와 함께 만 엔 지폐를 건넸다.

에이지는 그런 사실을 몰랐지만, 2층에서 아들이 분노를 터뜨리면 매번 침울한 무관심을 가장한 얼굴로 아내에게 중얼거렸다.

"……당분간 그냥 내버려둬."

도모야는 준야에게 입은 상처 때문에 끊임없는 짜증의 악순환에 휘말려 있었다. 그가 가끔가다 식사를 거부한 이유는 오늘처럼 몰래 집에서 나오는 것을 부모에게 들키지 않기 위함이었지만, 배변 때 느끼는 음울한 고통에 대한 상상은 실제로 그의 식욕을 두드러지게 떨어뜨렸다. 위는 분별없이 계속 공복감을 호소했지만, 가슴 언저리에는 그것을 돌처럼 무겁게 압박하는 응어리가 있었다. 처음에는 한밤중에 집을 빠져나가 편의점에서 팩에 든 죽이나 젤리 상태의 건강식품 등을 사먹었으나 상상과 달리 탄수화물이 변을 더 딱딱하게 만든다는 것을 알고 나서는 식사 후에 변비약을 먹는 습관이 생겼다.

먹지 못한다는 사실이 그를 온종일 불안하게 만들었고, 통증과 가려움은 잠을 방해하며 더욱 몰아붙였다. 방안의 물건을 마구잡이로 때린 탓에 주먹과 팔이 긁히고 멍들었다. 음식 그릇이 보이고 엄마의 목소리가 들리면, 이런 곤경에 대한 그녀의 완전한 몰이해에 울분을 터뜨렸다.

어젯밤 굶은 만큼 오늘 오후에는 점심 밥그릇을 절반쯤 비운 후, 어머니가 그릇을 거둬가 밑에서 설거지를 하기 시작한 틈을 타서, 예전에 자주 신었지만 지금은 신발장 깊이 넣어둔 운동화를 꺼내 몰래 집을 빠져나왔다. 그리고 돗토리 역까지 걸어가 특급열차 '슈퍼 하쿠토' 자유석 차량에 올라타고, 자리에 앉아 눈을 붙이며 조바심을 억누르고 불안을 가라앉히면서, 약속시간 십 분 전쯤 JR 오사카 역에 도착한 것이다.

도모야는 혼자 먹어도 괜찮겠냐는 뜻으로 상대의 얼굴을 바라보았지만 남자는 그저 턱을 살짝 치켜세우며 재촉할 뿐이었다. 한 입 먹고, 두 입을 먹었다. 우롱차를 한 모금 마신 후, 묘하게 달콤한 향기가 나는 'GARAM'이라는 담배에 불을 붙인 남자의 옆얼굴을 훔쳐보았다.

"네 사이트 말이야, ……"

남자가 도모야의 시선을 슬며시 맞받으며 입을 열었다.

"그거 재미있던데."

'재미있다'는 말은 도모야에게 뜻밖이었다.

"나는, 음, '고독한 살인자의 몽상'의 애독자라고나 할까. 올라올 때마다 전부 읽었어. 하루도 빠짐없이."

말꼬리가 입가에 의미심장한 웃음을 남겼다. 남자는 빨아들인 담배연기가 몸속 깊숙이 침투해가는 것을 지켜보듯 실눈을 뜨며 눈동자를 희번덕거렸다.

도모야는 미세하게 고개를 끄덕이며 입을 열었지만, 기관으로 흘러든 가느다란 숨결은 성대를 울리지 못한 채 목만 스치고 나가버렸다.

"……처음에는 말이지, 실례지만 웃으면서 읽었어. 정말이지 머리가—"

남자가 담배를 끼운 손가락으로 관자놀이 언저리를 가볍게 두 번 두드리고 말을 이었다.

"별 이상한 놈이 다 있다 했지. 그뒤에는 만약 제정신이라면 과연 진심일까 의심했지. 당연히. ……그런데 아무래도 넌 진심인 것 같더군. —응? 아니야? 그럼 단순한 망상인가?"

도모야가 표정을 굳히며 눈을 피했다. 그리고 오른쪽 집게손가락으로 왼쪽 손등을 몇 번 긁적인 후 고개를 획 쳐들고 중얼거렸다.

"……아니야."

"망상이 아니다. 요컨대 죽일 의지가 있다는 뜻이군?"

그 말에는 입을 다물고 대답하지 않았다. 크게 부릅뜬 남자의 눈 속에서 눈동자가 미세하게 흔들렸다.

"경계하는 게 당연하지만 그럴 필요 없어. 난 네 편이니까. ……넌 이미 내가 누군지 알아. —그렇지? 그런데 또 한 가지 알아야 할 게 있어. 지금부터 내 이야기를 들으면 저절로 알게 되겠지만."

그는 천천히 손목시계로 시선을 던져 시간을 역산하듯 몇 번인가 살며시 고개를 끄덕였다.

도모야는 꼼짝 않고 그 모습을 바라보다가 결심을 굳히고, 옆에 있는 배낭에 손을 뻗어 허리띠를 움켜쥐고 일어섰다. 문은 몸을 앞으로 숙이고 앉은 남자와 탁자 사이 아주 좁은 틈새 앞에 있었다. 막무가내로 저기를 돌파해야 할까? ─망설임이 그의 두 다리를 한데 잡아맸다. 남자는 딱히 동요하는 기색 없이, 오히려 처음부터 이런 사태를 예측한 듯 침착하게 그를 올려다보며 한마디만 중얼거렸다.

"못 가."

그리고 일부러 이유를 밝히지 않은 탓에 도모야가 다시금 제자리에 멈춰버린 것을 확인하더니 짧게 콧소리를 흘리며 고개를 살짝 숙이고 말했다.

"나랑 함께 나가지 않는 한 넌 여기서 벗어날 수 없어."

그리고 갑자기 침울한 표정을 짓더니, 무의식적으로 그 이유를 기다리는 도모야에게 말했다.

"─만약 지금 혼자 나가면 죽게 될 테니까."

그 말에 도모야의 온몸이 시체처럼 뻣뻣해졌다.

"반드시 죽어. ─반드시. 나를 만난다는 건 그런 거야. ……겁주는 게 아니야. 다만 그렇게 되리라는 건 알려줘야 하니까. 무조건 기필코 그렇게 돼. 지금까지 내 충고를 무시한 인간은 단 한 명의 예외도 없이 그렇게 됐거든. 그것도 매우 비참한 꼴로 말이지. ……"

남자는 신경질적으로 고개를 저으며 깊은 생각에 잠긴 듯한 말투로 다짐을 두었다.

"피할 수 없어, 그건."

도모야는 소스라치게 놀랐고, 손에 든 배낭이 별안간 누군가가 밑에서 잡아당긴 것처럼 묵직해지는 느낌을 받았다. 그래서 그 힘이 이끄는 대로 다시 제자리에 주저앉고 말았다.

죽이겠다는 말일까. 도모야는 생각했다. 그렇게밖에 이해할 수 없다. 하지만 남자는 자기만 아는 예를 떠올리며 말한 듯했다.

도모야가 개의치 않고 도망칠 수 없었던 것은 '죽는다'라는 말이 자신의 가슴속 깊이 가라앉은, 자신도 잘 모르던 어느 차디찬 자리를 생생하게 스치며 불쾌한 파문을 일으켰기 때문이었다. 그것은 마음속 회의의 그물을 찢지도 않고 간단히 통과해 안에 녹아들었고, 그 즉시 반응하며 중심에서부터 그를 경화시켜갔다. 동시에 방금 들은 말을 이해할 수 없다는 생각이 저항하기 힘든 힘으로 그를 제자리에 붙들어 세웠다.

남자는 도모야의 판단을 지켜보더니 알았다는 듯 조용히 담배를 피웠다.

"그래. 다행히 바보는 아니군. 끝까지 얘기를 듣기만 하면 돼. 간단한 일이야."

그렇게 말하고 아무것도 넣지 않은 커피를 마시더니 다시 입을 열었다.

"지성이라는 것이 뱀과 비슷하다는 걸 알아차린 고대인은 위

대해. 그렇게 생각하지 않나? 유연하고, 반질반질하고, 잡을 수가 없고, 뭐든 한입에 소화시키고, 머리부터 꼬리로 이어지는 단순한 한 줄기 선이 전부지. 게다가 섬뜩하고 흉악해. 물리면 순식간에 온몸에 독이 퍼지지. —너를 붙들어 세운 건 네 뱀이야."

남자는 한순간 뺨을 일그러뜨린 후 상대의 시선을 똑바로 받아내며 말했다.

"네게는 죽이고 싶은 인간이 있어. 좋아, 죽여 마땅하지! 네가 그렇게 생각했다는 그 사실이 네 살인을 전면적으로 긍정해줘. 금지는 무효야. 금지를 발행하는 시스템이 정작 뒤에서는 너를 부추겨. —그러나 목적은 명확해야겠지. 그리고 최대의 효과를 내는 방법을 선택해야 해. —그러기 위해 제일 중요한 건 발상이야."

남자는 도모야의 동요를 알아채고 말했다.

"괜찮아. 우리에게는 아직 조금 시간이 있으니까. 그전에 얘기가 끝나."

도모야는 별안간 심해진 하복부의 통증 때문에 두 다리를 거세게 비벼댔다.

"우리는 문제에 대해 맑은 시점을 가져야 해. 충동적인 행동은 절대 안 돼. —가장 먼저 생각해야 할 것은 누가 누구를 죽이느냐 하는 것이지. ……네가 증오하는 상대를 네 손으로 죽인다."

그 말이 도모야의 온몸으로 짓이겨드는 듯했다.

"그렇지. ……흠, 그렇고말고. ……하지만 너는 그전에 나와 함께 먼저 한 사람을 죽여야 해. 이건 네 살인에도 매우 중요한 일이야. 불가피한 일이라고 생각해야겠지. ─본질적으로 나의 살인과 너의 살인에는 아무 차이도 없어. 세상은 그것을 인류역사에서 도저히 분별할 수 없을 만큼 무수히 되풀이되어온 살인의 두 가지 예로만 받아들일 테니까. 실제로 죽이는 것은 우리가 아닌 거야."

도모야는 의식을 집중해서 들었지만 남자가 무슨 말을 하려는 것인지 이해할 수 없었다. 그래서 당황한 듯 고개를 돌려 새삼스레 주위를 둘러보고, 그 어스름한 공간이 현실과 완전히 동떨어져 고독하게 부유하는 듯한 기묘한 느낌을 받았다.

남자는 개의치 않고 말을 이었다.

"살인은 태곳적부터 오늘날까지 하루의 예외도 없이 실행되어왔어. 자연사와 다를 바 없이 자연스럽게. 그리고 이 사실은 미래에도 영원히 변치 않아. ─그건 너도 알겠지? 아무리 어수룩한 인간이라도, 언젠가 이 세상에서 살인이 소멸되리라는 몽상은 절대 하지 않아."

남자가 주먹을 움켜쥐며 강조했다.

"만약에 ─만에 하나 그런 세계가, 요컨대 완전히 선한 세계, 완전한 사랑의 세계가 도래한다고 가정해보자고. 그 세계에서 가장 성실한 인간은 틀림없이 인간성이라는 것의 마지막 구제 수단으로 절망적인 결의를 품고 가장 부조리하고 가장 불가해한 살인을 하게 되겠지. 그리고 그것에 쾌재를 부르는 자들 또한 가장 인간적인 사람들이야."

비비고 있던 도모야의 한쪽 다리가 그 순간 갑자기 미끄러져 바닥을 세게 굴렀다. 그러나 남자는 동요하지 않았다.

"인간이란 그렇게 어리석은 존재야. —그런 어리석음을 오히려 인간은 인간성이라고 부르지. 잡티 하나 없이 완벽하게 흰 공간에 사람을 집어넣고 감금해봐. 사흘도 못 견디고 발광할 게 틀림없어. 하지만 거기서 아주 미세한 얼룩 하나라도 찾아내면 제정신을 유지할 수 있지. —인간은 신이 될 수 없어. 그건 자명해. 신조차 완전한 선이라면 당장에 내팽개쳐지겠지. 히힛. —그런데 말이지. 인간의 행위 중 가장 어리석은 것이 살인이라고들 하거든. 요컨대 살인이야말로 가장 인간적인 행위라는 뜻이야. —이해하겠어? 단순한 삼단논법이야."

도모야는 그 질문에 처음으로 고개를 끄덕였다. 남자는 만족스러운 듯이 이야기를 계속했다.

"살인은 인간의 필연이야. 인간이 인간적인 이상 살인은 반드시 일어나지. 유사 이래 이 세계가 살인을 경험하지 않은 날은 단 하루도 없었어. 태어나서 죽는다는 인간의 조건이 불변하는 한, 있는 것을 없는 것으로 만드는 행위의 신비가 주는 매혹에서 인간은 절대 도망칠 수 없어! —알겠나? 존재자에게서 존재를 빼앗는다! 달의 인력이 바다를 끌어당기듯 은밀하게, 그러나 헤어나오기 힘든 강력한 힘으로 인간을 구속하는 생각이지. 이 세계는 표면상으로는 분명 살인을 구축驅逐하는 척해왔어. 그러기 위한 유일하고 현실적인 방법은 언제나 살인이었지만 말이야."

남자가 눈을 부라리며 히죽 웃었다.

"사형, 혹은 전쟁. ―문제는 단 하나, 살인이 나 자신에게 일어나느냐 일어나지 않느냐야. 그게 바로 평화라는 것의 기만적인 정체야! 평화가 평화로 느껴지려면 평화롭지 않은 현실이 불가결하지. 어디에 얼룩을 찍을 것인가? 어디 먼 곳, 나와 아무런 관계도 없는 곳에서 살인이 일어난다면 기가 막히게 이상적이지! WTC(월드트레이드센터)가 무너진 다음날, 텔레비전을 통해 그 장면을 신물이 날 정도로 목격한 전 세계의 평화는, 구워 먹으면 얼마나 맛있을까 싶을 만큼 탱탱하게 살이 올랐지. 윤기가 흐르고, 군침이 돌 정도로 먹음직스럽고, 살짝 외설적인 분홍색을 띠고서 말이야. 살육은 오히려 환영받고 있어. 자기 몸에 위험이 닥치지 않는 한. 인간은 여전히 어리석어. 그러나 그렇기 때문에 지금 이곳의 평화는 인간적인 의미에서 고귀하다. ―그게 본심이야."

도모야는 생각에 잠길 때 으레 그렇듯 무심코 손톱을 물어뜯기 시작했다. 달착지근한 담배연기가 수염으로 까칠까칠한 뺨을 비벼대듯 그의 얼굴을 맴돌았다.

"어렵게 생각할 것 없어. ―버스에 타고 있다. 그런데 한 남자가 난데없이 칼을 빼들고 날뛴다. 승객들은 무슨 생각을 할까?

응? 어쨌거나 그 남자가 빨리 버스에서 내려주길 간절히 바라겠지. 밖에서는 누구를 죽이든 상관없어. 아니, 오히려 밖에서 누군가를 죽여주면 기뻐할 거야. 다행이다, 버스 안에 있었던 덕분에 살았다, 하면서. —아무 일 없는 대낮에도 살인이 은밀하게 기대되고 있단 뜻이야! 내 말 알겠나? 살인은 결코 근절되지 않아. 그렇다면 여기가 아닌 어딘가에서 일어나게 하는 수밖에 없지. 별다를 것 없는 평범한 일상의 한순간에 살의가 끼어들면 곤란해. 영원히 그 어디서도 살인이 일어나지 않는다면 버스 승객들은 모두 불안에 떨게 되겠지. 혹시 여기가 아닐까 하고. 살의가 머지않아 자기 주위에서, 아니, 어쩌면 자기 자신에게 폭발하는 건 아닐까 하고. —살인은 어디까지나 예외로 처리되어야 마땅해. 어디 먼 곳에서 자기와 아무런 관계도 없는 인간에게 닥치는 행위로. —무자비하지. 무자비하고 서글프지만 그 일은 틀림없이 일어나게 돼 있어. 아니, 이미 일어났어. 그리고 또다시 일어나겠지. 다만 여기가 아닌 어딘가에서, 딱하기 이를 데 없는 인간에 의해!"

남자는 그렇게 말하더니 갑자기 두통을 참으려는 듯 깍지 긴 양손의 엄지로 이마를 눌렀다. 도모야는 흠칫 놀라며 그 모습을 지켜보다가, 이윽고 가슴속에 억눌려 있던 숨을 살며시 밀어내고 바지 앞을 움켜쥐듯 두세 번 긁적였다.

고개를 든 남자가 험상궂은 표정으로 이야기를 계속했다.

"그러나 그것은 비열한 은폐야! 단순한 기대가 아니라고! ─잘 들어, 살의라는 건 자존할 수 없어. 물건처럼 어딘가에 혼자 굴러다니는 게 아니야. 그것은 이 세계가 끊임없이 인간의 필연으로 생산해왔고, 불활성 상태로 모든 인간에게 심어놓은 거야. 그리고 어느 순간 완전히 임의로 활성화되지! 신비로운 소집장에 의해, 불시에 불가피하게 말이야."

문 유리 너머 대학생으로 보이는 남자가 화장실에 가는 모습이 보였다. 도모야가 느낀 첫 인기척이었다.

그는 조금 전부터 남자의 얼굴을 응시하면서, 그것이 우메다역에서 자기를 향해 똑바로 걸어왔던 그 남자의 얼굴과 서서히 겹치는 것을 느꼈다. 어찌된 영문인지 뒤에서 갑자기 어깨를 붙잡혔고, 다시 돌아봤을 때 그 검은 남자는 이미 사라지고 없었다. 그러나 그것은 어떤 기묘한 착각이 아니었을까? 남자는 그저 똑바로 나를 보고 말을 건네왔다. 어젯밤 꿈속에서도, 오늘 특급열차의 통로에서도 그랬던 것처럼. ─그리고 남자의 목소리는 한층 몽상적인 울림을 띠어가는 듯했다.

"……살의는 생산되고 활성화된다! 너는 지금 바로 그런 상태야. 인간의 나락으로 향하는 소집장을 손에 쥐고서. ─좋아, 양심의 가책은 털끝만큼도 느낄 필요 없어. 너는 살의의 담당자로 세계의 선택을 받은 거야. 인간들은 텔레비전 앞에 달라붙어서 너의 살의가 발발하기를 이제나저제나 간절히 기다리고 있지! 부디 멀리서 구경하고 싶어하면서. 너는 고독한 살인으로 향하려 해. 그런데 왜일까? ─왜 너는 반대 입장이 아닐까? 살인이라는 행위가 있고, 그 당사자가 있다. 그렇다면 네가 그 상대에게 살해당해도 상관없잖아? ─응? 왜 그렇게 되지 않았을까?"

"······그놈은 살아 있을 가치가 없는 쓰레기야. ······"

도모야는 처음으로 또렷하게 목소리를 냈고, 게다가 지금까지는 사이트 내에서만 써본 표준어 말투로 중얼거렸다.

남자는 그 대답을 예상했다는 듯이, 또한 그 억지스러운 울림을 놓치지 않고 들었다는 듯이 되물었다.

"그렇군. 그런데 왜 그 쓰레기를 꼭 네가 죽여야 하지? 이유가 뭘까? 그런 인간이라면 다른 누군가가 죽여도 되지 않나?"

그리고 자기 말에 충분한 반응이 오는 것을 느끼면서 주먹으로 소파를 조급하게 내리치며 대답을 재촉했다.

"증오해서? 왜 네가 증오해야 하지? 응?"

"그놈이 나한테, ······"

"무슨 짓을 했다. ─왜 다른 사람이 아닌 너한테?"

도모야는 구가 아유미를 떠올렸다. 일의 발단은 준야가 아유미에게 저지른 야비한 행위였다. 그에 대한 응분의 대가로 자기가 가한 징벌에, 준야는 불합리하고 비겁한 폭력으로 보복했다. 줄곧 조용히 살아온 자신이 끝내 인내의 한계에 다다른 것은 그 때문이었다. ─그는 그런 생각을 어렴풋이 머릿속에 떠올렸지만 입 밖에 내지는 못했다. 그것과 '고독한 살인자의 몽상'의 정합성을 잘 연결시킬 수 없었다. 그것이 말 그대로 단순한 '몽상'으로 해석되는 데 저항을 느꼈다. 그리고 무엇보다 구가 아유미의 존재를 어떻게 설명해야 좋을지 몰랐다.

"세계는 내심 그 쓰레기가 죽기를 바라고 있지. 설령 쓰레기가 아니더라도 네가 보기에 더할나위없는 쓰레기라면 기꺼이 내놓을 거야. 희생양으로. ―이해하겠나? 다시 한번 말하지. 사실을 직시해야 해. 오로지 사실만을, 맑은 눈으로!"

남자가 눈동자에 힘을 주며 말했다.

"너는 죽이는 인간으로 이 세상의 선택을 받았어. 유전과 환경을 조합한 데이터를 미연의 살인에서 프로파일링한 결과 최적의 인물이 정해졌지. ―그게 너야. 그 어떤 고유명사를 지닌 인간이라도 너와 완전히 동일한 조건에 놓이면 반드시 살인을 저지르게 돼 있어. 반드시. 너와 똑같은 부모, 너와 똑같은 지역, 너와 똑같은 외모, 너와 똑같은 성격. ―지능, 체력, 상황, 모든 것이 같다면 그 인간은 당연히 살인을 저질러야 해. 아니, 틀렸어! 누군가는 그렇게 반론할지도 모르지. 하지만 그 인간의 유전적 특질과 환경 등을 네가 지녔다면, 네가 '틀렸어!'라고 외치더라도 대신 너로 태어난 인간은 싫든 좋든 살인을 저지른단 말이지! ―알겠나? 인간이란 단순한 데이터 다발이야. 그리고 마침 네 다발의 상태가 살인자가 되기에 최적이었던 거지! 세계는 직접적으로 느끼지 못하는 온갖 미세한 작용을 여러 해 동안 편집 증적으로 끈질기게 너에게 끼쳐왔어—그래, 유전에 필요한 정 신이 아득해질 정도로 긴 시간과, 개체의 성장에 필요한 고작해 야 십수 년에 불과한 너의 세월!—, 그렇게 심어둔 하나의 살의 를 드디어 지금 성공적으로 활성화하는 중이지. 너의 고유명사 를 라벨로 붙이고."

남자가 두 개비째 담배에 불을 붙이고 천천히 연기를 뿜어내 더니 시야가 충분히 맑아진 후 다시 말을 이었다.

"인간은 그것을 습관적으로 운명이라 불러왔지. 그 또한 기만 의 한 방식일 뿐이지만."

3

남자는 다시 시계를 힐끗 보고 나서 말했다.

"나사렛예수 알지?—그리스도라고 불리는 남자. 내가 가장 우스꽝스럽게 생각하고 가장 연민을 느끼는 인물이지. 그 남자 가 어떻게 처형당했지? 응?—그래, 책형이야. 두 손 두 발을 십 자가에 못박혀 죽었어. 왜일까? 왜 다른 방법을 쓰지 않았을까? 목을 베어도 되지 않았을까? 아니면 카이사르처럼 떼로 몰려들 어서 찔러 죽여도 됐어. 그런데 왜 책형이었을까?"

남자가 조금씩 다가오며 얼굴에 살짝 땀이 밴 도모야에게 대답을 요구했다. 시계는 이미 일곱시를 지나고 있었다.

"간단해. 그가 목수의 아들이었기 때문이야. 그래서 못박힌 거야. ―이것이 나사렛예수 처형의 비밀이야. 그리스도교는 유사 이래 가장 건축적인 종교지. 『신곡』을 읽어봐. 지상을 포함해 지옥에서 천국까지 온갖 세계를 건축하는 의지! 그것이 그리스도교의 본질이야. ―내 말 알겠나? 즉 책형이란 일종의 건축적 처형이야. 처형적 건축이라 해도 될 테고. 예수의 참살을 거듭 경험하기 위해 그리스도교도는 그때마다 계속 처형을 건축해야 해. 그래서 제단과 교회가 존재하지. 예수에 대한 모든 말은 구조적으로 늘 그 중심에 처형을 마련해두고 있어. ―그런데 그 의미는 뭐지? 응? 속죄라는 건가? 예수는 결국 세계의 손목인가? 책형이란 역사적, 일회적인 공동 리스트컷인가? 아니면 현대인은 각자의 손목에 예수를 심어넣고, 개인적인 책형을 성실히 집행하고 있는 걸까? ―뭐, 좋아. 그러나 악마가 신의 아들의 의지를 거슬러 그의 죽음에 은밀히 감춰둔 것은 전혀 다른 의미였어. '하나님, 나의 하나님, 어찌하여 나를 버리시나이까?'―나사렛예수는 죽기 직전에 그것을 알아채고 당황해했어. 큰일이다! 그 처형은 결국 운명이라는 것의 지배가 완성됐음을 뜻해. 예수는 두 손과 두 발을 세 개의 못으로 못박혔지. 세 개! 클로토, 라케시스, 아트로포스! 모이라는, 운명의 세 여신은 고작해야 목수의 자식인 그가 신의 아들이 되는 것을 결코 허락하지 않았어! 그렇기 때문에 나사렛예수는 못과 쇠망치로 십자가에 못박혀 죽은 거라고! ─알겠나? 어떤 인간이든 운명에 못박혀 있어. 절대로 거기서 벗어날 수 없어. 게다가 그 못을 박는 것은 이 세계 자체야!"

남자는 고개를 미세하게 옆으로 흔들더니 그것을 억누르려는 듯 짜증스럽게 두 손으로 얼굴을 문지르고, 눈물을 머금은 벌건 눈으로 도모야를 응시했다. 그리고 시선을 피하며 이야기의 논리를 스스로 확인하려는 듯 몇 번이나 고개를 끄덕여 보였다.

"너는 살인자야. 설령 세계가 비열하게 날조한 사실일지라도 그것은 불가피한 운명이야. 그 외의 무엇도 아니야. 세계는 널 선택했어. 왜일까? 너에게 살인 이외의 행복이 없다는 걸 알기 때문이지."

도모야는 아까부터 무의식적으로 계속 다리를 떨어댄 탓에 성기의 통증을 더이상 견딜 수 없어서 엉겁결에 벌떡 일어섰다. 그리고 스스로도 그 행동을 주체하지 못하고 남자 옆을 벗어나 탁자 앞을 오락가락했다.

한순간 남자는 눈을 휘둥그레 떴지만, 그 모습을 보고 오히려 자기 말의 효력을 확신한 듯 말을 이었다.

"모든 인간은 예외 없이 손익의 원리로 움직여. 다른 행복이 있다면 살인 따위를 저지를 이유가 없어. ─네가 비할 데 없는 탁월한 재능을 타고났다고 치자. 또는 용모가 수려해서 여자에게 사랑받고 남들에게 사랑받는다고 치자. 혹은 엄청난 부자라고 쳐. —그중 한 가지 조건이라도 충족된다면, 아니, 이중 어느 것이라도 그럭저럭 충족되기만 한다면 세계는 너를 살인자 리스트에서 제거했겠지. —그런데 그러지 않았어. 그것은 너 자신도 자각하는 바야."

도모야가 멈춰 서더니 노기 띤 눈으로 남자를 돌아보았다. 그리고 이를 갈면서 가까이 있던 선곡 리모컨을 집어 당장이라도 던져버릴 기세로 움켜쥔 채 몇 번이나 머리 옆으로 휘둘렀다.

"인간은 진실을 맞닥뜨리면 흥분하며 화를 내지. —넌 아무것도 갖지 못했어. 필시 불행조차도. 그렇기 때문에 세계는 너를 리스트 위쪽으로 끌어올렸지. —알겠어? 너의 두 손과 두 발은 이미 못박혔어. 아무리 발버둥쳐도 소용없어. 그리고 세계는 오직 처음부터 은혜를 입고 충족되어 있는 자들만을 위해 존재해! 이게 진실이야! 가지지 못한 자들에게 이 세계가 베푸는 미덕은, 모든 가진 자들을 긍정하고 이상화하고 그 생활을 동경하게 만들어서, 그 몇백분의 일만큼의 생활을 가까스로 손에 넣으면 그것으로 충분하다고 믿게 만들기 위한 음모일 뿐이야! 그런 보잘것없는 행복이야말로 인생이다. —그러기 위해 노력하라! 조금이라도 우리 가까이로 기어올라와라. 훌륭하다고 칭찬해줄 테니! 본보기를 보여줄까? 자, 봐라. 우리조차 더 높이 올라가려 노력하고 있지 않은가! —그런 노력을 기피하는 자는 나태하다. 한

심하고 초라한 인생이다! 불우한 환경에서 태어났다고? 그래서 뭐? 어쩔 수 없지 않은가. 그런 환경에서도 노력해서 행복한 인생을 개척해낸 사람들이 얼마든지 있다. 왜 그러려고 애쓰지 않는가? ……"

남자가 날카로운 조소를 지었다.

"진절머리 나나? 하지만 살인을 저지르지 않으면 너는 평생 동안 이런 고마운 설교를 듣게 될 거야. 리스트에 올라 있음에도 살인자가 되지 못한 무리는 속이고 얼러서 잘 길들여둬야 할 테니까. 엉뚱한 쪽으로 날뛰면 성가셔지거든. ─그나마 머리가 돌아가는 인간은 곧 알아차리겠지. 유전과 환경의 불공평함은 결국 어쩔 수 없다는 것을, 인생은 노력 여하에 따라 달라진다는 말은 완전히 엉터리라는 것을. 처음부터 가지고 태어난 인간과 똑같아질 수는 없어. 절대로. 그래서 자신이 여전히 책형을 당하고 있다는 걸 생생히 깨닫게 되겠지. ─그런데도 이 세계에 매달려 있으려면, 고작해야 인터넷에 참담한 원망의 글이나 쓰면서, 대다수를 차지하는 가진 자들만 살기 편한 세계의 시스템에 예속되어, 그것을 강화하는 데 힘까지 보태면서 완전히 무의미한 생을 살아가는 수밖에 없어! 하루는 그저 흘려보내기 위해 시작하고 끝나. 그리고 결국 인생도 그저 흘려보내기 위해 시작하고 끝나는 거라고!"

도모야는 몸속에서 솟구쳐오르는 열기에 시달렸다. 그래서 엄지발가락으로 운동화 깔창을 몇 번이고 짓이겼다.

정신을 차려보니 남자는 두 손을 기도하듯 단단히 깍지 낀 채 두 다리와 탁자 사이에 생긴 부채꼴의 구멍을 물끄러미 바라보고 있었다. 그리고 그 자세 그대로 말투를 살짝 온화하게 바꿔 이야기하기 시작했다.

"……나사렛예수는 그런 것에 진절머리를 냈던 인간이야. ……목수의 자식 따위로 태어나, 인생이 죽고 싶을 만큼 따분하다고 느꼈어. 그 남자는 말했지. 부자가 천국에 가는 것은 낙타가 바늘구멍을 통과하는 것보다 어렵다고. 그렇지만 이 세계는 그런 인간들에게 좌지우지되고 있어. 완전히. 그리고 물론 천국 같은 곳은 어디에도 없지. 지옥도 마찬가지야. 있을 리 없어. 모두 날조한 거야. ……이해돼? 그런 건 백치의 신앙이야! 죽으면 모두 끝나. 이 세계의 불운을 묵묵히 견뎌본들 아무런 보답도 없다고! 선행에 힘쓰든 온갖 악행을 저지르든 결과는 똑같아."

옆방으로 젊은 단체손님들이 들어가는 기척이 느껴졌다.

남자가 천천히 고개를 들더니 복도 쪽을 보고 다시 시계를 확인했다. 그리고 도모야가 어느새 소파에 앉아 갑갑한 표정으로 옷깃 단추를 풀려 하는 것에 뜻밖이라는 표정을 지었다.

'……이자는 미치광이일까? 아니면 진짜 악마일까?……'

도모야는 조금 전 자리에서 일어섰을 때부터 줄곧 생각했던 것을 속으로 또다시 자문했다. 그러나 바로 그 순간, 남자의 눈이 예리하게 자기를 포착한 기미를 느끼고 재빨리 마음의 소리를 봉쇄했다. 그렇지만 이미 남자가 자기를 꿰뚫어보고 있다는 불안감에서 헤어날 수 없었다.

실내 온도는 견디기 힘들 정도로 높아져 있었다.

"―굳이 말할 필요도 없지만, 사회개량주의적인 낙관은 모조리 기만이야. 왜냐하면 그것은 늘 현상황을 무력하게 긍정할 수밖에 없기 때문이지. 언젠가는 해결될 각종 문제들! 그러니 지금 당장은 어쩔 수 없다는 뜻이지. 그런 문제들은 선의가 미칠 수 없는 인간의 한계라고 말이야. ―그래서 백 년 후에 그 문제들이 해결된다고 치자. 그게 대체 지금 이 순간을 살아가는 인간에게 무슨 의미가 있지? 응? 첫째로 살인을 예로 들어보자고! 그런 낙관은 실현될 턱이 없어! 이 세계는 끊임없이 살의를 산출해내고, 그것을 떠맡을 인간의 리스트를 유전과 환경에 근거한 다종다양한 데이터로 작성해서 마땅한 시기에 마땅한 인간에게 살의를 활성화시켜! 한두 명의 희생양이 나오는 건 어쩔 수 없어!"

담배를 재떨이에 비벼 끈 남자는 소리 내어 이마에 손을 얹고 약간 뜸을 들이더니 도모야를 똑바로 바라보았다. 그 표정은 이 남자를 처음 접하는 인간에게는 직격으로까지 느껴질지도 몰랐다.

"자, 이제 결론에 가까워졌군. ―사람을 죽이겠다는 네 결단. 그건 완전히 정당해. 세계가 교활하게 너에게 떠맡기려 하는 모순이야. ―하지만 그렇다고 쓰레기 하나를 죽이면 넌 보기 좋게

이 세계에서 배척당할 뿐이지. 그거야말로 이 세계의 진짜 목적이니까! ─무슨 말인지 알겠지? 넌 법적으로 소년법의 보호를 받기 때문에 백 명을 죽여도 사형은 당하지 않아. 그런 허술한 시스템을 최대한 활용해야겠지만, 좀더 대국적인 견지에서 생각해보는 것도 좋겠지. 중요한 건, ─그래, 시스템 자체를 파괴하는 거야. 또는 시스템이 구축되어 있다는 환상을 깨부수는 거라고 말할 수도 있어. 시스템에 장애를 일으키고 세계를 절망시키는 것! 그리하여 주체적으로 이 세계의 일체로부터─법에서도, 도덕에서도, 윤리에서도 이탈하는 거지. 그것 외에 너의 살인이 성취될 방법은 없어. ……넌 지금 나와 함께 모든 것을 허락받았어! 그리고 이탈자는 우리 두 사람만이 아니야."

남자가 부드럽게 미소를 건네며 힘을 주어 고개를 한 번 끄덕였다. 도모야는 미간을 찌푸리며 작은 소리로 말했다.

"……악마,"

그러고는 또다시 벌떡 일어서서 소리쳤다.

"이 악마! 넌 존재하지 않아! 모두 가짜야!"

조금 전 탁자에 내려놓았던 리모컨을 이번에는 망설임 없이 남자에게 집어던졌다. 남자는 미동도 하지 않았고, 리모컨은 그의 얼굴을 빗나가 뒤쪽 벽에 맞고 떨어졌다.

"루터도 똑같은 행동을 했지. 집어던진 건 잉크병이었지만. 히힛. ─그래, 내 존재는 역사적으로 언제나 비존재로 주장되어왔어. 넌 교양은 없지만 늘 핵심을 찌르는군. 그러나 내게는 이 몸이라는 실체가 있지. 원한다면 만져보고 확인해도 좋아."

남자가 팔을 내밀었지만 도모야는 그럴 마음이 들지 않았다.

"시끄러워! 넌 단지 악마인 척하는 미치광이일 뿐이야!"

"흐음, 안타깝지만 그 말은 아까의 지적보다 상당히 수준이 떨어지는군. 설사 그것을 인정한다 치더라도, 악마라는 게 원래 단순한 미치광이를 뜻하는 거라는 생각은 안 드나?"

"미치광이는 미치광이야! 악마가 아니고. 애당초 악마 따위가 존재할 리 없어!"

"꼭 스님 같은 소리를 하는군. ― 왜 그렇게 생각하지?"

"그건 가상세계의 얘기야!"

"가상세계가 악마를 이용한 것뿐이라는 생각은 안 드나?"

"입 닥쳐!"

'……덥다, ……대체 이 방은 왜 이렇게 덥지! ……'

도모야는 난폭하게 이마의 땀을 훔쳐냈다.

"넌 오해하고 있어. 매우 초보적인 오해지. ― 잘 들어. 악마는 신의 다른 모습이 아니야. 신처럼 전지전능하지도 않고, 창조주도 아니야. 아무것도 만들어내지 않고, 그럴 필요도 없어. 그건 악마의 영역이 아니야."

"그건 무능한 거야!"

"맞아, 무능해. 단지 이용하고 영향을 미치는 것. 악마가 할 수 있는 건 그것뿐이야. 정상적인 질서를 따라 운동하던 것에 이상을 일으키지. 원활했던 시스템에 오버런을 유발해서 장애를 초래해. —그것뿐이지만, 그거면 충분해. 아니, 오히려 그게 알맞지. 뭔가를 만들어내서 이 세계에 들이미는 행위에는 아무런 의미도 없어. 그저 세계에 내재하는 악마성을 출현시켜 명백히 밝히는 거야. 이상異常은 세계와 인간에게 이미 장전되어 있어! 나치의 유대인 학살은 악마적인 소행으로 여겨지지만, 정권 탈취 단계에서 홀로코스트에 이르는 동안 그들이 본질적으로 새롭게 창조한 시스템은 하나도 없었어. 근대가 그때까지 묵묵히 구축해온 시스템에 처음부터 완전히 인풋되어 있었단 말이지. —살의의 제조와 활성화는 모든 세계의 자율적, 자발적 운동에 의한 거야. 악마는 그 겨드랑이 밑을 깃털로 살살 간질여주기만 하면 그만이야. 그러면 세계는 몸을 비틀면서 기껏 짜맞춰둔 시스템을 스스로 와해시키겠지! 무능해도 충분해. 아니, 무능하기 때문에 우롱할 수 있지! 알겠나? 사람은 신이 될 수 없어. 그러나 악마는 취직하듯 간단하게 신이 될 수 있지."

도모야는 머리를 거칠게 긁적이며 잇달아 혀를 찼다. 정신을 차려보니 남자는 기노쿠니야 앞에서 봤던 것처럼 온몸이 새카만 기이한 모습으로 변해 있었다. 팔과 목, 얼굴처럼 옷 밖으로 드러난 피부까지 빈틈없이 칙칙한 검은색으로 덮여 있고, 그 어둠은 안을 향해 굳게 닫혀 있었다.

"젠장! ······악마, ······악마, ······죽여주마, ······너부터 죽여주마! ······"

도모야는 남자의 시선을 독살스럽게 맞받아치며 혼잣말을 중얼거렸다.

"넌 악마는 존재하지 않는다고 말했어. 비존재라고. 그럼에도 오늘날에 이르기까지 악마가 완전히 부정되고 소멸된 적은 단 한 번도 없었지. ─ 왜 그럴까?"

도모야는 못 들은 척하며 대답을 거부했다.

"그 영향이 엄연히 존재하기 때문이야. ─ 그건 누구도 부정할 수 없어."

"난 그런 건 아무려나 상관없어. 단지 그놈만 죽이면 돼! 너하고는 관계없어!"

도모야가 발을 마구 구르며 남자의 말을 잘랐다.

"넌 또 틀렸어. 게다가 스스로를 속이고 있군. ─ 알겠나? 너라는 존재에 집착하면 안 돼. 그것이 결과적으로 너를 존재하게 만들지."

남자가 서서히 온몸의 움직임을 억눌러갔다.

"넌 오로지 이곳에만 존재해. 그리고 몇 초 후부터 몇십 년 후까지의 시간 중 어느 때 반드시 죽어. 소멸하지. 너라는 존재는 시간 속에서 무無와 전혀 다를 바 없어. 졸음을 불러오는 영원한 시간의 흐름 속 하품 같은 것이지. ─ 그러나 영향은 불멸이야! 그것은 이야기되며 계속 존재하지! 너는 단지 너의 악마적 영향에 의해서만 존재할 수 있어. 히틀러는 죽었지. 그러나 히틀러의 영향은 불멸 아닌가?"

"시끄러워! 입 닥쳐! 내 말 못 들었어? 난 단지 그놈을 죽이고 싶을 뿐이야! 악마 따위와는 아무 관계 없어!"

"아니지. 그렇다면 왜 아무 말 않고 단숨에 해치워버리지 않았지? 응? 그랬으면 그런 사이트는 필요치도 않았고, 내가 너에게 주목할 일도 없었어. ─무슨 말인지 알아? 넌 죽이고 싶은 게 아니야. 출현하고 싶은 거지! 내가 아니야. 네가 비존재야! 멸시당하고 있는 거야, 넌! 존재에서 탈락한 비존재로! 그래서 넌 그것에 강하게 저항하고 있지. ─당연해. 그러나 그건 덫이야. 네가 해치우는 순간, 넌 결정적으로 비존재가 되어 투옥당해. ─세상은 그런 구조야. 너는 악으로 인정받는 게 아니라 선성善性이 결여된 것으로 여겨져 소년원에서 갱생을 명령받게 되지. 다른 존재가 아니라 모자라는 존재로. 정신감정에서 행동장애 진단을 받아도 마찬가지야. 그러면 넌 미치광이가 돼. 아, 그렇게 악마 대열에 끼게 되는 건가? 하하하!"

도모야는 금방이라도 달려들 기세로 거세게 이를 갈았다.

"어쨌거나 너에게 마련된 장소는 지적이고 선한 세계의 맨 밑바닥이야! 평평한 히에라르키의 저변이지. 그래서야 너는 네 살인을 소유할 수 없어! 넌 실로 보기 좋게, 범용한 불량소년의 유형으로 치부될 거야. 그리고 이후의 인생은 범용한 불량소년의 말로로 처리될 테지. ─내 말 이해하지? 요컨대 방법이 필요해! 타임머신의 공상에는 기묘한 역설이 있어. 현재에서 과거로 거슬러올라가, 그 세계에서 돌멩이 하나만 걷어차도 미래가 변해버린다는 거야. '아니다, 미래의 세계도 이미 다 짜맞춰져 있다'고 말하는 자도 있지만, 그런 건 아무려나 상관없어. 이 역설의 특색은 과거 세계로 거슬러오르는 인간의 퇴행적 만능감萬能感이야. 여기 이 세계에서 돌멩이 하나를 걷어찬다고 미래가 변할 거라 믿는 사람은 아무도 없어. 실제로 아무것도 변하지 않아, 그런 방법으로는! ─그렇다면 어떻게 해야 할까? 잘 들어. 이게 문제의 핵심이야."

시곗바늘은 여덟시에 가까워지고 있었다.

"시간도 다 돼가는군. ─앉아서 들어."

도모야는 마치 누군가가 무릎을 꿇린 것처럼 저절로 소파에 털썩 앉혀졌다. 그것이 스스로도 의아했고, 또한 기이하게 다가왔다.

남자가 이야기의 대단원을 향해 천천히 입을 열었다.

"─준비됐나? 한 인간이 일대일로 한 인간을 죽인다. 그런 방법은 무의미해. 우리는 일개 주체로서 살인을 행해선 안 돼. 그게 아니라 순화된 살의로, 완전히 무사無私한 익명의 관념으로 살인을 행해야 해. 이 세계가 너를 타깃 삼아 활성화시킨 것을 너라는 고유명사로 받아들여선 안 된단 얘기야. 그대로 세계의 살의로 현전시켜야 해! 그러면 세계의 기대는 빗나가겠지. 떠맡아야 하는 인간이 스르르 도망쳐버리고 오로지 살인만 일어난다. 그러면 이 세계 자체가 살의를 떠안아야만 해. 그러길 바란다 해도, 이 세계 인간들이 전적으로 이해할 만한 동기로 한 인간을 죽여본들 아무 의미가 없어. 매스컴 패거리는 곧바로 사적인 원한으로 치부하겠지. 그러면 계략에 빠지는 거야. ―그렇다면 어떻게 해야 할까? 우리는 전 세계의 살의를, 세계 자체의 질서인 리스트업을 거슬러 동시다발적으로, 익명으로 활성화시켜야 해! 그러기 위해 최초의 살인은 반드시 과잉해야 하겠지. 도저히 일개 고유명사로 치부할 수 없도록, 범행성명문은 복수의 문체로, 복수의 서체로, 복수의 다른 장소에서, 복수의 동기로 공표되어야 할 거야. 서명 또한 복수야. 단― 최초 성명의 서명은 반드시 '악마'여야 해! 매스컴은 만화 주인공이라도 된 심정으로 이 사건의 보도에 열중하겠지! 미디어는 우리가 범행성명문에 써넣은 '죽여라!'라는 명령을 집요할 만큼 수없이 되풀이하겠지! 그러면 살의가 각지에서 잇달아 출현할 거야! 우리가 직접 손을 쓰지 않아도 말이야. ―시스템의 겨드랑이를 간질이는 거지. 살인을 부르는 데는 보도기관이 솔선해서 협력해줘! 텔레비전은 시청률 앞에선 맹목적인 돼지야. 그렇게 해서 도미노의 첫 시동이 완료돼! 다음 단계는 연쇄작용이 원활하게 이뤄지는 거야. 과잉의

뒤를 잇는 것은 누구나 손댈 수 있는 손쉬운 반복, 영락없이 모조품다운, 타인의 손에 의한 복제여야 하겠지. 그것은 너의 살인이어도 상관없고, 나의 다음 살인이라도 좋아. 다만 스타일은 답습되어야 해. 그게 중요해! ―우리는 예고하고, 예고는 곳곳에서 성취된다. 머지않아 전 세계에서 우리 손을 벗어난 무수한 살인이 출현하겠지. 살인자는 어디에도 존재하지 않고, 오로지 살의만이 묵묵히, 마치 시스템 장애처럼 멈출 도리 없이 살인을 되풀이하는 거야! 사람들은 모두 이 세계에서 이탈하겠지! 대량 이탈자! 살인은 똑같은 하나의 살의로 행해지고, 모든 범인이 모든 사건에 대해 가짜야. ―의심스럽지? 하지만 그게 인간의 심리라는 거야. 평화로운 대낮 횡단보도에서 넌 다른 사람들처럼 신호를 기다려. 빨간불이지만 차는 없어. 그때 나중에 온 사람이 아무렇지 않게 신호를 무시하고 길을 건너기 시작해. 그건 뭐지? 그는 단순히 길을 건넌 게 아니야. 거기 있는 모두를 모욕한 거라고! 남들이 참가하고 있는 데서 빠져나간다는 것은 그런 의미야. 그만둔다는 건 계속하는 자들을 업신여기는 것이야. 한 사람이 이탈하면 반드시 그 뒤를 잇는 자가 나타나. 이탈자는 머지않아 대량으로 늘어나지. ―반드시. 그들은 이미 준비되어 있었던 거야. 이 세계에 더 살아봐야 아무 의미도 없는 무리가 득실거려. 일이 재미없다. 취미 따위에 열중하지도 않는다. 대인관계도 잘 풀리지 않는다. 그들은 온종일 집에 틀어박혀 멍하니 시간을 보내거나 닥치는 대로 일을 하지. ─그런 무리의 불활성 살의가 난데없이 여기저기서 동시다발적으로 발발해! 죽이고 싶던 자들은 죽이고, 죽일 생각이 없던 자들까지 죽이지! 그들은 곧 이 일련의 시스템 장애의 소유자가 되고 싶어하겠지! 네가 사태를 관망하는 것만으로 만족한다면 가만히 입다물고 있으면 그만이야. 너는 죄를 추궁당하지 않아. 가짜가 산더미처럼 쏟아져나올 테니까. 반면 너 스스로 살인을 소유하고 싶다면 신분을 밝히고 나서면 돼. 그러면 온 세상의 눈이 휘둥그레지겠지! 나는 그 영예를 고스란히 너에게 양보할 생각이야."

"뭘 어쩌든 간에 경찰은 범인을 가만 놔두지 않아. ……난 소년원에 가도 상관없어. 어차피 이삼 년일 테니까. 모두가 보는 앞에서 해치워줄 거야. 그걸로 끝이야."

도모야는 눈앞에서 서서히 기묘한 암흑색 덩어리로 변해가는 남자에게 미심쩍은 시선을 던지며 말했다. 남자는 고개를 저었다.

"방법 여하에 달렸지. 현대의 경찰 수사는 추리소설 같은 탐정놀이가 아니야. 철저한 신체 동일성을 추구하지. 그렇다면 그것을 역으로 이용하면 돼. 누구나 거기 있었던 것처럼 말이야. 실제로 살의를 떠맡는 자는 누구라도 상관없어. 누가 있었다 해도 이상하지 않아. 흔적을 지우는 것보다 섞어놓는 게 훨씬 낫지. 진공지대에서 숨바꼭질을 할 순 없지만, 백여 명이 뒤섞여 있는 혼잡한 장소에서는 몸을 숨길 수 있으니까. 모발, 체액, 옷, 발자국, 모래, 흙, 쓰레기, ……뭐든 좋아. 내가 아닌 온갖 것을 남겨놓는 거야. 그리고 거리에서 우리를 감시하는 카메라에, 우리와 전혀 다른 모습의 신체를 기록시키면 그만이야!"

"어떻게?"

"준비는 끝났어. 네가 받아들이기만 하면, 당장이라도 이 계획을 실행에 옮길 수 있어."

도모야는 아까부터 계속 긁적이던 관자놀이 밑을 급기야 마구 긁어댔다. 순식간에 땀이 번지는 것이 느껴졌다.

"―누구를 제일 먼저 죽이지?"

그는 통증에 얼굴을 일그러뜨리며 물었다.

"그건 네가 알 필요 없어. ―누구인가? 그걸 알려주는 고유명사에는 아무런 의미도 없어. 인간이면 충분해."

"그자가 왜 살해당해야 하지? 확실하게 말해!"

"또 쓸데없는 질문을 하는군. 그것도 네가 알 필요 없어. 단, 이 계획에서 맨 처음 살해당하기에 적당한 인간이라는 건 내가 보장하지."

"당신이 아는 사람이야?"

"잘 알지. ―아마 그 누구보다도. ……"

"……빌어먹을! 젠장!"

도모야는 두 다리로 거세게 바닥을 굴렀다. 그러나 눈앞의 환영은 꿈쩍도 하지 않았다. 나는 지금 나쁜 꿈을 꾸고 있다. 몇 번이나 그렇게 생각했다. 이 남자는 대체 누구일까? 정말로 악마일까? 악마가 나를 부추겨 낯선 사람 하나를 죽이라고 하는 걸까? ─죽인다는 것. 인간을 죽인다는 것. ……죽인다, ……죽인다, ……

도모야는 남자가 말한 대로 이것이 대규모 동시다발 살인으로 발전하고, 이윽고 그 주모자가 자신이라고 알려진 순간 사람들이 보일 반응을 몽상했다. 누구나 예의 고베 중학생 이상으로 나를 두려워하고 전율할 게 틀림없다! 학교에서 태평하게 특별활동에나 열을 쏟는 놈들은 자신들과 완전히 다른 차원으로 생각하고 행동한 동급생에게 절망적인 두려움과 격렬한 질투를 품게 되겠지! 이탈했다! 그래! 그 녀석은 이탈한 것이다! 우리가 아무런 의문 없이 차도 없는 건널목 신호가 빨간불이 바뀌길 멍하니 기다리고 있을 때, 그 녀석은 유유히 그곳을 건너가서는 뒤도 돌아보지 않았다! ……내가 시작한 살인을 계기로 전 세계에서 사건이 발발하고 이탈자가 잇달아 출현한다! 세계는 나를 인식하고, 역사는 나를 기억하겠지! 텔레비전은 나를 무시무시한 아이로 부르며 특별 프로그램을 편성하고, 잡지 헤드라인에는 내 존재가 익명으로 찍힐 것이다! 신문도 연일 범죄 신동의 기사를 쓰고, 인터넷은 들끓고, 온 세상 인간들이 관심의 시선을 쏟겠지! ─그것은 동급생 하나를 죽이고 비밀리에 기록해오던 홈페이지가 매스컴에 공개되는 것보다는 분명 훨씬 큰 반향이었다.

동기가 불분명하다는 사실도 사람들을 흥분시킬 게 틀림없다. 집단따돌림에 대한 복수 같은 하찮은 이야기가 아니다! 만난 적도 없는 인간을 어느 날 난데없이 죽인다! 태연하게 이 세계에서 소멸시킨다! 게다가 나는 성스러운 예외이자 총명한 이탈자이므로 그 누구에게서도 비난받을 이유가 없다! 저쪽 세계에 머무는 무리가 나와 관계없는 법을 들이대며 비난한들 대체 무슨 의미가 있겠는가!

도모야는 그 순간 행위가 가까이 임박했다는 실감에 압도당했다. 그리고 이제껏 단 한 번도 경험해보지 못한 격렬한 황홀감을 느꼈다. 인간을 죽인다. —그 찰나의 충동이 예고 없이 이 세계를 산산이 붕괴시킨다! 굉음이 귀울림처럼 그의 내부에서 솟구쳐올랐다. 다들 그저 망연히 자신의 무능을 통감하며 이 선택받은 소년의 행동을 막연히 추론해볼 것이다. 이유가 뭘까? 그의 '마음의 어둠'은 무엇이었을까? 그리고 끝내 이렇게 중얼거릴 것이다. —알 수 없다고.

남자가 도모야의 내부를 더듬듯 끼어들었다.

"약속시간은 아홉시. 여기서 그리 멀지 않은 장소다. —갈 거지?"

도모야는 대답할 계기를 찾지 못해 머뭇거렸다. 그 모습을 본 남자가 다시 입을 열었다.

"넌 자문하고 있군. —이 남자는 대체 누구일까? 진짜 악마일까? 그냥 단순한 미치광이일까? ……하지만 그런 질문들은 다 소용없어."

남자는 그렇게 말하고 훌쩍 일어서서 한 손을 주머니에 꽂은 채 도모야를 내려다보았다. 그리고 갑작스레 물었다.

"이 방, —왠지 기묘하지 않아?"

도모야가 의아한 듯 고개를 들고 주위를 둘러보았다.

"넌 결국 여기서 못 나갔어. 도망치려고만 했으면 꼭 불가능하진 않았을 텐데 말이지. —이유가 뭘까?"

남자의 표정은 이때 분명히 악마적이었다! 눈에 깃든 노기에 가까운 힘이 도모야의 일거수일투족을 억압했다.

"넌 내게서 벗어날 수 없어."

그는 손으로 탁자를 밀어내고 가까이 다가오더니 바닥에 한쪽 무릎을 꿇고 밑에서 올려다보듯 얼굴을 갖다댔다. 도모야의 온몸이 뻣뻣하게 굳었다.

"너는 지금 나에게 설득당한 게 아니야. 너 스스로 너를 설득한 거지. 내가 말한 생각도, 계획도 다 네 것이야. 난 그저 그걸 말로 표현했을 뿐이고. —알지? 너는 너 자신에게 두려움을 품고 저항하고 있어. 그러나 물론 도망칠 순 없지. ……아직도 모르겠나? 이곳은 네 내면의 방이야."

도모야는 몸서리치며 낯빛을 바꿨다.

"나는 '고독한 살인자'야."

남자가 입가를 일그러뜨렸다.

"알겠지? 나는 즉 너야. 네 말대로 나는 어디에도 존재하지 않는 비존재지. 네가 만들어낸 환영이라고. 너는 너 자신을 비추는 거울을 보고 있어. 그것이 너의 진정한 모습이야."

그렇게 말한 남자는 거대한 새의 발처럼 뼈가 불거진 손으로 도모야의 팔에 다섯 손가락을 한꺼번에 깊이 찔러넣으며 파괴적인 힘으로 움켜쥐었다.

"나는 너야. ─악마! 그래, 악마는 너 자신이야."

4

신일철 야와타 제철소의 도바타 제6용광로 화입식火入式 날이었다.

사와노 하루오가 퇴직 전 마지막으로 관여한 일은 도바타 제1용광로와 변환하기 위해 개수한 도바타 제4용광로의 1998년 화입식이었다. 1988년 이후로 야와타 제철소의 용광로는 쭉 1기 체제였는데, 이번에는 제4용광로 가동을 중지시키고 제5용광로와 제6용광로를 새로 가동시키게 되었다. 하루오는 이래도 될까 싶으면서도 실내복 차림으로 참석해 있었다.

현장에서 다카시가 제5용광로의 성능에 관해 직원들과 이야기에 열을 올리고 있었지만 하루오는 그들 입에서 나오는 IT 관련 용어를 전혀 알아들을 수 없었고, 그것이 용광로와 무슨 관계가 있는지도 알 수 없었다.

다카시는 이따금 옆에 있는 젊은 직원에게 눈길을 던졌다. 하루오가 자회사에서 일으킨 산업재해의 책임을 추궁당해 본사로 불려갔을 때, 입이 아프도록 그를 비난한 남자였다.

하루오는 사실 제5용광로의 존재도 알지 못했다. 그런 게 언제 생겼지? 게다가 새로 제6용광로까지 만들어졌다고? ─그는 조바심을 느끼며 "'1차 중기 경영계획' 합리화에서 조강 생산량 2400만 톤으로도 수익을 확보할 수 있는 체제를 정비했잖아?"라고 불평하려 했지만, 목소리가 잘 나오지 않았다.

그것을 눈치 빠르게 알아챈 다카시가 직원들을 두고 곁으로 다가왔다. 그리고 다정하게 미소를 건네며 말했다.

"아버지의 제4용광로는 병들었어요. 그러니 잠시 쉬어야죠, ─네?"

"그럴 리 없어!"

하루오가 소리쳤다.

"고작 사 년밖에 안 됐는데 무슨 소리야! 내 용광로는 내가 제일 잘 알아!"

그러나 그렇게 내뱉은 순간, 그는 한 가지 의문에 사로잡혔다.

'아니, ……그게 아닌가? 어쩌면 합리화 계획이 완전히 실패한 게 아닐까? ……'

그리고 더더욱 두려운 불안에 사로잡혀 소리를 높였다.

"제4용광로는 처음부터 가짜였나?! 철을 단 1그램도 못 만들었잖아! 나에게 그런 가짜 일을 시키다니, ……"

다카시는 그를 무시하고 직원들이 보는 앞에서 갑자기 가즈코를 끌어안고 입맞추었다. 그리고 히죽 웃으며 말했다.

"제4용광로 안은 이미 암흑이에요. 암흑."

"그래, 맞아."

가즈코가 고개를 끄덕이며 그리 싫지 않은 기색으로 아들과 희롱거렸다.

'저것들이 뭐하는 거야? 부모자식 간에!……'

그 난잡한 광경에 그는 몹시 불쾌해졌다.

용광로 발치에 서서 우뚝 솟은 거대한 철의 자궁을 눈부신 듯 올려다보았지만, 군데군데 붉은 녹이 슬기 시작한 것이 거슬렸다. 그는 어느새 옆에 와 있는 료스케에게 물었다.

"료타의 천식은 나았니?"

료스케가 서운함이 묻어나는 말투로 대답했다.

"형은 저렇게 말하지만, ……나는 아직도 료타의 유체를 용광로에 태우는 건 반대예요. ……"

하루오는 료타가 이미 죽었다는 말에 놀라 눈을 휘둥그레 떴

다. 그러나 오히려 자신의 노화 때문에 그것을 잊고 있었다는 것을 들키지 않으려고 평정을 가장하며,

"뭐, ……다카시한테도 나름대로 생각이 있겠지."

입안 깊숙이 끼워진 누름돌을 한순간 들어올리듯 숨을 헐떡이며 간신히 대답했다.

"형은 용광로가 자기 것이라고 착각하고 있어요. ……아버지는 형에게 속은 거예요. —형은 아버지가 모은 괴목을 모두 버리고 몰래 코크스*로 바꿔넣으려 한다고요."

료스케가 눈을 살며시 내리깔고 토라진 얼굴로 말했다.

"거짓말 마!"

하루오가 벌떡 일어서며 소리쳤다.

"……정말이에요."

별안간 요시에가 료스케 뒤에서 나타나는가 싶더니, 어머니 후사에의 염주를 한 손에 들고 아토피로 붉어진 팔을 긁적이며 자못 정직하게, 진상을 밝히는 표정으로 중얼거리며 하루오의 손을 살며시 잡았다.

"어떻게 너까지 알아!"

하루오는 용광로를 올려다보고 뒤돌아보았지만 요시에의 모습은 이미 거기 없었다.

---

* 탄소가 주성분인 물질을 가열하여 휘발 성분을 없앤 고체 탄소 연료.

"아버지는 용광로 화입식에는 선로의 굄목이 최고라면서 그걸 구하러 시모노세키 변두리까지 갔었잖아요. 또 구마모토에도. ─맞아요. 제정신이 아닌 것처럼 '굄목, 굄목' 하면서. 그렇지만 요즘 세상에 그런 방식은 좀, ……안 그래요?"

다카시가 하루오의 주치의에게 동의를 구하듯 미소를 건네며 말했다.

"그래서 제가 몰래 코크스로 전부 바꿔넣었어요. 그러니 아버지가 그것 때문에 또 뭐라고 하면 선생님께서 말씀 좀 잘해주시겠어요? 분명히 굄목으로 화입식을 했다고 대충 둘러대면. ……"

다카시는 웃고 있었다. 노다라는 그 젊은 의사도 친밀하게 맞장구를 치며 말했다.

"하긴 이제는 굄목도 콘크리트 재질로 점점 바뀌고 있으니까요. 사와노 씨도 참, 용케 그런 나무 굄목을 찾아오셨군요."

"맞아요. 그런데 가까스로 긁어모아온 것들 중에도 썩은 것이 있어서, 그것만으로는 광석의 부하를 못 견뎌내요. 자칫 무너지면 용광로의 송풍구가 밑으로 휠 테고, 그걸 복구하려면 처음부터 다시 시작해야 한단 말입니다! 아버지도 잘 아실 텐데 말이죠. 나이가 드니까 고집만 세져서. ……마음에 안 드실지 모르겠지만, 이것도 다 아버지를 위한 일이에요."

하루오는 마침내 격분해서 두 사람 쪽으로 걸어갔다.

"그래서 튼튼한 꿰목을 찾으려고 그렇게 여기저기 돌아다닌 거야! 너도 그때는 '마지막으로 큰일을 맡으셔서 열심이시네요.' 라고 했잖아! 그건 입에 발린 소리였니? 다 안다는 듯이 잘난 척 떠들어대기나 하고! 코크스만 쓰면 물이 나올 때까지 시간이 두 배는 더 걸려! 몰라? 공기가 통하지 않잖아! 삼십 년간의 내 경험을 우습게보지 마! 제아무리 많이 공부했어도 직접 경험하지 않으면 모르는 게 있는 법이야!"

하루오가 벌겋게 달아오른 얼굴로 노호를 퍼부었지만, 두 사람의 귀에는 들리지 않는 것 같았다.

언뜻 고개를 들자 용광로 앞면에 전기 포트의 수위 표시 같은 창이 달려 있는 모습이 눈에 들어왔다. 어떻게 유리가 녹아내리지 않는 건지 놀라웠다. 그리고 자기가 현장에서 멀어진 사이 뭔가 무시무시한 기술 발전이 이루어진 건 아닐까 하는 생각이 들어 오싹해졌다.

광석과 코크스가 겹치는 층이 마치 종이에 그린 개요도처럼 선명하게 보였다. 뜻밖에도 맨 밑의 코크스 층 아래 꿰목 층이 또렷하게 보였다.

'……어? 제대로 들어가 있잖아.'

그러나 그것을 깨달은 순간, 그는 갑자기 자신이 가져온 꿰목이 부하를 견디지 못하는 게 아닐까 하는 불안에 휩싸였다. 지켜보는 사이에도 쌓아올린 꿰목 층이 서서히 무너져내리며 가라앉았다. 막아야 한다! 그러나 지시를 내리려 해도 도무지 말이 나오지 않았다.

료스케가 옆에서 애절한 얼굴로 호소했다.

"아버지, 저래서는 료타가 타지 않아요! 서두르지 않으면 료타의 시체가 또 천식 발작을 일으킨다고요!"

하루오는 그 말에 대답하려 했지만 소리가 나오지 않았다.

'아아, 무너져내린다! ……가라앉는다, 가라앉는다, ……어떻게든 손을 써야 해!'

다카시가 싸늘한 눈빛으로 돌아보며 가즈코에게 귀엣말을 했다. 그러나 자세히 보니 가즈코의 귀를 핥고 있었다!

하루오는 목소리를 내려고 필사적으로 발버둥쳤다. 아주 조금이라도 숨을 들이마실 수 있다면 모든 것이 정상으로 돌아올 터였다. 숨만 쉴 수 있다면! 그러나 지금은 어느 틈에 바로 뒤에까지 들이닥친 죽음으로부터 도망쳐야 했다. 숨을 쉬어야 해! 숨을! 숨을! ……

하루오는 격렬하게 기침을 하며 꿈에서 깨어났다.

굶주린 폐가 답답함을 이기지 못하고 기관으로 팔을 뻗어 긁어모으듯 공기를 거둬들이자, 온몸에 자욱하게 긴 둔중한 구름이 순식간에 개는 듯했다.

몸을 일으키자 격심한 두통이 절박한 여운을 머금은 맥박에 맞춰 팽창을 반복했다. 진정하려고 여러 번 심호흡을 하고, 옆머리에 울리는 통증의 파도를 억제하기 위해 오른손으로 세게 내리눌렀다.

침대 옆 알전구를 밝힌 램프 주위만이, 황혼이 채 삼키지 못하고 남겨놓은 것처럼 조그만 빛을 주위의 어둠에 퍼뜨리고 있었다.

시각은 열시를 넘어선 참이었다.

여섯시에 아내와 함께 식사를 하고 곧장 방으로 와서, 지난밤 채우지 못한 잠의 여분을 식후의 수마로 보충하기 위해 커튼 너머에서 비쳐드는 일몰의 여운을 등지고 침대에 누웠다.

한동안은 여느 때와 다름없이 신음하듯 뒤척였지만, 천장을 보고 누워 조금 기묘하게 사지를 뻗자 얼마 지나지 않아 가라앉는 듯한 편안함이 느껴져서 그대로 의식이 사라지기를 기다렸다. 그때까지도 잠의 그림자는 바닷가로 끌어올려진 의식의 조각배에 파도처럼 부딪히며 바닥에 깔린 모래를 야금야금 허물어갔다. 파도는 불과 몇 시간 후 거칠게 솟구쳐올라, 산산이 부서진 의식의 잔해를 다시금 바다로 난폭하게 되밀어버렸다.

호흡이 거칠고 머릿속이 무겁게 욱신거렸다. 하루오는 꿈의 메커니즘에 관해 잘 알지 못했지만 그것이 뇌의 활동이라는 사실은 당연히 알고 있었다. 그리고 지금 그가 느끼는 통증은 조금 전 파괴적으로 닥쳤던 혼란의 상흔과 똑같았다.

처음에 처방받은 수면유도제는 사이레스와 유로진 두 종류였는데, 먹으면 잠이 오긴 했지만 다음날 아침 예외 없이 구토감에 시달리는 바람에 며칠 만에 끊고, 그후로는 스카치위스키에 의존했다. 그 때문에 의사에게 야단맞고 렌돌민을 처방받자 기상 후 불쾌감은 사라졌다. 그러나 대신 악몽에 시달리게 되었다.

꿈의 내용은 깨어나면 대부분 잊어버렸다. 그러나 조각조각 기억나는 장면들은 거의 광조狂躁적이었다. 별로 즐겨 보지도 않는 액션영화의 한 장면 비슷하게 맹렬한 속도로 차를 운전하며 심야 공업지대를 죽어라 도망다니거나, 혹은 료타에게 넘어지는 방법을 연습시키던 중 시범을 보이려다가 길가 물웅덩이에 빠져 물을 먹으며 필사적으로 버둥거리는 꿈 등이었다.

"악몽을 꾸거나 가위에 눌릴 때가 있습니까?"

젊은 담당의사의 질문에 하루오는 큰맘 먹고 그 내용을 고백했다. 아직 마흔도 안 된 노다라는 이름의 남자 의사는 이어서 "식은땀을 흘리나요? 아침에 일어나면 머리가 아픕니까?"라고 문진한 후, 고개를 까닥거리며 의표를 찌르는 견해를 내놓았다.

"아마도 '수면무호흡증'인 것 같군요."

그는 비만이나 음주, 베개 높이, 구강의 구조적 문제 등 추정 가능한 원인들을 나열하고, 똑바로 누운 상태에서 기도가 어떻게 막히는지 몸짓을 섞어가며 실연해 보였다.

"자고 있을 때는 말이죠, 예를 들어 이마에 손가락이 살짝 스치는 정도여도 꿈속에서는 못이 박히거나 서랍장에 눌리는 것처럼 느낄 만큼 외부의 자극이 증폭됩니다. 내용에 관해서는 달리 생각해봐야겠지만요. 왜 못이냐, 서랍장이냐, 하는 것 말입니다. 수면무호흡증 환자는 종종 그렇게 괴롭거나 쫓기는 꿈을 꾸곤 합니다. 그러니 베개를 조금 낮은 것으로 바꾸거나 해서 기도를 확보해야 해요. 가장 간단한 방법은 옆으로 누워 자는 겁니다. 똑바로 누우면 아무래도 기도가 압박을 받으니까. —이런 식으로요. 그렇죠. —그렇게만 해도 상당히 나아질 겁니다. 낮시간의 졸음이나 두통도, 수면무호흡증으로 뇌에 산소가 모자라서 일어나는 증상일 수 있습니다."

의사는 진료기록부에 뭐라 적어넣는 도중 이따금 그를 돌아보며 설명했다.

그후로 잘 때 되도록 옆으로 누우려고 애쓰자 실제로 악몽을 꾸는 일이 뜸해졌다. 어느 쪽으로 누울까 의식하지는 않았지만, 어렵사리 찾아든 잠을 아내의 기척에 방해받기 싫어서 자연스레 아내를 등지게 되었다.

잠에서 깨어 머리가 몽롱할 때는 무슨 꿈을 꾸었는지 기억을 더듬어보기도 했다. 구체적인 이미지는 하나도 떠오르지 않았지만, 때로는 그 박명薄明 속에서 몹시 음란한 기미가 느껴지고, 게다가 그것이 팽팽한 시간의 원근까지 흐지부지 풀어헤쳐서, 몇시간 전이 아니라 몇십 년 전의 체류를 불러들인 양 그를 망연하게 만들었다.

침대에서 나온 그는 페트병의 물을 따라 연거푸 두 잔 마시고, 깊은 한숨을 내쉬며 아내의 거울 앞에 앉았다. 고작 열 발짝 정도 걸었는데도 두통이 깨질 듯이 부풀어올라 한참 동안 가라앉지 않았다. 그리고 오랫동안 눈길을 피했던 거울 속 자신과 미리 짜놓기라도 한 것처럼 동시에 얼굴을 마주했다.

비스듬히 기울고 공허한 눈을 뜬 황폐함 하나. ─희미한 먼지로 뒤덮인 거울 속 얼굴은 침투현상을 저항 없이 허락해서 볼썽사납게 부풀어오른 익사체 같았다.

그 오래된 쌍바라지 삼면거울은 아내가 혼수로 친정에서 가져온 물건이었다. 하루오는 그것에 몇 겹씩 반복되어 비치는 참담한 모습이 지금 아내의 가슴속에 메아리처럼 집요하게 울려퍼지고 있을 병든 자신의 모습처럼 느껴져서, 벌써 몇 년째 열려 있던 거울을 질식시키듯 접어 국화 모양 조각 속으로 감춰버렸다.

그것이 곧 끝없는 깊은 수렁으로 가라앉는 자기 모습의 상상으로 이어져서, 그는 또다시 조금 전 꾼 꿈의 고통으로 돌아갔다.

거울 받침대에 쌓여 있던 먼지가 쌍바라지 바닥으로 쓸려간 흔적을 눈으로 좇았지만, 눈동자로 흘러드는 그런 현실의 광경과 관계없이, 꿈의 기억은 눈에 보이는 반응 없이 그의 의식에 무너져내리는 영상의 단편을 재생했다.

무지갯빛으로 반짝이는 어둠 속에서 다카시가 수없이 웃고 있었다. 표정이 다정했고, 거울처럼 맑은 눈으로 아버지를 조용히 바라보았다. —아니, 그렇지 않다고 하루오는 느꼈다. 꿈속에서 본 다카시의 웃는 얼굴은 훨씬 천하고, 경박하고, 역겨울 정도로 불쾌했다.

그것은 내가 만들어낸 아들의 표정일까. 그는 의심했다. 내 눈이 아들을 그토록 왜곡해서 바라본 것일까? —그렇다, 다카시의 웃는 얼굴은 분명 왜곡되어 있었다. 그러나 정말로 왜곡된 것은 오히려 아들의 다정함이었다. 그리고 잠에서 깬 지금도 아들의 다정함이 그를 지그시 바라보는 것 같았다.

또다시 심장박동이 빨라지고 현기증이 심해졌다. 하루오는 결국 견디기 힘들 정도의 권태감을 느끼고 옆에 있는 아내의 침대에 허물어지듯 쓰러져내렸다.

이 상태가 괜찮을지 그는 불안했다. 이대로 드러누워 일어나지 못한다면 나는 어떻게 될까? 자세만으로도 질식당할 수 있다. 혹시라도 간호하는 사람이 나쁜 의도 없이 나를 똑바로 눕힌다면, 나는 죽을 때까지 질식의 고통에 신음하며 끊임없이 악몽에 시달리게 되지 않을까? 다행히 옆으로 눕혀줘도 욕창으로 짓무른 피부의 통증에 무력한 신음을 흘릴 수밖에 없을까?……

두통의 그물을 헤치고 나오면서 하루오는 심각하게 생각에 잠겼다. 그래서 그의 몸은 마지막 두세 계단에 이르러서야 간신히 아내가 올라오는 소리를 알아챘다. 숨죽인 발소리는 잠든 남편을 깨우지 않으려는 배려겠지만, 왠지 그것이 몹시 모욕적으로 느껴졌다.

가즈코가 상황을 살피듯 조심스레 방문을 열었다. 그리고 어둠 속에서 자기 침대 위에 쓰러져 있는 남편을 보고 놀라 소리치며 불을 켰다.

"여보! 괜찮아요?"

하루오는 그 절박한 소리와 자신의 비참한 꼴을 훤히 드러내는 빛이 과민해진 몸을 난폭하게 어루만지는 듯 느껴져, 뻣뻣하게 굳은 머리를 힘겹게 들어올리고 가까스로 천장을 노려보며 눈도 마주치지 않고 말했다.

"……왜 큰 소리를 내, 머리 지끈거리게."

가즈코는 그 말투에 침울하게 표정을 흐렸지만, 여느 때처럼 속으로 셋까지 헤아리며 마음을 가라앉히고 사과했다.

"미안해요. 쓰러진 줄 알고 놀라서. ……"

그러나 겉치레의 미소를 곁들여도 피로의 기미는 감출 수 없었다.

하루오는 아내의 그런 심정을 뼈저리게 느낄 수 있었다. 그래서 "……어떻게 된 줄 알았나?"라고 중얼거렸다.

"네에?"

가즈코가 눈썹을 찡그렸다.

"어떻게 된 줄 알고, ……"

하루오는 그렇게 반복하다가 짜증스러운 듯 입을 다물었다.

못 알아들은 건지 말뜻을 이해 못 한 건지, 가즈코가 모르겠다는 듯 되묻는 목소리가 그의 귀에 힐문처럼 강하게 울렸다.

고개를 틀어 여전히 입구에 서 있는 아내의 얼굴을 바라보았다.

순식간의 일이라 준비가 안 되었는지, 너무도 심각해 보이는 그녀의 표정은 단지 뭔가를 되묻는 것이라고 하기에는 명백하게 과잉되고 무신경해 보였다. 그것이 증오스러운 동시에 미안했던 그는 그런 마음을 헤아려주지 않는 상대에게 화를 내고, 그렇게 멋대로의 생각에 사로잡혀 있는 자신을 집요하게 비난했다.

가즈코의 굳은 표정 위에는 목욕 후 바른 화장수의 흔적이 주눅든 기색도 없이 반들반들 빛나고 있었다. 그것은 더없이 안온하고 예사롭고 일상적인 윤기이며, 그녀가 남편과 무관하게 자기 자신을 유지하기 위해 베풀어온 무언가였다. 그에게는 그것이 자신과 아내 사이에 놓인 무한에 가까운 거리로 느껴졌다.

"마음 상하는 일이 많겠지만 잘 참아주십시오. '힘내요'라는 말도 해선 안 됩니다. 격려하려는 의도가 오히려 압박해서 증상을 악화시켜버리니까요. 따뜻하게 지켜보며 기다려야 합니다. 가장 힘든 건 남편분입니다. 너무 심한 말을 들었을 때는 '당신 기분은 이해하지만, 그런 표현을 쓰면 나도 상처받아요'라고 부드럽게 말씀하세요. ……"

가즈코는 몇 번이나 들은 의사의 충고를 떠올렸다.

병이니까. ―그건 알고 있다. 그러나 그렇게 떠맡아버린 남편의 괴로움을 그녀 자신은 어떻게 처리해야 하는지에 대해선 의사도 아무런 가르침을 주지 않았다.

애정의 저작력咀嚼力에는 한 가지 성질이 있다는 것을 그녀는 최근 몇 달 사이에 깨달았다. 천천히 시간을 들이면 아무리 단단한 것이라도 으깰 수 있지만, 잇달아 들어오는 것을 정신없이 씹을 수는 없다. 그녀의 온화한 마음을 몇 번이나 난폭하게 비집고 들어온 남편의 말을 채 씹지 못해 치아가 무뎌진 후로는 별것 아닌 사사로운 말조차 제대로 씹을 수 없었다. 억지로 삼켜버린 일그러진 덩어리는 언제까지고 가슴속을 가로막고, 이물질처럼 각을 세우고 있었다.

그녀는 병이 아니다. 남편의 괴로움에는 의사도 가족도 손을 내밀어준다. 그러나 그녀의 괴로움은 없는 것으로 간주된다. 그것이 견디기 어려웠다.

몇 번인가 그런 고통을 남편에게 호소하려 했지만 늘 직전에 단념했다. 도저히 참을 수 없을 때는 다카시에게 전화해서 푸념하는 수밖에 없었다.

하루오는 말없이 우뚝 서 있는 아내의 모습에서 신경에 거슬리는 불안을 느끼고 입을 열었다.

"……그러는 편이 당신한테도 낫겠지. ……내가 사라지면 더

이상 이런 고생을 할 필요가 없을 테니까."

"당신, ……또……"

—병이니까, 그녀는 조금 전처럼 마음속으로 되뇌었다. 그러나 이으려 한 말이 도중에 막혀 괴로워지자 오히려 내뱉는 쪽을 택했다.

"왜 그런 말을 하죠?"

하루오는 그 말에 심하게 동요했다. 천장의 불빛이 자신의 몸속까지 훤히 비추며 도망칠 곳을 가로채려는 것처럼 느껴졌다.

"……눈부시니까 불 꺼. ……"

가까스로 이 한마디만 내뱉고서, 그는 생각이 짓눌려버린 것처럼 뒤이을 말을 잃어버렸다.

가즈코는 시키는 대로 불을 껐다.

"……아무도 그렇게 생각 안 하는데. ……"

그렇게 중얼거린 뒤 어린애처럼 드러누운 남편의 모습을 유심히 바라보았다.

그녀는 자기가 막 내뱉은 말에서 뭔가 어색한 느낌을 받았다. 언제까지 이런 일이 되풀이될까? 진심일까? 단지 위로의 말이 듣고 싶어서 일부러 상대가 철렁할 만한 말을 해보는 걸까? 아무리 병이라지만 너무나 어린애 같은 행동이었다.

그녀는 남편이 어떻게 되는 것을 적극적으로 상상하지는 않았다. 오히려 어떻게 되지도 않고 앞으로 십 년, 이십 년 이 상태가 계속되는 것에 불안을 느꼈다. 노후에 남편을 시중드는 일에 관해서는 이미 각오를 다진 터였다. 이유는 모르지만, 자기가 보살핌을 받는 장면은 별로 상상해보지 않았다. 그러나 시작은 예상보다 빨랐고, 게다가 갑작스러웠다. 그리고 무엇보다 그 내용이 예상과 사뭇 달랐다.

남편이 의사에게서 '우울증' 진단을 받은 후 그녀는 역 앞 서점에서 관련 서적을 여러 권 구입해서 읽고 대강의 지식을 얻었는데, 십 년 넘게 이어지는 만성화 사례를 알게 되자 자신의 미래를 무거운 마음으로 상상하지 않을 수 없었다.

견딘다는 행위에는 기한이 필요했다. 언젠가는 끝난다는 걸 알면 끝난 후의 행복을 미리 끌어다 쓰며 현재를 견딜 수 있다. 혹은 차라리 끝나지 않는다고 확실히 정해져 있다면, 단지 견뎌내는 것이 아니라 현재의 곤란을 다른 종류의 충실함으로 바꾸려고 노력할 수 있을 것이다. 그러나 하루오의 증상은 훨씬 막막하고 정처 없이 느껴졌다.

다카시는 일전에 우울증을 '종양 같은 것'이라고 말했다. 차라리 종양이라면 부부 공통의 위기이자 함께 손을 맞잡고 극복해야 할 대상으로 다가왔을 것이다. 괴로운 사람은 남편이다. 그러나 괴로움의 원인이 확실하니, 두 사람은 그것을 마주하고 서로 격려하면서 결혼생활의 의의를 새롭게 실감할 수 있었을 것이다. —그러나 지금은 그렇지 않다. 종양처럼 어딘지 모를 곳에서 나타나 남편을 괴롭히는 게 아니다. 그 원인은 끝내 확실히 알수 없지만, 어쩌면 그녀 탓인지도 몰랐다.

하루오는 실제로 그녀를 병으로부터 철저히 배척했다. 만지는 것은 물론 보려고 하는 것조차 완강하게 거부했다. 그녀는 오늘에 이르기까지 남편이 무엇을 괴로워하는지 단 한 번도 들어본 적이 없었다. 그저 병세가 누그러져 말투가 얼마간 부드러워지면 기뻐했고, 악화되면 욕설을 들어가며 시중을 들었다. 이 두 상황의 반복이었다. 그리고 결국 그것은 신일철에 다니던 시절 남편의 모습과 조금도 다르지 않았다.

하루오는 곧잘 용광로는 살아 있다고 말하곤 했다. 한번 불을 넣으면 마음대로 멈출 수 없고, 상태가 나빠지면 병처럼 치료해야 한다. 그래서 명절도 없이 출근했고, 집에 있을 때도 안절부절못했다. 용광로의 상태는 늘 남편의 상태와 직결되었지만, 그녀는 삼십 년이 넘는 결혼생활 동안 그에 대한 상세한 이야기를 들은 기억이 거의 없었다.

매일 저녁밥을 짓고 기다렸다. 그러면 남편은 무슨 일이 있을 때는 기분 좋게, 반대되는 무슨 일이 있을 때는 기분이 상해서 집에 왔다. 시어머니가 살아 있을 때는 막 취직했을 무렵의 습관이 었는지 때때로 일 이야기를 했지만, 그녀는 그 대화에 거의 끼어들지 않았다. 다카시가 초등학교 사회시간에 신일철 견학을 다녀온 후 용광로에 관해 발표해야 한다면서 아버지에게 꼬치꼬치

캐물으며 메모를 받아 적었을 때도, 그녀는 자기가 전혀 모르는 이야기만 나와 어안이 벙벙했다.

이런 부부생활은 결국 실패한 게 아닐까? 그녀는 남편이 병든 후로 줄곧 그런 생각을 했다. 아무것도 변하지 않았다. 미래에는 희망이 없고, 과거로부터의 비축분은 궁색하다. 게다가 지금은 용광로가 아니라 자신의 존재야말로 남편의 건강을 해친 원인일지 모른다고 의심해야 했다.

그녀는 다카시에게 자주 전화를 걸어 괴로움을 호소했다. 그때마다 아들은 한 시간이든 두 시간이든 귀기울여 들어주었다.

"어머니가 스스로를 비난하면 안 돼요. 아버지 같은 분이 지금까지 별 탈 없이 살아올 수 있었던 건 어머니 덕분인걸요."

다카시는 부드럽게 위로했지만, 남편이 앓는 병의 원인에 관해서는 명확히 말하지 않았다. 그런 애매함이 결과적으로 그녀를 한층 아들 가까이 다가가게 만들었다. 그리고 료스케는 아무래도 그 상대가 되지 못했다.

그녀는 요시에를 배려할 생각이었다. 그녀 자신이 오랜 세월 시어머니의 존재를 껄끄러워했기 때문에 며느리에게는 그런 존재가 되지 않으려고 분명하게 의식하고 행동해왔다. 그러나 최근 닷새기랑 다카시의 연락이 안 되고 보니, 갑자기 디키시기 이니면 안 된다는 생각에 쫓기게 되었다. 어제 료스케와의 통화에서 그것을 처음으로 자각했다.

그녀는 출장 다음날 문병을 오겠다는 료스케의 따뜻한 제의에 자신이 명백하게 부당한 태도를 보인 것을 전화를 끊은 후에 반성했다. 한동안 생각하다 다시 전화를 걸려고 했지만, 뭐라고 말해야 좋을지 모르겠고 시간이 늦어 료타가 깰 수도 있겠다는 생각에 그대로 단념해버렸다. 대신 일요일에 고마운 마음을 충분히 전하면 된다고 생각했다.

그런 료스케의 마음을 남편도 함께 고마워해주길 바랐다.

그녀는 거울 앞의 의자에 앉으려다 눈에 보이는 모습이 여느 때와 다르다는 것을 알아차렸다. 삼면거울이 닫혀 있는 건 물론 금방 알아차렸지만, 너무 오랫동안 보지 못했던 광경이라 일부러 닫은 그 행위가 의미심장하게 느껴졌다. 그리고 곧바로 그 행위의 의미를, 남편이 자기에게 마음을 닫아버린 것으로 해석했다.

"일요일에 료스케가 온대요."

가즈코는 일부러 조금 전의 대화를 언급하지 않고 말을 꺼냈다.

"오늘은 오사카에서 다카시를 만나나봐요. 둘 다 출장이라던가. ……애들이 우애가 좋아서 다행이죠, 여보. 힘들어도 둘 낳길 정말 잘했어요."

하루오는 아무 말도 하지 않고 여전히 아래를 내려다보며 힘겨운 듯 천천히 일어났다. 가즈코는 그 모습에 용기를 얻어 무심코 입 밖으로 나온 말에 쫓기듯이 뒤를 이었다.

"둘 다 착실하게 자기 일을 하고 있으니 이젠 걱정 없어요. 우리는 그저 느긋하게 노후만 생각하면 돼요. 당신이 열심히 일해준 덕분에 생활하기 곤란하지 않을 정도의 돈이 있고, 거기에 연금을 보태면, ……그렇죠, 여보?"

그녀는 격려하듯 미소를 지어 보였다. 아무 맥락 없이 꺼낸 이야기지만, 이상하게도 지금 이 상황에서는 남편에게 통할 것 같은 기분이 들었다. 남편이 얼굴을 들고 "그렇지"라고 감개 깊은 듯 온화하게 대답한다. 그리고 오늘까지 무엇이 자신의 마음을 짓눌러왔는지 천천히 이야기하기 시작한다. 얼굴에 웃음이 보이고, 눈과 눈이 마주친다. ―막 그런 기척을 느낀 순간, 하루오가 녹슬어 굳어버린 듯한 머리칼을 쓸어올리더니 쥐어짜내는 듯한 목소리로 말했다.

"당신과 애들 모두 불행해. ……"

그 한마디에 그녀는 어안이 벙벙해졌다. 그래서 억누를 수 없는 감정에 몸을 바르르 떨며 말했다.

"여보, ……해서 되는 말이 있고, 안 되는 말이 있어요. ……"

하루오는 그 시선을 온몸으로 무겁게 받아들이면서 헐떡이듯 숨을 몰아쉬었다.

"보나마나 당신이나 애들이나 이미 나한테 정떨어졌을 텐데? 가족 중에 이런 미치광이가 있는데 누가 행복하겠어. ……당신도 돈 얘기를 꺼내는 걸 보니 나랑 이혼할 생각인 거 아니야? 날

안심시켜놓고 나갈 생각을 하는 거 아니냐고? ……"

"제발 그만해요!"

가즈코가 말을 가로막듯 소리쳤다.

"그만 좀 해요, 여보! 정말 한심해. ……"

그리고 한 번으로는 부족해서, "제발 좀 그만해!"라고 되풀이
했다.

늘 듣는 넋두리였지만, 그것은 그녀에게 순간 인내의 한계를
넘어서는 것처럼 다가왔다. 행복하지 않다. ─그 단정은 현상태
를 버티게 해주는 근거를 그녀에게서 난폭하게 앗아가버렸다.
남편은 그녀가 지금까지 조심스럽게 피해온 어떤 결단을 너무나
무신경하게 언급하고 말았다. 애써 그 생각은 하지 않으려 했던
그녀의 마음을 짓밟고서. ─

'……제발 그만해. ……'

가즈코는 이번에는 속으로 중얼거렸다. 그것은 명백히, 반복
의 무게를 덧붙여 그녀 자신에게 던지는 말이었다.

일어서서 방을 나와 계단을 내려가면서 몇 번이나 고개를 저
었다.

방에서는 아무 소리도 들리지 않았다. 침대에 엎드린 남편의
모습이 뇌리에 어른거렸다. 그 광경은 처음의 오해를 소리 없이
누그러뜨렸지만, 그녀는 이미 기묘하게 차가운 감정밖에 품을
수 없었다.

5

다카시가 샤워를 하고 욕실에서 나오자, 지즈는 그와 똑같은 목욕가운을 입고 커튼이 걷힌 창가 소파에 앉아 밤거리를 바라보고 있었다.

10월 초인데도 더위는 사그라질 기미가 없고, 낮에는 기온이 30도 가까이까지 올라갔다. 열기가 깃든 욕실에 오랫동안 있다 나와서인지 약하게 설정해둔 에어컨 냉기가 살짝 부족한 느낌이었다.

방은 교토 오쿠라 호텔 12층, 가모 강을 내려다보는 북동쪽 방 2203호였다.

오후에 체크인하며 열쇠를 받았을 때는 22층으로 착각했는데 실은 호텔의 특이한 구조 때문에 12층 방에 2200번대 숫자가 붙은 것이었다. 짐을 들어다준 벨보이와 예전에 있었던 경관 논쟁 이야기를 나누며, 22층 높이였다면 틀림없이 절이나 신사 측과 타협하지 못했을 거라는 농담을 했다. 야경을 내려다보며 불현듯 그 말을 떠올리자 불과 다섯 시간 전의 그 기억이 이미 오래된 옛날 같았다.

교도 역에서 지즈를 태우고 오전에 곧장 오하라로 가서 늦은 점심을 먹으며 시센도 주변을 걷고, 네시가 지나 호텔에 도착했다.

두 사람은 샤워로 가볍게 땀을 씻어내고 몸을 섞었다. 저녁을 먹으러 일곱시 무렵 나갔다 돌아오니 아홉시 반경이었다.

유리창에서 눈이 마주치자 지즈가 천천히 다카시를 돌아보며
미소지었다.

"목말라서 하나 땄어."

탁자 위의 캔맥주로 시선을 던지며 말했다.

"아, 나도 마실까. ……"

다카시는 냉장고에서 캔 하나를 꺼내 뚜껑을 따서 한 모금 마
시고는 지즈 옆에 앉았다. 샤워의 열기가 아직도 목욕가운 속에
묵직하게 고여 있는 느낌이 들어 옷깃을 살짝 열었다. 그리고 긴
장이 풀린 듯 깊은 숨을 내쉬었다.

"저기, 아직도 다리 주변에 사람들이 있어. 경찰도 왔고."

지즈가 밖을 가리키며 말했다. 다카시는 일단 관심을 보이는
척 시선을 던지며 맥주를 마셨다.

"영화 촬영이라도 하나 싶었는데, ……글쎄, 무슨 일일까?"

그녀는 여전히 신경쓰이는지 상황을 살피다가 이윽고 단념하
고 다카시에게 물었다.

"하루 종일 운전해서 피곤하지?"

"아니야, 괜찮아. 즐거웠어. 어제부터 운전해서 많이 익숙해졌
으니까."

"응, 운전 잘해서 깜짝 놀랐어."

"잘하는 건 절대 아니지. 오늘은 길이 단순했잖아. 도쿄라면

힘들었겠지만. ……"

"아침에 다카시가 교토 역으로 데리러 오니까, ……왠지 신선하던데."

그녀가 팔을 뻗어 맥주 캔을 들었다.

"좀 쑥스러웠지. 평소랑 달라서."

"응, 조금. ……"

젖은 채로 빗어넘긴 그녀의 짙은색 머리칼이 트리트먼트 향기와 함께 다카시의 시야를 휙 스쳐지났다. 약간 자극적으로 느껴지는 목욕가운의 흰색과 대조를 이루는 그 머리칼 덕분에 옅은 복숭앗빛을 띤 갸름한 목덜미 피부의 광택이 더욱 돋보였다.

'……신선, 하다? ……'

그는 속으로 중얼거렸다. 그렇게 표현하자면 오늘의 모든 것이 신선했다. 같이 여행 온 것은 물론 낮에 밖에서 만난 적도 이제껏 단 한 번도 없었다.

다카시는 처음으로 쾌청하고 밝은 한낮의 햇빛 아래서 그녀의 모습을 보았다. 그리고 그 역시 똑같은 명징함 속에서 그녀 눈앞에 존재했다. 두 사람은 그렇게 가까스로 밤의 어둠에서 빠져나왔다. 밤 중에서도 한층 어두운 침실의 한 귀퉁이에서, 각기 서로의 나체를 가져와 하나로 짜맞추려 고심했던 끝없던 희롱을 거쳐. ―

채 하루도 남지 않은 관계에서 뭔가를 신선하게 느낀다는 것이 그의 마음을 사로잡았다. 그것은 한순간 새로운 징조처럼 느껴졌지만, 앞으로 두 사람의 관계가 미래를 향해 갱신될 리 없다는 것은 잘 알고 있었다. 오히려 그것은 끝이 짓궂게 슬쩍 내보여준, 둘의 관계의 다른 모습 같았다.

지금처럼이 아니라 이런 상태도 괜찮지 않았을까 하고 그는 생각했다. 그러지 못했던 것은 왜일까? 각자를 둘러싼 상황이 아주 조금이라도 달랐다면, 우리는 또다른 형태로 서로를 알고 다른 관계를 맺을 수 있었을까? 그때도 나는 지금의 지즈를 알 수 있었을까? 남편에게 거짓말을 하고 남의 눈을 피해 몰래 불륜 상대와 여행을 떠나는 그녀. 그랬다면 나는 지금처럼 그런 그녀에게 마음이 끌렸을까? ……

오늘에야 간신히 발견한 신선함. 그것은 무슨 심술궂은 농담처럼 기억에 각인될 거라고 그는 생각했다. 우리는 마지막 여행에서 어쩌면 가능했을지도 모를 또다른 관계를 시도해보았다. 그리고 그것은 시도로 끝나고, 돌아보면 오히려 끝난 후 찾아올 새로운 무언가가 잘못해서 앞서버린 것으로 기억될지도 모른다.

그는 그녀를 끌어안고 살며시 키스했다. 립스틱을 지운 입술의 생생한 감촉이 마음속 수면에 희미한 파문을 일으켰다. 타월 소재 목욕가운의 톡톡한 두께가 두 사람 사이를 가로막았지만, 밖으로 드러난 맨살에는 그만큼 노골적인 열기가 감돌았다.

다카시보다 조금 늦게 눈을 뜬 지즈가 수줍은 듯 미소짓고 조금 전 대화로 돌아갔다.

"차 빌린 건 탁월한 선택이었어."

"정말? 다행이군. 생각했던 것보다는 가까웠지만."

"응. 금방 도착했지."

"그렇지? 중간부터는 직선도로였고."

"좀 더 가도 좋았을걸."

"그러게. 아마노하시다테나 더 멀리까지 갔으면 분위기가 또 달랐을 텐데. ―가본 적은 없지만. 가봤어?

"아니, 나도 못 가봤어. 왜 그런지 자꾸 시내만 돌게 되더라, 여행을 와도."

"응, 그렇긴 해. ……"

다음에 가볼까, 라고 말을 꺼내려던 다카시는 지킬 마음도 없는 약속은 괜스레 미련만 남길 거라는 생각에 입을 다물었다. 그러나 그 부자연스러운 공백은 그녀가 뭔가를 느끼게 하기에 충분했다.

그녀는 고개를 살짝 숙인 채 중얼거렸다.

"나 말이야, ……"

"응?"

다카시가 그 옆얼굴을 들여다보았다.

"오하라 터널 나와서 조금 더 가다가, 커브길에서 반대편 덤프 트럭이랑 한 번 부딪칠 뻔했잖아."

"아아, 응. 미안해. 많이 놀랐지?"

"아니. ……"

그녀가 고개를 살며시 옆으로 저었다.

"그때 정말 부딪쳤으면 어떻게 됐을까 생각해봤어. 그렇게 죽으면 모두 깜짝 놀랄 거라는 생각이 들더라. 뭣보다 왜 교토에 있었는지 의아해하겠지. ……운전한 다카시가 누군지 모를 테니까, 분명 무슨 관계인지 궁금해할 거야."

"뭐, 그렇지. ……짐작은 하겠지만."

"사람들이 어떻게 생각할까 떠올려봤어. 그이나, ……부모님, ……만약 그렇게 되면 내가 고민하던 것들을 일일이 얘기하지 않아도 한번에 이해해줄까, ……아니면 반대로 불륜 상대와 여행 가서 죽다니 꼴불견이라고 생각할까. ……"

"그래서 말이 없었던 거야?"

"응, 그냥 생각에 잠겨서. ……"

"그렇게 되면 나도 마찬가지지."

다카시가 그녀를 바라보며 애매하게 미소지어 보였다.

"나도 오늘은 아무도 안 만난 걸로들 아니까. ……우리 둘 다 여기 있지만, 동시에 여기 존재하지 않는 거야."

지즈가 고개를 획 들었다.

"우리는 사실 늘 그랬어. ─공개적으로는 어디에도 존재하지 않는 상태로 만났지. 그래서 오로지 서로만을 위해 존재했다고 할 수도 있을지 모르지만. ……"

그는 맥주 캔을 탁자에 내려놓고 창밖을 바라보았다.

"존재하지 않는 인간으로 죽는다. —그건 어떤 걸까? ……그때 나는 나를 아는 모든 사람이 알고 있는 나를 배신하게 되겠지. 그것이 나라는 인간을 마무리할 테고. 원래 그런 인간이었던 게 되어버리는 거야. ……죽은 나는 반론할 수 없어. 나는 그런 인간이 아니라고 말할 수 없으니까. —그렇지만 방금 지즈가 한 말은 훨씬 끔찍하지. 과장하자면 그건 오명을 입고 죽는다는 의미야. 본인 생각은 그렇지 않더라도, 오명이란 세상이 판단하는 거니까. —그렇게 되면 괴로울까? 그때는 그걸 느낄 나는 이미 존재하지 않을 텐데. ……"

"그러게. ……과연 어떨……까?"

그녀는 고개를 갸웃거리며 손안의 맥주 캔을 물끄러미 바라보다가, 그대로 뇌리에 새겨지는 사념을 떨쳐내듯 고개를 들었다.

어둠의 바닥으로 가라앉은 가모 강의 물줄기가 이따금 흐릿하게 반사하며 물결의 기척을 전해주었다.

그녀의 시선은 가와바타 거리를 위아래로 오가는 자동차 불빛으로 옮겨갔다.

어둠에 뒤섞인 자동차 그림자는 흐릿했다. 차들 끄트머리에 달린 곤충의 눈처럼 작은 빛이 신호에 막혔다가 다시 해방되어 일정한 간격으로 흘러가고, 그렇게 끊임없이 한 줄기 수평선 위를 이리저리 움직이는 단순한 풍경이 재미있었다.

저 너머 히가시야마까지 점점이 조명이 밝혀 있어, 거리가 잠들기까지는 아직 조금 멀었다는 걸 알려주었다. 하늘에는 아까부터 잇달아 헬리콥터가 날아다녔다.

멀어졌던 의식이 또다시 가까이 밀려옴에 따라 지즈는 유리창 속 다카시의 모습으로 돌아왔다.

그의 눈은 깊은 생각에 잠긴 듯 멍해 보였지만, 그녀의 시선에 민감하게 반응했다.

"그래, ……난 어느 쪽이든 괜찮았을지도 몰라. ……그걸로 내 괴로움을 이해받으면 물론 기쁘겠지만, ……이러고 있는 것 역시 모두에게 거짓말을 하는 셈이니까, 행실이 문란한 여자로?—"

그녀는 말끝을 올리면서 그 진부한 표현에 스스로 웃었다.

"죽어도 어쩔 수 없다고 할까, 그편이 오히려 마음이 편하다고 할까. ……"

다카시는 평소와 달리 그녀의 말에 곧바로 대답하지 않았다.

"아, 다카시가 어떻다는 게 아니라 내 문제야."

그녀는 그 침통한 표정에 동요해서 돌아보았다. 그리고 덧붙였다.

"미안해."

다카시 역시 유리창 너머가 아닌 실제의 그녀에게로 몸을 돌렸다.

"아니야, 그런 게 아니야. 그게 아니라, ……충분히 알 것 같아서 그래."

그는 빠르게 눈을 깜박거리며 말했다.

"알아, 지즈가 하는 말이 뭔지."

"아니야, 정말 미안해. ―뭐라고 할까, 다카시는 만날 때마다 나한테 늘 잘해줬고, 그래서 나도 요 반년간 힘을 얻을 수 있었는데, ……"

그는 고개를 가로저으며 그녀의 어깨에 살며시 손을 얹고 말했다.

"……그런 여행인 줄 알고 왔어. ……"

지즈가 눈물을 글썽였다.

"그랬……어?"

"……아니야?"

그녀는 대답을 주저했다.

"모르겠어. ……처음에는 그럴 생각이었는데, ……"

그렇게 말하고는 갑자기 말문이 막혀, 오른손으로 왼쪽 소맷자락을 끌어당기며 눈물을 닦았다. 그리고 그에게 기대오며 가슴에 얼굴을 파묻었다.

그녀의 몸을 힘껏 끌어안사 서서히 살갗을 적셔오는 눈물이 느껴졌다. 그녀가 얼굴을 붉히고 흐느끼면서 가까스로 말했다.

"나 말이야, ……"

"……응."

나지막한 울림이 가슴에서 직접 뺨으로 전해졌다.

"……사실은 오늘 여기 안 올 생각이었어."

그녀가 그의 몸을 잡은 손가락 끝에 힘을 주었다.

"그렇게 끝내는 게 좋을 것 같아서. ……그런데 결국 와버렸어, ……"

다카시는 어렴풋이 미간을 찌푸린 채, 떨리는 그녀의 몸을 진정시키려는 듯 가만히 안고 있었다.

"헤어질 생각으로 왔는데, ……오늘 온종일 같이 있었더니 이상하게 내가 원하는 게 뭔지 알 수 없게 돼버렸어. ……조금 전 얘기 말인데, 사고를 당해 다카시랑 같이 있었던 게 사람들에게 알려져도, 그래도 상관없다는 생각이 들었어. ……나 혼자의 생각이고, 다카시한테는 민폐가 되겠지만. ……사고 후 죽지는 않고, 교토에 간 게 들통나서 우리 관계가 사람들에게 알려진다면, 그것도 좋지 않을까 하고. ……그래서 다카시랑 뭘 어쩌겠다는 게 아니라, 그냥 그렇게 되면 여러 가지가 정리되지 않을까 싶어서. ……"

"……응."

"……미안해."

지즈는 또다시 사과하고 한동안 조용히 입을 다물었다. 그리고 마음이 홀가분해진 듯 눈물을 닦고 고개를 들더니 갑자기 울음을 터뜨린 게 부끄러운 듯 웃어 보였다.

다카시도 그에 응하듯 표정을 풀고 농담처럼 말했다.

"사과할 거 없어. 다행히 그렇게 되진 않았으니까."

그리고 '다행히'라는 말을 사고를 당하지 않았다는 의미로 한
정짓기 위해 구태여 덧붙였다.

"어제 연습해둔 보람이 있었지."

"……응."

지즈는 고개를 끄덕이며 이것으로 이야기가 끝났다고 느꼈다.

스스로도 어느 정도 믿음이 있는지 알 수는 없지만, 다카시와
함께 산젠인을 걸으며 그녀는 남편이 아니라 이 사람과 다시 시
작하는 것도 가능하지 않을까 어렴풋이 생각해보았다.

그녀는 이번 여행의 의미를 다카시만큼 확실하게 정해놓지는
않았다. 그가 어떻게 생각하는지도 알 수 없었다. 여행을 앞두고
그녀를 엄습했던 두렵고 소극적인 감정은, 그가 이것을 둘의 관
계를 보다 적극적으로 밀고 나가는 계기로 받아들이면 어쩌나
하는 상상에서 비롯된 것이었다.

그녀는 늘 그를 그렇게 애매하게밖에 이해하지 못했다. 보통
타인을 대할 때는 상대의 속마음에 근접한 몇 가지 예상을 놓고
망설이곤 했다. 그러나 다카시를 대하다보면 좋은지 싫은지, 유
쾌한지 불쾌한지 같은 완전히 상반되는 감정을 구별하지 못하고
길을 잃고 말았다.

산젠인으로 향하는 차 안에서 그녀는 자기가 꽤 멀리 와 있다는 걸 느꼈다. 이곳에 다카시와 함께 있다. 평소와 마찬가지로 남의 눈을 피해 만나고 있고, 어디 있든 다른 사람에게는 똑같다 하더라도, 기타아오야마에 있는 그의 집에 틀어박혀 있을 때와는 역시나 다른 감각이었다.

자동차가 깊은 산속을 헤치고 들어갈수록 그녀는 그의 곁에서 이 관계에 더 깊이 빠져들고 싶다는 생각이 커져갔다. 그것은 진심 같기도 했고, 동시에 자포자기 같기도 했다. ─바로 그때 커브길 너머에서 차선을 크게 벗어난 덤프트럭이 돌진해온 것이다. 다카시가 재빨리 핸들을 꺾어서 충돌하기 직전에 간신히 사고를 면했다. 덤프트럭은 클랙슨을 울릴 새도 없이 급브레이크를 밟으며 아슬아슬하게 스쳐지나갔지만, 굉음이 무사히 등뒤로 사라지자 그는 파리해진 표정으로 나지막이 숨을 토해냈다.

지즈는 탁자 위 휴지를 집어 눈물을 닦고 다시금 아무 일도 없었다는 듯 한결 조심스러운 미소를 지었다. 그의 태도는 그녀의 흐릿해진 시야 너머에서도 선명했다. 그는 그녀를 사랑하느냐 사랑하지 않느냐 하는 감정적인 문제와 별개로, 훨씬 현실적으로 두 사람의 관계에 연장될 만한 미래가 없다는 것을 이해하고 있는 듯했다. 그리고 그녀는 그와 함께 있을 때 언제나 그러듯 냉정함을 되찾고, 그것이 옳다고 생각했다.

다카시도 살며시 표정을 풀고 그녀의 머리에 입을 맞췄다. 마른 머리칼 안쪽에 아직 얼마간 물기가 남아 있었다.

"커피라도 마실래?"

다카시가 소파에서 일어나 포트가 놓인 방 한쪽으로 향하며 물었다.

"응, 고마워. —아니, 그냥 물이나 마실까."

"그럴래?"

"응. 다카시는 커피 마시고 싶으면 마셔."

"아니야, 나도 다른 게 좋을 것 같아. ……"

냉장고를 열고 안을 들여다보더니 볼빅과 우롱차를 하나씩 꺼냈다. 지즈는 소파에서 일어나 잔을 꺼내려는 그에게 "그냥 줘"라고 말하며 페트병을 건네받아 침실로 향했다.

"내일도 오늘처럼 날씨가 좋아야 할 텐데. ……"

"일기예보에서는 비가 온다던데, 어떨까. ……"

그는 그렇게 말하며 실내등 조명을 낮추고, 조금 전 가방 안에서 진동이 울린 휴대전화를 꺼냈다.

지즈는 리모컨을 한 손에 들고 침대 헤드보드에 기대며 텔레비전 전원을 켰다.

호텔 안내 화면에서 두어 번 채널을 돌리자, 교토 방송의 일기예보가 나왔다.

—이어서 내일의 강수 확률입니다. 전반적으로 높겠습니다. 와카야마 현 남부에는 강풍 파랑 경보가 발효되었습니다. 나라 현에서는, ……

아침부터 한 번도 확인하지 않은 휴대전화에는 문자 세 건과 전화 다섯 통이 와 있었다. 문자는 가오리와 미나, 그리고 사키가 보낸 것이었다. 메시지들을 한차례 읽고 답장은 쓰지 않은 채 부재중 전화 내역을 확인했다. 요시에한테서 세 통, 어머니한테서 두 통인데, 요시에는 음성 메시지를 남긴 것 같았다.

다카시는 한동안 생각에 잠긴 듯 화면을 바라보다가 결국 음성 메시지를 확인하지 않고 휴대전화를 닫았다. 그리고 곧바로 가방에 넣고, 침대에 앉아 있는 지즈에게 갔다.

"일기예보를 보니까 새삼 여행 온 실감이 나네."

"그렇지. 간사이 지도니까."

"역시 내일 비 오나봐."

"그래? 오늘 부지런히 많이 봐놓길 잘했다."

"그렇지?"

"어떡할까? 차는 점심때까지 쓸 수 있는데. 연장할 수도 있고."

"글쎄, ……"

다카시는 커튼을 칠 생각으로 우롱차를 침대 옆에 내려놓고 다시 거실로 나갔다.

"아, 그러고 보니 오늘은 신문도 텔레비전도 전혀 안 봤네. ……"

지즈가 그렇게 말하며 한동안 이리저리 채널을 돌렸다. 그러고는 내용보다 영상에 먼저 관심이 끌린 듯 "……어?" 하고 뉴스 프로그램에서 손을 멈췄다.

— 네, 현장인 이곳 교토 시 히가시야마 구 산조 대교에 나와 있습니다. 보시는 바와 같이 교토 번화가 한복판이라, 취재진 외에도 주말을 맞아 시내에 나온 주민과 관광객 등으로 이 시간에도 여전히 떠들썩합니다. 상공에는 헬리콥터도 보입니다.

현장은, ……잘 보이시나요? 바로 이 아래쪽입니다. 지금은 경찰이 봉쇄해서 밑으로 내려갈 수 없습니다.

수사본부를 차린 마쓰바라 경찰서의 발표에 따르면, 오늘 아침 오전 일곱시경 개와 산책하며 이 근처를 지나던 남성이 수상쩍은 검은색 비닐봉지를 발견했고, 비닐봉지 안에 사람의 머리 같은 것이 보여 곧바로 산조 대교 히가시 파출소에 신고했으며, 출동한 경찰이 인간의 유체임을 확인했다고 합니다. 발견 당시 정황으로 보아 피해자는 다른 장소에서 살해된 후 현장에 유기된 것으로 추정되며, 경찰은 살인 및 사체유기 사건으로 보고 신중하게 수사를 진행하고 있습니다. ……

지즈는 보도 내용에 놀라 "엇" 하는 소리를 흘리며 재빨리 음량을 높이고 다카시를 손짓해 불렀다.

"다카시, 살인사건이래! 산조 대교면 이 근처 아니야?"

— 유체는 이십대에서 삼십대의 남성으로 보이며, 발견된 것은 절단된 머리와 팔과 다리 일부이고, 몸통을 포함한 나머지 부분은 아직 발견되지 않았습니다.

유체를 넣은 비닐봉지에는 다량의 쓰레기가 함께 들어 있었다고 합니다. 현장 상황으로 보아 범인은 복수일 가능성이 높습니다만, 공식 견해는 발표되지 않았습니다. 현재 경찰은 목격자 수색에 전력을 기울이고 있습니다.

그리고, ―조금 전 말씀드린 네 개의 흰 봉투 말인데요, 목격자의 말에 따르면 이 봉투들은 절단된 손에 하나씩, 양쪽 발을 겹쳐서 하나, 머리에 하나, 이렇게 네 군데에 정 같은 것으로 박혀 있었다고 하여, 범행의 잔인성과 엽기성을 보여주고 있습니다.

전국적으로 유명한 유서 깊은 관광지에서 발생한 전대미문의 토막살인사건에 주민들은 충격이 크며, 한시라도 빨리 범인이 체포되기를 희망하고 있습니다. ―이상 현장에서 전해드렸습니다. ……

지즈가 옆에서 같이 뉴스를 보고 있던 다카시에게 말했다.

"……전혀 몰랐네, 토막살인사건이라니. ……그래서 저렇게 경찰들이 나온 건가? ……"

다카시는 그 말이 귀에 들어오지 않는 듯 눈동자에 이상한 빛을 띠고 화면을 뚫어져라 보았다.

"산조 대교면 바로 옆이잖아?"

"……어어, 응. ……"

그녀는 그의 반응에 의아해하면서 침대에서 내려와, 창에 바짝 달라붙어 강 아래쪽을 내려다보았다.

"……안 보여, 산조까지는."

다카시가 그녀를 따라와 똑같이 밖을 내다보았다.

"저 다리 위 사람들이 모두 건너편을 보고 있는 게 그것 때문이었나?"

"……응, ……구경꾼이겠지."

지즈는 그 목소리에서 아무래도 평소와 다른 울림을 느끼고 뒤를 돌아보았다. 다카시가 그런 그녀에게 "응?" 하며 고개를 살짝 갸웃거렸다.

"……아니, 아무것도 아니야. ……"

유리창에 비친 텔레비전 화면에, 스튜디오에서 여자 보조 아나운서와 중년 캐스터가 범행성명문에 관해 설명하는 모습이 보였다.

—자, 이쪽을 봐주십시오. ……네, 나오나요? ……여기에 현장을 그림으로 정리해봤습니다. 유체가 든 비닐봉지가 발견된 것이 이 주변입니다.

그리고 처음에 '부적' 같다고 말씀드린 네 개의 흰 봉투 말인데요, 저희가 입수한 정보에 따르면 아무래도 모두 범행성명문 같다는 견해가 유력시되고 있습니다.

그중 하나입니다. ……네, 조금 전에는 '머리'라고 전해드렸는데, 정확히 말하면 이마 한가운데쯤에 정 같은 것으로 박혀 있었던 모양입니다. —그리고 무슨 글자가 쓰여 있었다고 말씀드렸는데, 목격증언과 그밖의 정보를 종합해보면, 이와 같이, 조금 알아보기 힘드시죠, 워드프로세서 글자로 '내가 세상에 평화를 주러 온 줄 생각하지 마라. 평화가 아니라 칼을 주러 왔다'라는 내용의, 확인한바 신약성서 마태복음 10장 34절에서 인용한 것으로 보이는 문구와, '악마'라는 서명이 적혀 있었다고 합니다. 다시 한번 읽어드리겠습니다. '내가 세상에 평화를 주러 온 줄 생각하지 마라. 평화가 아니라 칼을 주러 왔다. ─ 악마'. ……

그리고 오른손에 박혀 있던 봉투에는 알파벳 소문자로 이렇게 적혀 있었다고 합니다. 'dancing'이라고 읽힙니다만, ……이쪽은 아직 확인되지 않았습니다.

또한 조금 전 수사본부 기자회견에 나왔듯이, 발에 박혀 있던 것에는 '離脫者' ─ 이탈자겠죠? ─ 네, 그렇게 적혀 있었다고 합니다.

스튜디오에는 범죄심리학을 전공하신……

지즈가 소름 끼친 표정으로 텔레비전 쪽을 돌아보았다.

"……뭐야, 저 사람들?"

그녀는 술렁이는 가슴을 진정시키려는 듯 무심결에 다카시의 팔을 붙잡았다.

그도 낯빛이 창백했고, 빠르게 뛰는 심장박동이 몸을 가까이 붙인 그녀에게까지 전해졌다.

"……무섭다. ……이상한 종교집단일까?"

그녀는 한마디라도 좋으니 얼른 그의 대답이 듣고 싶어서 다시 말을 건넸다.

그 말에 그는 뺨을 경직시킨 채 코웃음을 쳐 보였다.

"……제정신이 아닌 사람이 많군."

"……응."

지즈가 어색하게 웃으며 고개를 끄덕였다. 그러나 자신이 내뱉은 목소리의 떨림에 그가 동요하고 있음을 여실히 느낄 수 있었다. 그래서 불온한 술렁임에 사로잡혀 뒤이을 말을 찾지 못했다.

6

샤워기 물살이 피부에 부딪히는 소리가 하늘거리는 레이스처럼 하얀 정적 저편에서 끊임없이 손짓했다. 다카시는 이미 일어난 모양이다. 아니면 밤중에 몇 번 깨어 있는 기척이 느껴졌는데, 그러고서 다시 잠들지 못한 채 아침을 맞은 걸까? —순간 그런 생각을 떠올렸다가 또다시 졸음에 이끌려서 의식이 멀어졌다. 그리고 갑자기 다가온 체온에 놀라 입맞춤을 받으며 눈을 뜨자, 그는 이미 옷을 입고 머리까지 단정하게 매만진 후였다.

다카시는 침대 가장자리에 앉아 그녀의 이마를 살며시 어루만지며 인사를 건넸다.

"잘 잤어?"

"……응."

"아홉시인데 어떡할까? 아침을 먹든가, 좀더 자든가. ……"

지즈가 쑥스러운 듯이 시트를 끌어당기고 눈을 감은 채 아직 뺨에 힘이 들어가지 않는 듯 웃어 보이더니, 잠의 누에고치에서 기어나오듯 양팔을 올리고 천천히 기지개를 켰다. 그리고 몸의 힘을 빼고 "……아니야, 그만 일어날래"라며 고개를 젓고는, 오 초쯤 가만히 있다가 결심한 듯 벌떡 일어났다.

흐트러져 이리저리 뻗친 머리칼이 사랑스러웠다.

"푹 잤어?"

"응. ……감기 든다고 가운 입은 것까지는 기억나는데, …… 그뒤에 언제 잠들었는지는 기억이 안 나. 몇시쯤 잤지?"

"두시쯤일걸, 아마."

"그렇구나. ……"

그녀는 오른손으로 머리를 매만지며 거실 쪽을 바라보았다.

한쪽만 걷힌 커튼 사이로 미약한 빛이 비쳐들었다. 비에 젖은 창밖으로 짙은 구름에 뒤덮인 잿빛 하늘이 엿보였다.

"역시 비가 왔네."

"응. 날이 밝기 전부터 계속 내렸어."

"다카시, 몇 번 깼었지?"

"아, ……응, 잠이 영 깊이 안 들어서."

"혹시 내가 시끄러워서?"

다카시의 애매한 말투에 그녀가 불안한 표정으로 물었다.

"어, 아니야, 전혀. ―그게 아니라, ……그냥 왠지."

그는 고개를 옆으로 저었다. 그리고 서서히 일어서서 침대 옆 커튼을 걷고 밖을 내다보았다.

"······정말 비가 오네."

"응?"

지즈가 그의 중얼거림을 알아듣지 못하고 되물었지만, 그 역시 그녀의 말을 못 들었는지 돌아보지 않고 그대로 서 있었다. 그녀는 한동안 그 뒷모습을 바라보다가 이윽고 "나도 샤워하고 올게"라고 말하며 흐트러진 가운 앞을 여미고, 슬리퍼를 찾으면서 침대에서 내려왔다.

다카시는 그제야 뒤돌아보며 "······응"이라고만 대답했다.

샤워를 하고 옷까지 갈아입은 후 욕실에서 나오자, 그는 텔레비전을 틀어놓은 채 소파에서 신문을 보고 있었다. 1면에는 '교토에서 남성 토막사체 발견'이라는 큼지막한 헤드라인과 함께 어젯밤 뉴스에서 본 사건의 기사가 실려 있었다.

"아 참, 그 사건 어떻게 됐어?"

지즈가 텔레비전 화면을 돌아보며 물었다.

"······딱히 새로운 정보는 없는 것 같은데."

살짝 굳은 듯한 표정으로 그가 고개를 들었다.

"텔레비전에서도 조금 전까지 하던데 똑같아. 목격자가 얼굴을 가리고 나오긴 했지만."

"그런 걸 보면 평생 못 잊겠지."

"응. 그런데 휴대전화로 시체 사진을 찍은 것 같더군."

"세상에, ······정말로?"

"어제 보도에서 이상하다 싶을 정도로 자세하게 범행성명문을 해설하긴 했어. 경찰이 발표했을 리는 없으니까. 아마도 그 사람이 찍은 사진이 방송국 쪽으로 넘어간 게 아닐까?"

"텔레비전에 그 사진도 나왔어?"

"아니, 아무리 그래도 그것까지는. 그렇지만 머지않아 나올지도 모르지."

"돈을 받고 판 걸까?"

"그렇지 않을까? 9·11 때도 여객기가 빌딩으로 돌진하는 장면을 찍은 영상이 상당히 고가에 팔렸다는 소문이 있었어. ──다들 그런 발상을 하는 시대야. 혐오스러운 세상이지."

"그러게, ……"

다카시가 신문을 접어서 옆에 내려놓고 한숨을 내쉬었다. 그리고 다시 그녀 쪽을 보고는 "나갈까?"라고 말하며 일어섰다.

"응. ……"

지즈는 텔레비전 리모컨을 들고 이삼 초쯤 화면을 바라보다가, 이윽고 사건과 관련된 정보를 두 사람 사이에서 모조리 쫓아내려는 듯 전원 버튼을 눌러 원고를 읽는 캐스터의 말을 어중간하게 잘라버렸다.

꼭대기층 레스토랑에서 별 대화 없이 가벼운 뷔페식 아침식사를 마친 후, 다카시는 지즈를 먼저 방으로 돌려보내고 체크아웃하는 손님들로 북적이는 로비로 내려가 전화를 걸었다. 상대는 조금 전 또다시 부재중 전화를 남긴 요시에였다.

그녀는 신호음 한 번만에 기다렸다는 듯이 전화를 받았다.

"여보세요."

"아, 여보세요, 접니다. 미안해요, 어제부터 계속 전화하셨는데."

"아니에요, ……지금 통화 괜찮으세요?"

"괜찮아요."

"밖이에요?"

"네, 호텔 로비인데. ─"

다카시는 속을 떠보는 것 같은 그녀의 말투에 저도 모르게 주위를 둘러보았다.

"저어, 아주버님, ……금요일에 그이 만났죠?"

"아, ……네, 만났죠."

"무슨 얘기 했어요?"

"얘기요? ……"

그는 말끝을 살짝 올리며 되묻고는 갑자기 애매한 눈빛을 띠며 머뭇거렸다. 요시에는 한동안 말없이 기다리다가 이윽고 "─여보세요?"라며 전화가 끊기지 않았음을 확인했다.

"아, 미안해요, ……그게, ……"

"……혹시 지금 같이 있어요?"

"아, ……아뇨, 혼자 있는데. ─아, 료스케 말입니까?"

"네에."

"료스케 거기 없어요? 아 참, 오늘은 부모님 댁에 간다고 했지. ……난 아직 교토라서, ……"

"그이가 아직 안 들어왔어요."

"네? 어디서요? ……"

"오사카에 출장 간 후로 집에 오지 않았어요."

"아, ……부모님 댁은? 연락해봤어요?"

"물론 해봤는데, 안 왔대요. ……"

다카시의 뺨이 떨리듯 경직되었다. 그리고 전파가 강한 자리를 찾듯 불안한 걸음걸이로 주위를 서성거리다가 전화기를 힘주어 귀에 갖다대며 물었다.

"휴대전화는? 연락 안 돼요?"

"안 돼요. ―그래서, 무슨 얘기를 나눴는지 아주버님에게 묻고 싶어서."

요시에가 초조한 듯이 그가 조금 전 얼버무린 질문에 대한 대답을 재촉했다.

다카시는 입술을 한 번 깨물었다.

"그렇게 오랫동안 같이 있진 않았어요. ……아버지의 병에 관해 얘기했고, 료스케가 걱정한다는 거, 그리고, ……그것 때문에 나를 불신한다는 것도 잘 알았고, ……아무튼 지금은 시간이 별로 없지만 조만간 부모님 댁에 들렀을 때 다시 천천히 대화를 나눠보자고 했죠. 나도 아버지가 어떤 상태인지 확실하게 알고 싶었고요. —그 밖에 일 얘기를 조금 했지만 별다른 건 없었어요. 고민을 털어놓을 만한 분위기는 아니었으니까. ……"

거기까지 말하고 조금 뜸을 들인 후 다시 입을 열었다.

"난 말이죠, 제수씨. 그날 료스케랑 허심탄회하게 얘기를 나누고 싶었어요. 그런 시간을 꽤 오랫동안 못 가졌으니까. ……우리는 정말 의좋은 형제였어요. ……그래서 료스케가 사이트에 쓴 내용을 보고 정말 슬펐습니다. —정말로. ……단순히 료스케를 격려해주기 위해서가 아니라, 나 자신을 위해서도 충분한 시간을 갖고 대화하고 싶었어요. ……그런데 그애는 자꾸 이야기를 얼버무리려고만 하더군요. 료스케가 나랑 제수씨 관계를 안좋게 오해하고 있는 것도 그 이유 중 하나겠지만, 나는 그것조차 풀어줄 수 없었어요. 말을 꺼낼 시간도 없었으니까. ……"

"그렇지만 아주버님, ……열한시까지는 그이랑 같이 있었잖아요?"

요시에가 미심쩍은 듯이 물었다.

"아뇨. —여덟시에 헤어졌는데."

"여덟시?"

그녀가 목소리를 높였다.

"네."

"하지만, ……어, 열한시쯤에, 아직 형이랑 있다고, ……"

"료스케가?"

"네. 문자로요."

"아니, ―그때는 내가 아니라 사이트에 자주 들어오던 다른 사람을 만났을 텐데. 제수씨한테는 그렇게 말하기 어려우니까 계속 나랑 있다고 한 거 아닐까요?"

다카시는 고개를 갸웃거리며 오이케 거리 쪽 출입문 너머로 점점 빗줄기가 거세지는 바깥 풍경을 멍하니 바라보았다.

"사실은 말리고 싶었어요. 그런 정체 모를 인간 말고 나에게 상의를 했으면 싶었으니까. ……그렇지만."

"잠깐. ……어, ……잠깐만요, ……"

"왜요?"

"아, ……좀 혼란스러운데, ……게시판의 그 666이라는 사람이 아주버님 아니었어요?"

"―그게 무슨 소리죠?"

"아니, 그러니까, ……아주버님이 게시판에 글을 쓴 게 아니었어요?"

"내가? 아뇨, 아니에요. 난 아니에요."

"그럼, ……누구죠?"

"아, ……글쎄, 모르죠. ……"

"……"

"잠깐. ―AI라는 닉네임은 제수씨죠?"

"맞아요."

"하지만 666은 내가 아니에요."

"아니라고요? ······ 왜요?"

그녀의 동요는 전화기 너머로도 확연히 느껴졌다. 뒤에서 호빵맨 DVD에 맞춰 노래를 부르는 료타의 목소리가 들려왔다.

"정말이에요. ―내가 아니에요."

다카시가 굳은 표정으로 고개를 흔들며 말했다.

"그이는, 형을 만날 거라고 말했는데요."

"맞아요. 나를 만나고. 그후에 666이라는 사람을 만났어요."

"······"

"료스케야 제수씨가 666이라는 사람을 아는 줄 모르니까요. ―문자로 뭐라고 하던가요?"

"서로 연락 안 했어요? 헤어진 뒤로?"

"네, ······ 딱히."

요시에가 생각을 정리하려는 듯 입을 다물었다. 다카시는 그 침묵에서 그녀의 의심을 고스란히 감지할 수 있었다.

"열한시 무렵 아직 아주버님이랑 같이 있다는 문자가 왔어요. 료타는 잠들었느냐고도 했고요."

이윽고 그녀가 또렷한 말투로 대답했다.

"그래서 저도 '응, 잠들었어'라고 답장하고 아주버님이랑 좋은 시간 보내라고 했어요. ―그랬더니 다시 '고마워, 잘 자'라는 답장이 왔고요."

"……네."

다카시가 나지막한 소리로 확인하듯 맞장구를 쳤다.

"그런데, ……다음날에 난데없이, ……"

"……네."

"지금까지 말은 안 했지만, 이런 시시한 인생을 더이상 견딜 수 없다고."

"……료스케가?"

"다시 시작하고 싶으니 찾지 말래요."

"……"

"그리고, ……"

"……네."

"……나랑 료타는 새로운 출발에 짐이 되니까, 두 번 다시 만날 생각 없다고. ……"

요시에는 스스로도 그 말이 의심스러운 듯한 투로 말했다.

다카시는 체크아웃을 끝내고 시끌벅적하게 옆을 지나가는 단체손님들을 피해 출입구 근처에서 소파 쪽으로 이동했다. 그 바람에 밖에서 들어오는 빛이 완전히 차단되었다.

"실종신고는요?"

"아직 안 했어요."

"그렇군요, ……나도 연락해보겠지만 일단 신고부터 하는 게 좋겠어요. 문자 내용을 직접 읽은 게 아니라 잘은 모르겠지만 단순한 실종 같진 않군요. 료스케가 그런 말을 할 리 없어요. 아무리 생각해도 이상하잖습니까?"

"그런……가요?"

요시에의 목소리는 기묘하게 무표정했다.

"그런 느낌 안 듭니까? 뭐 짚이는 데라도 있어요?"

"……모르겠어요."

다카시는 그 대답에 미간을 찡그렸다.

"그렇지만, ……"

"하지만, 그런 일기를 쓸 정도인데 언제 이런 날이 와도 이상할 것 없다는 생각은 안 드세요? 평소의 그이를 보면 도저히 상상할 수 없지만, 스우가 평소 생각해온 것을 실행에 옮긴 거라고 본다면, ……왠지, ……"

"……제수씨의 심정을 모르는 바는 아니지만, 냉정하게 생각해야 합니다."

"물론 생각했어요, 어제부터 계속. ―어쨌든 아직 휴일이고, 충동적으로 그런 문자를 보내긴 했어도 곧 생각을 바꾸고 돌아올지 모르니, 괜스레 경찰에 신고해서 회사나 부모님까지 끌어들여 일을 크게 만들지 않는 게 좋을 것 같아서 기다린 거예요. ……그래도 일단은 아주버님 얘기를 들어보고 싶어서, 그래서 어제부터 계속 전화했는데. ……"

"그랬군요. 미안합니다. ……그럼 부모님 댁에도 아직 말 안

했겠군요? 오늘 아버지를 뵈러 가기로 했을 텐데."

"일단은 출장 일정이 연장됐다고 말해뒀어요."

"……그렇군요, ……"

다카시는 입을 다문 채 억누르듯이 코로 크게 숨을 내쉬었다. 소파에서는 여행객들이 신문을 펼쳐놓고 산조가와라 사건 이야기에 열중하고 있었다.

―여기서 가까워? ―그렇다니까, 바로 코앞이야! ―이따 보러 갈까? ―비 오는데, ……

"아주버님, ……"

요시에가 갑자기 결심한 듯 다카시를 불렀다.

"사실대로 알려주세요. ―부탁이에요! 그이한테 뭐라고 하셨어요? 숨기지 말고 사실대로 가르쳐주세요! 사이트 얘기를 했나요? 그랬어도 상관없어요. 말씀해주세요!"

다카시는 그 절박한 목소리에 동요했다. 그녀의 필사적인 호소는 지금 명확하게 그의 말, 아니, 그 자신의 불명료함을 겨냥하고 있었다.

"좀 전에 말한 대로예요. 정말로 그 이상은 짐작이 안 갑니다. 내가 한 어떤 말이 료스케에게 상처를 줬을 수도 있지만, ……그게 그런 행동으로 직결되었다고는 생각할 수 없어요. 물론 내가 의도적으로 숨기는 것도 없어요. 믿어달라고밖에 할 수 없군요."

"부탁이에요, 뭐든 좋아요! 무슨 낌새 같은 건 없었나요?"

그는 시야 아래쪽에 열기가 번지며 사람들의 윤곽이 서서히 뭉개지는 느낌을 받았다. 눈을 세게 깜박거리며 옷깃의 단추를 풀고 괴롭게 숨을 내쉬었다. 자신이 그녀에게 몹시 화가 났다는 것을 간신히 알아차렸다.

"내가 한 얘기는 정말로 그게 다예요. —이럴 게 아니라 나와 헤어진 뒤에 만난 666이라는 사람을 의심해야 하는 거 아닙니까? —아시겠어요? 최악의 경우를 생각하자면, 료스케가 제수 씨에게 보낸 그 문자는 유서란 말입니다."

다카시는 자신의 말에 그녀의 말문이 막혔음을 확연히 느꼈다.

"그게 아니라면 그 666이라는 사람이 엮여 있다고 생각할 수밖에 없어요. 예를 들면 이상한 종교를 권유받았다거나, ……그런 쪽으로 짚이는 건 전혀 없습니까?"

"아뇨, 없어요. —저도 게시판에서 대화한 게 다니까."

"료스케의 이메일은? 함부로 보는 건 좋지 않지만, 사정이 사정이니만큼 컴퓨터 이메일을 확인해보면 어떨까요? 아마도 그걸로 연락했을 거 아닙니까?"

"그 사람, 컴퓨터를 들고 출장 갔어요."

"아, ……그렇군요, ……"

"사실대로 말해주세요! ……"

요시에는 그의 말을 무시하듯 또다시 그렇게 내뱉었다. 그는 할말을 잃었다.

"제발 부탁이니 저에게만은 정직하게 말씀해주세요. ……666
이 아주버님 아니었나요?"

"왜죠? ……왜 그렇게 생각하죠?"

"아주버님이 나랑 같이 스우를 격려해준 것 아니었나요?"

"난 사이트 내용만 읽어봤을 뿐이에요."

"거짓말!"

요시에는 저도 모르게 말투가 강해지고 말았다.

"난 줄곧 그런 줄 알고 상담을 청한 거예요. 아주버님도 응해
주셨잖아요?"

"제수씨가 왜 그런 오해를 했는지 모르지만, 아무튼 666이라
는 닉네임은 내가 아닙니다. 료스케는 나랑 헤어지고 나서 그 남
자를 만나기로 했단 말입니다."

"……모르겠어요, 난……"

"나는 그 666이라는 사람을 전혀 믿지 않았어요. 제수씨가 마
음을 연 것 같아서 굳이 말하진 않았지만."

"그야 그 사람이 아주버님인 줄 알았으니까요!"

그녀가 말을 가로막듯 받아쳤다.

"생판 남이라고 생각하고 다시 읽어보면, 이상한 사람이라는
걸 금방 알 수 있어요. 료스케에게 공감하는 말투 하나만 봐도
단순히 비굴한 것 이상으로 내면이 황폐한 게 명백하단 말이죠.
―물론 꼭 그렇게 심각하게 생각했던 건 아니지만, 어쨌든 난 경

계했고, 료스케가 그런 놈을 만나는 게 싫었습니다. 그렇지만 물러서야 했죠. 료스케가 나나 제수씨보다 그 남자를 더 믿었기 때문에 그 관계를 비집고 들어갈 수 없었어요."

"남자인가요, 그 사람?"

그녀는 단순한 의문 이상의 의도를 드러내며 물었다.

"네? 아니, 확실하진 않지만, 문맥으로 보면 그런 것 같은데, ─안 그래요?"

"……아뇨, 전혀 모르겠는데요."

"아무튼, ─"

그는 침착해야 한다고 마음을 다잡았다.

"냉정하게 생각해야 합니다. 내가 지금 료스케에게 전화해볼 테니 제수씨도 다시 한번 걸어보세요. ─알았죠? 그리고 저녁때까지도 행방이 묘연하면 실종신고를 내죠. ……그리고, ……아 참, 호텔은요? 우메다 역 근처 비즈니스호텔이라고 하던데, 어딘지 알아요?"

"아뇨, ……몰라요."

"호텔에서 무슨 연락은?"

"없었어요."

"그래요? 그럼 체크아웃은 한 건가. ……어쨌든 일단 끊고 다시 연락하죠. 제수씨도 무슨 소식을 들으면 연락 주세요."

"……네."

"그래요. ……그럼 나중에."

"……네."

통화를 끝낸 다카시는 일단 휴대전화를 닫고 숨을 내쉰 후 크게 한 번 혀를 찼다. 그리고 바닥에 떨어뜨린 시선을 들어 전화기를 열고 료스케의 번호를 검색해 통화 버튼을 눌렀다.

신호음은 울리지 않았다. 곧바로 음성 메시지로 연결되었다.

"형이야. 그제는 시간 내줘서 고마웠다. ……이거 확인하는 대로 빨리 연락 좀 해줘. ……기다릴게. ……"

다카시는 태연한 척 말하고 그대로 전화를 끊었다. 그리고 자기 전화에 들어온 메시지를 확인하려고 음성 메시지 메뉴에 접속해봤지만, '새로운 음성 메시지가 없습니다'라는 안내가 나올 뿐이었다.

엘리베이터를 타고 손목시계를 확인해보니 어느새 열시 반이 가까웠다.

방에서는 지즈가 짐을 다 꾸려놓고, 아까 나오던 것과 또다른 와이드쇼 프로그램을 보고 있었다.

"전화 다 했어?"

"어, 응. 미안."

"아니야. ……괜찮아?"

지즈가 그의 표정을 보며 걱정스럽게 말했다. 그는 입을 다문 채 고개를 살짝 숙여 두 번 끄덕거리고 텔레비전 옆의 음료 계산서를 집으러 갔다.

텔레비전에서는 지상파로 인기를 끄는 젊은 개그맨 콤비가 화려한 세트 한가운데 서서 산조가와라 사건을 언급하며, 전직 프로야구 투수와 그라비아 아이돌 등을 상대로 사형폐지론 반대의견을 열심히 늘어놓고 있었다.

— 저런 놈은 반드시 사형시켜야 합니다! 눈에는 눈으로, 산조가와라에 목을 매달아야 한다고요! 정치인 중에 사형이 야만적이라고 하는 작자가 있는데, 누가 더 야만적이냔 말입니다! 살인을 했으니 자업자득 아닌가! 당신 가족이 살해당해도 그런 말을 할 수 있느냐고. 만약 내가 피해자 유족인데 범인이 무기징역 따위나 살다 나온다면 반드시 내 손으로 죽이러 갈 겁니다. 내 가족은 살해당했는데 죽인 놈은 맛있는 음식을 먹고, 성매매 업소에 가서 여자를 안고, 저 좋을 대로 살아간다는 게 납득이 갈 리 없잖아요. ……

— 아니, 그건 좀 극단적이지만, ……그래도 가족분들은 용서할 수 없는 심정이겠죠.

— 절대 용서 못 해, 그런 놈은. ……

콤비 중 마른 남자가 교묘하게 폭주를 연출하자, 통통한 상대역 남자가 그것을 양식에 맞게 누그러뜨려서 스튜디오의 게스트들에게 넘겼다.

다카시는 말없이 화면 옆을 떠나, 깜박 잊고 클로크룸에 계속 넣어둔 셔츠를 꺼내 솜씨 좋게 사각 모양으로 갰다.

"저 사람들 언제부턴지 저런 이미지를 굳혔네."

지즈는 아까부터 그와의 사이에 생긴 거리감을 의식하며 별다른 의미 없이 그렇게 말했다. 둘 사이에 본래부터 있던 거리감인지, 아니면 이별로 인해 이 순간 움트기 시작한 거리감인지는 알 수 없었다. 그런데도 입 밖에 내버린 말의 공허함은 그녀가 늘 남편과의 침묵을 얼버무리기 위해 내뱉는 말과 어느새 닮아 있었다.

다카시는 얼굴을 들고 살며시 미소지어 보이며 말했다.

"그러게. ……뭐, 저런 게 먹히니까 그러는 거겠지."

"이유가 뭐지? 별 재미도 없잖아?"

"난폭한 것 같으면서도 사람들 심리에 영합하는 말을 하니까, 왠지 본심을 대변해주는 느낌이 드는 거 아닐까? ─그러면서도 웃기는 게 진정한 '개그'일 테지만."

그는 그녀의 눈을 피해 케이스 뚜껑을 열어 셔츠를 집어넣고는 욕실에 두고 온 물건이 없는지 확인하러 갔다. 그리고 곧바로 돌아와서 케이스를 잠근 후, 그녀가 소파에서 일어서는 모습을 보고 아까 챙겨둔 계산서를 집어들며 텔레비전을 껐다.

실내에 불쑥 찾아든 서먹서먹한 정적이 지난 하룻밤 동안 조금은 익숙해진 공간을 두 사람에게서 매정하게 앗아가버렸다.

"열한시군."

"응. ─어떡할까?"

지즈가 줄기차게 비가 내리는 창밖을 보며 물었다.

"차 타고 역에 가서 짐 맡기고, 어디서 식사라도 할까? 방금 전에 먹어서 밥 생각은 없지?"

"아니야, ……괜찮아."

"비가 와서 갈 수 있는 곳도 한정되겠군. ─미술관 같은 데 가야 하나?"

"응, ……그러네."

그녀는 썩 내키지 않는 눈치였다. 제안한 그도 정말이지 적당히 둘러댄 말 같다고 느꼈다.

"아니면, 어디 가고 싶은 데 있어?"

"으음, ……"

"저녁때쯤 신칸센을 타려고 했는데, ……우리가 주체 못 하는 것 같네, 남은 시간을."

"……어쩐지 그러네."

"그만 돌아갈까? 도쿄로?"

"그래도 점심은 먹자."

"응."

다카시는 고개를 끄덕이고 마지막 포옹을 할 생각으로 그녀를 끌어안았다. 그녀도 그에 응하며 긴 키스를 했다.

가슴에 얼굴을 묻고 한동안 움직이지 않았다. 이윽고 그녀가 중얼거렸다.

"……있잖아."

다카시는 그녀의 머리에 얼굴을 얹은 채 말없이 고개를 살짝 끄덕였다.

"혹시, ……연장할 수 있으면, 여기에 좀더 있을까?"

"……응, ……"

그가 그녀를 안은 두 팔에 힘을 주었다.

"그래. ……조금만 더 연장할까. ……"

그러고는 살며시 웃으며 말했다.

"왠지 좀 미련이 남네."

"응, ……미련이 철철 넘쳐."

그녀도 똑같이 웃어 보였다.

일요일 밤, 둘이서 식사를 하고 남편에 이어 씻고 나온 시호코는 미뤄뒀던 설거지를 시작했다. 접시에 묻은 기름을 스펀지로 닦아내다가 깜박 잊고 도모야 방 앞의 저녁식사 쟁반을 치우지 않았다는 것을 떠올렸다.

손이 거품투성이라서 어떻게 할까 망설였다. 내친김에 같이 설거지를 해버리고 싶었지만, 일을 중단하는 번거로움보다 아들 방 앞에서 또다시 손도 대지 않은 채 식어버린 음식을 봐야 하는 불안이 그녀의 발걸음을 더 무겁게 했다.

금요일과 토요일에는 식사를 전혀 하지 않다가 오늘 아침에야 간신히 토스트와 달걀프라이에 조금 손을 댔고, 점심으로 가져다준 볶음국수도 반쯤 먹었다. 그래서 저녁에는 도모야가 좋아하는 수제 민스 커틀릿에 우엉무침과 샐러드 등을 곁들여 2층으로 가져갔다.

남편은 그 식단에 담긴 의도를 금세 알아채고 식탁에서 아내의 표정을 살폈지만 딱히 뭐라고 하지는 않았다. 그런 남편의 시선 때문에 지금 쟁반을 가지러 올라가기가 더더욱 망설여졌다.

다시 먹을 수 있는 것만 랩으로 싸두었다가 다음날 점심으로 먹고, 그렇지 않은 것은 곧바로 음식물 쓰레기로 버린다. 그 모습을 옆에서 바라보는 남편의 멸시 어린 눈초리를 그녀는 참아낼 수 없었다.

수도꼭지를 틀고 설거지통에 담긴 그릇을 헹구기 시작하는데 물보라 튀는 소리 너머로 남편의 말소리가 들려왔다.

"……뭐지?"

물을 잠그고 거실을 살핀 그녀는 뜻밖에도 도모야가 쟁반을 들고 2층에서 내려와 있는 모습을 보았다. 방에 틀어박힌 지 삼주 만이었다.

그녀는 순간적으로 남편이 뭐라고 했을지 마음에 걸렸다. 그래서 앞치마로 손을 닦으며 서둘러 다가가서 쟁반을 받아들었다.

"아, 도모야! 쟁반 가지고 왔구나. 고마워."

접시는 모두 깨끗이 비었고, 밥그릇에도 밥알 한 톨 남아 있지 않았다.

"어머나, ······다 먹었네. ······오늘 엄마가 큰맘 먹고 도모야가 좋아하는 걸 만들어봤는데. ······기쁘구나. ······"

그녀는 엉겁결에 눈물을 글썽였지만 두 손으로 쟁반을 들고 있어서 닦을 수가 없었다. 그 모습을 말없이 지켜보던 남편이 입을 열었다.

"잠깐 거기 앉아라."

남편이 이불을 걷어낸 고타쓰* 맞은편 방석을 턱으로 가리켰다. 도모야는 반항하지 않고 순순히 무릎을 꿇고 앉았다.

"여보!"

시호코가 약속과 다르다는 듯이 얼굴을 찡그리며 소리를 높였지만, 에이지는 아내 대신 몸을 살짝 텔레비전 쪽으로 움직이려 하는 도모야를 향해 말했다.

"일단 앉아."

시호코는 황급히 쟁반을 부엌에 가져다두고 설거지를 내버려둔 채 거실로 돌아와 앞치마를 풀고 두 사람 사이에 앉았다. 그동안 그녀는 도모야가 방에서 나오면 아무 말도 하지 말고 따뜻하게 맞아주자고 집요하리만큼 수없이 남편에게 말했었다.

에이지는 아내의 그런 염려에 속으로 반발심을 품었다. 자신

* 일본의 실내 난방장치의 하나.

에게는 도모야를 꾸짖을 권리가 있다고 생각했다. 그는 아버지고, 아들에게 전적으로 불합리한 폭력을 당했다. 버릇을 들이기 위해서만은 아니다. 인간적인 감정으로 봐도 매를 드는 게 당연했다. 나중에는 교훈이 될 터였다. 분별 없이 행동하면 상대는 화가 나게 마련이라는 것. —그러나 지금 그는 더이상 그럴 생각이 없었다. 관대하게 용서하기로 결심했다. 자연스레 그런 심정이 되면서 오히려 그 이유를 찾는 데 고심했다.

삼 주라는 시간은 연장이 예정되어 있는 특별한 기간으로 느껴졌다. 일주일, 이 주일까지는 일단 상황을 지켜봤지만, 삼 주째가 되자 이런 상태가 언제까지 이어질지 불안해졌다. '은둔형 외톨이'에 관한 특집기사를 잡지에서 접하면 내 아들도 이것일까 싶어 '은둔형 외톨이 성향 체크' 표의 해당 항목을 헤아려보기도 했다. 사례 중에는 꼬박 십 년간 집에서 한 발짝도 나가지 않았다는 삼십대 젊은이도 있었다. 그 사람에게도 맨 처음 삼 주간은 이런 분위기가 아니었을까?

그런 걱정에서 해방되어 일시적으로나마 아주 안심이 되지 않은 것은 아니다. 게다가 분노라는 감정을 유지하려면 끈기가 필요하다는 것은 그가 일상적으로 실감하는 바였다. 눈가의 멍이 빠지기 전까지는 싫든 좋든 아들의 만행이 머릿속에 되살아나 어쩔 수 없이 불쾌했지만, 마치 그의 내면의 표시인 듯했던 그 내출혈이 사라지자 마음의 상처 역시 흐지부지 가라앉는 것 같았다. 그리고 원인을 알고 싶다는 쪽으로 마음이 기울었다.

그러나 그런 복잡한 내막이 전혀 없었다는 양 단순한 애정으로 아들을 다시 가족의 영역으로 맞아들이려는 아내의 태도에는 저항감을 느꼈다. 엄마는 그래도 된다 하더라도, 아빠의 태도는 조금 달라야 하지 않을까?

에이지는 걱정하는 시호코를 개의치 않고 침착한 말투로 물었다.

"학교에서 무슨 일이 있었니? 무슨 얘기든 해봐. 아빠랑 엄마가 도와줄 테니."

시호코는 남편의 그런 태도가 의외라는 표정을 지으며 덩달아 거들었다.

"그래, 도모야. 뭐든지 말하렴. 우리는 언제나 네 편이야, 응?"

도모야는 무표정하게 엄마의 말을 들었다. 그리고 잠시 입을 꼭 다물었다가 고개를 숙인 채 작은 목소리로 말했다.

"……걱정 끼쳐서 죄송해요. ……내일부터 학교 갈게요."

에이지는 예상 밖의 대답에 옆에 있는 아내의 얼굴을 힐끗 보았다. 그녀 역시 도모야의 말에 놀랐지만, 뜻밖에 찾아든 감격의 순간을 남편처럼 놓쳐버리지는 않았다.

"도모야! 장해, 장하다! 잘 이겨냈어. 이제 괜찮니? 엄마가 같이 가줄까? 선생님한테 얘기 잘 해줄게. 뭐든 말해봐."

시호코는 무릎걸음으로 다가가 아들의 양손을 부여잡고 자기 말을 몸속 깊은 곳까지 침투시키려는 듯 몇 번이나 흔들어 보였다. 도모야는 그것을 저항 없이 받아들이고, 끄덕이는 건지 그저 갸웃거리는 건지 알 수 없을 정도로 살짝 고개를 움직였다.

에이지는 그들의 대화에서 일부러 거리를 두듯 조금 전 질문으로 돌아갔다.

"집단따돌림 같은 건 아니니?"

도모야는 엄마에게 여전히 손을 붙잡힌 채 한순간 고개를 들었다가 곧바로 다시 아래를 내려다보며 저었다.

"……아뇨."

"어려워 말고 말해봐."

시호코가 걱정스러운 듯 그의 얼굴을 들여다보았다.

"아니야, 괜찮아."

도모야는 짧게 대답하고, 그 침묵 사이 귀에 들어온 뉴스에 정신을 빼앗겼다.

─네, 지금 막 들어온 정보입니다. 오늘 오후 여덟시 반경 가나가와 현 요코하마 시 고호쿠 구의 쓰루미 강 하천부지에서 절단된 인체의 일부로 보이는 것이 발견되어, 현재 현장검증이 이뤄지고 있습니다. 다시 한 번 말씀드리겠습니다. 가나가와 현 요코하마 시 고호쿠 구의 쓰루미 강 하천부지에서 절단된 인체의 일부로 보이는 것이 발견되어 현장검증중입니다. 상세한 내용은 아직 밝혀지지 않았으며, 소식이 들어오는 대로 전해드리겠습니다. ……

에이지는 어느새 부모에게서 텔레비전 쪽으로 주의를 돌린 도모야를 보고 아직 시간이 좀더 필요하다는 걸 느꼈다. 그래도 방에서 나왔을 뿐 아니라 내일부터 학교에 가겠다는 말까지 꺼낸 것은 예상 밖의 진전이었다. 오늘은 이것으로 만족해야 할 것이다. 그리고 그 역시 새로운 뉴스에 관심이 끌렸다.

"어머, ……또야? 끊이질 않네, 저런 사건은."

시호코는 도모야가 텔레비전에 흥미를 보이는 것을 알아채고 대화의 실마리로 삼을 셈으로 말을 건넸다.

"도모야, 뉴스 안 봐서 몰랐지? 교토에서도 토막살인사건이 일어나서 어제부터 계속 뉴스에 나왔단다."

도모야는 꼼짝도 않고 화면을 뚫어져라 바라보았으나, 잠시 후 몸을 움직여 엄마의 손에서 벗어나며 물었다.

"……범인은 잡혔어?"

"아니, 아직. 글쎄, 범행성명문에 '악마'라고 적혀 있었다지 뭐니. 사람을 죽이고 그런 장난질을 하다니 끔찍해. 대체 어떤 인간일까? 안 그래요, 여보?"

"글쎄. 무슨 서스펜스 영화 같은 걸 흉내낸 거 아닐까?"

─ 다음 소식을 전해드리겠습니다. 작년 12월 가고시마 현 아마미오시마 앞바다에서 일어난 북한 공작선 사건에 관해 해상보안청은, ……

도모야는 무표정하게 아버지의 말을 듣다가 물었다.

"살해당한 사람은 누구예요?"

"응? 젊은 남자 같던데, 아직 신원은 밝혀지지 않았을걸?"

에이지는 도모야가 이런 쪽에 흥미를 드러내는 것이 조금 의아했지만, 삼 주간 이어진 '은둔'이 마치 거짓말이었던 양 자연스럽게 대화가 오가는 것이 더 이상했다.

"신문 보고 싶으면 보렴. ……여기, 토요일 석간이랑 일요일 조간."

아버지에게 신문을 건네받은 도모야는 인터넷으로 보는 것보다 훨씬 임팩트가 강한, 새카맣고 큼직한 헤드라인 글자에 시선을 빼앗겼다.

'교토 산조가와라에서 남성 토막사체 발견'

기사 내용은 인터넷에서 본 것과 같아서 훑어만 보고 탁자에 내려놓은 다음 일어섰다.

"내일 일찍 일어나야 하니까, ……안녕히 주무세요."

"그럴래? 목욕은? 목욕물 아직 그대로 있어. 엄마 아빠가 쓴 거지만."

시호코가 같이 일어서며 권했다.

"응, ……나중에."

도모야는 그렇게만 대답하고 계단을 올라 자기 방으로 들어갔다. 에이지는 자리에 앉은 채 그 뒷모습을 끝까지 지켜보았다.

방문을 잠그고 부리나케 컴퓨터 앞에 앉은 도모야는 신문사 사이트에 들어가 방금 본 뉴스 정보를 찾아보았으나 기사는 아직 업로드 전인 듯했다. 내친김에 교토 사건의 속보를 찾아보니 다음과 같은 헤드라인이 눈에 띄었다.

'현장에 수상한 흰색 자동차? 세 젊은이? 혼란스러운 목격정보 20:11'

도모야는 그것을 클릭했다.

'이달 5일 새벽 교토 시 히가시야마 구 산조가와라에서 남성 토막사체가 발견된 사건과 관련해, 당일 현장 근처에 수상한 흰색 승용차가 주차되어 있었다는 목격정보가 새롭게 밝혀졌다. 또한 같은 시각에 젊은 남자 셋이 커다란 검은색 가방을 들고 주위를 돌아다녔다는 증언도 나와서, 사건과의 연관성에 관해 현재 경찰에서 신중하게 조사를 진행하고 있다.

검시 결과 사체는 키 170센티미터 안팎의 이삼십대 남성으로 판명. 사인은 아직 확실히 밝혀지지 않았다.

교토 경찰은 사체가 발견된 현장의 상황을 종합적으로 판단한 결과, 여러 명이 다른 장소에서 피해자를 살해하고 톱 등을 이용해 사체를 절단한 후 운반했다는 견해를 굳혔다. 현재 유류품 감식과 실종신고 조회 등을 통해 피해자의 신원을 밝히는 데 주력하고 있다.'

또다른 기사에는 다음과 같이 쓰여 있었다.

'인터넷에 사체 사진 유출? 21:00

교토 산조가와라 토막살인사건의 사체로 보이는 사진이 인터넷에 유출되어, 현재 경찰에서 유출 경로를 조사하고 있다.

유출된 사진은 여러 장이며 모두 휴대전화 카메라로 사용한 것으로 보이나, 각각 다른 기종으로 촬영된 것이라는 의견도 있다.'

도모야는 Google 검색란에 조금 전 텔레비전 자막에서 본 '쓰루미 강 하천부지'라는 문구를 입력해보았다. '교하마 하천 사무소' '쓰루미 강 유역 클린업 작전' 등의 사이트에 이어, 여름부터 매일같이 텔레비전에 나오던 바다표범 '다마짱'의 목격정보가 뜨고, 더 밑으로 내려가자 '악마, 요코하마에 재강림?!'이라는 게시판 스레드가 발 빠르게 만들어져 있는 것이 보였다.

게시글의 내용은 아직까지는 텔레비전 속보를 그대로 옮겨놓은 정도였다.

이어서 '교토 토막 산조 휴대전화 사진'을 검색해 예의 사진들을 찾아보았다. 이미 꽤 여러 번 올라왔다가 삭제된 흔적이 있고, 뒤늦게 올린 듯한 몇몇 링크에는 아직 이미지 파일이 남아 있었다. 보이는 대로 저장했지만 겹치는 것을 빼니 결국 확인된 것은 세 장이었다.

첫번째는 검은색 쓰레기봉지에 양쪽 팔다리와 머리가 부품처럼 담겨 있는 사진인데, 이미지를 편집해 몸의 윤곽을 노랗게 덧그린 것도 있었다. 두번째는 '악마'라는 서명과 신약성서 인용구가 적힌 범행성명문의 클로즈업. 세번째는 첫번째와 비슷하지만 손전등으로 보이는 조명 덕분에 보다 선명하게 찍힌 사진이었다.

도모야는 그 세 장의 사진을 클릭해서 확대한 뒤, 모니터에 얼굴을 바짝 갖다대고 한참 동안 바라보았다. 그러고는 불현듯 뭔가 떠오른 듯 그제 폐쇄한 '고독한 살인자의 몽상' 대신 오프라 인상의 일기를 쓰려고 워드 프로그램을 열었다. 그 순간,

"도모야, 벌써 자니? 목욕 어떡할래?"

밑에서 그런 일상적인 질문이 퍽이나 기쁜 듯한 엄마의 목소리가 들렸다.

도모야는 일단 노트북컴퓨터를 덮고 일어나 방안을 오락가락하다가, 하복부의 화상 상태를 살피려고 백엔숍에서 사왔던 거울을 들여다보며 자기 표정을 확인했다. 그리고 비닐봉지에 옮겨 담은 민스 커틀릿과 우엉무침을 화장실에 흘려버리기 위해 손으로 찌그러뜨린 후 단정하게 갠 파자마 틈에 숨겼다.

비닐 너머로 전해지는 미지근한 감촉에 그는 한순간 입가를 바르르 떨었다. 그리고 뭔가 묻지 않았는지 확인하듯 손바닥을 펼치고, 미세한 주름 하나하나까지 뚫어져라 응시했다.

5장

결괴

1

"……여하튼 경찰에 실종신고를 냈으니 무슨 일이 있으면 연락이 올 거예요. ……응, ……당연히 료스케한테 전화가 오면 제일 먼저 알려드릴게요. ……응, ……응, ……제수씨하고는 연락 안 되죠? ……그렇지만 어머니도 좀 쉬셔야죠, ……그렇죠, ……응, ……아버지 상태는 어때요? 안 좋아요? ……저도 휴가 내서 한번 내려갈 생각이니까 일단 의사선생님과 상담해보세요. ……네, ……그럼 이만 끊을게요. 힘내세요. ……"

전화를 끊은 다카시는 눈을 뗀 몇 분 사이 다시 가랑비로 바뀐 바깥 풍경을 바라보며, 조금 떨어진 곳에서 기다리고 있는 부하 직원 기시베에게로 다가갔다.

시각은 오후 한시 반이 지난 참이었다. 젊은 민주당 의원이 의

뢰한 1991년 걸프전 이후 이라크에서 일어난 전국적인 무장봉기 관련자료를 한시까지 보내줘야 했는데, 기시베가 통 정리를 못하고 쩔쩔매는 통에 점심을 뒤로 미루고 지도를 겸해 거들어주었다.

국회도서관 서쪽 출구 로비에는 휴가중 쌓인 조사 일거리를 해치우려고 도서관을 찾은 열람자들이 점심식사 후의 권태감에 빠져 멍하니 서 있었다.

다카시는 결국 기시베가 준비한 자료를 과장에게 제출하기 전 거의 대부분 손본 셈이 되었는데, 도움을 받은 것이 미안하고 고마우면서도 대폭적인 정정에 역시나 자존심이 조금 상한 듯한 그를 배려해 함께 점심을 먹자고 청했었다.

기시베는 그 제안에 "네"라고 응하고 로비로 내려왔다가, 갑자기 다시 비가 내리기 시작하자 우산을 가지러 도로 사무실에 갔다. 그를 기다리는 동안 다카시는 오늘 아침부터 몇 번이나 부재중 전화를 남긴 어머니와 통화할 짬을 얻었다.

"오래 기다렸죠."

"아, 아뇨, 전혀. ─괜찮으세요?"

휴대전화를 닫으며 말을 건네는 다카시에게 기시베가 살짝 염려스러운 듯 물었다. 통화 분위기로 보아 개인적인 일 같아서 딱히 캐물을 생각은 없었는데, 무심코 궁금해하는 말투가 나와버렸다.

서지書誌 부서에서 조사 및 입법 고사국의 외교방위조사실로 이동해 조사관 다카시 밑에서 일한 지 반년이 다 되어가지만, 기시베는 이제껏 그가 이렇게 침착하지 못한 표정을 짓는 것을 본 적이 없었다. 조금 전까지는 약간 초조한 기색이었지만, 지금은 오히려 애써 불안을 감추려는 듯 보였다.

　"으음, 좀, ……"

　다카시는 분명치 않게 대답한 후 그 이상의 질문은 받지 않겠다는 듯이 "……집안일이라"라고 짧게 덧붙였다. 그리고 걸음을 내디디며 말했다.

　"시간도 이렇게 됐으니 히라카와초 쪽 카페로 갈까요? 업무 얘기도 좀 하고 싶고, 거기에는 주로 여직원들만 있을 테니까."

　비는 우산을 안 써도 상관없을 정도였지만, 10월 같지 않게 무더운 날씨라 살갗에 들러붙는 와이셔츠 감촉이 불쾌했다.

　다카시는 어머니가 조금 전 통화중 꺼낸 '납치'라는 말을 생각하고 있었다. 최근 일주일가량은 그 역시 이라크 문제에 관한 조사에 매달렸지만, 그전에는 온통 북한 피랍문제 관련자료에 파묻혀 있었다.

　"료스케가 누구한테 납치당한 건 아닐까? ……"

　가즈코는 분명히 '유괴'가 아니라 '납치'라고 말했다. 그녀의 언어세계에 그런 어휘가 끼어든 것은 연일 이어진 납치사건 보도 때문임이 틀림없다. 그것은 아주 먼 곳에서 낯선 타인들의 입을 통해 그녀의 의식으로 흘러들어가, 역시 그녀의 생활권에 결코 존재하지 않던 '공작원'이나 '강제수용소' 등의 말들과 엮였거나, 혹은 지난달 고이즈미 총리의 방북 당시 발표된 '5명 생존, 8명 사망'이라는 충격적인 정보와 뒤섞여 온갖 공상적인 불안을 그녀의 내면에 막연히 퍼뜨린 것에 불과했다.

'납치'라는 말이 지금 돌발적으로 그녀의 체온과 습도를 고루 물들이고, 성대의 울림을 지나 소리가 되어 형태를 얻었다는 것이 다카시의 마음을 강하게 흔들어놓았다.

료스케는 어머니가 보는 앞에서 홀연히 모습을 감춘 게 아니다. 그러나 사라졌다는 말을 들은 그녀는 사태의 리얼리티를 거의 신체적인 민감함으로 받아들였다. 료스케가 자신의 말이 가닿고 자신에게 말이 와 닿는 장소에서 사라졌다는 것. 그녀가 그 사실을 이해한 신속함에는 통증과 같은 정확성이 있었다. 그리고 지금 그녀가 절박한 말로 다카시에게 호소하는 것은, 그 통증이 하나의 절단이며 그 앞에 아무것도 없음을 알아차린 데서 나온 불안임이 틀림없었다.

때마침 점심 손님이 빠지는 무렵이라 창가의 4인석으로 안내받았다. 다카시는 오늘의 메뉴인 원플레이트 런치, 기시베는 돼지고기 덮밥 세트를 주문했다.

니나 시몬의 CD가 대화를 방해하지 않을 만한 크기로 흐르는 가게 안에는 국회 관계자로 보이는 손님은 없고, 유니폼 차림의 직장 여성이나 ID카드를 목에 건 젊은 회사원들이 네 팀가량 있었다.

다카시는 생각에 잠긴 듯 말없이 팔꿈치를 괴고 손을 입가에 살며시 얹은 채 밖을 내다보았다. 기시베는 딱히 목이 마르지 않은데도 물을 마시며, 단단한 봉오리 같은 관절이 새겨진 그의 긴 손가락으로 시선을 던졌다. 자세히 보니 그것은 추위에 곱은 것처럼 희미하게 떨리고 있었다.

"사와노 선배, ……"

그렇게 입을 뗀 그는 조금 전처럼 또다시 "괜찮으세요?"라고 물을 뻔했지만, 다카시가 '집안일이라'라며 선을 그었던 것을 떠올리고 대신 때마침 머리에 떠오른 질문을 꺼냈다.

"오후에 국제연합 관련자료를 정리할 생각인데, ―프랑스는 안보리에서 결국 타협할까요?"

다카시가 고개를 획 들더니, 오히려 기시베에게 할말이 있는 게 아니냐는 투로 되물었다.

"어떻게 생각해요?"

"글쎄요, ……지난달 국제연합 총회의 부시 연설을 보면 단독 공격도 불사하겠다는 분위기지만, ……그래도 최종적으로는 어느 정도 선에서 합의점을 찾아내겠죠."

"내 생각도 그래요. 프랑스 외무성 관계자가 보낸 메일에도 결국에는 타협할 거라고 적혀 있더군요."

"그래요?"

"딱히 근거가 있지는 않고, 경험상 그렇게 본다는 얘기였지만."

"그렇군요. 일본 같은 나라에 살다보면 아무래도 자주외교라는 환상을 프랑스에 가탁하고 싶어지죠. 군비나 지정학적 조건이 전혀 다르니까 비교에 의미가 있을 것 같진 않지만요."

"심정적으로야 그렇죠. 드골 시대와는 다르다지만, 이러니저러니 해도 주체적인 외교를 하는 것처럼 보이니까. 연출 솜씨도 뛰어나고."

"네."

"여하튼 그쪽에는 유럽이라는 개념이 있으니까요. 작년 9·11 전에 서유럽 연합의 영향으로 EU에 정치안전보장위원회나 군사위원회가 설치되어서 안전보장에 관한 실효성 있는 시스템이 갖춰졌고, 또 연말 전에는 NATO의 군사기능을 EU의 위기관리작전에 사용할 수 있게 바뀔 테니까요."

"방향성으로 보면 탈NATO인 걸까요?"

"프랑스는 그런 생각도 있는 것 같지만, 소련이라는 적이 사라져서 의미가 달라졌다 해도 NATO가 단번에 형해화形骸化한다고 볼 순 없으니, 현단계에서 미국을 완전히 무시할 수는 없을 겁니다. 만에 하나 프랑스가 잘 버틴다 해도 미국의 단독 공격은 불가능할 테니 임시적인 유지연합을 형성하게 되겠죠. 야당의 최대 걱정이 바로 그런 연관성이잖아요?"

"자위대도 참전하게 될까요?"

"그렇겠죠. 걸프전 때 일이 있으니 모른 척할 수도 없고, 이번에는 돈만으로 넘어가지 않겠죠."

"얼마 전 토론 프로그램을 보니까 민주당 정치인이 나와서 일본인도 피를 흘려야 한다고 그야말로 혈안이 되어 소리치던데, 그렇게 국민에게 어필하는 건 오히려 역효과가 아닐까 싶더군요. 조금 불쾌했어요. 어쨌거나 머릿수를 채워서 몇 명쯤 죽어줘야 체면이 선다는 소리 같아서."

기시베가 씁쓸하게 웃으며 말했다. 다카시는 고개를 끄덕이더니 확신에 찬 말투로 이야기했다.

"그렇지만 정말로 사람이 죽으면 내각이 감당 못 할 테니, 대충 면목이 서는 수준의 방도를 고안해내겠죠. 그것이 효과가 있느냐 아니냐가 문제고. 정말로 공격하면 이라크는 완전히 쑥대밭이 될 겁니다. 수습이 안 될 거예요."

"역시 그럴까요?"

기시베가 눈을 휘둥그레 뜨며 무심코 빈 잔을 들었다가 흠칫하고는 다시 제자리에 내려놓았다.

"후세인 정권의 군사력이 대량살상무기를 포함해 어느 정도나 되는지 현시점에서는 알 수 없지만, 타도당하리란 건 틀림없습니다. 문제는 그다음이죠."

기시베의 음식이 먼저 나와서 다카시는 먹으라고 가볍게 권하며 내친김에 물을 더 가져다달라고 종업원에게 부탁했다. 기시베는 고개를 살짝 끄덕여 양해를 구하고 한입 먹더니 젓가락을 쥔 손을 들어올리며 말했다.

"지정학적 조건은 전혀 다르지만, 일본 전후의 근대화 얘기를 꺼내는 사람도 있잖습니까."

"라이샤워의 일본 근대화론 등을 바탕으로 해서 말이죠."

"네. 후세인이 독재체제를 구축하기 전 바트당은 당의 기본방침으로 아랍 내셔널리즘을 표방했지만, 그런 노선도 사실 근대화잖아요? 국회가 설치되기도 했고, 불충분하고 표면적인 대중유화정책일 뿐이라는 견해도 있지만 그런 조짐이 있었던 건 분명하니까. 다이쇼 데모크라시로 두절되었던 일본의 근대화가 제2차 세계대전 후 체제 전환으로 부활되었다는 이야기와 이미지상 겹쳐지는 것은 이해가 가요."

"물론 정치분석의 한 방법으로 근대화론이 꼭 무효하다고 할 순 없겠죠. 그런 관점에서 보자면 이라크에도 남북문제가 엄연히 존재하니까. 다만 정치행동의 유일한 근거라고 할 수 있느냐 없느냐는 또다른 문제예요. 내가 기시베 씨의 요약본을 손본 것도 그런 부분을 정리하기 위해서였고요."

그렇게 말하며 다카시는 자기 접시를 끌어당겨 컵에 든 미네스트로네를 떠서 입에 넣었다. 기시베는 "네에, ……"라고 대답하고는 잠깐 생각하는 표정으로 아래를 내려다보며 젓가락을 놀렸다. 이윽고 다카시가 다시 입을 열었다.

"대중유화정책으로서의 근대화라는 건 오히려 후세인 독재체제 하에서 현저하게 이루어졌으니 체제 전환의 논리로 보기엔 좀 혼란스럽지만, ―예를 들어 일본의 국민의료보험제도만 해도 사실상 1942년에 국민건강보험법이 개정되어 임의 가입이 강제 가입으로 바뀌면서 실현된 셈이잖습니까. 그런 신체 수준의 국민 관리라는 발상이 근대주의의 본질인데, 그것이 전시에는 '총동원' 시스템으로 악용되고, 전후에는 체제 전환을 거쳐 사회복지로 선용되죠. ―그런 의미에서 일본을 예로 들어 후세인 체제를 타도한 후, 그 이전에 악용된 근대화의 싹을 비판적으로 발전시켜 선용한다는 구실을 댈 수는 있겠네요."

"……그렇군요, ……"

기시베가 미간을 찡그리고 입을 반쯤 벌리며 고개를 끄덕였다. 다카시는 그가 머릿속에서 이야기를 정리할 시간을 주려는 듯 파스타를 조금 먹고, 이야기가 딴 데로 흘러가기 전에 말을 이었다.

"후세인이 그런 유화정책을 쓸 수밖에 없었던 것은 대중과의 직접적 결합이 그의 권력기반에 상당히 큰 의미를 차지했기 때문이죠. 그는 바트당 일당 독재체제 시대부터 당의 히에라르키 시스템을 초월해, 거기서 누락된 비엘리트층과 직접 협력하는 관계를 중시해왔잖아요? 카리스마적인 정치 지배체제에는 절대적으로 필요한 일일 테고요."

"왠지 지난번 고이즈미 총리 선거 때 같군요."

"감이 좋죠, 그 사람은."

다카시가 동의하듯 말했다.

"나는 그래서 이란·이라크 전쟁이나 걸프전 직후에 으레 대중이 반란을 일으키고, 후세인이 어찌어찌 그것을 수습하기를 반복해왔다는 것에 매우 흥미가 끌립니다. 그것이 건국 이래 이라크의 역사죠. 바트당도 그들이 공산주의 세력이나 이슬람 세력에 흡수되는 걸 늘 경계해왔고. —특히 걸프 위기 후에는 경제제재가 꽤 효과를 발휘해서 식료정책상의 필요에 의해서도 농업과 밀무역의 중요성이 높아졌고, 일의적으로는 치안유지 차원에서 지방 부족의 인포멀한 지배력에 기대지 않을 수 없게 되었죠. 동시에 그때까지 부정해온 이슬람을 적극적으로 통치정책에 활용하게 되었고. 오전 업무와도 관계되는 얘기입니다만, ……그렇게 20세기가 되어 영국이 오스만 제국을 해체한 결과, 우연처럼 불확실한 국경을 갖고 탄생했던 이라크라는 나라는 간신히 분열되지 않고 유지된 셈이죠. 물론 그것을 긍정한다는 건 아닙니다. 다만 공격하면 그 백 년분의 무리無理가 단번에 결괴를 일으키겠죠. —후세인은 그런 모순의 핵이에요. 미국이 공격해오면 각 지방의 부족은 아마도 선선히 길을 내줄 테고 많은 병사들이 투항하겠지만, 그렇게 뿔뿔이 흩어진 이라크를 점령군이 유지하기는 매우 어려운 일이죠. 〈드래곤 퀘스트〉처럼 적의 보스를 쓰러뜨린다고 곧바로 평화가 찾아오는 건 아니니까."

"이라크 국민은 어떨까요? 속으로는 역시 후세인 따위는 사라지면 좋겠다고 생각할까요?"

"그건 후세인 체제하에서 어떤 위치에 있었느냐에 따라 다르겠죠. 그렇지만 후세인을 증오하는 국민이라도, 그런 인간의 등장을 경험할 수밖에 없었던 자국의 모순은 생활 속에서 신체적 실감을 통해 확연히 이해했을 겁니다. '만악의 근원'이라고들 하지만, '근원'을 받드는 것 또한 '만악'이니까요. 그것을 폭력적으로 배제하면 오히려 엉뚱한 증오를 사게 되겠죠. 그게 어려운 점이에요. ……"

다카시는 이렇게 말하더니 갑자기 골똘히 생각에 잠긴 표정을 지었다. 그리고 중얼거리듯 말했다.

"기묘한 예로 들릴지 모르지만, ……이라크 공격은 우울증 질환에 암 레이저 치료 같은 방식으로 접근하는 것과 비슷한 경향이 있어요. 후세인이 없어진다고 해서 이라크라는 나라가 그리 간단히 정상화될 것 같진 않아요."

그는 식기 시작한 음식들을 재빨리 정리하고 절반 넘게 남긴 채 냅킨으로 입을 닦았다. 그리고 다시 빗줄기가 거세진 창밖으로 시선을 던졌다.

기시베는 밥알 한 톨 남기지 않고 흰색 타원형 그릇을 비우고는, "갈 때 비 맞겠는데요"라고 말하며 종이 냅킨을 둥글게 말아 그릇 안으로 던졌다.

"그러게 말입니다. 좀 잦아들면 나갑시다."

"네. —아, 여기요. 커피 좀. 사와노 선배는요? 어, ……"

기시베가 옆을 지나던 점원을 불러 세우다가, 다카시의 접시에 아직 음식이 많이 남아 있는 걸 보고 망설이는 표정을 지었다.

"나도 커피."

"이건 치워드려도 될까요?"

"네. 잘 먹었습니다."

"……입맛이 없으세요?"

기시베의 걱정스러운 말투에 다카시는 "……아니, 배가 불러서"라며 가볍게 고개를 젓고 휴대전화를 확인한 후 물을 마셨다.

때마침 두번째 옆 탁자의 손님 네 사람이 계산을 하고 나가 가게 안에는 그들 외에 두 무리만 남았다. 스피커에서 흘러나오는 음악 너머로 희미한 텔레비전 소리가 들려왔다. 다카시는 주방 쪽으로 시선을 던졌지만, 화면은 기둥 그늘에 가려 보이지 않았다.

커피가 나오자 기시베가 숨을 내쉬며 머뭇머뭇 이야기를 재개했다.

"저는 음, ……솔직히 이라크 공격에는 반대합니다만, 친미 보수파 정치인이 '그럼 어떡할래, 후세인 같은 자를 내버려둘래?'라고 하면 말문이 막혀버릴 것 같아요. 핵사찰을 수용하지 않는 건 잘못이라는 말도 맞는 것 같고. ─사와노 선배의 말도 이해는 하지만, 후세인은 쿠르드인 학살 같은 잔혹한 짓을 저질렀잖습니까? 북한의 김정일 정권도 그렇지만, 문화상대주의나 내정 불간섭이라는 말로 넘어갈 사안은 아니잖아요? 물론 저도 오노 요코 같은 사람이 젊은 뮤지션들을 모아서 러브 앤드 피스 어쩌고를 외치는 콘서트에나 가는 게 속 편하지만, 학살당한 쿠르드인이나 기아에 시달리는 북한 아이들에게는 러브도 피스도 없잖아요. ……"

다카시는 말없이 그 말을 귀담아듣다가 마지막에 부드럽게 미소지어 보이며 "기시베 씨는 솔직하군요. 그래서 믿음이 가요"라고 말했다.

"지금 우파가 기세를 떨치는 건 그들이 9·11 이후의 사회 불안을 교묘히 이용해 리얼리즘을 표방하는 한편 좌파 이데올로기적 옵티미즘을 철저히 비판하고 있기 때문이죠. 기시베 씨 말대로 그게 설득력 있게 들리는 건 부정할 수 없어요. 우리가 직업적으로 판단할 입장은 아니니까 크게 문제 될 건 없겠지만, 기시베 씨가 고민하는 건 개인적인 정치 판단의 차원이겠죠?"

"그렇습니다. 사와노 선배는 어떻게 생각하시죠? 다른 데다 말하진 않을게요."

기시베가 솔직한 말투로 양해를 구했다. 다카시는 또다시 슬쩍 휴대전화를 의식하다가 고개를 들고 말했다.

"안전보장상의 모든 문제에 관해 즉시 올바른 정보에 의거해 올바른 판단을 내린다. ─요는 그게 가능하다고 믿느냐 믿지 않느냐가 아닐까요? 나는 시니시즘이 싫지만, 이라크 문제를 생각할 때 우리가 직업적인 필요로 훑어보게 되는 방대한 자료를 모든 유권자가 낱낱이 찾아볼 순 없잖아요? 그것을 정치적으로 나태하다고 공격할 순 없어요. 이라크 문제에 대해서는 어찌어찌 그래봤다 하더라도, 북한이나 이란 때도 똑같이 그럴 수 있을까요? 냉전시대처럼, 이데올로기로 세계를 좌우로 양분해 그중 한쪽 입장에서만 세상사를 보면 되는 시대가 아니에요. 국민 입장에서는 정치적인 목소리를 낸다 해도 '서로 죽이는 건 싫다' 정도가 아닐까요? 나는 그런 솔직한 목소리를 지지하지만, 우파는 거기서 기만을 찾아내, 그 주장이 기시베 씨가 방금 말한 오노 요코처럼 세계의 러브 앤드 피스를 이상주의적으로 설파하는 것인지, 아니면 현재 자신의 생활권의 러브 앤드 피스를 소박하게 설파하는 것인지 날카롭게 힐문해요. 세계 어딘가에서 서로 죽고 죽이는 게 싫다는 것인지, 아니면 단순히 자기가 그런 일에 연관되기 싫은 것인지. ─후자의 입장은 우선 윤리적으로 부정되죠. 자기만 좋으면 그만이냐는 식으로. 나아가 리얼리즘 관점에서도 부정됩니다. 세계 어딘가에서 죽고 죽이는 사태는 지금 이곳의 생활과 무관하지 않다고요. 그 실례가 바로 9·11인 셈이죠."

"저는 그래서 딜레마에 빠져요."

"『직업으로서의 정치』에서 막스 베버가 '심정윤리'와 '책임윤리'의 대립을 이야기했잖아요? 심정적으로 옳다고 믿는 행동을 선택한 결과로 파멸적인 사태가 발생했다 해도 현실 쪽에 문제가 있었던 것이니 어쩔 수 없다고 생각할 것인가, 아니면 세계의 불완전성을 전제하고 바람직한 결과를 얻기 위해서라면 심정적으로 받아들이기 어려운 수단도 긍정할 것인가. ―안전보장에 관련해서 친미 보수파가 가장 선호하는 말은 아이로니컬하게도 지극히 공리주의적인 '국익'이라는 말 아닙니까? '일본의 평화를 지킬 방법은 대미 추종밖에 없다, 설령 그것이 심정적으로는 받아들이기 어려운 수단일지라도'. 그런 단순명쾌한 결론을 낼 수 있다는 건 우리가 사회당 같은 심정윤리적 야당과는 또다른 책임윤리적 여당이며, 정권 담당 능력이 있음을 뜻한다. ―자민당이 국민에게 설파하는 정치적 리얼리즘이란 이런 것인데, 그런 까닭에 무지하고 경박한 이상주의자로 보이고 싶지 않은 자존심 강한 지식인들이 우르르 우경화하고 있죠."

"사와노 선배도 거기에 포함됩니까?"

기시베가 대답을 재촉하듯 잇달아 물었다.

"아니면 소박한 러브 앤드 피스 입장입니까?"

"무력하지만, 후자라고 해야겠죠."

그렇게 말한 다카시는 조용히 커피잔을 기울이며, 실망한 빛이 역력한 기시베의 표정을 살짝 내리깐 시야 가장자리에 담았다.

"전자의 인식에 리얼리티가 있다는 것도 어찌 보면 기만이에요. 이라크에서 일어나려 하거나 이미 일어난 어떤 일과 일본에서 지금 결단을 내려야 하는 정치적 과제 사이에는, 거의 아무 관계도 없다고 할 수 있을 만큼의 거리가 있어요. 현대인은 그것을 뛰어넘어야 한다고 보고 매스미디어나 인터넷 등 온갖 환경을 마련했지만, 결국 현실은 머나먼 저편의 경험일 수밖에 없다고 나는 통감해요. 이런 일에 관여하면 할수록 더욱 절실히 느끼죠."

"조금 전 얘기를 빌리자면, 우리처럼 풍부한 양질의 정보에 둘러싸여 있는 사람만이 그런 현실에 대한 상상력 비슷한 걸 가질 수 있다는 뜻인가요?"

"아닙니다. 오히려 말이란 결국 영원히 현실에 도달할 수 없다는 뜻에 가까워요. 나는 이라크 문제에 완전히 부키시한 방법으로밖에 접근할 수 없어요. 게다가 그 접근이 도달하려는 끝을 접근 자체가 형성하고 있는 역설적인 상황이죠. 말이라는 건 원래 그런 게 아닐까요?"

기시베가 애매하게 고개를 끄덕였다.

"실제로 미국에게 후세인 정권 전복이란 걸프전 이후 미완의 프로젝트였죠. 부시 정권만이 아니에요. 클린턴 시대에도 국소적인 공중폭격이 자주 일어났고, 1998년에는 이라크의 반체제파에 9천7백만 달러나 되는 돈을 지원해주는 법안이 가결되었죠. 9·11을 겪은 뒤에는 빈 라덴과 이라크를 연관지으며, 후세인 정권을 타도하는 게 미국 국내뿐 아니라 세계적인 안전보장을 위한 급선무라고 리얼리스틱하게 설파하고 있지만, 그런 주장부터가 이를테면 리얼리티의 날조에 불과해요. 리얼리티란 늘 사후에 나오는 것이죠. 실제로 이라크와 알카에다는 관계가 없다고 보지만."

"모든 건 표면상의 명목이고, 실은 석유 이권 때문이라는 의견과 비슷한 맥락인가요?"

"그것도 부정할 순 없겠지만, 안타깝게도 그것만이라고 할 수 있을 정도로 단순한 얘기는 아니잖아요?"

"네, 물론."

"아무튼. —냉전 후의 팍스 아메리카나를 공공연하게 긍정하느냐 아니냐는 차치하고, 국제연합이 세계의 현상황에 결코 충분한 존재가 아닌 이상 미국이 이백 년도 더 전인 제퍼슨 시대의 일국적이며 조신한 선택적 외교로 되돌아갈 리는 없어요. 남북문제나 지역분쟁, 그외 세계의 여러 가지 모순을 진심으로 정치적으로 해결하고 싶다면, 미국의 헤게모니에 의지하면서도 멀티스탠다드하게 대처해야 한다는 게 일반적인 견해겠죠. 그런데 기대했던 IT 거품이 붕괴한 마당에 9·11 테러까지 당했으니, 미국은 지금 1990년대의 세계 잠정 챔피언 자리를 지키는 데 필사적이에요. 금융정책에서는 금리를 내려서 돈을 물쓰듯 뿌려대고,

군사적으로는 강압적인 방식을 취하고. 부시는 그런 무리의 상징
으로 보이는군요."

"하지만 미국이 절대적인 선善으로 행동해준다면 그나마 괜찮
아도, 그러지 않으면 근본적인 오류가 생기는 거 아닙니까? 최근
놈 촘스키 같은 이들의 책이 잘 팔리던데요. ……"

"맞아요. ―그게 문제의 핵심이죠."

다카시가 커피잔을 내려놓고 고개를 끄덕였다.

"계보상으로 부시 정권의 외교는 윌슨의 이상주의와 잭슨의
국가주의가 합류된 것으로 분석되는데, 미국은 원하든 원치 않
든 당장은 그런 양의적인 외교 자세를 피할 수 없을 겁니다. 그
래서 그들은 관여하죠. 그것도 청교도적인 완고함으로 강하게 관
여하는 겁니다. 조금 전에도 말했듯이 기본적으로 근대화론에 기
반을 두고서요. '자유'라는 이념하에 자본주의와 민주주의의 혼
합물을 절대적인 선으로 보급하려 하죠. 그러나 아이덴티티의 잡
다한 복수성은 미국도 부정할 수 없어요. 내부에 여러 개의 자아
를 끌어안고 있죠. 그 복수의 아이덴티티 중 지배적인 것을 선으
로 확인하려면, 악에 해당하는 타자를 외부에서 찾아내 그와 대
립시키는 게 가장 확실한 방법이에요. 소련이 붕괴되기 전에는
그런 존재가 부족하지 않았지만, 더이상 그런 것을 찾을 수 없게
되면 날조해서라도 존재시켜야 한다. '악의 축'이 그 좋은 예죠.
그러니 미국은 그런 자기확인적인 세계에 앞으로도 끝없이 관여

할 겁니다."

"꼭 자아 찾기 같네요. 사와노 선배는 그걸 긍정하십니까?"

기시베가 시간을 은근히 신경쓰면서도 답답한 듯이 물었다.

주방에서 접시 몇 장이 한꺼번에 깨지는 듯한 요란한 소리가 들리고, 잇달아 "죄송합니다"라는 목소리가 들려왔다.

다카시는 지금까지보다 더 진지한 표정으로 기시베를 향해 말했다.

"타자를 승인하자, 다양성을 인정하자고 우리는 말합니다. 그러나 타자의 타자성이 자신에게 심각한 것이 아닐 때는 타자의 승인 역시 단순한 무관심을 뜻하죠. 이런 취미와 기호가 있다, 태생과 환경은 이렇다, 이런 습관이 있다, 문화가 있다, 아, 그렇습니까, 소중히 간직하세요, 그게 다예요. 그러나 타자가 타자성을 악으로 첨예하게 드러내고 자신이 사는 세계에까지 출현하고 존재하는 순간부터, 우리는 정치적으로 변하는 걸 피할 수 없습니다. 관계가 불가피하다면, 요컨대 무관심이 불가능하다면 자신이 바람직하게 여기는 세계의 구성원에 걸맞게 바꾸라고 상대에게 동화를 강제하는 거죠. 외부의 다른 세계에 존재하는 건 상관없지만, 동일한 세계 내부에서 그 일체성을 위협하는 예외로 받아들일 순 없어요. 물론 상대방의 이질적인 세계에 수용당하기도 싫을 테고요."

"네, ……"

기시베가 생각에 잠긴 표정을 지었다.

"글로벌리제이션을 빈번하게 주장하지만 그건 농담 축에도 못 들고, 문제는 지구의 일개성—個性이에요. 문명은 거리를 초월해서 그 노골적이기 그지없는 사실을 점점 더 명백히 드러내고 있어요. 그것이 다짜고짜 세계를 일개적으로 만들려 합니다. 나아가 일회성도 덧붙여야겠죠. 그리고 그것은 인간 신체의 일개성, 일회성이라는 문제와 대응할 겁니다."

"그렇다면 우리는 사와노 선배가 말하는 타자에게 어떻게 관여할 수 있을까요? 결국 무력하단 뜻입니까?"

다카시가 시계를 흘긋 보고 일어날 준비를 하며 말했다.

"표면적으로 인정된 비헤이비어와 그것이 유래한 바가 꼭 일대일로 대응하지는 않는다는 생각을 믿는 수밖에 없겠죠. 그 밖에 다른 표현도 많았을 테고, 그것은 대체적인 것이 아니라 본래의 표현과 완전히 등가적이며, 어느 쪽이든 우연성에 구속된 것이라고. 나아가 행위를 일정하게 제한하면서도 그것이 유래한 바는 배려하고 존중해야 한다고. —나는 이 정도밖에 말할 수 없군요. 기시베 씨에게는 충분하지 않겠지만."

"아닙니다, ……"

기시베는 황급히 고개를 저었지만, 곧바로 뭐라 대답하지는 못했다.

"갈까요?"

"네."

다카시는 계산서를 집어들고 앞장서서 계산대 앞에 줄을 섰다.

주방 안의 소형 텔레비전이 그제야 시야에 들어왔다. 주문이 끊겨 한숨 돌린 젊은 점원 둘이서 점심으로 받은 듯한 샌드위치를 먹으며, 민영방송 정보 프로그램을 뚫어져라 바라보고 있었다.

—어젯밤 요코하마에 이어 이번에는 도쿄와 오사카, 그리고 히로시마에서도 발견되었는데요. ……이어서 범죄사회학을 전공하신 다카이시 쓰토무 씨의 말씀을 들어보겠습니다. 다카이시 씨, 이제 DNA 감정 등이 신중하게 이뤄질 텐데, 범행성명문으로 보아 이 토막사체들이 동일한 피해자의 것이라고 생각해도 괜찮을까요?

—그럴 가능성이 높다고 봅니다.

—단도직입적으로 범인의 정체에 대해, 한 명인지 복수인지는 아직 모르지만, 대략 어떻게 생각하십니까?

—글쎄요, 아직 정보가 불확실해서 뭐라고 말씀드릴 순 없지만, 복수범인 건 틀림없겠죠. 그리고 실행범과 별개로 배후에 어떤 조직이 있지 않을까 생각합니다.

—아하, ……예를 들면 종교단체 같은 건가요?

—그건 아직 모르지만, 공안*도 이미 움직이고 있을 테죠.

---

* 공안조사청의 줄임말. 일본 법무성 산하에 있는 정보기관.

— 이렇게 되면 아무래도 1995년 옴진리교의 지하철 사린사건이 떠오르는데요, 뭔가 그런 배경이 있다는 뜻인가요?

— 현시점에서 거기까지는 알 수 없지만, 지휘 계통과 실제 행동부대가 나뉘어 있을 가능성은 있습니다. 범행성명문 공개방식에서도 상당히 계산적으로 수사를 교란하려는 의도가 엿보입니다. 또한 사체유기 현장이 매우 광범위하지 않습니까? 도쿄에서 히로시마까지. 이것도 매우 드문 케이스입니다. 단독범에게는 아무래도 무리겠죠.

— 그렇군요.

— 그리고 유기 현장이 도쿄, 가나가와, 오사카 아닙니까?

— 네.

— 아시는 분도 계시겠지만, 원래 경시청과 가나가와 현 경찰, 오사카부 경찰은 견원지간이죠. 서로 손잡고 협력하는 분위기가 아니라서 이번 사건의 수사도 난항을 겪으리라 짐작됩니다. 반대로 말해 범인 그룹이 그런 정보를 미리 알고 유기 현장을 고른 게 아닌가 생각할 수도 있습니다만, 이건 어디까지나 현단계에서의 가능성일 뿐입니다.

— 그렇군요, 네. ……

"오래 기다리셨습니다. 이쪽으로 오시죠."

화면을 뚫어져라 바라보고 있던 다카시가 한순간 기시베의 표정을 확인하는 듯하더니 아무 말 없이 곧장 앞으로 걸어갔다.

밖에서는 지면을 때리는 빗방울 소리가 다시 조금 무거워졌다.

계산을 마치고 가게를 나서자, 기시베가 우산 아래서 말을 건

넀다.

"저 토막살인사건, 일이 점점 커지네요. 이번에는 니시아자부에서 다리 부분이 발견된 것 같던데."

"—그래요?"

"어? 뉴스 안 보셨어요?"

"쓰루미 강에서 사람의 팔이 발견됐다는 건 어젯밤 텔레비전에서 봤는데, 오늘 아침에는 신문밖에 안 봐서. ……"

"그후에 오늘 아침 쓰레기차가 니시아자부에서 다리를 발견했다던데요. 아까 선배가 통화하실 때 레퍼런스과의 기도 씨가 알려줬어요. 다카쓰키와 후쿠야마에서도 발견됐다 하고."

"같은 사건인가요? 교토에서 일어난 것과?"

"아무래도 그런 것 같던데. 그 왜, 이상한 범행성명문이 있었잖아요?"

"네."

"그거랑 같은 게 들어 있었다는 것 같아요. 저도 자세히는, ……"

"그렇군요. ……"

다카시가 중얼거리며 걷기 시작했다.

잠시 후 갑자기 우산을 바꿔 드는가 싶더니, 양복 주머니에 손을 집어넣어 벨이 울리는 동시에 진동하는 휴대전화를 꺼냈다.

"잠깐, 실례. ……"

양해를 구하고 얼굴을 돌리며 전화를 받았다. 발신자 표시에

외삼촌 혼다 소이치의 이름이 떴다.

　기시베는 그를 배려해 통화 내용을 듣지 않을 셈으로 조금 앞서 걸어갔지만, 시간이 흘러도 대답하는 다카시의 목소리가 들리지 않아 미심쩍은 듯 걸음을 멈추고 뒤돌아보았다.

　다카시는 전화기를 귀에 댄 채 그 자리에 멈춰 서 있었다. 기시베는 빗방울이 쉴새없이 떨어져내리는 남색 우산 아래로 순간 그의 얼굴을 엿본 듯했지만, 거의 배경에서 도려낸 듯한 깊은 그림자에 잠겨 있어서 표정을 알 수는 없었다.

2

　다카시가 탄 신칸센 노조미 호는 17시 19분에 교토 역에 도착할 예정이었다.

　요시에는 실종신고를 낸 후 이나게에서 올라온 친정어머니에게 료타를 맡긴 뒤, 혼자 신칸센을 타고 이미 수사본부가 있는 마쓰바라 경찰서에 와 있다고 했다.

　다카시는 일단 교토 역에서 부모님을 만나 함께 경찰서로 가려 했지만, 외삼촌의 말로 미루어 보아 아버지는 도저히 동행할 상태가 아닌 듯했다.

　외삼촌과 통화를 끝낸 다카시는 곧바로 도서관으로 돌아가 관장에게 사정을 설명한 뒤 조퇴원과 일주일 휴가원을 제출했다. 그리고 기시베에게 이런저런 지시를 내리고 짐을 챙겨 곧바로 택시를 타고 도쿄 역 야에스 출구로 향했다.

택시 안의 액정 텔레비전에서는 조금 전에 본 것과 다른 방송국의 와이드쇼가 교토에서 시작된 일련의 토막사체 유기사건에 관해 니시아자부의 현장검증 영상을 내보내며 설명하고 있었다.

"오늘은 아침부터 어느 채널이나 온통 이 얘기뿐이네요."

택시기사가 씁쓸하게 웃으며 그에게 말을 건넸다. 화제는 오늘부터 일제히 구체적인 내용이 보도된 네 통의 '범행성명문'에 관한 것이었다. 사회자는 '네 통'이라는 수는 수사본부에서 정식으로 발표한 게 아니라 '이쪽에 들어온 정보'에 따른 거라고 미리 양해를 구한 후, 해설자 두 사람에게 의견을 청했다.

—텔레비전 드라마와 달리, 수사본부는 원칙적으로 현장검증이나 기타 수사에서 얻은 정보를 쉽게 공개하지 않습니다.

—왜 그러죠? 공개하면 범인을 빨리 잡을 수 있는 거 아닌가요?

—보통 사람들의 생각으로는 그렇겠지만, 정보에는 범인만 알 수 있는 사실이 들어 있게 마련이니까요.

—네.

—그것이 진술을 받아낼 때 큰 역할을 담당하거든요. 아무리 혐의를 부인해도 무심코 '범인만 알 수 있는 사실'을 흘려버릴 수 있으니, 그것을 자백의 신빙성을 판단하는 근거로 삼을 수 있습니다.

— 아하, 하긴 그렇겠군요.

— 그러니 경찰에 범행성명문을 보내거나 사체에 메시지를 남기는 건 사실 무의미해요, 세간에 어필한다는 차원에서는. 그래서 전 솔직히 바보가 아닌가 생각했습니다. 처음 교토에서 사체가 발견되었을 때는요.

— 그런데 이번에는 내용이 금방 밝혀져버렸잖아요?

— 그렇죠. 그게 문제입니다. 물론 이번에도 경찰이 범행성명문을 공표한 건 아니에요. 인터넷과 매스컴이 이용당한 거죠.

— 솔직히 저도 별생각 없이 인터넷에서 관련내용을 검색해봤습니다만. ……

— 아무튼 지금 밝혀진 것만 해도 상당수의 범행성명문이 전국 각지에서 일제히 각 매스컴으로 보내지고 있다잖습니까. 그걸 한 회사가 특종으로 보도하면, 설령 지방신문일지라도 요즘은 인터넷으로 금세 전파되니 다른 회사가 또 받아쓰게 되죠. 그 결과 편지 네 통의 내용이 모두 미디어에 밝혀지고 말았다. 이것은 조금 생각해봐야 할 문제죠. 어떠한 경위인지 면밀하게 검증해야 합니다.

— 매스컴도 범인에게 휘둘리고 있다, 그런 뜻이군요?

— 의도적인지 어떤지는 알 수 없지만, 결과적으로는 계략대로 된 셈이죠. 예상하기 어려운 사태이긴 했지만. 경찰 입장에서도 수사하기 힘들 겁니다.

— 네 통이라고 하셨는데, 더 있을까요?

— 글쎄요. 아까도 나온 이야기지만, 실제로 경찰 수중에 몇 통의 범

행성명문이 있는지는 아직 알 수 없어요. 다섯 통일지도 모르고, 열 통일지도 모릅니다. 유출된 예의 교토 사건 사진 있잖습니까? 거기에 **네 통이 찍혀 있는 것 같다**는 것뿐이죠. 네 통이라는 수도 오늘에야 일제히 알려졌는데, 이건 인터넷에 나도는 것과 각 매스컴에 보내진 것이 후쿠야마와 다카쓰키에서 발견된 유체가 들어 있던 쓰레기봉지에 동봉된 것과 같은 내용이라는 사실을 매스컴이 경찰에서 입수한 정보를 통해 확인했다는 뜻입니다. 어쨌거나 그 내용은 인터넷에 나돌고 있고요.

— 그렇지만 이미 인터넷에는 장난으로 보이는 '범행성명문'이 넘쳐나고 있잖습니까? 어느 게 진짜인지 알 수 없는데요?

— 그렇습니다. 사실 평범한 사건도 매스컴에서 보도되면 가짜 범행성명문이나 자기가 범인이라고 주장하는 거짓 편지 등이 꽤 많이 옵니다. 공표하지 않을 뿐이지.

— 그래요? 그런 것들은 어떻게 하나요?

— 대부분은 그대로 버려지죠. 대개 내용으로 진위 여부를 판별할 수 있고, 매스컴 입장에서는 어리석은 장난에 걸려들어 오보를 내고 싶진 않을 테니까요.

— 그러면 볼만한 웃음거리가 될 테죠.

— 그렇습니다. 하지만 이번에는 그것이 진짜인지 아닌지 분간할 수 있었죠. **진짜**란 즉 토막사체와 함께 입수된 것인데, 복사본이 대량으로 매스컴이나 인터넷에 나돌게 되자 경찰이 숨겨봐야 무의미하다고 판단하고 그 존재를 인정한 것이, 아이로니컬하게도 어느 복사본이 **진짜**인지 보

증서를 달아준 결과가 됐죠.

　─그렇군요.

　─이렇게 됐으니 경찰이 실제로 몇 통을 입수했는지 확실하게 공표하는 게 오히려 좋지 않을까 생각합니다. **진짜**가 몇 통인지 모른다고 하니까 인터넷에서도 갖가지 범행성명문이 증식하고, 어느 것이 정말로 범인이 보낸 것인지 짐작할 수 없게 되는 겁니다. 이잡듯이 하나하나 조사할 생각일까요? 하지만 앞으로 훨씬 더 늘어날 거예요. 지금은 인터넷에서만이지만, 내일쯤부터는 매스컴이나 경찰에도 우편으로 대량의 범행성명문이 도착하지 않을까 걱정입니다. 대부분은 장난일 테지만, **새로운 진짜**가 섞여 있을 가능성도 있습니다. 이 네 통의 범행성명문부터가 조금 장난스럽고 이해가 잘 안 가는 내용이잖아요? 철학적이거나 종교적인 내용도 있고, 어찌 보면 만화 같을지도 모르지만. ……

　전파 장애 때문에 이따금 흔들리는 화면 속에서, 텔레비전에 자주 나오는 평론가가 젊은 개그맨을 상대로 몸짓을 섞어가며 열심히 설명했다. 사회자가 그 뒤를 이어받아 여러 차례 언급된 '네 통의 범행성명문'을 플립보드로 보여주며 차례대로 설명해나갔다.

　─문제의 **진짜로** 보이는 범행성명문 말인데요, ……첫번째가 이쪽입니다.

　'내가 세상에 평화를 주러 온 줄 생각하지 마라. 평화가 아니라 칼을 주러 왔다.'

마지막에 이렇게, 네, 이렇게 '악마'라는 서명이 있고, 교토 사건의 유체 머리에 박혀 있었다고 합니다. 하나씩 해설하는 건 뒤로 미루고 우선 전체적으로 소개해드리죠. 이쪽이 두번째입니다.

'살인 하나가 일어난다

그러면 눈에 불을 켜고 범인을 찾기 시작한다

따분한 일상의 심심풀이

그러나 죽이는 쪽은 훨씬 스릴 있지ㅋ

죽이는 바보와 보는 바보

똑같은 바보라면 안 죽이는 게 손해ㅋㅋㅋ'

이쪽에는 'dancing killer'라는 서명이 있어서 교토 사건의 'dancing'과 같은 게 아니냐는 의견이 나왔습니다만, 이번에 다시 별개의 것으로 판명되었습니다. 이것은 왼손에 박혀 있었다고 합니다. ─으음, 그리고, ……네, 다음이 세번째인데, 이것은 유체의 오른손에 박혀 있었으며 '離脫者' ─ '이탈자'라는 서명이 적혀 있습니다.

'나는 매우 **이성적인** 인간입니다. 성실함이 조금은 지나치다는 말을 자주 듣지만, 스스로는 그렇게 생각하지 않습니다.

그러나 나는 다른 멤버들과 좀 다릅니다.

나는 나 나름의 생각을 가지고 이 이벤트에 참가했습니다. 믿지 않겠지만 사실입니다.

나는 나의 성별 문제로 고민했습니다. 나의 국적도 마찬가지입니다.

나는 내가 살고 있는 세상에는 내 자리가 없다고 생각합니다. 아니라는 사람도 있겠지만, 반론은 질리도록 들었습니다.

인간들은 누구 하나 똑같지 않습니다. 그런데 이 세상은 하나뿐입니다. 이 세상은 일부 사람들에게만 유리하게 만들어져 있고, 내게는 그렇지 않았습니다. 그래서 나도 이탈자의 한 사람이 되기로 했습니다. 법률과 도덕에서 완전하게 이탈하는 겁니다.

나는 세상이 인간의 수만큼 다양해야 한다고 생각합니다. 모두가 만족하는 세상은 있을 수 없습니다. 그래서 나는 내 세상에서 살아가기로 결심했습니다.

사람을 죽이는 건 아무래도 탐탁지 않았지만, 그것도 내가 이탈하기 전의 세상이 멋대로 정한 규칙일 뿐이라고 생각을 고쳤습니다.

나는 나에게 도저히 입에 담을 수 없는 잔혹한 짓을 저지른 사람들에게 앞으로 하나씩 복수해나갈 겁니다. 그 사람들은 내 방식을 비난할지 모르지만, 그것은 그 사람들의 생각이니 나와 관계없습니다.

그리고 우리는 컬트집단이 아닙니다. 나는 개인적으로 종교에 관심이 없습니다. 참가는 자유이니 각자 생각에 따라 행동해주십시오.'

─흐음, 뭐라고 해야 할지, ……아무튼 마지막 범행성명문입니다. 이것은 양쪽 발에 정으로 박혀 있었으며, '살의 혹은 악의'라는 서명이 적혀 있었다고 합니다.

''살인자' 따위는 존재하지 않는다. 다만 '살인'이 존재할 뿐이다.

우리에게는 신체적인 실체가 없다. 우리는 인간의 모습으로 존재하지 않는다. 따라서 체포도 불가능하다.

우리는 순수한 '관념'이다. 우리는 모든 인간에게 존재하며, 모든 인간에게서 발현된다. 죽임을 당한 딱한 희생자의 내부에도 우리는 은밀히 서식하고 있었다.

우리를 찾아내는 것은 간단하다. 그러나 우리만 체포할 수는 없다. 피와 살을 분리할 수 없듯이.

옆에 있는 인간을 보라. ─ 거기에 우리가 있다.

거울을 보라. ─ 거기에 우리가 있다!

누구 한 사람도 무관할 수 없다. 우리가 유죄선고를 받을 때, 전 인류도 심판을 받는다.

동시다발 살인은 이를 시초로 전국 각지에서 개시될 것이다. 살아남는 방법은 단 하나, 먼저 죽이는 것이다.

지금 당장 죽여라. ─ 그러지 않으면, 눈을 떴을 때 너희는 이미 차디찬 피투성이 시체가 되어 있을 것이다.'

"정말 문제예요. 이런 일이 다 일어나다니. 일본도 끝인가봅니다. 안 그래요?"

히비야 교차점 앞에서 정체로 멈춰 있던 중, 운전기사가 텔레비전을 보며 핸들을 가볍게 두드렸다. 다카시는 "……네"라고만 대답하고 멍한 눈빛으로 화면에 집중했다.

그후로 역 앞에 내릴 때까지 운전기사는 계속 떠들어댔다.

"……사실 저는 이 일을 시작한 지 아직 반년밖에 안 됐어요. 삼십이 년 동안 일한 회사에서 하루아침에 정리해고를 당했거든요. 나이도 먹을 만큼 먹은 남자가 지금은 손에 쥐는 게 고작 13만 엔이에요! 한심하죠, 안 그렇습니까? 아, 정말 비참해요! 그렇지만 손님, 언젠가 이런 세상이 오리라는 걸 저는 십 년 전부터 이미 알고 있었어요. 신입사원을 보면 알 수 있거든요. 네, 정말로요. 일본이 못쓰게 된 건 역시 교육 탓이죠! 이것만은 자신 있게 말할 수 있어요. 체벌이 나쁘니 어쩌니 떠들 게 아니라, 어릴 때부터 좋은 건 좋다, 나쁜 건 나쁘다고 따끔하게 가르치면 저런 놈들이 나타날 리 없어요! 일본 교직원노조가 잘못한 겁니다. 정말이지 한심해서, ……"

신칸센은 나고야 역을 지날 무렵까지도 비구름 밑을 벗어나지 못했다.

다카시는 3인석 창가 자리에 혼자 앉아 있었다. 희미하게 삐걱거리는 듯한 소리를 내며 끊임없이 부딪히는 빗방울이, 띄엄띄엄 가느다란 실 같은 선을 그리며 유리 위를 무수히 달려갔다.

도쿄 역에서 출발 시간을 기다리는 동안 그는 인터넷이 끊긴 뒤에 살펴볼 요량으로 노트북컴퓨터에 사건정보 내용을 최대한 복사해두었지만, 열차가 움직이기 시작하자 곧 화면을 닫고는 끝내 다시 열어보지 않았다.

열차 안에서는 당일 출장을 다녀오는 듯한 직장인들이 군데군데 자리를 채우고 앉아, 땀이 배어 흐트러진 양복 차림으로 편히 낮잠을 자거나 주간지를 들척이고, 이따금 옆자리에 앉은 동행과 대화를 주고받았다.

　교토에 가까워지자 서서히 빛을 잃어가는 차창이 유리에 비친 그의 윤곽을 조금씩 짙게 만들며 그 표정을 폭로했다. 그는 흘러가는 경치가 어둠에 가라앉는 것을 느끼며 마비된 듯한 눈으로 그런 자신의 모습을 바라보았지만, 파고들려는 시선은 발목을 잡힌 듯 휘청거리며 제대로 서지도 못하고 쓰러져버렸다.

　아까부터 몇 번이나 휴대전화의 진동이 울렸고, 그는 그때마다 발신자 이름을 보고 진동이 멎을 때까지 가만히 놔두었다. 그러나 지금 다시 울리기 시작한 무언의 착신 신호가 어머니의 것이라는 걸 알자 자리에서 일어나 통로 쪽으로 향하며 전화를 받았다.

　"……여보세요, 어머니? 도착했어요? ……응, ……응, ……좀 전에 나고야를 출발했으니까 예정대로 다섯시 십구분에 도착할 거예요. ……네, 알았어요. 그럴 것 같았어요. ……응, 교토역에 있는 그랑비아라는 호텔에 어머니 이름으로 방을 잡아뒀어요. 네? 네, 어머니 이름으로. ……물론 나도 자고 갈 거예요. 회사에 휴가 내고 왔으니까. ……네, 도착하면 방으로 갈 테니 잠깐 쉬고 계세요. ……네, ……"

　플랫폼에서 걸었는지 주위가 시끄러워 군데군데 무슨 말인지 알아듣지 못했지만, 그래도 어머니가 울고 있는 것만은 확실히 알 수 있었다.

"어머니, ……"

다카시는 전화를 끊기 전에 다시 그렇게 불렀다.

"마음 단단히 먹어야 해요. 내가 옆에 있을 테니까."

굳은 표정으로 말했지만, 그 말은 제대로 형태를 갖추지 못한 듯 느껴졌다.

좌석으로 돌아와 한차례 눈을 감고 크게 숨을 내쉬었다. 그리고 휴대전화를 가방에 넣은 후 앞쪽 전광 게시판에 흘러가는 붉은 글씨에 눈길을 멈췄다.

—……판명.

그 마지막 단어가 순식간에 그의 의식 구석구석까지 빈틈없는 진공을 퍼뜨려, 오로지 메마르고 파멸적인 심장박동만 울려퍼지게 했다. 뉴스는 몇 초 후 다시 게시판 위를, 그 내용을 받아들이기 위해 필요한 시간과는 하등 관계없는 속도로 가로질러갔다.

— ◇요미우리 신문 뉴스◇ 5일 새벽 교토 시 히가시야마 구 산조 대교 아래서 발견된 남성의 토막사체 일부는, 실종신고된 야마구치 현 우베 시의 회사원 사와노 료스케 씨(30세)로 판명.

……호텔방의 초인종을 누르자 가즈코는 아무 말 없이 자물쇠를 풀어 살짝 문을 열었다.

다카시는 천천히 문을 손으로 밀었으나, 그녀는 그 시간조차 기다리지 못하겠다는 듯 아들과 눈도 마주치지 않은 채 등을 돌려 침대로 걸어갔다. 화장을 하지 않은 탓도 있겠지만 오는 동안 그가 상상한 것 이상으로 초췌했다.

실내에는 희미한 천장 등만 켜져 있고 커튼은 닫혀 있었다.

가즈코가 침대 가장자리에 걸터앉더니 양 손바닥으로 얼굴을 가리고 몸을 떨었다.

다카시는 거울 앞 의자를 끌어와 마주앉아서 어머니의 무릎에 오른손을 얹었다.

"……어머니, ……"

그 말소리에 가즈코의 오열이 오히려 격해졌다. 그는 이미 상당히 오랫동안 제대로 만진 기억이 없는 어머니의 몸에서 조용하지만 차츰 탁한 빛을 띠어가는 열기의 술렁임을 느끼고, 그 모습을 괴로운 표정으로 바라보았다.

어머니의 얼굴을 빈틈없이 뒤덮은 두 손. —이곳에 오는 동안 막연하게 느꼈던 것이 현실과 단단한 매듭을 지으며 그 안쪽에 확실하게 존재하고 있음을 그는 느꼈다.

한차례 울고 나서 그녀는 가까스로 손가락으로 눈을 비비며 얼굴을 내보였지만, 곧 다시 흘러넘친 눈물을 억누르려 애써 얼굴을 감췄다.

"……제수씨한테 연락 받았어요?"

다카시의 질문에도 그녀는 반응하지 않았다.

"그럼 경찰⋯⋯에서?"

가즈코는 고개를 끄덕이고는 가까스로 쥐어짜듯 목소리를 냈다.

"⋯⋯가엾기도 하지!"

다카시 역시 미간에 힘을 주며 말없이 고개를 끄덕였다.

"⋯⋯어머니는 여기 계실래요? 내가 경찰서에 다녀올 테니⋯⋯"

그는 경찰서에 있을 시체의 상태가 어떨지 염려스러웠다. 아마도 아직 교토에서 발견된 부위뿐일 텐데, 어머니가 그 광경을 감당할 수 있을 것 같지 않았다.

가즈코는 한동안 침묵한 후, 다시 한번 "⋯⋯가엾기도 하지⋯⋯"라고 말했다. 그리고 얼굴을 들고 격한 감정을 쏟아내며 비난 어린 목소리로 말했다.

"엄마가 안 가면, 료짱이 기다릴 거야!"

다카시는 그 말에 "응, ⋯⋯그렇겠네"라고 대답하고, 눈물에 젖은 어머니의 두 손을 자신의 두 손으로 감싸듯 꼭 움켜잡았다.

비는 여전히 멈추지 않았다.

택시를 타고 향한 히가시야마의 마쓰바라 경찰서 앞에는 중계차가 늘어서 있고 레인코트를 걸친 보도 관계자들이 잔뜩 몰려 있었다. 일부러 조금 앞쪽에서 내렸지만 라이트 불빛을 알아채고 두 사람을 주시하던 그들은 우산 밑으로 엿보이는 다카시의 얼굴을 확인하고 서로 마주본 후, 곧이어 맹렬한 기세로 달려들며 물었다.

"사와노 씨죠? 사와노 다카시 씨?"

텔레비전 촬영용 조명에 어스름 속의 빗방울이 순간 번쩍이는가 싶더니, 다음 찰나 그의 시야 전체가 새하얗게 채워졌다. 곧이어 무수한 플래시들이 겹치듯 앞길을 가득 메우고, 피처럼 붉은 잔상을 뿜어내며 시야를 완전히 부옇게 흐려놓았다.

―유체의 신원이 사와노 료스케 씨로⋯⋯평소와 비교해서⋯⋯확인되어⋯⋯마지막으로⋯⋯입니까⋯⋯말씀⋯⋯한 말씀만⋯⋯짐작이 가는 범인이⋯⋯아, 아야, ⋯⋯어이, 밀지 마!⋯⋯지금 심정을 들려주시⋯⋯잠깐만! 중계 들어간다고! 이쪽, 이쪽!⋯⋯한마디만 부탁드립니다!⋯⋯한마디!⋯⋯어머님이세요? 어머니?⋯⋯아닌가?⋯⋯어?⋯⋯한말씀 부탁드립니다! ⋯⋯위험하니까 밀지 말라고! ⋯⋯

다카시는 어머니의 손을 잡고 "죄송합니다. 좀 비켜주십시오"라고만 말하며 앞으로 나아가려 했지만, 그 소리는 순식간에 소란의 소용돌이에 삼켜지고, 우산은 카메라와 조명에 걸려 살이 휘어지고 마구 흔들렸다.

고개를 숙인 채 억지로 그들 사이를 헤쳐 경찰서 입구로 향하자니, 등뒤에서 누가 누구한테 하는 말인지도 모를 "⋯⋯뭐야!" 하는 투덜거림이 순간 기묘하게 넉넉한 공간을 차지하고 눅눅한

밤의 발치로 울려퍼지는 것이 들렸다.

사전에 연락을 해두었던 터라 입구에 들어서자 상대방이 먼저 말을 건넸다.

"사와노 씨입니까?"

"그렇습니다. 사와노 료스케의 가족입니다."

대기실로 안내받아 들어가자 잠시 후 마쓰바라 경찰서 서장과 형사 둘이 찾아와서 차례로 인사를 했다.

다카시가 인사하고 고개를 들자, 그보다 약간 키가 작고 단단한 나무기둥 같은 체격에 삼십대 중반으로 보이는 스다라는 형사가, 순간적으로 표정을 되돌리려다가 한발 늦었다는 듯 그를 주시하던 눈길을 재빨리 안으로 거둬들였다. 다카시는 자기가 주시당하고 있음을 민감하게 알아차렸다.

"이쪽은 어머니입니다."

"……사와노 가즈코입니다. 이번 일로 수고가 많으십니다."

"먼 곳까지 오시느라 고생하셨습니다. 너무나 마음이 아프시겠지만 저희 모두 전력을 다해 수사하고 있으니, 한시 빨리 범인을 검거할 수 있도록 모쪼록 협조 부탁드립니다."

"저희야말로 잘 부탁드립니다."

서장에게 말하며 고개를 깊이 숙인 가즈코가 또다시 눈물을 글썽거렸다.

"제수씨는 있나요? 료스케의 아내인 사와노 요시에 씨가 이쪽에 먼저 와 있을 텐데요."

다카시는 두 형사 중 몸집이 크고 조금 젊어 보이는 쪽에게 물었다.

"그분은 조금 전에 나가셨습니다."

"나가요?"

"몸이 좀 안 좋으셔서, 일단 병원에 들렀다가 저희가 준비해둔 호텔로 모셔다드릴 예정입니다."

"병원, 요?"

"네, 유체를 보고 충격을 받으신 것 같습니다."

"그렇군요. ……어디에 묵을 예정인가요?"

"아, ……어디였더라? ……음, 나중에 말씀드리죠."

남자가 그렇게 말하더니 스다의 눈치를 힐끗 살폈다. 대답이 부자연스러운 것 같았지만 다카시는 더 묻지 않았다. 그리고 그랑비아 호텔에 예약해둔 요시에의 방을 취소해야겠다는 생각을 멍하니 떠올렸다. 지금 같은 상황에서 그런 사소한 용건에 정신을 빼앗겨버리다니 혼란스러웠다.

"검시도 끝났고, 최대한 깨끗한 상태로 만들어뒀습니다만, ……"

계단을 내려가면서 젊은 형사가 말을 끝맺지 못한 채 다시금 두 사람의 의사를 확인했다. 특히 유체의 참상에 가즈코가 충격을 받지 않을까 염려하는 듯했다.

"……어머니, ……"

다카시도 다시 그렇게 불러봤지만, 그녀는 깊은 생각에 잠긴 표정으로 입을 다문 채 귀를 기울이려 하지 않았다.

영안실이 갖춰지지 않았기에 두 사람이 안내받은 곳은 서내 차고였다. 어스름한 실내 한구석에 관 하나가 놓여 있고, 그 앞에 놓인 간소한 분향대에서 가냘픈 향 연기 한 줄기가 똑바로 피어오르고 있었다.

안쪽에 성모상과 불상이 하나씩 놓여 있고, 조명은 몰염치하게 밝았다.

냉장실에 들어 있다고 했는데, 그 때문인지 각오했던 부취腐臭는 어렴풋하게만 느껴질 정도였지만 역시나 향냄새를 뚫고 후각을 자극했다. 전국에서 잇달아 발견되는 유체의 조각들이 바로 이 냄새를 통해 스스로의 소재를 알린다는 사실을 다카시는 보도를 통해 알고 있었다.

가즈코는 소리 없이 괴롭게 콜록거리듯 숨을 쉬면서, 턱 아래에 두 손을 단단히 깍지 끼고 떨리는 몸을 잔뜩 움츠렸다. 다카시가 뒤에서 받쳐주듯 그녀의 등에 손을 얹었다.

유체는 달리 그것을 다룰 방법이 없었다는 듯 작은 창으로 얼굴만 들여다볼 수 있도록 처리되어 있었다.

형사 대신 전담 장의사로 보이는 사람이 앞장서서 합장하고, 모자가 가까이 올 때까지 기다렸다가 흰 장갑을 낀 손으로 관의 창을 열었다.

가즈코는 다카시의 팔을 움켜쥐고 매달리듯 관으로 다가가 그 얼굴을 들여다보더니, "……아아, ……" 하고 목이 졸린 듯한 가냘픈 소리를 흘리며, 흠뻑 젖은 그 얼굴을 할퀴듯 격렬하게 문지르기 시작했다.

"……료짱! ……료짱! ……"

료스케의 얼굴은 느닷없이 엄습해온 파멸적인 폭력이 지금도 여전히 그에게 머무르며 더더욱 안으로 비집고 들어오려 하는 듯, 악다문 이를 훤히 드러낸 채 심하게 뒤틀려 있었다. 그것은 그의 생애 최후 순간의 경험을 지독한 공포와 함께 필사적으로 견뎌내며 어쩔 도리 없이 부패에 방치되어 있었다. 도움을 청하는 불타버린 절규의 재가 차갑고 무력한 침묵의 바닥에 앙금처럼 쌓여 굳어 있었다. 격통의 잔향에 당장이라도 신음소리를 내지를 것 같았고, 게다가 실제로도 신음하고 있었다. 그 얼굴이 죽음을 기어코 거절하려 했듯이, 죽음 또한 그가 냉엄한 자신을 평온하게 받아들이는 것을 매섭게 거부했다.

이마의 정 흔적은 흰색 천으로 덮여 있었지만 뺨에 또다른 상처가 나 있고, 부어올라 반쯤 뜨인 왼쪽 눈에선 검붉은 내출혈 자국이 눈동자를 집어삼키고 있었다.

가즈코가 대답을 갈구하듯 아들을 부르며 몇 번이나 관을 두드렸지만, 돌아오는 반응은 되레 그 안이 거의 비어 있음을 숨김없이 드러냈다.

안으로 들어온 순간 그녀는 그 직육면체의 중량감에서 조금도 결함이 없는 유체가 조용히, 그러나 확실하게 누워 있다는 느낌을 받았지만, 그 느낌을 박탈당하자 공허한 기적에서 절망적인 어둠과 수백 킬로미터에 달하는 거대한 소란이 동시에 좀먹으며 마구 설쳐대는 것을 느꼈다.

"……불쌍한 것! ……가엾기도 하지, ……왜 그런 거야? ……왜? ……아팠지, ……그렇지, ……"

그녀의 의식은 이곳에 올 때까지 가까스로 잡아뒀던 마지막 한 조각까지 잔혹하게 짓뭉개졌고, 무참하게 변해버려 두 번 다시 원래로 되돌릴 수 없을 듯했다.

다카시는 어머니에게 다가가 우두커니 서서 망연히 눈물을 흘렸다. 그리고 비애라기보다는 어딘가 고통에 허덕이는 표정으로 입을 벌렸지만, 내뱉은 소리는 모두 말이 되기 전에 허무하게 무너져내렸다.

스다는 안쪽 어스름한 구석에 조용히 선 채 그런 다카시의 일거수일투족을 빠짐없이 관찰하고 있었다.

차고에서 나와 다시 대기실로 돌아가자, 장의사 직원이 다카시의 감정이 조금 가라앉기를 기다렸다가 복도로 불러내어, 이미 요시에와 결정했다는 유체 이송 이야기를 꺼냈다. 그리고 덩치 큰 형사가 와서 앞으로 유족을 보살필 중년 여경을 소개하고, 그녀가 책임지고 어머니를 호텔까지 모셔다드릴 거라고 전했다.

제안에 동의한 다카시는 그녀와 함께 대기실의 어머니에게 가서 사정을 말하고 확인을 받았다. 그리고 다시 복도로 나오자 때마침 스다가 젊은 형사와 작은 목소리로 뭐라고 소곤거리고 있었다.

다카시는 어머니에게 이야기를 전했다고 말하고, 요시에가 걱정되니 연락처를 알려달라고 했다. 스다는 그 말에 대답하지 않고 짐짓 격식을 갖춘 태도로 똑바로 마주서더니 말했다.

"그전에, 피곤하신 와중에 죄송합니다만 잠시 얘기 좀 나눌 수 있을까요?"

방금 전 대화에서 참고인 조사를 예상했던 다카시는 그 말투에 낯빛을 확 바꾸며 험악한 눈빛을 띠었다. 스다는 그 변화를 놓치지 않았다.

"아, 시간을 많이 뺏진 않을 겁니다."

승낙하든 말든 상관없다는 듯 그가 눈동자에 힘을 주었다. 다카시는 대답하지 않았다. 그러자 다시 한번, 그가 확인하듯 말했다.

"실은 유족 요시에 씨께서 당신이 마지막으로 피해자를 만났을 거라고 말씀하셔서요. 그에 관해 몇 가지 여쭤보고 싶습니다."

(2권에 계속)

지은이 **히라노 게이치로**
1975년 6월 22일 아이치 현 출생. 명문 교토 대학 법학부에 재학중이던 1998년 문예지
『신조』에 권두소설로 전재된 장편소설 『일식』으로 제120회 아쿠타가와 상을 수상하며
데뷔했다. 장편소설 『달』『장송』『얼굴 없는 나체들』『결괴』『형체뿐인 사랑』, 소설집 『센
티멘털』『방울져 떨어지는 시계들의 파문』『당신이, 없었다, 당신』, 그 외 『문명의 우울』
『책을 읽는 방법』『소설 읽는 방법』 등이 있다.

옮긴이 **이영미**
아주대학교 국문과를 졸업하고 일본 와세다대학 대학원 문학연구과 석사과정을 수료
했다. 2009년 요시다 슈이치의 『악인』과 『캐러멜 팝콘』으로 일본국제교류기금이 주관
하는 보라나비 저작·번역상의 첫 번역상을 수상했다. 옮긴 책으로 『단테 신곡 강의』
『태양의 탑』『공중그네』『기적의 사과』『지도남』『약속된 장소에서』『얼굴 없는 나체들』
『솔로몬의 위증』『불타버린 지도』 등이 있다.

문학동네 세계문학
결괴 1

1판 1쇄 2013년 9월 25일 | 1판 4쇄 2021년 4월 2일

지은이 히라노 게이치로 | 옮긴이 이영미
책임편집 양수현 | 편집 황문정 | 독자모니터 양은희
디자인 고은이 강혜림 | 저작권 한문숙 김지영 이영은
마케팅 정민호 정진아 김혜연 정유선
홍보 김희숙 김상만 함유지 김현지 이소정 이미희 박지원
제작 강신은 김동욱 임현식 | 제작처 영신사(인쇄) 경일제책(제본)

펴낸곳 (주)문학동네 | 펴낸이 염현숙
출판등록 1993년 10월 22일 제406-2003-000045호
주소 10881 경기도 파주시 회동길 210
전자우편 editor@munhak.com | 대표전화 031) 955-8888 | 팩스 031) 955-8855
문의전화 031) 955-8896(마케팅) 031) 955-2684(편집)
문학동네카페 http://cafe.naver.com/mhdn | 트위터 @munhakdongne
북클럽문학동네 http://bookclubmunhak.com

ISBN 978-89-546-2238-7 04830
        978-89-546-2237-0 (세트)

www.munhak.com